Anna Johannsen

Die Frau auf Nordstrand

EDITION M

Das Buch

Kurz vor Urlaubsende wird die LKA-Kommissarin Lena Lorenzen von ihrem Kollegen Ole Kotten zu Hilfe gerufen. Auf Nordstrand, einer Halbinsel vor Husum, ist eine Leiche gefunden worden. Die Autopsie ergibt, dass es sich um die aus Thailand stammende Lawan Yao Yun handelt, die vor mehreren Monaten von ihrem deutschen Ehemann als vermisst gemeldet wurde.

Von Anfang an steht der Ehemann unter Verdacht. Doch selbst als immer mehr Indizien gegen ihn sprechen, ist Lena nicht davon überzeugt, dass er der Täter ist. Ihre Suche nach weiteren Ermittlungsansätzen entwickelt sich zu einem Wettlauf mit der Zeit ...

Die Autorin

Anna Johannsen lebt seit ihrer Kindheit in Nordfriesland. Sie liebt die Landschaft und Menschen der Region, besonders verbunden ist sie den nordfriesischen Inseln, auf denen die Krimireihe »Die Inselkommissarin« spielt.

Mit »Die Frau auf Nordstrand« liefert sie bereits den fünften Fall für alle Fans der Hauptkommissarin Lena Lorenzen.

ANNA
JOHANNSEN

Die Frau auf Nordstrand

Die Inselkommissarin

Kriminalroman

EDITION M

Deutsche Erstveröffentlichung bei
Edition M, Amazon Media EU S.à r.l.
38, avenue John F. Kennedy, L-1855 Luxembourg
November 2019

Umschlaggestaltung: semper smile, München, www.sempersmile.de
Umschlagmotiv: © Thomas Schaeffer / Alamy Stock Photo; © SZBDesign / Shutterstock; © gyn9037 / Shutterstock
1. Lektorat: Kanut Kirches
2. Lektorat: Rotkel Textwerkstatt
Gedruckt durch:
Amazon Distribution GmbH, Amazonstraße 1, 04347 Leipzig /
Canon Deutschland Business Services GmbH, Ferdinand-Jühlke-Str. 7, 99095 Erfurt /
CPI books GmbH, Birkstraße 10, 25917 Leck

ISBN 978-2-49670-111-1

www.edition-m-verlag.de

Eins

Lena Lorenzen saß im Garten ihres neuen Hauses und ließ den Blick über die Husumer Marschlandschaft gleiten. Für Ende Juni waren die Temperaturen selbst am Vormittag erfreulich hoch und konstant. Ihr zweiwöchiger Urlaub, in dem Erck und sie die letzten Zimmer renoviert hatten, würde am nächsten Tag enden.

Erck trat zu ihr an die Liege und reichte ihr eine Kaffeetasse. »Na, immer noch keine Sehnsucht nach der Arbeit?«

Lena zuckte mit den Schultern. »Im Moment nicht. Vielleicht kommt das ja morgen, wenn ich nach Kiel fahre.«

Ihre Arbeit als Hauptkommissarin beim LKA Kiel war ihr in den letzten Urlaubstagen so wenig präsent gewesen wie seit langer Zeit nicht mehr. Sie hatte jede gemeinsame Sekunde mit Erck genossen und alle Gedanken an die nächste Zeit verdrängt. Ab jetzt würde Erck zweimal in der Woche auf die nordfriesische Insel Amrum reisen, um dort seiner Arbeit als Verwalter und Hausmeister von zahlreichen Ferienwohnungen und -häusern nachzugehen, während Lena fast täglich quer durch Schleswig-Holstein nach Kiel fahren musste.

»Vielleicht hast du ja Glück und bekommst einen Fall in der Gegend zugewiesen.«

In diesem Augenblick begann im Haus Lenas Diensthandy zu klingeln. Erck sah sie fragend an, sie zuckte mit den Schultern. »Ich habe Urlaub.«

Erck schmunzelte und wandte sich ab. »Bevor es dir den ganzen Tag keine Ruhe lässt …« Kurz darauf stand er mit dem Handy vor ihr. »Ich war leider zu spät. Auf dem Display steht *Warnke*. Kennst du den zufällig?«

Lena rollte mit den Augen. Kriminaldirektor Warnke war ihr Vorgesetzter und würde sicherlich nicht angerufen haben, um nett mit ihr zu plaudern.

»Nun ruf schon an«, sagte Erck.

Sie erhob sich von der Liege und griff nach dem Handy. »Auf deine Verantwortung.«

Lena wählte, und nachdem sie sich begrüßt hatten, sagte Warnke: »Frau Lorenzen, entschuldigen Sie, dass ich Sie mit meinem Anruf im Urlaub gestört habe. Aber die Kollegen in Husum haben Verstärkung bei uns angefordert und ich dachte, dass Sie sicher interessiert sind.«

»Viehdiebstahl?«

Zu Lenas Verblüffung lachte Warnke. »Ich fürchte, es ist ernster. Eine Leiche, vermutlich eine Frau.«

»Vermutlich?«

»Sie hat wohl schon ein paar Monate in der Erde gelegen, meinte Kollege Kotten.«

Lena hatte erst vor wenigen Wochen mit Hauptkommissar Ole Kotten vom Husumer Polizeirevier bei einem Fall auf Hallig Hooge zusammengearbeitet. Er war Anfang sechzig, einen Kopf kleiner als Lena, hatte kurze Haare und einen Körper, dem man ansah, dass er regelmäßig Sport trieb. Erck und sie waren inzwischen mit Ole Kotten und dessen Ehemann befreundet und die beiden Paare hatten einander auch schon zum Essen besucht.

»Verstehe. Wo wurde sie gefunden?«

»Nordstrand. Das ist eine …«

»Schon klar«, unterbrach ihn Lena. »Gut, ich telefonier gleich mit dem Kollegen und werde Sie informieren. Ist Grasmann schon aus Norderstedt zurück?«

»Tut mir leid. Er hat mich gestern informiert, dass sich die Sache noch hinziehen wird. Sie werden erst mal ohne ihn auskommen müssen.«

Oberkommissar Johann Grasmann war seit einiger Zeit ihr Wunsch-Teamkollege. Sie hatte bei Fällen auf Amrum, Föhr und Sylt und zuletzt auf Hallig Hooge mit ihm zusammengearbeitet.

»Ist in Ordnung.«

»Wunderbar. Dann höre ich von Ihnen.« Warnke legte auf und Lena starrte eine Weile aufs Handy. So gut gelaunt hatte sie den Kriminaldirektor selten erlebt.

»Und?«, fragte Erck von der Liege.

»Dein Wunsch ist umgehend in Erfüllung gegangen. Ole hat Unterstützung beim LKA angefordert. Eine Tote auf Nordstrand.«

Erck hob schützend die Hände. »Ich bin unschuldig. Das konnte ich nun wirklich nicht wissen.«

Lena winkte ab. »Die Frau scheint schon Monate tot zu sein. Da haben wir hier noch gar nicht gewohnt.« Sie beugte sich zu Erck hinunter und küsste ihn. »Ich rufe kurz Ole an. Wahrscheinlich muss ich danach gleich los.«

»Wenn du heute Abend wieder da bist, hast du meinen Segen.«

Lena grinste und suchte bereits Ole Kottens Nummer. Er nahm das Gespräch sofort an. »Das ging aber schnell«, sagte er, ohne Lena zu begrüßen.

»Moin, erst mal. Du brauchst Unterstützung?«

»So ist es. Kann ich dich in einer halben Stunde abholen? Wir müssen nach Nordstrand.«

»Ich stehe vor dem Haus und warte auf dich.«

Lena glitt auf den Beifahrersitz und schloss die Tür. »Wann ist die Leiche gefunden worden?«

Ole Kotten schmunzelte. »Keine Zeit verlieren. Lena, wie sie leibt und lebt.« Er wendete und fuhr aus dem Wohngebiet heraus auf die Nordseestraße. Nach wenigen Kilometern würden sie den Damm nach Nordstrand erreichen, einer Halbinsel vor Husum.

»Gestern in den frühen Morgenstunden hat der Hund eines Feriengasts einen Teil der Leiche ausgebuddelt. Der hat dann den Kollegen auf Nordstrand gerufen, der wiederum uns informiert hat. Das weitere Prozedere brauch ich dir nicht zu erklären. Der Leichnam liegt jetzt bei deiner Freundin in Kiel auf dem Autopsie-Tisch.«

Dr. Luise Stahnke, mit der Lena seit Jahren befreundet war, arbeitete als Gerichtsmedizinerin in Kiel. Lena schaute auf die Uhr. Kurz vor elf. »So wie ich Luise kenne, ist sie schon seit Stunden bei der Arbeit. Wahrscheinlich ruft sie bald an und gibt die erste Einschätzung durch.«

»Ich habe ihr ausrichten lassen, dass du wahrscheinlich mit von der Partie bist.«

»Okay!« Sie hatten inzwischen die knapp drei Kilometer lange Dammstraße erreicht, die seit über hundert Jahren das Festland mit Nordstrand verband.

»Wie war dein Urlaub?«, fragte Ole Kotten.

»Arbeitsreich und erholsam. Ich hatte am Schluss schon fast vergessen, dass ich Polizistin bin. Das Haus ist fertig renoviert, nur der Garten braucht noch ein paar Einsätze.«

»Klingt doch gut.«

»Gibt es Vermisstenmeldungen für den vermutlichen Todeszeitpunkt?«, kam Lena auf die Arbeit zurück.

Ole Kotten folgte der Straße auf die Halbinsel. Nur ab und an stand hier ein Haus an der Straße. Lena ließ ihren Blick über die weit ausgedehnten Felder und Wiesen gleiten und fragte sich, wo jemand in dieser übersichtlichen Landschaft eine Leiche vergraben hatte.

»In den letzten zwölf Monaten wurden drei Personen als vermisst gemeldet. Zwei Urlauberinnen und eine Frau, die auf Nordstrand lebt. Eine der Urlauberinnen ist nach drei Wochen wiederaufgetaucht, die beiden anderen Frauen werden weiter vermisst.«

Lena wunderte sich über Oles Formulierung – *eine Frau, die auf Nordstrand lebt.* »Ist die Frau zugezogen?«

»Kann man so sagen. Sie ist seit sechs Jahren mit einem Bauern verheiratet. Ursprünglich kommt sie aus Thailand.«

Ole Kotten fuhr von der Hauptstraße nach rechts ab. Auf dem Navi sah Lena, dass sie nach Nordwesten quer über Nordstrand fuhren. Sie passierten eine Handvoll Bauernhöfe und verstreute Windräder, bevor Ole Kotten vor einem kleinen Wäldchen auf einem Sandweg anhielt. Ein paar Meter weiter sah Lena das rot-weiße Absperrband im Wind hin und her wehen.

»Also Thailand«, nahm Lena den Gesprächsfaden wieder auf.

»Ja, die Kollegen haben seinerzeit vermutet, dass die Frau wieder in ihr Heimatland zurückgekehrt ist. Die Abfrage bei den nahe gelegenen Flughäfen hat zwar nichts ergeben, aber es gibt ja viele Wege nach Rom.«

»War der Ehemann auch dieser Meinung?«

»Nein, er hat mehrfach darauf gedrängt, die Vermisstenanzeige ernster zu nehmen. Er geht wohl davon aus, dass seine Frau nicht abgehauen ist.«

»Abgehauen?« Lena rümpfte die Nase.

»Vielleicht wollte er nicht mehr zahlen«, fuhr Ole Kotten schulterzuckend fort. »Wir hatten einen Kollegen in Husum, der eine Thailänderin geheiratet hat. Sie musste erst noch dortbleiben, so schnell geht das wohl nicht mit den Formalitäten nach der Heirat, aber als das alles geregelt war, hat sie immer wieder einen Vorwand gefunden, um in Thailand bei ihrer Familie zu bleiben. Und der Kollege hat über vier Jahre einen erheblichen Teil seines Einkommens dorthin überwiesen. Na ja, irgendwann ist ihm dann wohl klar geworden, dass er verarscht wird, und er hat die Scheidung eingereicht. Kennst du nicht auch solche Fälle in deiner Umgebung?«

Lena war zu überrascht, um ihm zu antworten. Sie schüttelte lediglich den Kopf und stieg aus dem Auto. Ole folgte ihr. Ein uniformierter Kollege stand am Absperrband, das er anhob, als Lena und Ole auf ihn zukamen.

»Geradeaus und dann leicht rechts halten«, wies Ole Kotten Lena den Weg. »Die Kollegen von der Kriminaltechnik sind noch vor Ort, um das Umfeld abzusuchen.«

In diesem Augenblick hörten sie einen Motor aufheulen. Sie wandten sich um und sahen, wie ein Geländewagen den Weg entlangraste und kurz vor der Absperrung scharf bremste. Durch den aufgewirbelten Sand kam ein großer, kräftiger Mann in Arbeitskleidung auf sie zu. Lena schätzte ihn auf Anfang fünfzig, an seinem hochroten Gesicht ließ sich seine Erregung deutlich ablesen. Er blieb kurz vor dem Absperrband stehen und fuchtelte wild mit den Armen.

»Wer ist das?«, fragte Lena und erhielt von Ole Kotten nur ein Schulterzucken. Lena ging auf den aufgebrachten Mann zu. »Lorenzen, LKA. Wer sind Sie?«

»Ist das meine Frau, die da gefunden wurde?«, rief er mit einem Flehen in der Stimme.

»Bitte, beruhigen Sie sich erst einmal. Wie ist Ihr Name?«

Der Mann atmete schwer und schien sie gar nicht wahrzunehmen.

»Haben Sie mich verstanden? Wie heißen Sie?«

»Elbo Theisen«, presste er schließlich heraus. »Meine Frau … sie ist doch verschwunden … und jetzt …«

»Herr Theisen, wir wissen bis jetzt nicht, wer die Person ist, die dort gefunden wurde. Sie ist in die Pathologie nach Kiel gebracht worden. Ich schlage vor, Sie fahren jetzt nach Hause und warten auf uns. Mein Kollege und ich werden bei Ihnen vorbeischauen.«

»Wann?«, fragte er, anscheinend mit letzter Kraft.

»Heute noch. Wann genau kann ich Ihnen nicht sagen.«

Der Mann nickte und machte sich mit hängenden Schultern auf den Rückweg zu seinem Fahrzeug. Lena sah ihm hinterher und wartete, bis Elbo Theisen den Motor gestartet hatte und auf dem Sandweg zurückstieß.

»Merkwürdiger Auftritt«, murmelte Ole Kotten, als Lena auf ihn zukam.

»Findest du?«

Zwei

»Gehört das Wäldchen hier zu dem Hof nebenan?«, fragte Lena, als sie neben Ole Kotten zum Fundort der Leiche ging.

»Ja, zumindest bis zur Hälfte. Der Hof gehört einem Ehepaar namens Husmann. Der Rest des Wäldchens ist im Besitz eines Bauern, dessen Hof etwa zwei Kilometer von hier entfernt liegt. Er bewirtschaftet auch die anliegenden Felder.«

Vier Kriminaltechniker in weißen Overalls streiften durch das Unterholz. Im Zentrum des Geschehens war eine Erdaushebung zu sehen, deren Tiefe Lena auf ungefähr siebzig Zentimeter schätzte. Der Länge des Loches nach zu urteilen, konnte die Leiche nicht größer als einen Meter siebzig sein.

»Können wir uns das anschauen?«, fragte Ole Kotten den Leiter des Teams. Als dieser ihm zunickte, traten die beiden Ermittler näher an das freigelegte Grab.

»Nicht sehr tief«, bemerkte Lena.

»Na ja, die Erde ist hier nicht nur hart und lehmig, sondern auch noch von Baumwurzeln durchsetzt. Hast du schon mal versucht, an solch einer Stelle zu graben?«

Lena zuckte mit den Schultern. »Bisher hatte ich dazu noch keine Veranlassung. Aber mal im Ernst, würdest du nicht tiefer graben, wenn du eine Leiche für immer verschwinden lassen wolltest?«

»Wahrscheinlich war der Täter nachts zugange. Viel Licht konnte er nicht machen, und schau mal hier.« Kotten hatte nach einem Spaten gegriffen, der an einem der Bäume angelehnt gewesen war. »Da und da sind abgehackte Baumwurzeln zu sehen. Sicher gibt es da noch weitere, die tiefer liegen.«

»Stimmt«, sagte Lena. »Keine Chance ohne eine Axt oder Kettensäge. Und es war wohl keine Zeit oder zu gefährlich, nach einem neuen Platz zu suchen. Viele Wäldchen scheint es auf Nordstrand ja nicht zu geben.«

»Richtig. Nur in der Nähe von Süden gibt es noch einen Miniwald, der auch infrage gekommen wäre.«

Lena sah sich um. »Wo sind wir hier eigentlich?«

»Elisabeth-Sophien-Koog, im Nordosten der Halbinsel. Du kennst dich aus auf Nordstrand?«

»Eher nicht.«

Ole Kotten nickte. »Dieser Koog ist der kleinste von den früher sieben, heute acht Kögen der Insel. Wenn ich mich recht entsinne, ist er knapp fünf Quadratkilometer groß. Was ein Koog ist, weißt du aber?«

»Warte, das habe ich in der Grundschule gelernt.« Sie kratzte sich am Kopf und schmunzelte. »Land, das durch Eindeichung der See abgerungen wurde.«

Ole Kotten zeigte ihr den erhobenen Daumen. »Nordstrand war ursprünglich erheblich größer. Vor tausend Jahren gehörte fast die gesamte Husumer Bucht zur Insel, aber im Laufe der Zeit und vor allem nach einigen Mega-Sturmfluten ist das heutige Nordstrand übrig geblieben.«

»Das sagenumwobene Rungholt lag hier auch irgendwo, richtig?«

Ole lächelte. »Jetzt aber genug der Heimatkunde und wieder zurück in die Realität.« Er musterte die Erdaushebung. »Wie lange braucht man wohl, um ein solches Loch zu graben?«

Lena griff nach dem Spaten, den Ole immer noch in der Hand hielt, und versuchte, an anderer Stelle den harten Lehmboden zu lockern. »Lange. Ein bis zwei Stunden, würde ich sagen. Wenn man die Arbeit nicht gewohnt ist, auch länger.«

»Mit einer Spitzhacke oder einem spitzen Spaten könnte man allerdings schneller vorankommen.« Ole rief den Kriminaltechniker zu sich und fragte ihn nach seiner Meinung.

»Ich war dabei, als wir die Leiche ausgegraben haben«, sagte dieser. »Ja, mit der Spitzhacke könntest du durchaus recht haben.« Er beugte sich nach unten und wies auf einige Stellen im offenen Grab. »Da, da und da. Das sieht nicht nach einer normalen Schüppe aus. Und wenn, war es eine sehr spitze, die für so einen schweren Boden geeignet ist.«

»Also wusste da jemand, was er tat und welches Werkzeug er bei dem Boden hier brauchte«, sagte Lena. »Nach einer spontanen Aktion sieht das nicht aus. Oder er hat ein solches Werkzeug immer dabei.« Sie hielt kurz inne. »Das Loch mag nicht sehr tief sein, aber doch so tief, dass ein Hund nicht mal eben …«

»Ich weiß, was du meinst. Der Hund hat auch nicht die ganze Leiche ausgegraben. Die Frau lag auf der Seite und ihr Arm war nach oben gestreckt. Dadurch befand sich die Hand wohl nur etwa zehn Zentimeter unter der Erdoberfläche.« Ole Kotten wandte sich an den Kriminaltechniker. »Habt ihr schon weitere Spuren gefunden?«

Der Beamte stöhnte leise. »Nicht wirklich. Wir dehnen den Radius langsam aus, aber versprich dir nicht zu viel von der Suche.«

»Reifenspuren?«

»Ist die Frage ernst gemeint? Auf diesem Boden und nach der langen Zeit, die verstrichen ist? Aber warte den Bericht ab. Wir haben Order, heute den ganzen Tag hier zu suchen.«

»Okay!«, sagte Ole Kotten und nickte dem Kriminaltechniker zu. Der wandte sich ab und ging zurück zu seinen Kollegen.

Auf dem Weg zum Auto klingelte Lenas Handy. Sie sah aufs Display und nahm das Gespräch an. »Luise. Hast du schon was für uns?«

Die Gerichtsmedizinerin lachte. »Wieder im Dienst und nicht einmal Zeit für eine Begrüßung? Hallo, Lena. Alles gut bei dir?«

»Entschuldige. Ja, mir geht es gut. Der Urlaub war ausgesprochen erholsam. Die Einzige, die fehlte, warst du. Wolltest du nicht …«

»Im Moment habe ich keine Chance, hier auch nur für einen Tag rauszukommen. Aber sobald mein Kollege aus den Staaten zurück ist, nehme ich mir frei und komme euch besuchen. Versprochen.«

»Wehe, wenn nicht. Aber du hast was für uns, oder?«

»Wie immer einen schnellen mündlichen Vorbericht.« Lena hörte, wie ihre Freundin tief Luft holte, bevor sie weitersprach. »Die Frau ist Asiatin, ich vermute Thailand oder Vietnam. Der Todeszeitpunkt ist bei so langer Liegedauer natürlich nicht auf den Tag einzugrenzen, aber so unter uns würde ich auf neunzig Tage tippen. Im Bericht werde ich einen Zeitraum von achtzig bis hundert angeben.«

»Todesursache?«

»Mit hoher Wahrscheinlichkeit ein Schlag auf den Hinterkopf. Ich kann zwar einen Sturz nicht vollkommen ausschließen, würde mich aber zu neunzig Prozent festlegen, dass es ein Schlag war. Und bevor du fragst: Ich habe noch keine Idee, welche Waffe benutzt wurde.«

»Sonstige Verletzungen? Oder war es nicht mehr festzustellen?«

»Zum Glück ist der Körper durch den lehmigen Boden noch relativ gut erhalten. Trotzdem, drei Monate sind eine lange Zeit. Deshalb steht meine Aussage etwas unter Vorbehalt.«

»Okay! Und was hast du gefunden?«

»Hämatome an beiden Armen und im Bauchbereich, die auf einen Kampf oder eine Auseinandersetzung hindeuten. Allerdings keine Abwehrverletzungen, sodass ich davon ausgehe, dass der Schlag, wenn es denn einer war, unvorhergesehen kam.«

»Gibt es Zeichen für sexuelle Gewalt?«

»Schwer zu sagen, ausschließen kann ich es nicht. Hämatome an den typischen Stellen habe ich allerdings nicht gefunden. Sperma in der Scheide ist nach der langen Liegezeit auch nicht mehr nachweisbar.«

»Aber?« Lena kannte ihre Freundin gut und ahnte, dass sie noch einen Trumpf zurückgehalten hatte.

»Wenn mich nicht alles täuscht, haben wir auf ihrem Slip getrocknete Spermaspuren. Ich lasse das analysieren und brauche von euch Vergleichs-DNA.«

»Die Spuren könnten noch wichtig werden«, sagte Lena.

»Das dachte ich mir schon.«

»Wie ist der Zustand der Leiche? Können wir sie einem Angehörigen zumuten?«

»Wenn es nicht unbedingt sein muss, verzichte lieber darauf. Habt ihr DNA-Vergleichsmaterial von Vermissten? Die Zähne sind gut erhalten. Wenn sich die Frau länger bei uns aufgehalten hat und einmal in Behandlung war, können wir sie darüber identifizieren.«

»Wir tun unser Bestes. Danke erst mal, Luise.« Lena hielt kurz inne. »Und denk an unser Date in Husum. Erck hat mich schon gefühlt tausendmal gefragt, wann du denn endlich kommst.«

Luise lachte herzlich. »Ich melde mich. Der Bericht ist morgen fertig.«

Sie verabschiedeten sich und Lena gab Ole eine kurze Zusammenfassung des Gesprächs.

Der nickte nachdenklich und suchte gleich darauf in seinen Unterlagen nach der Adresse von Elbo Theisen. »Er hat seinen Hof im Süden der Insel. Fahren wir gleich hin oder befragen wir erst die Bewohner der anliegenden Häuser hier?«

»Lass uns erst zum Theisen-Hof fahren. Die Anwohner laufen uns nach der langen Zeit auch nicht mehr weg.«

Ole Kotten nahm einen Feldweg, der die parallel laufenden Straßen verband, bog in Osterdeich nach links ab und fuhr Richtung *Süden*.

»Ganz schön viele Ortsbezeichnungen für so ein paar Häuser«, sagte Lena mit Blick auf den Ortsteil.

»In Süden stehen ein paar mehr davon«, antwortete Ole. »Im Übrigen leben hier immerhin über zweitausendzweihundert Menschen.«

»Tatsächlich?« Lena hatte mit weit weniger gerechnet. »Du bist häufiger auf Nordstrand?«

»Ja, ich liebe die Weite und die karge Landschaft. Ich fahre regelmäßig mit dem Rennrad über die Insel oder eigentlich ja Halbinsel. Bei Wind und Wetter, sozusagen.«

»Mit Tobias?« Tobias und Ole Kotten waren seit zwölf Jahren ein Paar. Im letzten Sommer, nach der Gesetzesänderung, hatten sie geheiratet.

Ole lachte. »Tobias und Fahrrad? Die Frage war jetzt nicht ernst gemeint, oder?«

»So gut kenne ich deinen Mann noch nicht. Ich dachte, ihr macht fast alles zusammen. Abgesehen von der Arbeit.«

Sie hatten den Ort Süden erreicht, hielten sich in der Ortsmitte rechts und fuhren wenige Hundert Meter weiter, bevor sie nach links abbogen.

»Wir sind bald da«, meinte Ole mit Blick auf das Navi.

Er parkte das Auto an der Straße. Die letzten Meter zur Hofeinfahrt gingen sie zu Fuß. Durch eine kurze Allee von Eichen kamen sie auf das reetgedeckte Bauernhaus zu. Ein Hund bellte, ein paar Hühner querten aufgeregt die Zufahrt. Die Felder rund um das Haus schienen von Elbo Theisen bewirtschaftet zu werden. Lena entdeckte am Tor einer Scheune ein Schild, auf dem der Hof als ökologische Landwirtschaft ausgewiesen wurde.

Als sie auf die alte Holztür zutraten, stand dort Elbo Theisen mit weit aufgerissenen Augen. »Ist es Lawan?«

Lena trat auf ihn zu. »Wollen wir vielleicht ins Haus gehen?«

Theisen nickte stumm und trat zur Seite. »Die zweite Tür links.«

Sie traten in eine große Wohnküche, in der ein historischer Herd und ein alter Küchenschrank aus Eichenholz mit modernen Küchenmöbeln und -geräten kombiniert waren.

»Möchten Sie einen Tee oder Kaffee?«, fragte Elbo Theisen mit brüchiger Stimme.

»Nein, danke«, antwortete Lena. »Wollen wir uns setzen?«

Theisen zeigte stumm auf den Holztisch mit vier Binsenstühlen. Sie nahmen Platz.

»Wann genau haben Sie Ihre Ehefrau als vermisst gemeldet?«, stellte Lena ihre erste Frage.

»Das war am … 22. März. Vor drei Monaten.« Er sah auf. »Ich will meine Frau sehen. Ich muss sie sehen.«

»Wie ist der vollständige Name Ihrer Frau?«, fragte Lena weiter.

»Lawan Yao Yun.« Elbo Theisen klang fast ehrfürchtig, als er den Namen seiner Frau aussprach.

»War sie in ihrer Zeit in Deutschland bei einem Zahnarzt in Behandlung?«

»Warum?« Er sah Lena verwirrt an.

»Wir wissen nicht mit Sicherheit, ob es sich bei dem Leichnam um Ihre Frau handelt. Hatte sie einen festen Zahnarzt?«

Elbo Theisen nickte. »Dr. Wogner in Husum.«

»Haben Sie vielleicht noch eine Haarbürste von Ihrer Frau, die wir mitnehmen können?«

Erst jetzt schien Theisen zu verstehen, worauf Lenas Fragen hinausliefen. Er stand schwer atmend auf, verließ die Küche und kam nach wenigen Minuten zurück. In der Hand hielt er eine Haarbürste. Ole Kotten hatte bereits eine Plastiktüte in der Hand und hielt sie Theisen geöffnet entgegen.

»Ich will Lawan sehen«, wiederholte er im Stehen.

»Der Leichnam lag über Monate in der Erde. Selbst wenn es Ihre Frau sein sollte, werden Sie sie nicht ohne Weiteres wiedererkennen.«

»Ich will sie sehen.«

»Setzen Sie sich doch, Herr Theisen.«

Er schüttelte den Kopf. »Was ist passiert?«

Lena zeigte auf den Stuhl neben sich. »Bitte.«

Elbo Theisen nahm Platz. »Was ist passiert?«

»Da die Ermittlungen gerade erst begonnen haben, können wir noch nicht viel dazu sagen. Falls es tatsächlich Ihre Frau sein sollte, die dort in dem Wäldchen gefunden wurde, werden wir Sie sofort informieren.«

Lena war sich sicher, dass es im Moment keinen Sinn hatte, Elbo Theisen weiter zu befragen. Der Mann schien kaum in der Lage, einen vollständigen Satz zu formulieren. Ohnehin würde zunächst geklärt werden müssen, ob es sich bei der Frau um Lawan Yao Yun handelte. »Haben Sie jemanden, der sich um Sie kümmern könnte?«, fragte sie.

»Mein Bruder und seine Frau … Ex-Frau«, antwortete er nach einer Weile.

»Geben Sie mir doch bitte die Telefonnummer.«

Elbo Theisen sah sich suchend in der Küche um und zeigte schließlich auf ein Handy, das in einem Regal lag. Lena stand auf und gab es ihm.

Drei

Ole Kotten startete den Motor seines Wagens. »Hätten wir ihm nicht gleich ein paar Fragen stellen sollen?«

Lena hatte Theisens Bruder erreicht, der sofort zugesagt hatte, von Husum aus zu seinem Bruder zu fahren. Währenddessen hatte Ole einen Kollegen in Husum damit beauftragt, mit dem Zahnarzt Kontakt aufzunehmen, und hatte Luise Stahnke in Kiel informiert.

»Du hast doch gesehen, in welcher Verfassung er war.«

»Eben.« Ole lenkte das Dienstfahrzeug vom Hof herunter auf die Straße und fuhr den Weg zurück zur Fundstelle der Leiche.

»Wir wissen noch nicht einmal, ob es sich um seine Ehefrau handelt«, nahm Lena das Gespräch wieder auf, als sie den Ort Süden erreicht hatten.

»Das wäre schon ein merkwürdiger Zufall, wenn zu der Zeit, als Theisens Frau verschwand, hier eine weitere Asiatin getötet wurde, oder?«

»Was ist mit dir los, Ole? Du bist doch sonst die Vorsicht in Person.«

Ole Kotten bog von der Hauptstraße ab auf eine schmale Nebenstraße. »Alles gut«, brummte er. »Wir haben ihn doch nicht verhört.« Er schnaubte leise. »In seinem Zustand.«

In dem direkt ans Wäldchen angrenzenden Haus wohnte ein älteres Ehepaar, beide Anfang siebzig, die zu der Zeit, als vermutlich die Leiche vergraben wurde, für zehn Wochen auf dem Festland gewesen waren, um die schwer kranke Schwester der Frau in der Nähe von München zu pflegen. Nach ihrer Rückkehr hatten sie nichts Verdächtiges bemerkt.

Nach und nach vergrößerten Lena und Ole den Radius um die Fundstelle. Sie hatten sich getrennt, Ole war nach Norden gegangen, während Lena Richtung Süden unterwegs war.

»Guten Tag«, begrüßte sie ein älterer Herr, der rund zweihundert Meter von der Fundstelle entfernt wohnte.

Lena stellte sich vor und zeigte dem Mann auf Verlangen ihren Polizeiausweis.

»Kommen Sie doch auf eine Tasse Tee herein«, sagte er und trat zur Seite.

In der Küche stand bereits die Kanne auf dem Stövchen. Der Mann, der sich als Rüdiger Tosens vorgestellt hatte, holte eine Tasse aus dem Schrank und bat Lena, sich zu setzen.

»Sie kommen sicher wegen der Leiche, die man bei Husmanns gefunden hat?«

»Ja, das ist richtig. Leider war das Ehepaar zu der Zeit, als sie vermutlich dort vergraben wurde, für längere Zeit auf dem Festland.«

Rüdiger Tosens bot Lena Kluntjes an und schenkte ihr, nachdem sie sich ein Stück Kristallzucker in die Tasse gelegt hatte, Tee ein. »Zu der Zeit soll das also gewesen sein.«

»Wir suchen Zeugen, die von Mitte bis Ende März etwas Auffälliges hier in der Gegend gesehen haben.«

Tosens goss sich Sahne in den Tee. »Das ist eine ruhige Zeit im März. Da sind hier allenfalls ein paar Vogelliebhaber unterwegs.«

»Ihnen ist etwas aufgefallen?«

Der Mann zuckte mit den Schultern. »Meine Bella lebte zu der Zeit noch. Sie müssen wissen, sie hatte Krebs und ich musste sie einschläfern lassen. Das ist jetzt vier Wochen her. Aber Ende März ging es ihr noch recht gut.«

»Bella war Ihr Hund?«

»Ja, ein English Setter. Sie ist fast elf Jahre alt geworden.« Er nickte nachdenklich. »Das ist schon sehr alt für diese Rasse.«

»Es tut mir leid, was mit Ihrem Hund passiert ist.«

»Danke, Frau Kommissarin, aber das ist nun mal das Schicksal jedes Geschöpfs auf Gottes Erden. Wir werden geboren und gehen nach einer Weile wieder.«

Lena trank einen Schluck Tee und wartete geduldig darauf, dass Rüdiger Tosens auf eventuelle Auffälligkeiten in der fraglichen Zeit zu sprechen kam.

»Sie müssen wissen, ich bin jeden Tag zwei- oder dreimal mit Bella vor die Tür gegangen. Bei Wind und Wetter. Ja, so war das.« Er seufzte. »Aber das ist sicher nicht so interessant für Sie. Im März, sagten Sie? In der zweiten Hälfte?«

»Ja, das ist vermutlich die fragliche Zeit.«

»Ich kenne die Husmanns gut und passe auf ihr Haus auf, wenn sie unterwegs sind. Nicht dass auf Nordstrand viel eingebrochen wird, aber man weiß ja nie, was so passiert.«

»Sie waren im März auch jeden Tag beim Haus der Husmanns?«

»Ja, natürlich. Ich musste doch sowieso mit Bella raus.« Rüdiger Tosens stand auf. Lena dachte im ersten Augenblick, dass das Gespräch für ihn damit beendet sei, aber er ging zum Küchenschrank, zog eine Schublade auf und nahm ein kleines Notizbuch heraus. Schließlich setzte er sich wieder an den Tisch und lächelte. »Da hätte ich doch fast meine Notizen vergessen.«

Lena nickte und wartete gespannt, was kommen würde.

»Ich muss zugeben, dass ich manchmal anderen Menschen gegenüber etwas zu misstrauisch bin. Aber Vorsicht ist die

Mutter der Porzellankiste, hat meine Mutter immer gesagt. Gott hab sie selig.« Er blätterte in seinem Notizbuch. »Hier ist es doch.« Er reichte Lena das Buch. Auf einer ansonsten leeren Seite stand das Datum 21. März und ein Autokennzeichen mit dem Kürzel NF für Landkreis Nordfriesland.

»Da staunen Sie, junge Frau?«, sagte er schmunzelnd. »Leider habe ich mir die Uhrzeit nicht aufgeschrieben. Das hielt ich damals wohl nicht für so wichtig. Entweder war es bei meinem Morgenspaziergang so gegen zehn Uhr oder am Nachmittag nach dem Tee. Das ist so um etwa vier Uhr. Es kann allerdings auch abends gewesen sein. Bella musste manchmal noch gegen zehn oder elf raus. Für diese Nachtgänge habe ich mir eine starke Taschenlampe zugelegt.«

»Wo haben Sie das Fahrzeug gesehen?«

»Na, im Wäldchen bei den Husmanns. Genau da, wo gestern und heute die Polizeifahrzeuge gestanden haben. Ich habe mir die Nummer aufgeschrieben, falls bei den Husmanns jemand einbrechen sollte. Ich konnte ja schlecht die ganze Zeit Wache schieben.«

»Was für ein Fahrzeug war das?«

Der alte Herr sah sie erstaunt an. »Aber können Sie das als Polizistin nicht schnell herausfinden?«

Lena lächelte. »Ja, natürlich. Aber die Nummer könnte inzwischen gewechselt haben und da ist es sicherer, dass ich auch etwas über den Fahrzeugtyp weiß.« Lena verschwieg, dass ein Fahrzeugwechsel ebenfalls in der Datenbank hinterlegt worden wäre. Die Frage war mehr als Test gedacht, inwieweit Rüdiger Tosens als zuverlässiger Zeuge einzuschätzen war.

»Na, Sie stellen Fragen. Ehrlich gesagt, kenne ich mich bei den neumodischen Autos nicht besonders gut aus.« Er kratzte sich an der Stirn. »Also ein Geländewagen war es nicht, ich meine diese großen schweren Autos, mit denen heutzutage alle

Welt herumfährt. Eine Limousine auch nicht, sondern so ein Kastenwagen. Einer, der auch hinten große Fenster hat.«

»Sie meinen sicher einen Kombi.«

»Richtig. Und silbern war er, da bin ich mir ganz sicher.« Er seufzte. »Und jetzt fragen Sie gleich nach der Automarke, habe ich recht?«

Wieder lächelte Lena. Auch wenn sich das Gespräch hinzog und der alte Herr etwas umständlich agierte, erschien er ihr doch im Hinblick auf seine Beobachtungen sehr sorgfältig. »Das wäre natürlich das Tüpfelchen auf dem i, Herr Tosens.«

Ein zweites Mal fuhr er sich mit der Hand über die Stirn. »Ein Opel war es nicht. Den habe ich selbst mal gefahren. Ein VW auch nicht. Den würde ich sicher auch gleich erkennen. Vielleicht ein …« Er schien zu überlegen. »BMW. Ja, ich glaube, das war es. Ist in dem Zeichen nicht Weiß und Blau?«

Lena rief das Logo auf ihrem Smartphone auf. Rüdiger Tosens nickte erfreut. »Absolut. So sah es aus.«

»Danke, Herr Tosens. Es könnte tatsächlich sein, dass Sie uns damit sehr geholfen haben. Ist Ihnen während Ihres Spaziergangs auch eine Person aufgefallen, die zu dem Wagen gehören könnte?«

»Nein, ich bin bis zu diesem Auto gegangen und habe mich umgeschaut. Es war niemand zu sehen.«

Lena wusste, dass man vom Ende des Weges nicht die Fundstelle einsehen konnte. »Sie waren aber nur beim Fahrzeug und sind nicht weitergegangen?«

Der alte Herr schüttelte den Kopf. »Ich bin umgekehrt und war anschließend beim Haus meiner Nachbarn. Aber dort war nichts Verdächtiges zu sehen und Bella war auch schon wieder zur Straße gelaufen.«

»Okay. Und in den Tagen vor dieser Beobachtung und danach ist Ihnen nichts mehr aufgefallen?«

»Nein.«

Lena trank noch ihren Tee aus, bevor sie sich von Rüdiger Tosens verabschiedete. Er war einverstanden, dass am nächsten Tag ein Husumer Kollege mit dem Protokoll vorbeikommen und die Zeugenaussage unterschreiben lassen würde. Beim Wagen traf sie auf Ole Kotten.

»Warst du auch so erfolglos wie ich?«

»Bis auf eine Person hat niemand etwas beobachtet. Aber unter Umständen bringt uns diese eine Zeugenaussage weiter.« Lena berichtete in kurzen Worten von der Befragung. Ole Kotten rief im Kommissariat an, gab das Kennzeichen durch und bat darum, den Halter zu ermitteln.

»Fahren wir doch nach Husum«, schlug Ole vor. »Da kann ich dir dein neues Büro zeigen und wir überlegen, wie es weitergeht.«

»Hat Luise gesagt, wie lange der Zahnabgleich dauert?«, fragte Lena, als sie über die Dammstraße aufs Festland fuhren.

»Sie meinte, bevor wir viel Zeit mit einem richterlichen Beschluss vertun, wollte sie sich selbst um die Sache kümmern. Auf dem kleinen Dienstweg, sozusagen.«

Lena lachte. »Typisch Luise. Wir brauchen trotzdem einen Beschluss, damit der Zahnarzt später keinen Ärger bekommt und der Abgleich vor Gericht Bestand hat. Kümmerst du dich darum?«

Ole nickte. »Mach ich.« Er bog auf die Hauptstraße ab. »Wenn es die Ehefrau ist, wird der Fall wohl schnell geklärt sein. Theisens Auftritt vorhin war doch sehr geschauspielert.«

»Ist das nicht sehr voreilig, Ole?« Lena wunderte sich zum zweiten Mal an diesem Tag über ihren Kollegen, den sie beim Fall auf Hallig Hooge als äußerst besonnenen und umsichtigen Ermittler kennengelernt hatte.

»Beweise oder ein Geständnis brauchen wir schon noch, wenn du das meinst.«

Sie fuhren inzwischen um die Husumer Innenstadt herum, überquerten die Mühlenau, die unmittelbar hinter der Stadt in die Nordsee floss, und parkten auf dem Innenhof des Polizeireviers. Das zweieinhalbstöckige, lang gezogene Backsteingebäude stand direkt an der verkehrsreichen Straße gegenüber dem Bahnhof.

Ole Kotten stellte den Motor ab. »Wollen wir?«

»Was ist mit dir los, Ole? Kann es sein, dass du irgendwie unter Druck stehst?«

»Quatsch! Die letzten Wochen mit dem Personalengpass waren einfach ein wenig heftig. Wird schon.« Er lächelte verkrampft. »Jetzt bist du ja da.«

»Sicher?«

Er nickte und öffnete die Tür. Lena folgte ihm.

Vier

Ole Kotten hatte am Vormittag einen weiteren Schreibtisch in sein Büro bringen lassen. Lena packte ihren Laptop aus, bevor sie auf ihrem Bürostuhl sitzend zum Schreibtisch ihres Kollegen rollte.

»Hast du schon die Halterfeststellung auf dem Tisch?«

Ole Kotten nickte. »Das ist ein Thorsten Schöning aus Goldebek. Das ist ein kleiner Ort ungefähr eine halbe Stunde von Husum entfernt Richtung Norden.«

»Aber?« Lena sah, dass ihr Kollege nicht zufrieden war mit der Information.

»Er fährt keinen BMW, sondern einen Passat Kombi. Und nach den Unterlagen ist der Wagen weiß.«

Lena atmete scharf ein. War der Zeuge Tosens doch nicht so verlässlich, wie sie ihn eingeschätzt hatte? »Wie lange hat er das Kennzeichen schon?«

»Drei Jahre.«

Lena sah auf die Uhr. Kurz vor vier am Nachmittag. Wenn sie jetzt nach Goldebek führen, wäre sie vor sechs nicht zu Hause.

»Wir können ihn auch morgen befragen.« Ole Kotten schien ihre Gedanken zu erraten.

»Nein, wir fahren. Oder wirst du zu Hause erwartet?«

Ole schüttelte den Kopf, stand auf und griff nach seinem Handy. Thorsten Schöning meldete sich nach dem dritten Klingelton, Ole Kotten stellte sich vor und kündigte ihren Besuch an.

Als sie aus Husum herausfuhren, meldete sich Lenas Handy. Sie nahm das Gespräch aus Kiel direkt an.

»Hallo, Luise! Bist du mit der Identifizierung weitergekommen?«

»Hallo! Und ja, bei der Frau handelt es sich um …« Lena hörte, wie sie eine Seite umblätterte. »… um Lawan Yao Yun. Ihr Zahnarzt hat mir eine Röntgenaufnahme geschickt. Natürlich läuft noch die DNA-Analyse, aber das wird noch mindestens ein bis zwei Tage dauern. Ihr könnt aber mit extrem hoher Wahrscheinlichkeit davon ausgehen, dass wir die Frau identifiziert haben.«

»Okay. Hast du fremde DNA-Spuren gefunden?«

»Nein, bis auf das Sperma keine weiteren. Ich werde zwar morgen noch einen zweiten Durchgang einlegen, aber geh besser nicht davon aus, dass da etwas herauskommt.«

»Danke, Luise. Ich melde mich bei dir, wenn wir noch Fragen haben.«

Sie beendete das Gespräch und erzählte Ole Kotten von den neuen Erkenntnissen. »War zu erwarten«, kommentierte der das Gehörte. »Dann führt uns unser erster Weg morgen wohl direkt nach Nordstrand zum Ehemann.«

Lena gefiel der drohende Unterton in Oles Bemerkung nicht. Selbstverständlich musste der Ehemann der Toten befragt und komplett durchleuchtet werden, aber sie hielt nichts davon, sich in dieser frühen Phase der Ermittlungen auf einen Verdächtigen festzulegen.

»Wie hoch war noch der Prozentsatz von Tätern innerhalb der Familie?«, fragte Ole, der anscheinend wieder erraten hatte, was sie dachte.

»Nicht hundert Prozent«, murmelte Lena. »Und du solltest doch am besten wissen, dass jeder Fall anders liegt und man das nicht mathematisch berechnen kann.«

»Ich habe Theisen ja auch nicht festgenommen und in die Zelle gesperrt. Das ist dir sicher aufgefallen, oder?«

Lena stöhnte leise. »Was ist mit dir los, Ole?«

Er schwieg eine Weile, bevor er antwortete. »Ich hatte schon bessere Tage. Wie gesagt, überarbeitet und ausgebrannt.«

»Ist Tobias im Moment geschäftlich unterwegs?«, fragte Lena ins Blaue hinein. Zwar wusste sie, dass Oles Lebensgefährte regelmäßig in Hamburg und Berlin zu tun hatte, aber bisher hatte Ole immer freimütig darüber berichtet, während er heute noch kein Wort über Tobias verloren hatte.

»Seit einer Woche. Berlin«, antwortete Ole und schien es so beiläufig wie möglich klingen lassen zu wollen.

»So lange schon. Wann kommt er zurück?«

»Steht noch nicht genau fest. Sind wohl schwierige Verhandlungen. Warum?«

»Erck und ich wollten euch für nächstes Wochenende einladen. Eine kleine Hausführung inbegriffen.« Lena hatte auf Oles Frage improvisiert. Zwar hatte sie während der zwei letzten Renovierungswochen darüber nachgedacht, Ole und seinen Mann einzuladen, mit Erck aber noch nicht darüber gesprochen.

Ole grinste. »Werde ich Tobias ausrichten. Vielleicht kann ich ihn ja so nach Husum zurücklocken.«

Lena bohrte nicht weiter nach. Oles Antwort hatte bemüht flapsig geklungen. Gab es Probleme in der Beziehung? Bisher hatten die beiden auf Lena einen sehr glücklichen Eindruck gemacht.

»Wir sind gleich da«, bemerkte Ole in die entstandene Stille hinein. Kurz darauf tauchten das Ortsschild des Dorfes und die ersten Häuser vor ihnen auf. Ole folgte den Hinweisen der Navi-Stimme und hielt schließlich vor einem weißen Backsteinhaus. Sie parkten das Auto an der Straße und klingelten an der Tür. Ein untersetzter Mann mit Halbglatze, Anfang fünfzig, öffnete ihnen und bat sie, nachdem sie sich ausgewiesen hatten, in sein Büro. Das Firmenschild über der Klingel hatte ihn als Immobilienmakler ausgewiesen.

»Was kann ich für Sie tun?«, fragte Schöning und setzte dabei ein professionelles Verkaufslächeln auf.

»Sie sind als Immobilienmakler auch auf Nordstrand unterwegs?«, nahm Ole Kotten die Befragung auf.

»Hin und wieder. Warum fragen Sie?«

»Wann waren Sie das letzte Mal dort?«

»Schwer zu sagen. Ich bin auf Nordstrand aufgewachsen, lebe aber schon seit meinem fünfzehnten Lebensjahr nicht mehr dort.«

»Sie kennen Elbo Theisen?«

»Den Biobauern? Ja, er war zwei Klassen über mir.«

»Haben Sie Kontakt zu ihm?«

Thorsten Schöning blickte misstrauisch zwischen den Kommissaren hin und her. »Vielleicht sagen Sie mir erst mal, um was es hier geht.«

»Die Frau von Herrn Theisen ist tot aufgefunden worden«, sagte Lena.

Er riss die Augen theatralisch auf. »Die Thai-Tante? Was habe ich damit zu tun?«

Lena horchte auf. Thorsten Schöning schien sich doch besser auf Nordstrand auszukennen, als seine vorherige Antwort hatte vermuten lassen.

»Ja, Herrn Theisens Frau war Thailänderin«, sagte Lena und zwang sich, ruhig zu bleiben.

»Und die ist tot? Aber wurde sie nicht schon seit einer Ewigkeit vermisst? Ich habe gehört, dass sie zurück ist. Nach Thailand, meine ich.«

»Sie kennen auch das Haus des Ehepaars Husmann im Elisabeth-Sophien-Koog?«, fragte Ole Kotten betont deutlich. Der Immobilienmakler reagierte sofort und richtete sich auf. »Warum fragen Sie das nun wieder?«

»Herr Schöning«, sagte Ole Kotten. »Wir stellen hier die Fragen und Sie antworten. Ist das klar?« Seine Stimme ließ keinen Zweifel aufkommen, dass er kurz davor war, die Geduld zu verlieren. Lena ahnte, dass es nicht gespielt war.

»Ja, ich weiß, wo die Husmanns wohnen.«

Ole Kotten fixierte Schöning. »Warum haben Sie am 21. März auf dem Sandweg neben dem kleinen Wäldchen gestanden?«

»21. März. Also, ich kann mich nicht erinnern. Ich glaube nicht, dass ich im März überhaupt auf Nordstrand war.«

»Sondern?«, mischte sich Lena ein, um etwas Druck aus dem Gespräch zu nehmen.

Thorsten Schöning starrte sie an, als habe er die Frage nicht verstanden. Lena fragte noch einmal: »Wo waren Sie denn am 21. März? Sie haben doch sicher einen Terminkalender, den Sie uns zeigen können.«

Er nickte eifrig und kramte auf dem Schreibtisch in einem Stapel von Papieren, bis er den Taschenkalender gefunden hatte. »Da war ich in Hamburg.« Er reichte Lena das Büchlein. »Das kann ich auch nachweisen. Ich hatte da einen langen Termin bei einem Kunden.«

Mit leicht zitternder Hand schrieb Thorsten Schöning den Namen und die Adresse des Kunden auf. Er erzählte, dass der Termin um ein Uhr begonnen habe, um halb vier sei er kurz unterbrochen worden und erst um kurz vor halb sechs sei die Besprechung zu Ende gewesen.

»Wir werden das überprüfen«, sagte Lena und warf einen Blick zu Ole, der ihr bestätigend zunickte als Zeichen, dass sie weitermachen sollte. »Wann haben Sie das letzte Mal mit Elbo Theisen gesprochen?«

Schöning schaute erschrocken auf, als habe Lena ihn bei etwas Verbotenem erwischt. »Das ist länger her.«

»Wann und wo?«

»Im Dorfkrug in Süden. Wann, weiß ich nicht mehr. Auf jeden Fall im letzten Jahr. Spätherbst. Ende Oktober könnte es gewesen sein.« Als Lena ihn fragend ansah, fuhr er zögernd fort. »Das war rein zufällig. Ich habe mich zu ihm an den Tisch gesetzt. In meinem Job muss ich mit den Leuten reden. Das ist wichtig und hat nichts damit zu tun, dass ich mit ihnen befreundet bin oder so. So höre ich, wo eventuell ein Haus … na ja, Sie wissen schon.«

»In naher Zukunft frei wird?«

»Ja, so ähnlich. Meistens zeichnet sich doch ab, wenn … Menschen sterben nun mal und gerade auf Nordstrand gibt es reichlich Nachholbedarf.« Er stockte. »Ich meine natürlich nicht im Sterben, sondern … Es sind halt noch viele Häuser in guter Lage in Privatbesitz. Und da ich dort aufgewachsen bin, vertrauen mir die Leute. Das ist mein Kapital. Gerade auf Nordstrand.«

»Haben Sie jemals in dem Weg zum Wäldchen geparkt?«

Thorsten Schöning schien überrascht zu sein über den plötzlichen Themenwechsel. »Also, an dem Tag bestimmt nicht«, sagte er schließlich.

»Aber ein anderes Mal?«, fragte Lena weiter.

Er zögerte und schien zu überlegen, welche Antwort er geben sollte. »Mag sein, ich erinnere mich nicht mehr.«

»Sie sind an dem Haus der Husmanns interessiert?«

»Die beiden wollen nicht verkaufen.«

»Das habe ich nicht gefragt, Herr Schöning.« Lena fixierte den Mann. »Sie haben mit dem Ehepaar über das Haus gesprochen?«

»Wie gesagt, ich spreche mit vielen Menschen auf Nordstrand.«

»Mann, waren Sie da oder nicht?«, fuhr Ole Kotten ihn an. »Haben Sie mit den Husmanns gesprochen?«

Thorsten Schöning zuckte zusammen. »Einen etwas anderen Ton würde ich mir schon wünschen, Herr Kommissar.«

»Hauptkommissar, wenn ich bitten darf, und wir können Sie auch ganz offiziell zur Vernehmung mitnehmen.«

»Schon gut«, gab Schöning missmutig klein bei. »Sie erfahren es ja sowieso von den Husmanns. Ja, ich war bei den alten Herrschaften und habe mich angeboten, beim Verkauf zu helfen, falls sie eines Tages darüber nachdenken, ihren Alterssitz in einer Seniorenresidenz zu nehmen.«

»Nett formuliert«, sagte Ole Kotten und seine Stimme triefte vor Sarkasmus. »Um es kurz zu machen: Sie kennen sich vor Ort gut aus und ein Zeuge hat Ihr Fahrzeug dort auf dem Sandweg gesehen. Und zwar zur fraglichen Todeszeit des Opfers.« Er zog ein Plastikröhrchen aus der Tasche. »Wir brauchen von Ihnen eine DNA-Probe. Sie kennen das sicher aus dem Fernseher. Einfach das Wattestäbchen einmal durch die Mundhöhle ziehen.«

Schöning zögerte, das Plastikröhrchen entgegenzunehmen. »Brauchen Sie dafür nicht etwas Offizielles? So einen Beschluss?«

»Den haben wir im Nullkommanichts«, behauptete Ole Kotten. »Oder wollen Sie sich unbedingt verdächtig machen?«

»Ihr Ton gefällt mir ganz und gar nicht!«, sagte Schöning und stand auf. »Wollen Sie mich etwa unter Druck setzen?«

»Sie würden schon merken, wenn das der Fall wäre«, donnerte Ole. »Sie können uns auch gerne nach Husum begleiten. Vielleicht tut Ihnen eine Nacht in der Zelle ganz gut.«

Auf Lenas besänftigende Blicke reagierte Ole Kotten nicht, er schien stattdessen immer wütender zu werden. Bevor Lena etwas sagen konnte, sprang Thorsten Schöning auf und sagte gespielt freundlich: »Gerne, Herr Kommissar. Ich hoffe nur für Sie, dass Sie eine Vorladung vom Staatsanwalt dabeihaben. Oder ist etwa Gefahr in Verzug?« Er sah Ole Kotten spöttisch an. »Anscheinend weder das eine noch das andere. Habe ich recht? Und jetzt verlassen Sie bitte beide auf der Stelle mein Haus. Ansonsten muss ich mich an Ihre Vorgesetzten wenden. Haben wir uns verstanden?«

Ole Kotten stand inzwischen direkt vor Schöning, die Fäuste geballt. Lena zog ihn zurück und nickte Schöning zu. »Sie hören dann von uns, Herr Schöning.«

Fünf

Schweigend saßen die beiden Ermittler im Auto vor Thorsten Schönings Haus.

»Entschuldige«, sagte Ole schließlich, ohne Lena anzuschauen. »Das war nicht sehr professionell. Ich habe vollkommen überreagiert. Verdammter Mist! Aber was er uns da erzählt hat, stinkt doch zum Himmel. Erst konnte er sich kaum erinnern, wann er das letzte Mal auf Nordstrand gewesen ist, und dann ist er plötzlich dort aufgewachsen und kennt Theisen und auch noch die Husmanns. Am Schluss sind noch die Spermaspuren auf dem Slip von ihm.«

»Wir überprüfen jetzt erst mal sein Alibi. Und zwar gründlich. Ich rufe einen Kollegen vom Hamburger LKA an und bitte ihn darum, in der Sache zu ermitteln. Wenn sich das nicht bestätigt, bekommen wir sicher auch einen Beschluss für eine DNA-Probe. Ansonsten wird es wohl schwierig werden.«

»Okay.«

»Und dann sehen wir weiter. Ich denke auch, Schöning weiß mehr, als er zugibt. Aber wenn an seinem Alibi nicht zu rütteln ist, brauchen wir mehr als die Zeugenaussage des alten Herrn.«

»Vielleicht hat sich Tosens im Datum geirrt. Die Automarke war ja auch nicht korrekt.«

Lena seufzte. »Kein guter Start. Ich scheine nach den zwei Wochen etwas eingerostet zu sein und du brauchst dringend Urlaub. Lass uns für heute Schluss machen.«

Ole nickte und ließ den Motor an. Während er aus dem Dorf hinausfuhr, rief Lena bei ihrem Kollegen in Hamburg an, den sie bei der Arbeit in einer länderübergreifenden SoKo kennengelernt hatte. Er freute sich, von ihr zu hören, und versprach, sich am nächsten Tag um das Alibi von Thorsten Schöning zu kümmern.

Erck half Lena beim Abräumen des Küchentischs. In den letzten zwei Stunden hatten sie hier mit Ole Kotten zusammengesessen, eine Kleinigkeit gegessen und ein Glas Wein getrunken.

»Findest du nicht auch, Ole wirkt etwas bedrückt?«, fragte Lena.

Erck stellte die Teller in die Spülmaschine und schloss die Klappe. »Ja, das ist mir gleich aufgefallen, als du mit ihm reinkamst.«

»Hat er dir was erzählt, als ihr kurz alleine wart?«

»Nicht wirklich. Als ich nach Tobias fragte, hat er schnell das Thema gewechselt. Haben die beiden Stress?«

»So plötzlich? Wir haben sie doch erst …« Lena überlegte. »Ist das wirklich schon fast vier Wochen her?«

Erck nickte. »Denke schon.«

»Und sie haben doch erst im letzten Jahr geheiratet.«

Erck wiegte den Kopf hin und her. »Das muss nichts heißen. In der Hochphase nach einer Krise kann das schon mal ein Weg sein, um zu zeigen, dass wieder alles in Ordnung ist. Und die Gesetze sind doch gerade erst geändert worden. Hieß das nicht vorher anders?«

»Eingetragene Lebenspartnerschaft. Seit Herbst letzten Jahres können Schwule und Lesben auch richtig heiraten.«

»Hat ja auch lange genug gedauert. Ole hat mir von einem seiner Onkel erzählt, der Anfang der Sechzigerjahre für zwei Jahre im Gefängnis saß. Paragraf 175, Unzucht zwischen Männern. Anscheinend wurde das Gesetz erst Ende der Sechziger geändert und in den Neunzigern komplett gestrichen.«

»Was ist aus dem Onkel geworden?«

»Er hat sich Ende der Siebzigerjahre von einer Autobahnbrücke gestürzt. Tot. Ole meinte, er sei nach der Zeit im Gefängnis nie wieder der Alte gewesen.«

»Das hat er mir nie erzählt«, sagte Lena betroffen.

»Es war an dem Abend, an dem du in Kiel übernachtet hast. Das muss Ende Mai gewesen sein. Wir haben uns zufällig in der Stadt getroffen und ein Bier zusammen getrunken. Irgendwann kam das Gespräch dann auf das Thema.«

Lena wischte den Tisch ab und legte das nasse Tuch in die Spüle. »Gehen wir ins Bett? Ich bin müde.«

Als Lena um acht Uhr in ihr provisorisches Büro trat, saß Ole Kotten bereits hinter seinem Schreibtisch.

»Guten Morgen, Ole. Schon fleißig?«

»Moin, Lena! Bin heute früh aufgewacht und dachte, ich könnte schon mal ein bisschen vorarbeiten.«

Lena zog ihre Waffe aus dem Halfter und legte sie in die Schreibtischschublade, bevor sie ihren Laptop hochfuhr. »Und?«

»Lawan Yao Yun – sie hat übrigens ihren Namen nach der Heirat nicht geändert – war fünfunddreißig Jahre alt, hat einen Sohn von sechzehn Jahren, der bei seinen Großeltern lebt. Die sind Reisbauern aus dem Isaan, das ist eine nordöstliche Provinz von Thailand, sozusagen das Armenhaus des Landes.«

»Warum hat der Sohn nicht hier bei der Mutter gelebt?«

»Das weiß ich nicht. Ich habe hier nur die reinen Fakten. Aber wenn ich das richtig sehe, ist er auch, bevor sie nach Deutschland kam, von seinen Großeltern aufgezogen worden. Frau Yao Yun hat bis 2015 in Bangkok gelebt. Als Berufsbezeichnung habe ich hier Hotelangestellte. Das hängt wohl mit dem Verbot von Prostitution in Thailand zusammen.«

»Hat sie als Prostituierte gearbeitet?«

»Die Vermutung liegt zumindest nahe. Prostitution ist in Thailand verboten, aber gleichzeitig arbeiten nach Schätzungen mindestens eine Million Frauen in dem Gewerbe.«

Lena störte es, dass Ole wie selbstverständlich davon ausging, dass Lawan Yao Yun als Prostituierte gearbeitet hatte, ließ aber das Thema zunächst auf sich beruhen. »Verboten, das wusste ich gar nicht.«

»Das hat wohl überhandgenommen«, fuhr Ole fort. »Es hängt mit den amerikanischen Soldaten während des Vietnamkriegs zusammen, die in Thailand ihren Urlaub verbrachten und sich vergnügen wollten. Ich glaube, aus den Neunzigerjahren ist das Gesetz. Aber wie du an den Zahlen siehst, hält sich kaum jemand daran, und verfolgt wird es auch nicht wirklich. Und alle Prostituierten geben einen anderen Beruf an. Hotelangestellte, Barfrau, Tänzerin und so weiter.«

»Was nicht heißt, dass unser Opfer nicht doch im Hotel als Zimmermädchen gearbeitet hat«, warf Lena ein.

»Nein, ausschließen kann man das nicht.« Ole sah auf seine Notizen. »Theisen und Yao Yun haben 2013 in Bangkok geheiratet, zwei Jahre später ist sie nach Deutschland gekommen und lebte seitdem hier.«

»Hat sie hier gearbeitet?«

»Ja, sie ist bei ihrem Ehemann angestellt gewesen. Hat also offiziell auf dem Hof mitgeholfen.«

»Was ja auch naheliegt«, fügte Lena hinzu.

»Der Sohn ist nie in Deutschland gewesen. Zumindest habe ich kein Visum gefunden. Wie häufig Frau Yao Yun in Thailand war, müssen wir erfragen, wenn es denn wichtig ist.«

»Die deutsche Staatsangehörigkeit hat sie nicht beantragt?«

»Nein. Geht das überhaupt so schnell nach der Heirat?«

»Soweit ich weiß, kann man das nach zwei Jahren beantragen.«

»Okay«, sagte Ole. »Das hat sie also nicht gemacht. Warum auch immer.«

»Der Hof gehört Elbo Theisen?«

»Ja, seine Eltern sind kurz hintereinander 2008 beziehungsweise 2009 gestorben. Sein Bruder ist sechs Jahre jünger und hat bis 2000 auch auf dem Hof gearbeitet, ist dann aber nach Husum gezogen und hat hier eine Elektrikerausbildung gemacht. Er arbeitet als Angestellter.«

»Dann hat er erst mit sechsundzwanzig Jahren mit der Ausbildung begonnen?«

»Siebenundzwanzig. Zuerst ist er Taxi gefahren. Sein Vorname ist übrigens Jorin, Nachname auch Theisen. Er war verheiratet, ist aber seit einem Jahr geschieden. Seine Ex-Frau lebt auch in Husum. Heike Brandt. Sie hat ihren Mädchennamen wieder angenommen.«

»Gibt es weitere Verwandte?«

»Ja, eine Schwester. Eske Theisen. Vierzig, lebt in Hamburg. Sie ist Eventmanagerin und hat dort anscheinend ihre eigene Firma aufgemacht. Weiterhin gibt es noch Onkel und Tanten von beiden Seiten, die fast alle auf Nordstrand leben. Ich habe hier eine Liste.«

»Wow! Seit wann bist du schon im Büro?«

»Schon länger«, murmelte Ole und lächelte matt. »Wie gehen wir vor? Wer sagt es dem Ehemann, wer befragt wen?«

»Schlag was vor.«

»Ich würde dir den Ehemann überlassen und mich erst mal um den Bauern kümmern, dem die Hälfte des Wäldchens gehört, und dann anschließend die Onkel und Tanten abklappern.« Er hielt kurz inne. »Aber denk daran, dass wir vom Ehemann eine DNA-Probe zum Abgleich mit den Spermaspuren brauchen.«

Lena wunderte sich, dass Ole seinen Hauptverdächtigen freiwillig ihr überließ, aber vermutlich wollte er sich nach dem kleinen Eklat bei Thorsten Schöning nicht wieder in eine Situation bringen, in der er die Beherrschung verlieren könnte.

»Okay. Und wir treffen uns dann auf Nordstrand? Vielleicht bekommen wir ja irgendwo ein kleines Mittagessen.«

Lena fuhr auf dem Damm Richtung Nordstrand. Vom Büro aus hatte sie Elbo Theisen angerufen und sich für eine halbe Stunde später bei ihm angekündigt. Er hatte ihr zugesagt, dass er auf sie warten würde.

Sie mochte diese Phase der Ermittlungen, wo noch alles unklar war und man sich langsam in die Tiefe der Beziehungen einarbeitete, die das Opfer in den Monaten und Jahren vor der Tat eingegangen war. Sie würden sich von den unmittelbaren Bezugspersonen weiter nach außen vorarbeiten und dabei immer neue Beziehungsgeflechte entdecken. In diesem Fall, in dem die Tat mindestens drei Monate zurücklag, würde es kompliziert werden. Kaum ein Zeuge würde noch wissen, wo er in der fraglichen Zeit genau gewesen war, oder andere detaillierte Angaben machen können.

Am Morgen hatten sich die ersten kleinen Wolken am Himmel gezeigt. Laut Wetterbericht sollte es am Nachmittag regnen. Im Moment waren es noch leicht über zwanzig Grad, aber mit dem Regen sollten die Temperaturen sinken.

Lena ließ ihren Blick über die Felder gleiten. Im Vergleich zu den anderen nordfriesischen Inseln hatte auf Nordstrand die Landwirtschaft einen höheren Stellenwert. Mit fünfzigtausend Übernachtungen pro Jahr war allerdings der Tourismus eine weitere wichtige Einnahmequelle für die Nordstrander. Die Halbinsel hatte nur einen begrenzten Strandabschnitt, dafür aber ein Hallenbad und viele landschaftliche Reize.

Lena stellte ihr Dienstfahrzeug am Ende der Eichenallee ab und ging den restlichen Weg zu Fuß. Als niemand auf ihr Klingeln reagierte, umrundete sie den Hof und fand Elbo Theisen auf einer Holzbank sitzend. Er stand auf, als Lena auf ihn zutrat.

»Haben Sie meine Frau identifiziert?«

»Wollen wir uns setzen?«, fragte Lena mit ruhiger Stimme. Als sie beide Platz genommen hatten, erklärte sie ihm, dass sich beim Abgleich mit den Röntgenbildern des Zahnarzts eine Übereinstimmung ergeben hatte. Dass noch eine DNA-Analyse anstand, verschwieg sie ihm.

»Wann kann ich Lawan beerdigen?«

»Wir müssen warten, bis sie von der Gerichtsmedizin freigegeben wird. In aller Regel dauert das drei bis fünf Tage.«

Elbo Theisen nickte gedankenversunken und sah über seinen Garten hinaus auf die Felder. »Ich habe damit gerechnet, natürlich, aber ein Rest Hoffnung war immer noch da.« Er hatte leise gesprochen, richtete sich jetzt auf und sah Lena an. »Ist sie ermordet worden?«

»Über die genauen Umstände darf ich Ihnen nichts sagen, aber wir gehen von einem Tötungsdelikt aus.«

»Wer?«, flüsterte er und sank wieder in sich zusammen. »Wer macht so was? Und warum?«

Lena ließ ihn eine Weile still dasitzen, bevor sie ihn wieder ansprach. »Sie können sich sicher vorstellen, dass wir eine Menge Fragen haben. Sind Sie in der Lage, mit mir über Ihre Frau zu sprechen?«

Er nickte und sah sie mit traurigen Augen an. »Bin ich der Hauptverdächtige? Ist nicht immer zuerst der Ehemann in Verdacht?«

Lena entschied sich für die Wahrheit. Elbo Theisen würde bei ihren folgenden Fragen ohnehin klar werden, dass er im Fokus der Ermittlungen stand. »Natürlich sind Sie nicht automatisch verdächtig, nur weil Sie der Ehemann des Opfers sind, aber es ist auf der anderen Seite Routine, dass wir uns intensiv mit Ihnen beschäftigen.«

Elbo Theisen sah sie gleichgültig an. »Fragen Sie.«

Lena legte den Kopf in den Nacken und sog tief die frische Nordseeluft ein. »Erzählen Sie mir von Ihrer Frau. Wann haben Sie sie kennengelernt? Wie war Ihre Ehe? Was waren Ihre Pläne?«

»Haben Sie so viel Zeit?«, fragte Elbo Theisen und schloss für einen Moment die Augen.

»Die nehme ich mir. Erzählen Sie.«

»Wo soll ich anfangen?« Er zeigte auf die Felder hinter dem Garten. »Dass ich in der Landwirtschaft arbeite, wissen Sie sicher schon. Ich bin der Älteste von uns drei Kindern und habe den Hof von meinem Vater übernommen, wie es Tradition ist. Damals, im Jahr 2000, habe ich angefangen, den Hof in einen Biobetrieb umzuwandeln. Das geht nicht von heute auf morgen, aber ich wollte nicht so weitermachen wie mein Vater. Mein Bruder Jorin hat mich am Anfang dabei unterstützt, aber … es war nicht so leicht mit ihm. Einer muss halt der Chef sein und entscheiden.«

»War Ihr Bruder gestern hier?«

»Ja, bis spät in die Nacht. Wir sind nicht zerstritten, wenn Sie das meinen. Jorin ist ein lieber Kerl und guter Bruder, aber manchmal weiß er einfach nicht, was richtig und falsch ist.«

Lena machte sich in Gedanken eine Notiz. Sie würde bald mit Jorin Theisen sprechen müssen.

»Aber das ist sicher nicht das, was Sie hören wollen«, fuhr Elbo Theisen fort. »Es geht ja um Lawan.« Wie am Tag zuvor sprach er den Vornamen seiner Frau regelrecht ehrfürchtig aus. »Sie denken sicher, ich habe Lawan im Katalog bestellt. Oder besser im Internet.«

»Nein, das tue ich sicher nicht. Ich bin hier, um zu erfahren, wie es tatsächlich war«, warf Lena ein. »Aber ich muss zugeben, ich habe bisher keine Erfahrung mit Beziehungen zwischen Deutschen und Thailänderinnen.«

»Ist Ihnen das noch nie passiert, dass Ihnen einer wie ich und eine jüngere Frau aus Fernost begegnet ist und Sie automatisch dachten …«

»Nein, Herr Theisen«, unterbrach sie ihn bewusst. »Ich versuche immer, so unvoreingenommen wie möglich auf Menschen zuzugehen. Ansonsten könnte ich meinen Job auch gar nicht machen. Glauben Sie mir.«

Er wiegte den Kopf hin und her. »Dann wären Sie aber die rühmliche Ausnahme von der Regel. Aber gut, wo war ich stehen geblieben? Ja, wann und wie habe ich Lawan kennengelernt? Ein Freund, eigentlich ein Bekannter hat mich überredet, mit ihm nach Thailand zu fahren. Ich war damals an einem Tiefpunkt, wahrscheinlich sogar depressiv, und hatte keine Kraft, Nein zu sagen. Zwei Wochen Thailand.«

»Wer hat während der Zeit Ihre Arbeit auf dem Hof gemacht? Sie haben doch Tiere, oder?«

»Jorin. Er ist nach wie vor leidenschaftlicher Bauer und kennt sich mit allem aus.«

»Ihnen ging es in dieser Zeit nicht so gut, haben Sie gerade gesagt.«

»Kurz zuvor war meine Beziehung in die Brüche gegangen. Anna. Sie hat quasi schon hier auf dem Hof gelebt und wir hatten vor zu heiraten. Es ist heutzutage nicht einfach für einen Bauern, eine Frau zu finden. Anna kam aus Schleswig, wir haben uns über Freunde kennengelernt. Ihre Eltern sind Lehrer und waren überhaupt nicht begeistert von ihrer Wahl. Außerdem war sie fünf Jahre jünger als ich. Aber für uns hat das keine Rolle gespielt. Dann wurde es irgendwann ernst und Anna zog sozusagen auf Probe zu mir. Hier hat sie dann gemerkt, was auf sie zukommt. Ich habe gespürt, dass sie unsicher wurde, aber ich dachte, es geht vorüber. Tat es aber nicht. Von einem Tag auf den anderen war sie dann plötzlich verschwunden. Stellen Sie sich vor, Sie kommen abends nach Hause, freuen sich auf Ihren Partner und finden nur noch einen Zettel vor. *Verzeih mir, ich schaff das nicht.* Mehr hat Anna nicht hinterlassen. Einen Zettel mit sechs Worten.«

»Das möchte ich mir lieber nicht vorstellen«, sagte Lena.

»Ja, aber manchmal kann man sich nicht aussuchen, was das Schicksal für einen bereithält.« Er schluckte und wischte sich über die feuchten Augen. Schließlich stand er auf. »Können wir ein paar Meter gehen? Ich halte es nicht mehr aus, hier zu sitzen.«

Sechs

Lena ging neben Elbo Theisen her und wartete darauf, dass er fortfuhr. Sie verließen den Garten und liefen über einen kleinen Weg durch ein Getreidefeld.

»Wie gesagt, der Bekannte hat mich quasi überredet. Mir war es damals vollkommen egal, wohin die Reise ging. Erst als er mit mir in eine Bar ging, sind mir die Augen aufgegangen. Wissen Sie, was Short-Time ist?«

Lena schüttelte den Kopf.

»Die Barmädchen kommen auf einen zu und wollen einen sogenannten *Ladydrink*, den man natürlich bezahlen soll. Danach geht es darum, ob man nur kurz mit ihnen aufs Zimmer geht oder sie für länger buchen will. Short-Time oder Long-Time. Sie verstehen?«

»Durchaus. Wie sind Sie damit umgegangen?«

»Ich bin geflüchtet. Was denn sonst? Zurück ins Hotel, wo ich die Minibar geplündert habe. Zumindest die alkoholischen Flaschen waren am nächsten Morgen leer. Mein Bekannter kam erst gegen Mittag und hat mich dann überredet, noch mal einen Anlauf zu nehmen. Wir waren am Abend dann in einer Bar, in der es gesitteter zuging. In dieser Bar habe ich Lawan getroffen.«

Elbo Theisen blieb stehen und sah Lena direkt an. »Was haben Sie jetzt gedacht? Also doch? Er lernt seine zukünftige

Frau in einer Bar in Bangkok kennen, was kann das schon für ein Mensch sein. Habe ich recht?«

»Tut mir leid, ich kann mit diesen Vorurteilen nicht dienen, sosehr Sie sich das wünschen. Ich habe keine Schlussfolgerungen gezogen, sondern darauf gewartet, wie Ihre Geschichte weitergeht.«

Elbo Theisen runzelte die Stirn und schüttelte dann den Kopf. »Okay, vielleicht bin ich bei Ihnen wirklich auf dem Holzweg.« Er fuhr fort. »Um es kurz zu machen: Lawan war mit Freunden dort, um einen Geburtstag zu feiern. Ich saß an einem Tisch, nicht weit entfernt von ihrem. Ich lächelte, sie lächelte, wie das so ist. Als ich von der Toilette zurückkam, stand sie in der Warteschlange vor der Frauentoilette. Ich habe allen Mut zusammengenommen und sie angesprochen. Ihr Englisch war nicht besonders gut, aber es reichte, um uns für den nächsten Tag zu verabreden.«

Theisen blieb stehen und zeigte auf das Feld. »Bis hierhin geht mein Land.« Sein Blick ging nach rechts und links. »Etwas über zehn Hektar. Nicht wirklich viel, aber ausreichend, wenn man die Produkte richtig vermarktet. Außerdem habe ich Schafe, zweihundert, die auf dem Deich arbeiten.« Er lächelte. »Sie halten das Gras kurz und trampeln die Erde fest, sprich: Sie sorgen für eine geschlossene Grasnarbe.«

»Ich komme ursprünglich von Amrum«, sagte Lena.

»Tatsächlich. Glückwunsch. Amrum ist eine wunderschöne Insel. Ich bin gerne dort.« Er atmete tief ein und wieder aus. »Lawan war auch gerne dort.«

»Wie ging es weiter in Bangkok?«, lenkte Lena das Gespräch wieder auf das ursprüngliche Thema.

»Ich habe mich am nächsten Tag mit Lawan getroffen. Am Nachmittag nach ihrer Schicht im Hotel. Wir waren im Lumphini-Park spazieren und sind danach essen gegangen.« Er lächelte, als er an seinen ersten Tag mit seiner späteren Ehefrau dachte. »Aber das wollen Sie sicher nicht wissen.«

»Erzählen Sie ruhig weiter.«

»Wir haben uns ab da jeden Tag gesehen und etwas zusammen gemacht. Und bevor Sie fragen, wir hatten damals keinen Sex miteinander. Ich weiß nicht genau, warum, aber wir schienen uns so zu genügen, wollten es langsam angehen, uns kennenlernen.«

»Aber?«, fragte Lena, die herausgehört hatte, dass noch etwas passiert war.

Elbo Theisen blieb stehen. »Sie sind eine aufmerksame Zuhörerin. Ja, es war noch etwas. Am vorletzten Tag hat sie gefragt, ob ich mir vorstellen kann, sie und ihre Familie mit einem monatlichen Geldbetrag zu unterstützen.« Er schwieg eine Weile und schaute beim Gehen auf die Erde. Lena schien es, als denke er darüber nach, ob er damals den richtigen Schritt gemacht hatte. »Ich muss ehrlich sagen, ich war geschockt. Ich konnte nicht verstehen, wie sie mich so etwas fragen konnte. Sollte ich jetzt für die Tage, die sie mit mir verbracht hatte, im Nachhinein bezahlen? Und was noch schlimmer war, Lawan schien überhaupt nicht zu begreifen, weshalb ich so vor den Kopf gestoßen war. Für sie schien es eine vollkommen normale und folgerichtige Frage zu sein.«

»Was haben Sie gemacht?«

»Eine Nacht darüber geschlafen. Am nächsten Tag habe ich sie gefragt, wofür sie das Geld braucht. Sie hat mir dann zum ersten Mal von ihrem Sohn erzählt.« Elbo Theisen sah auf. »Sie wissen ja noch gar nichts über ihn, oder?«

»Doch, es ist mir bekannt, dass Ihre Frau einen sechzehn Jahre alten Sohn hat, der bei seinen Großeltern lebt.«

»Niran heißt er. Lawan hat damals fast ihren ganzen Lohn nach Hause geschickt. Zu ihren Eltern, den drei Geschwistern, die dort leben, wie auch noch mehrere Onkel und Tanten.

Als ich später das erste Mal dort zu Besuch war, war ich entsetzt, wie ihre Familie leben musste. Inzwischen haben sie sich mit unserer Unterstützung ein Haus gebaut und zwei der Geschwister haben ein kleines Gewerbe aufgemacht.«

»Sie haben also damals schon eine Vereinbarung getroffen über finanzielle Zuwendungen?«, fragte Lena.

»Ja, das war 2011. Zwei Jahre bevor wir dann in Bangkok geheiratet haben und vier Jahre bevor sie endlich nach Deutschland kommen konnte. Wir haben fast jeden Tag miteinander gesprochen. Über das Internet. Und ja, ich habe der Familie jeden Monat etwas geschickt. Keiner wusste davon. Ich hatte wohl Angst, dass mich meine Familie und Freunde für verrückt erklären. Auch ich habe lange gebraucht, um zu verstehen, dass ein solches Geben und Nehmen in der thailändischen Kultur nichts Unmoralisches ist. Das hat viel mit der Stellung der Frau zu tun. In Thailand sind die Menschen religiös. Im Theravada-Buddhismus ist der Mann der Frau …« Er brach ab. »Aber das interessiert Sie sicher nicht. Irgendwann habe ich aber verstanden, dass für Lawan und auch alle anderen Menschen aus diesem Land die Familie an allererster Stelle steht. Und dass ich, als jemand von außen und dazu noch Ausländer – ein Farang, wie man es dort nennt –, erst an dritter oder vierter Stelle komme. Das ist für uns Westeuropäer schwer nachzuvollziehen.«

Sie waren wieder beim Haus angelangt und setzten sich auf die Holzbank im Garten.

»Lawan hätte mich eher verlassen, als dass sie ihre Familie nicht mehr unterstützt hätte. Das musste ich akzeptieren, aber als wir geheiratet haben und nach den zwei Jahren, die wir uns schon kannten, und den vier Urlauben, die ich dort verbracht hatte, wusste ich auch, auf was ich mich einlasse.« Er schloss die Augen. »Und ich habe es gerne gemacht. Ich hatte wieder eine Aufgabe, ein Ziel, eine Familie, um die ich mich kümmern musste. Eine große Familie. Im Grunde genommen haben mich Lawan und ihre Familie vor dem Untergang gerettet.«

Lena sah ihn fragend an.

»Ich habe vorhin von Depressionen gesprochen. Aber da war noch mehr. Ich habe zu der Zeit sehr viel Alkohol getrunken und leider auch eine Menge Geld im Spiel verloren. Poker. Illegal, natürlich. Ersparen Sie mir bitte, davon zu erzählen. Mit Lawan und ihren täglichen Anrufen habe ich es geschafft, diese schrecklichen Dinge hinter mir zu lassen. Es hat eine Zeit gedauert, aber irgendwann brauchte ich es nicht mehr.«

»Sie haben also die Familie Ihrer Frau finanziell unterstützt?«

»Wir. Lawan hat doch auf unserem Hof gearbeitet. Es war auch ihr Geld.«

»Muss ich mir das wie einen Dauerauftrag vorstellen oder wechselten die Beträge, die Sie überwiesen haben?«

»Nein, kein Dauerauftrag. Wir haben jeden Monat neu entschieden, welchen Betrag wir überweisen wollten oder manchmal auch konnten.«

»Und bevor Ihre Frau nach Deutschland kam?«

»Als Bauer hat man einen eigenen Betrieb, ist selbstständig, also hat man auch nicht jeden Monat das gleiche Geld. Damals, ja, ich hatte schon einen Dauerauftrag über eine kleine, überschaubare Summe, habe dann aber immer mal wieder, je nachdem wie ich konnte, etwas mehr überwiesen.«

»Mit der Zeit kommt da schon eine erkleckliche Summe zusammen, vermute ich mal.«

Elbo Theisen nickte. »Ja, natürlich.«

»Wie viel haben Sie in den letzten acht Jahren überwiesen?«

Theisen zögerte. »Ist das wirklich wichtig für Sie?«

»Sie haben bisher so offen über Ihre Beziehung und Ehe erzählt, warum sollten Sie mir nicht die Summe nennen?«

Nach einer Weile fuhr er fort und sagte achselzuckend: »Etwas über hunderttausend Euro. Es war für unsere Familie, für ihren Sohn, die Eltern und ihre Geschwister.«

Lena hatte Theisen so verstanden, dass er zu Beginn der Beziehung kleinere Beträge überwiesen hatte. Nachdem seine Frau zu ihm gezogen war, waren die Summen vermutlich erheblich angestiegen. Sie ging von mindestens tausendfünfhundert Euro im Monat aus.

»Sind Sie jetzt schockiert?«, fragte Theisen, als Lena nicht sofort die nächste Frage stellte.

Lena lächelte. »Dazu braucht es bei mir schon ein wenig mehr. Haben Sie die Zahlungen nach dem Verschwinden Ihrer Frau aufrechterhalten?«

Mit dieser Frage schien Elbo Theisen nicht gerechnet zu haben. Er zögerte lange, bis er schließlich den Kopf schüttelte. »Nur zum Teil. Einmal habe ich noch etwas überwiesen, das war letzten Monat. Fünfhundert Euro, seitdem nichts mehr. Fragen Sie mich bitte nicht, warum ich nicht regelmäßig weitergemacht habe.«

»Ich muss leider fragen, Herr Theisen.«

Er stand auf und drehte eine kleine Runde durch den Garten, bis er wieder vor der Bank stand. Lena bat ihn mit einer Handbewegung, sich zu setzen, und wartete geduldig auf seine Antwort.

»Ich war wütend und dachte, dass sie zu ihrer Familie zurück ist. Alle haben das vermutet. Jorin, Heike, Eske, meine Freunde. Alle. Ich war so verletzt und enttäuscht.«

»Sie hatten Kontakt mit der Familie?«

»Ja, Lawans Mutter habe ich einige Male angerufen.«

»Wie haben Sie sich verständigt?«

Elbo Theisen sah sie erstaunt an. »Wie meinen Sie das?«

»Spricht die Mutter so gut Englisch?«

»Nein, nur ein paar Brocken. Ich kann doch Thai.« Er lächelte matt. »In den Jahren, als Lawan noch nicht hier bei mir war, habe ich jeden Tag fleißig gelernt. Erst über ein Fernstudium und später … In Flensburg gibt es einen Lehrer, der eine kleine Schule betreibt. Herr Chamlong. Damals war ich einmal in der Woche dort, später hat Lawan mich auch begleitet.«

»Das ist sicher eine schwere Sprache«, sagte Lena mit ehrlicher Bewunderung, während sie sich Notizen zur Sprachschule machte.

»Eigentlich nicht, aber man muss sich darauf einlassen und leider auch die Schriftsprache lernen. Und Thai ist eine tonale Sprache.« Er lächelte. »Das liegt uns Europäern nicht so. Man muss einen Begriff in einer bestimmten Tonlage aussprechen, ansonsten wird man gar nicht oder falsch verstanden. Aber wenn man diese Hürde erst mal genommen hat …« Er sprach ein paar Worte auf Thai und übersetzte es gleich darauf: *»Mit einer Hand kann man nicht klatschen.* Das ist ein thailändisches Sprichwort. Ich wollte Lawan in ihrer Sprache verstehen, genau wie sie mich in meiner verstehen wollte. Wir haben uns gegenseitig gebraucht, wenn auch manchmal auf unterschiedliche Weise.«

Lena nickte und stellte nach einer kurzen Pause eine weitere Frage. »Warum hat der Sohn Ihrer Frau nicht hier gelebt?«

»Niran? Wir haben darüber nachgedacht. Aber ganz so einfach geht das nicht, und als wir schließlich alle Papiere zusammenhatten, hat Niran sich dagegen entschieden. Lawan war traurig, aber sie konnte ihn verstehen. Seine Großeltern sind die, die ihn aufgezogen haben. Das ist sein Land, seine Sprache, seine Kultur.«

»Das war bestimmt nicht leicht für Ihre Frau.«

Elbo Theisen nickte gedankenverloren. Für einen Augenblick schien er in einer anderen Welt zu sein. »Ja, sie hatte so gehofft, dass er kommt. Vorwürfe hat sie sich gemacht, sie hatte Schuldgefühle, weil sie sich nicht um ihn kümmern konnte. Um ihren geliebten Sohn. Eine Weile hatte ich sogar Angst, dass sie Depressionen bekommen könnte. Zu der Zeit hat sie jeden Tag mindestens einmal mit ihm telefoniert. Es war verdammt schwer für sie.«

Lena fuhr mit ihren Fragen fort und erfuhr, dass Lawan Yao Yun eine Frau gewesen war, die sich gerne in Gesellschaft aufhielt. Sie machte Sport in einem Sportverein und arbeitete ehrenamtlich in einem Altersheim. Mindestens einmal in der Woche war sie mit ihrem Mann in den Dorfkrug gegangen, hatte dort Freunde und Bekannte getroffen und war Teil der Gemeinschaft gewesen.

Elbo Theisen konnte sich nicht vorstellen, dass seine Frau Streit mit jemandem gehabt hatte, da sie immer auf Ausgleich aus und, wie Theisen betonte, eine Seele von Mensch gewesen sei.

Lena schrieb die Namen der Freunde und Bekannten auf und fragte weiter. Elbo Theisen beteuerte, dass es nur selten Unstimmigkeiten zwischen ihm und seiner Frau gegeben habe, die sie auch jedes Mal schnell klären konnten.

Seit Lawan in Deutschland lebte, waren sie einmal im Jahr für mindestens vier Wochen nach Thailand geflogen und hatten dort in dem neuen Haus der Familie gewohnt. Der Hof wurde in dieser Zeit von Theisens Bruder Jorin bewirtschaftet.

Theisen kannte zwar die Husmanns vom Namen her, hatte aber bisher nie mit ihnen persönlich gesprochen. Rüdiger Tosens, der Nachbar der Husmanns, war ihm ebenso fremd. Erst als die Sprache auf Thorsten Schöning kam, reagierte Theisen.

»Thorsten kenne ich tatsächlich. Er ist auf Nordstrand aufgewachsen und wir waren zeitweilig in der gleichen Schule. Hin und wieder haben wir ein Bier miteinander getrunken, wenn er zufällig im Dorfkrug war. Warum fragen Sie?«

»Details unserer Ermittlungen darf ich Ihnen nicht geben. Hatte Ihre Frau Kontakt zu Herrn Schöning?«

»Sie kannte ihn schon«, antwortete Theisen. »Aber er hat nicht zu unserem Freundeskreis gehört, wenn Sie das meinen. Ansonsten hätte ich ihn ja auch vorhin mit genannt.«

»Wie würden Sie Herrn Schöning beschreiben?«

Elbo Theisen warf ihr einen irritierten Blick zu, als verstünde er nicht, was sie mit dieser Frage bezweckte. Schließlich zuckte er mit den Schultern. »Wie gesagt, er gehört nicht direkt zu meinem Freundeskreis. Was soll ich sonst über ihn sagen? Er ist nicht überall auf Nordstrand gerne gesehen. Manche nennen ihn sogar Leichenfledderer. Er taucht immer da auf, wo er meint, dass alte Leute vielleicht ihr Haus verkaufen wollen. Sie wissen schon, was ich meine. Selbst mich hat er mal angesprochen und gemeint, wenn ich jemals meinen Hof aufgeben würde, sollte ich doch zuerst ihn ansprechen. Er hätte immer gut situierte Interessenten an der Hand.« Theisen lachte. »Ich habe ihm das nicht übel genommen. Das ist nun mal sein Job – und der ist sicher nicht einfach. Und ihn als Leichenfledderer zu bezeichnen, halte ich für weit überzogen.«

»Ihre Freunde und Bekannten habe ich ja bereits notiert. Gibt es weitere Personen, die Ihre Frau zum Beispiel hier auf dem Hof kennengelernt hat?«

»Hin und wieder, wenn es bei der Ernte eng wurde, habe ich ein paar Leute engagiert. Aber die sind nach ein paar Tagen zum nächsten Hof weitergezogen. Ja, vielleicht jemand von der Landmaschinenwerkstatt. Viele Reparaturen erledige ich selbst, aber manchmal ist es doch zu kompliziert. Aber viel hatte Lawan damit nicht zu tun. Der Tierarzt vielleicht noch. Karsten Ranhold aus Husum. Er ist aber auch nur selten hier.«

Lena notierte sich den Namen des Tierarzts und die Adresse der Landmaschinenwerkstatt, bevor sie die nächste Frage stellte:

»Erinnern Sie sich an die Tage, bevor Ihre Frau verschwunden ist?«

»Natürlich! Als wäre es gestern. Was wollen Sie wissen?«

»Wie ging es Lawan in diesen Tagen? Gab es irgendetwas Besonderes?«

Elbo Theisen legte den Kopf in den Nacken und schloss die Augen. »Glauben Sie mir, darüber habe ich schon Hunderte Male nachgedacht. Und die Polizisten damals haben auch genau das gefragt.«

Lena wartete, bis Theisen nach einer Weile weitersprach.

»Was ich bisher nicht erzählt habe: Lawans Bruder ist im Sommer letzten Jahres schwer erkrankt. Eine Herzschwäche, soweit ich das verstanden habe. Es ist Lawans Zwillingsbruder. Das ging ihr natürlich sehr nahe.«

Lena nickte.

»Lawan war im November für ein paar Wochen in Thailand und ...«

»Sie waren nicht dabei?«, unterbrach Lena ihn. »Fliegen Sie nicht immer zusammen?«

Elbo Theisen zögerte. »Es war viel zu tun auf dem Hof. Ich hatte noch einen Arzttermin und – es hat sich so ergeben, dass ich im letzten Jahr nicht mitgekommen bin. Aber wir wollten das nachholen. Im Februar. Aber irgendwie hat das auch nicht geklappt. Die Arbeit frisst einen manchmal auf und ... Auf jeden Fall, als Lawan wieder zurückkam, hatte sie sich verändert.«

Lena hatte notiert, dass Elbo Theisen im letzten November nicht mit zu der Familie seiner Frau gefahren war, und es mit einem Ausrufezeichen versehen.

»Wie muss ich mir das vorstellen mit der Veränderung?«

»Lawan war oft traurig und lustlos. Sie hat nicht mehr so viel gelacht und sie hat jeden Tag mit ihrer Familie telefoniert, aber ich war nur noch selten dabei. Ich hatte das Gefühl, dass sie in Gedanken die ganze Zeit dort war.«

»Wie geht es dem Bruder inzwischen?«

Theisen seufzte. »Tut mir leid, aber das weiß ich nicht.«

Sie schwiegen eine Weile, bevor Lena die nächste Frage stellte. »Ich habe zwar in den Akten gelesen, was Sie an dem Tag, an dem vermutlich Ihre Frau verschwand, gemacht haben, würde es aber noch einmal gerne von Ihnen hören.«

Theisen atmete schwer. »Ich war nicht da. Den ganzen Tag nicht. Es war eine Verbandsversammlung in Schleswig und abends habe ich noch mit ein paar Kollegen zusammengesessen. Ich bin morgens sehr früh losgefahren.«

»Wann sind Sie nach Hause gekommen?«

Er stöhnte leise. »Ich hatte ein paar Bier getrunken und …« Er schloss die Augen. »… habe mir dann ein Hotelzimmer genommen.«

»Haben Sie an dem Abend noch mit Ihrer Frau telefoniert?«

»Nein, ich habe ihr nur eine Nachricht aufs Handy gesprochen. Am nächsten Vormittag, so gegen zehn, war ich dann zurück. Und Lawan nicht da. Zuerst habe ich mir nichts dabei gedacht, aber als ich sie am Nachmittag noch nicht erreichen konnte, habe ich alle Freunde und Bekannten angerufen. Noch am Abend war ich in Husum, um sie vermisst zu melden.«

Sieben

Lena ging langsam durch die Eichenallee auf die Straße zu, an der sie ihren Dienstwagen geparkt hatte. Nach einer weiteren halben Stunde war Elbo Theisen zu erschöpft gewesen, um noch weitere Fragen zu beantworten. Auf Lenas Bitte, ihm eine DNA-Probe von sich selbst zu geben, hatte er zunächst nicht reagiert, war ihrem Wunsch dann aber nachgekommen.

Lena hatte durch die Befragung ein erstes Bild von Lawan Yao Yun vor Augen und versuchte, sich die Beziehung der beiden aus unterschiedlichen Kulturkreisen stammenden Menschen vorzustellen. Dass Theisen die Sprache seiner späteren Frau gelernt hatte und regelmäßig mit ihr zusammen für viele Wochen im Jahr nach Thailand gereist war, hatte sie beeindruckt. Trotzdem hatte sie das Gefühl, dass die Beziehung nicht so unproblematisch gewesen war, wie Theisen es darstellen wollte. Potenzielle Verdächtige legten zwar selten freimütig die Kehrseiten einer Beziehung offen, aber Lena hatte aufgehorcht, als sie von der Zahlungseinstellung an die Familie in Thailand hörte. Dass Lawan Yao Yun im letzten November alleine nach Thailand geflogen war, hatte unter Umständen auch noch andere Gründe als die Arbeit auf dem Hof. Und warum war Theisen davon ausgegangen, dass seine Frau ihn verlassen hatte, wenn die Beziehung angeblich so harmonisch gewesen war?

Lena rief Ole Kotten an. Er nahm das Gespräch direkt an und fragte: »Bist du mit Theisen fertig?«

»Fürs Erste ja. Wie sieht es bei dir aus?«

»Ich könnte auch eine Pause gebrauchen. Treffen wir uns zum Essen?«

»Gute Idee. Wo?«

»Wenn du durch Süden in Richtung Norden fährst, kommst du nach ungefähr vier Kilometern an den Deich. Da findest du das Restaurant zur Nordsee. In zwanzig Minuten kann ich da sein.«

»Okay. Bis dann.«

Das Gebäude, in dem das Restaurant untergebracht war, stand direkt am Deich. Auf der Hochterrasse suchte sich Lena einen Platz mit Blick auf das Wattenmeer und bestellte eine große Flasche Mineralwasser.

Kurz darauf traf Ole ein und sank auf den Stuhl. »Die Menschen hier sind ja noch wortkarger als im Rest von Nordfriesland. Denen muss man jedes Wort aus der Nase ziehen.«

Lena schenkte ihm Wasser ein, er trank das Glas in einem Zug aus. »Wollen wir erst mal bestellen?«

Nachdem der Kellner ihren Tisch wieder verlassen hatte, erzählte Lena von ihrer Befragung. Ole Kotten hörte interessiert zu, rümpfte aber ab und an die Nase. Als sie von dem Tierarzt sprach, horchte er auf. »Geht es um Karsten Ranhold?«

»Du kennst ihn?«

»Sozusagen. Aus der Szene.«

»Er ist schwul?«

Ole grinste. »Könnte man vermuten. Aber im Ernst, ja, er ist stockschwul. Mit Frauen hat der nichts am Hut.«

»Okay! Gut zu wissen, wenn ich ihn befrage. Vielleicht ist ihm ja irgendwas aufgefallen zwischen Theisen und seiner Frau.

Wir werden sehen.« Lena notierte sich Oles Hinweise. »Was war bei dir?«

»Ich war bei dem Bauern, dem die Hälfte des Wäldchens gehört. Knut Rasmussen. Er schien zunächst überhaupt nicht willig, ein Wort mit mir zu wechseln. Als hätte er Angst, dass er für die Leiche auf seinem Grund und Boden verantwortlich gemacht werden könnte. Irgendwann hat er dann doch den Mund aufgemacht. Im März war er nur wenige Male in der Gegend und konnte sich nicht erinnern, ob er ein Auto in der Einfahrt gesehen hat. Dann ist ihm aber eingefallen, dass der Immobilienmann ihn angesprochen hat. Er wollte seine Hälfte des Waldes kaufen, falls er mit dem Ehepaar Husmann handelseinig würde. Schöning scheint doch interessierter an dem Grundstück zu sein, als er zugegeben hat.«

»Was ihn nicht unbedingt verdächtiger macht, dort eine Leiche vergraben zu haben«, merkte Lena an.

»Das ist richtig. Mehr als ein kleines Puzzleteil ist das nicht. Aber ich habe noch etwas. Einer der Nachbarn war ja nicht zu Hause, als ich die Häuser abgelaufen bin. Er hat mich später angerufen und ich bin dann gleich bei ihm vorbei. Er wohnt im ersten Haus zur rechten Seite. Entfernung ungefähr zweihundert Meter, würde ich sagen.«

»Und?«, fragte Lena gespannt.

»Er meint, einen BMW Kombi bei seinem Wäldchen gesehen zu haben. Er ist sich ziemlich sicher, dass es in der zweiten Märzhälfte gewesen ist.«

»Kennzeichen?«

»Er meint, es wäre NF gewesen, kann es aber nur zu neunzig Prozent sagen. So hat er es wirklich gesagt, neunzig Prozent. Es war sehr früh morgens, deshalb hat der Zeuge das Auto überhaupt registriert. Kurz vor Sonnenaufgang, meinte er.«

»Passt auch nicht auf Schönings Passat. Oder hat Herr Tosens Kennzeichen und Marke durcheinandergebracht? Und es gibt ein zweites Auto. Diesen BMW«, dachte Lena laut. »Der Kollege aus Hamburg hat mich übrigens vorhin informiert, dass das Alibi von Schöning so weit wasserdicht ist. Er kann vor halb acht nicht auf Nordstrand gewesen sein.«

»Würde ja auch noch reichen. Er könnte problemlos am Abend die Frau getroffen haben und sie dann irgendwann weit nach Mitternacht dort vergraben haben. Nur die Marke seines Autos stimmt nicht mit den Zeugenaussagen überein. Also sollten wir nach einem Kombi der Marke BMW suchen. Zwei Zeugen haben ihn gesehen, beide vermutlich genau um die Tage, an denen die Frau verschwunden ist«, fasste Ole zusammen. »Wie viele Fahrzeuge dieses Typs wird es mit Kennzeichen von Nordfriesland geben? Hunderte sicher. Wie sollen wir die alle überprüfen?«

»Ich spreche mit Warnke, ob das LKA uns dabei unterstützen kann. Was hast du noch?«

»Die Frau von Theisen ist zusammen mit Schöning gesehen worden. Zwei Verwandte von Theisen, Onkel und Tante mütterlicherseits, sind sich hundertprozentig sicher, die beiden alleine im Dorfkrug gesehen zu haben, und die Tante meint, dass sie auch zusammen in Schönings Passat unterwegs waren.«

»Bringt uns das weiter?«

»Erklären wird er uns das schon müssen. Und sein Alibi entlastet auch nur begrenzt.« Ole stöhnte leise. »Aber in die Enge treiben können wir ihn damit sicher nicht.«

Ihr Essen wurde serviert. Lena aß ein Schollenfilet mit Krabben, während Ole sich Lammkotelett mit Knoblauch-Kräuterbutter bestellt hatte. Sie genossen schweigend das Essen und den Ausblick über den Deich. Als die Teller abgeräumt waren, kam Ole auf seine Befragungen zurück.

»Im Verwandtenkreis sah man die Beziehung von Theisen und Yao Yun wohl eher kritisch. Dabei ging es wohl weniger um das Menschliche. Lawan Yao Yun wurde durchgängig als nett, zuvorkommend und freundlich beschrieben. Zwischen den Zeilen standen aber immer wieder die Bedenken, weil sie Asiatin war. Andere Kultur, anderes Denken, auf Dauer kann das nicht gut gehen. Die üblichen Vorbehalte.« Er hielt kurz inne, bevor er fortfuhr. »Aber wenn ich die Aussagen richtig interpretiere, ist es zwischen den beiden Eheleuten auch nicht ganz so friedlich zugegangen, wie Theisen dir weismachen wollte. Aber wie gesagt, zu konkreten Aussagen hat sich niemand durchgerungen. Aber das ist ja auch nicht sehr verwunderlich. Es ist ja offensichtlich, dass wir Theisen verdächtigen. Da hält man sich dann doch wohl lieber raus.«

»Klingt alles mehr nach Hörensagen. Nun gut, vielleicht werden wir im Laufe der Ermittlungen noch andere Zeugen finden, die etwas dazu sagen können. Was machen wir mit Schöning?«

»Wenn du einverstanden bist, rufe ich gleich den Staatsanwalt an. Schönings Auto muss kriminaltechnisch untersucht werden. Und das von Theisen natürlich auch. Außerdem brauchen wir von Theisen und seiner Frau Bankauskünfte.«

Lena nickte. »Gut, besorg die richterlichen Beschlüsse und dann sehen wir weiter. Ich kümmere mich um den BMW.« Sie winkte dem Kellner und bezahlte für beide. »Treffen wir uns gleich im Büro?«

»Ja, ich fahre noch kurz bei einem Onkel von Theisen vorbei.«

Lena stand auf. »Und ich noch einmal bei Rüdiger Tosens.«

»Frau Kommissarin!«, empfing der alte Herr Lena und bat sie herein. »Gut, dass Sie kommen. Ich wollte Sie schon anrufen, aber dann hab ich es doch vergessen. Wie das so ist.«

Er führte sie in die Küche und bestand darauf, Tee zu machen. Erst als sie zusammen am Tisch saßen, jeder vor sich eine Tasse mit dampfendem Tee, begann er. »Ich fürchte, ich habe Ihnen da etwas Falsches gesagt. Das Nummernschild von diesem BMW habe ich gar nicht aufgeschrieben. Ich wollte es und hatte auch schon das Datum notiert, als Bella hinter einem Kaninchen herjagte. Ich wollte sie nicht alleine lassen, weil sie ein paar Tage zuvor ausgerissen war, deshalb bin ich ihr hinterher, ohne das Nummernschild zu notieren. Das muss ein anderes Auto gewesen sein, ich glaube, ein paar Tage später.«

»Ja, Herr Tosens, das haben wir inzwischen auch herausbekommen. Aber Sie sind sich sicher, dass Sie am 21. März einen BMW Kombi gesehen haben?«

»Ja, ganz sicher. Und mir ist auch wieder eingefallen, wie das war. Bella war unglaublich unruhig, deshalb bin ich noch einmal mitten in der Nacht mit ihr raus. Ich wollte sie nicht alleine laufen lassen, wegen der Dunkelheit und der Kälte. Es muss weit nach Mitternacht gewesen sein.«

»Weit nach Mitternacht? Können Sie das noch weiter eingrenzen? Also eigentlich schon am 22. März?«

»Es war auf jeden Fall noch sehr dunkel, das weiß ich noch. In meinem Alter spielt die Zeit nicht mehr so eine große Rolle. Und ich schlafe in der Nacht sehr schlecht.« Er kratzte sich an der Schläfe. »Und mit dem Datum könnten Sie recht haben. Eigentlich war es schon der 22. März.«

»Sie haben Bella dann schnell gefunden?«, fragte Lena weiter.

»Ja, sie war zur Straße zurückgelaufen und hat dort zum Glück auf mich gewartet. Ich habe sie an die Leine genommen und bin gleich zurück nach Hause.« Rüdiger Tosens seufzte. »Es tut mir wirklich leid, dass ich Sie auf eine falsche Fährte gelockt habe. Ich hoffe nur, dass niemand deshalb Unannehmlichkeiten bekommen hat.«

»Alles gut, Herr Tosens. Ich fasse noch mal zusammen: Mit dem Datum sind Sie sich sicher, mit der Automarke auch.

Das Kennzeichen haben Sie aber zu einem späteren Zeitpunkt notiert.«

»Genau, das muss ein paar Tage später gewesen sein. Ansonsten hätte ich es doch nicht auf die Seite dort geschrieben. Das war tagsüber und ich bin dann noch zum Hof der Husmanns, habe dort aber nichts bemerkt.«

Lena trank ihren Tee aus und unterhielt sich noch eine Weile mit dem alten Herrn, der sie bei der Verabschiedung herzlich einlud wiederzukommen.

Auf der Fahrt zurück ins Husumer Büro ging sie gedanklich noch einmal die Befragung von Elbo Theisen durch. Sie hatte keinen Zweifel, dass der Mann unter dem Verlust seiner Frau litt, aber Oles kurzer Bericht über seine Befragungen hatte sie darin bestätigt, dass Theisen nicht die ganze Wahrheit gesagt hatte. Sie suchte nach dem genauen Punkt im Gespräch, an dem ihr Unterbewusstsein Alarm geschlagen hatte, fand ihn aber nicht. Sie würden möglichst schnell mit dem Bruder und der Schwägerin sprechen müssen, die ihnen wahrscheinlich mehr sagen konnten als die entfernten Verwandten der Theisens.

Im Polizeirevier angekommen, holte Lena sich einen Kaffee und betrat anschließend ihr provisorisches Büro. Ole Kotten saß bereits wieder an seinem Schreibtisch und telefonierte anscheinend gerade mit dem Staatsanwalt. Als er auflegte, nickte er Lena zu. »Dr. Zubrücken war ausnahmsweise sehr fleißig und hat bereits einen Richter gefunden. Die Beschlüsse sind auf dem Weg. Morgen schicke ich die Kriminaltechniker zu Theisen und Schöning. Was sagt dein Zeuge?«

Lena berichtete kurz von ihrem Gespräch.

»Der BMW scheint eine zentrale Rolle zu spielen«, meinte Ole.

Lena hatte bereits ihr Telefon in der Hand, um Kriminaldirektor Warnke anzurufen. Er begrüßte sie freundlich und hörte sich Lenas Bericht an, ohne sie zu unterbrechen.

»Kein Problem. Schicken Sie mir die Aufgabe, ich stelle hier ein kleines Team von drei Beamten zusammen, auf das Sie und Kollege Kotten dann auch weiterhin zurückgreifen können. Ich habe gerade den Bericht von Dr. Stahnke auf den Tisch bekommen. Es handelt sich hier um ein Tötungsdelikt an einer Ausländerin. Wären Sie nicht schon da, hätten wir uns ohnehin in die Ermittlungen einschalten müssen. Sehen Sie zu, dass wir schnell zu Ergebnissen kommen, bevor uns die thailändische Botschaft auf die Füße tritt.«

»Das Opfer ist vermutlich schon seit über drei Monaten tot, das macht die Ermittlungen nicht unbedingt leichter.«

»Das ist mir schon klar, Frau Lorenzen. Deshalb bin ich auch froh, dass mein bester Mann vor Ort ist.«

Lena lag eine Bemerkung auf den Lippen, die sie aber hinunterschluckte. Solange Warnke sie in der Weise unterstützte, wie er angekündigt hatte, wollte sie seine gute Laune lieber nicht gefährden.

»Sie haben in zehn Minuten mein Memo für die Kollegen per Mail. Einen schönen Tag noch, Herr Kriminaldirektor.« Ohne auf seine Antwort zu warten, beendete sie das Gespräch.

»Hat der große Schreibtischkriminalist wieder mal gedrängelt?«, fragte Ole grinsend.

Lena rollte mit den Augen. »Er hat Angst vor internationalen Verwicklungen. Wir sollen uns beeilen.«

»Nichts Neues.«

»Ansonsten ist er aber verblüffend gut drauf. Fast zu gut.« Lena zuckte mit den Schultern und schrieb für Warnke die Details zum gesuchten BMW mit Nordfriesland-Kennzeichen auf. Im Gespräch mit Rüdiger Tosens hatte sie noch einmal abgefragt, welches Baujahr vermutlich in Betracht kam, und ihm auf ihrem Smartphone Fotos von verschiedenen Modellen gezeigt. Ole Kottens Zeuge war der Meinung, dass das Fahrzeug nicht älter als fünf Jahre gewesen sei, was sich letztlich mit den neuen Angaben von Rüdiger Tosens deckte. Vermutlich suchten sie nach einem silberfarbenen BMW Touring der 3er-Klasse. Die Kollegen würden nicht nur eine Aufstellung der Fahrzeuge liefern, sondern gleichzeitig alle Fahrzeuge, die während des infrage kommenden Zeitraums bei Geschwindigkeitskontrollen aufgefallen waren, durchgehen. Zusätzlich würden sie Geschlecht und Alter des Fahrzeughalters ermitteln und die Ergebnisse mit der Datenbank abgleichen. Unter Umständen war einer der Halter bereits aktenkundig. Eine konkrete Überprüfung der jeweiligen Personen würde erst nach der Sichtung der Daten und der Freigabe durch Lena und Ole Kotten stattfinden.

»So, ich habe Warnke die Anforderungen geschickt. Wollen wir hoffen, dass es nicht zu lange dauert.«

»Die Anfragen an die Banken sind auch raus.« Ole schaute auf die Uhr. »Wann wirst du zu Hause erwartet?«

»Erck ist nicht vor acht Uhr abends zurück. Wenn ich eine Stunde früher da bin, reicht das, um das Essen vorzubereiten.«

»Okay. Dann haben wir ja noch reichlich Zeit für die weitere Planung.« Er sprang auf und rollte die Flipchart in die Mitte des Raumes. Mit einem dicken Filzstift schrieb er *Lawan Yao Yun* auf die Mitte des großen Blattes. Rechts daneben positionierte er *Elbo Theisen*, darunter die Namen seines Bruders und von dessen Ex-Frau. Weit über das Opfer kam *Thorsten Schöning*. Nur die Namen von Elbo Theisen und Thorsten Schöning verband er mit Lawan Yao Yun, Jorin Theisen und seine Ex-Frau bekamen eine Verbindung zu Elbo Theisen.

»Das ist nicht sehr viel«, kommentierte Ole seine Zeichnung.

»Kannst du ganz unten auf der Seite noch Lawans Familie hinzufügen?«

Ole trat an die Flipchart. »Klar.«

»Übrigens muss die Familie in Thailand informiert werden. Vielleicht wollen sie ja den Leichnam in Lawans Heimat beerdigen. Ich schreibe gleich eine E-Mail an die thailändische Botschaft in Berlin.«

Ole Kotten nickte. »Wie gehen wir weiter vor? Morgen werden die beiden Fahrzeuge kriminaltechnisch untersucht und wir bekommen hoffentlich die Bankdaten. Nach vergleichbaren Fällen zu suchen scheint mir wenig Sinn zu ergeben.«

»Sehe ich im Prinzip auch so. Wir könnten allenfalls nach vermisst gemeldeten Thailänderinnen suchen. Aber wo sollte da ein Zusammenhang bestehen?«

»Können das die Kieler übernehmen?«

»Laut Warnke schon. Ich gebe das später weiter.«

»Was sagen uns die Spermaspuren auf dem Slip der Toten? Ich habe noch einmal darüber nachgedacht. Ist die Wahrscheinlichkeit nicht hoch, dass es sich um außerehelichen Sex handelt? Hätte sie den Slip zu Hause nicht gleich gewechselt? Beziehungsweise, hätte sie ihn überhaupt angehabt?«

Lena sprang auf. »Verdammt, ich habe vergessen, Luise zu fragen, an welcher Stelle im Slip die Spuren waren.« Sie griff nach ihrem Handy und rief ihre Freundin an. Wie hatte ihr das passieren können? War sie so wenig bei der Sache gewesen, dass sie schon Routine-Fragen vergaß?

»Lena! Grüß dich«, hörte sie Luises Stimme am anderen Ende der Leitung.

»Moin, Luise! Wo genau hast du das Sperma auf dem Slip gefunden?«

»Haben wir da gar nicht drüber geredet? Du hast doch eine mögliche Vergewaltigung angesprochen. Warte kurz, ich rufe mein Protokoll auf.« Lena hörte, wie Luise etwas in die Tastatur tippte und anschließend den Hörer wieder aufnahm. »Innen und außen. Innen im Schritt, also nicht ungewöhnlich nach dem Geschlechtsverkehr, außen vorne rechts.«

»Außen also auch. War der Slip zerrissen?«

»Lena! Das hättest du als Erstes von mir erfahren. Natürlich nicht. Allerdings handelte es sich mehr um einen String, der beim Geschlechtsverkehr wohl keine große Hürde darstellt.«

»Verstehe. Ich habe übrigens die erste Vergleichsprobe. Sie sollte morgen bei dir sein. Ich hätte nichts dagegen, wenn es schnell geht.«

Luise lachte. »Wie immer. Sonst noch Fragen?«

»Nein, im Moment nicht. Schönen Feierabend, Luise.«

»Schön wär's. Ich habe gerade noch einen Toten reinbekommen. So wie es aussieht, wird es heute wohl wieder später.«

Sie verabschiedeten sich herzlich und Lena berichtete Ole, was Luise gesagt hatte.

»Ich bin ehrlich gesagt sehr gespannt, ob das Theisens Sperma war«, kommentierte Ole die neue Information und schrieb am Rande seiner Flipchart-Zeichnung das Wort *Sperma*, das er mit einem großen Fragezeichen versah.

»Ich habe hier noch eine kurze Liste von Freunden und Bekannten der Theisens. Kannst du dafür jemanden abstellen?«

Ole Kotten nahm die Liste entgegen. »Kein Problem, das können sicher die Kollegen vom Einbruch übernehmen.«

Acht

Lena schnitt die Tomaten und legte sie auf die Mozzarella-Scheiben. Anschließend goss sie ein paar Tropfen von einem Gemisch aus Olivenöl und Balsamicoessig darüber und legte obendrauf ein paar Blätter Basilikum. Der Weißwein war kalt gestellt, das Baguette lag bereit, um im Ofen aufgewärmt zu werden, und den Salat stellte Lena in den Kühlschrank.

Erck würde in einer halben Stunde schon heute von seiner Amrum-Reise zurückkehren. Normalerweise blieb er über Nacht und schlief in der kleinen Einliegerwohnung, die er von seinem Haus abgetrennt hatte. Den Rest des Hauses vermietete er ganzjährig an Urlauber.

Am Abend zuvor hatte Erck ihr gesagt, dass er bei Beke, ihrer einzigen Tante, vorbeifahren wollte, um mit ihr eine Tasse Tee zu trinken. Beke sollte irgendwann in den nächsten Wochen für ein paar Tage zu ihnen nach Husum kommen. Sie war Lenas einzige Verwandte, von ihrem Vater abgesehen.

Lena stöhnte leise bei dem Gedanken an ihren Vater, den sie in den letzten sechzehn Jahren so gut wie nicht gesehen hatte. Seit ihrer Flucht von Amrum nach dem Unfalltod ihrer Mutter, für den sie die Schuld beim Vater sah, hatte sie ihn lediglich zweimal zufällig auf der Amrumer Fähre getroffen. Ihre Gespräche waren kurz und von Lenas Seite abweisend gewesen.

Erck, der weiterhin einen guten Kontakt zu ihrem Vater pflegte, hatte gerade in den letzten Wochen immer wieder das Thema Versöhnung angesprochen und vorgeschlagen, Lenas Vater nach Husum einzuladen. Bisher hatte sich Lena geschickt der Diskussion entzogen, wusste aber, dass diese Strategie auf Dauer nicht tragfähig war.

Als Lena hörte, dass ein Fahrzeug in die Einfahrt fuhr, holte sie den Salat aus dem Kühlschrank und schob das Baguette in den Ofen. Gleich darauf stand Erck in der Küchentür und begrüßte sie strahlend. Sie schenkte die Weingläser halb voll und reichte eines an Erck.

»Danke. Das kann ich jetzt gut gebrauchen.« Er trank einen kräftigen Schluck und stellte das Glas auf dem Tisch ab. »Soll ich das Brot aus dem Ofen holen?«

»Hattest du einen anstrengenden Tag?«, fragte Lena, als sie zusammen am gedeckten Tisch saßen.

»Bis auf die Teepause bei Beke ging es Schlag auf Schlag.« Erck reichte ihr den Brotkorb. »Aber das wusste ich ja vorher.«

»Geht es Beke gut?«

»Sie sagt Ja.«

»Aber?«

»Ihr Kreislauf macht ihr wieder Probleme, die Hüfte ja sowieso. Und ich vermute mal ganz stark, dass sie uns nicht alles erzählt.«

Lena stöhnte leise. »So etwas habe ich schon befürchtet. Hast du gefragt, wann sie uns besuchen kommt?«

»Natürlich«, antwortete Erck. »Aber sie ist mir ausgewichen, obwohl ich nachgehakt habe.«

»Meinst du, ich sollte mir den Donnerstag freinehmen und mit dir auf die Insel fahren? Ich bleibe dann bei Beke und werde schon rausbekommen, was los ist.«

Erck grinste. »Immer gut, eine Kommissarin in der Familie zu haben.«

»Jorin Theisen kommt gegen neun zu uns«, sagte Ole Kotten, als Lena am nächsten Morgen ins Büro kam. »Und mit seiner Ex-Frau habe ich auch gesprochen. Wir können sie heute Nachmittag um vier bei ihr zu Hause erreichen.«

»Fleißig, fleißig, Herr Kollege«, sagte Lena schmunzelnd. »Ist das Kriminaltechnische Team unterwegs zu Schöning?«

»Ja, und zum Glück haben sie ihn auch erreicht. Die Untersuchung läuft vor Ort. Anschließend fahren sie nach Nordstrand zum Ehemann.«

»Der sicher nicht sehr erfreut sein wird«, fügte Lena hinzu.

»Ist das unser Problem?«, murmelte Ole.

»Nur indirekt. Wenn er nicht mehr mit uns redet, erschwert das unsere Arbeit erheblich.«

Ole Kotten zuckte mit den Schultern. »Es sei denn, er ist der Täter. In dem Fall wird er ohnehin über kurz oder lang dichtmachen. Warten wir es einfach mal ab.«

Lena stand auf. »Ich hole uns Kaffee. Du willst doch?«

Ole nickte. Als Lena am Kaffeeautomaten wartete, klingelte ihr Handy. Die Berliner Nummer war ihr nicht bekannt, sie nahm das Gespräch an.

»Meephuk. Thailändische Botschaft«, sagte eine Männerstimme mit starkem Akzent. »Guten Tag, Frau Hauptkommissarin Lorenzen. Ich bin der Sekretär des Botschafters unseres Landes. Darf ich Sie kurz stören?«

Lena wandte sich vom Automaten ab und machte sich schnell auf den Weg zurück ins Büro, damit Ole zumindest ihre Seite des Gesprächs mitverfolgen konnte. »Selbstverständlich. Was kann ich für Sie tun?«

»Wir haben die Behörden in Thailand informiert. Sie werden heute mit der Familie sprechen.« Er räusperte sich leise. »In ähnlich gelagerten Fällen kommt es manchmal zu Streitigkeiten der Angehörigen, wo und wie der oder die Verstorbene bestattet werden soll. Der Ehepartner hat nach deutschem Recht ein gewichtiges Wort mitzureden und möchte natürlich in aller Regel die Bestattung in Deutschland.«

»Ja, das ist ja nachvollziehbar«, sagte Lena, die nicht verstand, worauf der Botschaftssekretär hinauswollte. »Was kann ich in dieser Angelegenheit für Sie tun, Herr Meephuk?«

»Der Botschafter würde sich sehr freuen, wenn die Polizei vor Ort sich für eine Überführung nach Thailand einsetzen würde und in dieser Frage ihren Einfluss auf den Ehemann geltend machen könnte.«

»Herr Meephuk«, unterbrach Lena ihn vorsichtig. »Wollen wir nicht erst einmal abwarten, was die Familie von Frau Yao Yun entscheidet?«

»Selbstverständlich, Frau Hauptkommissarin. Das werden wir natürlich tun. Mein Anruf war rein vorsorglich.«

»In Ordnung. Ich kann Ihnen gerne den Kontakt zum Ehemann herstellen und selbstverständlich bin ich auch bereit, mit ihm über Ihr Anliegen zu sprechen«, sagte Lena, obwohl sie keinesfalls vorhatte, Elbo Theisen in dieser Angelegenheit unter Druck zu setzen. »Eventuell können Sie ja auch etwas für mich tun, Herr Sekretär.«

»Wir sind immer bereit, der deutschen Polizei zu helfen, Frau Hauptkommissarin.«

»Der Zwillingsbruder der Verstorbenen ist vor noch nicht allzu langer Zeit schwer erkrankt. Zumindest ist das unser Erkenntnisstand. Wir wissen aber nicht, um welche Krankheit es sich handelt und wie es dem Mann inzwischen geht.«

Der Botschaftssekretär zögerte lange, bevor er antwortete: »Hilft Ihnen diese Information dabei, den Mörder zu finden?«

»Ob es Mord war, wissen wir noch nicht, und ja, die Information könnte uns ein ganzes Stück weiterbringen.«

»Inwiefern?«, fragte der Botschaftssekretär.

»Zu Details unserer Ermittlungsarbeit darf ich Ihnen leider keine Auskunft geben, so gerne ich es tun würde. Sie verstehen sicher, die Vorschriften sind sehr streng bei der Polizei. Aber die Information würde uns sehr helfen.«

»Und ich kann mich darauf verlassen, dass Sie Ihren Einfluss beim Ehemann geltend machen?«

»Auf jeden Fall. Bei uns sagt man, eine Hand wäscht die andere.«

»In meiner Heimat kennen wir auch ein solches Sprichwort: *Das Boot braucht Wasser, der Tiger den Wald.* Ich werde sehen, was sich machen lässt. Vielen Dank für das freundliche Gespräch, Frau Hauptkommissarin. Ich werde mich wieder bei Ihnen melden.«

Lena verabschiedete sich und sah zu Ole. Der warf ihr einen erstaunten Blick zu und fragte: »Wer war das denn?«

»Die thailändische Botschaft. Der Herr Sekretär möchte, dass wir Theisen dazu bringen, den Leichnam seiner Frau nach Thailand zu überführen.«

»Was haben wir damit zu tun?«

»Nichts, Ole, aber ich dachte, wir bekommen so vielleicht einen kompetenten Ansprechpartner in der Botschaft. Ich habe ihn gleich mal gebeten, uns mehr über die Krankheit von Lawans Zwillingsbruder zu besorgen.«

Ole Kotten grinste. »Clever! Ich habe mir auch schon so meine Gedanken gemacht. Wenn die Familie für die Frau so wichtig war, was hätte sie dann wohl alles für ihren Zwillingsbruder gemacht?«

»Das war auch meine Idee. Vielleicht bekommen wir ja mehr Infos über die Botschaft.«

In diesem Augenblick klopfte es an der Tür, Ole Kotten stand auf und drehte die Flipchart zur Wand, bevor er »Herein!« rief.

Jorin Theisen hatte die gleiche Figur wie sein Bruder, wirkte aber auf Lena nicht so selbstbewusst und in sich ruhend. Obwohl er sechs Jahre jünger als Elbo Theisen war, hatte er deutlich weniger Haare und ging leicht nach vorne gebeugt, als trage er eine schwere Last. Die dunklen Augenringe und die leicht rötliche Nase ließen auf einen ungesunden Lebenswandel schließen.

»Herr Kotten?«, fragte er mit Blick auf Ole.

Der Hauptkommissar ging auf ihn zu, reichte ihm die Hand und bat ihn einzutreten. Ole stellte Lena vor, als sie sich an den Besprechungstisch setzten.

»Sie sind ja informiert darüber, dass wir die Leiche Ihrer Schwägerin gefunden haben«, begann Ole. »Sie ist mit hoher Wahrscheinlichkeit Opfer eines Tötungsdelikts geworden. Wir befragen im Moment alle Personen im Umfeld von Lawan Yao Yun.«

Theisen nickte.

»Wann haben Sie Frau Yao Yun zum letzten Mal gesehen?«

Jorin Theisen zuckte kaum merklich mit den Schultern. »Das war vor ihrem Verschwinden.« Er kratzte sich am Kopf und stöhnte leise. »Natürlich vorher. Entschuldigen Sie. Wann genau, weiß ich nicht mehr. Ein paar Wochen werden es wohl gewesen sein.«

»Wie war Ihr Verhältnis zu Ihrer Schwägerin?«

»Gut. Doch, richtig gut. Ich war am Anfang etwas skeptisch, das gebe ich ja zu. Als ich gehört habe, dass Elbo … na ja, dass er eine Thailänderin … kennengelernt hat, habe ich nichts Gutes geahnt. Sie verstehen schon. Man hört ja so einiges in der Richtung.«

»Was hört man denn so?«, fragte Lena.

Jorin Theisen zögerte und sah unsicher von ihr zu Ole Kotten. »Das eine und andere halt. Dass es alles nur …« Er hielt einen Moment inne. »Ja, dass es nur Frauen sind, die sich für Geld verkaufen.«

»Prostituierte, meinen Sie?«

»Ja, sozusagen.«

»Aber das war nicht so?«, fragte Lena weiter.

»Nein, natürlich nicht. Lawan war doch keine …« Er schüttelte den Kopf.

Lena entschied sich, ihn weiter zu provozieren. »Ihr Bruder hat aber schon viel Geld nach Thailand überwiesen.«

»Ja, hat er das? War das nicht Lawans Geld? Und sie sind – sie waren doch auch verheiratet. Da entscheidet man doch gemeinsam, was man mit dem Ersparten macht.«

Jorin Theisen schien das Thema ausgesprochen unangenehm zu sein. Lena warf einen kurzen Blick zu Ole, der ihr bedeutete weiterzumachen.

»Sie finden es also vollkommen in Ordnung, wenn Ihr Bruder ein kleines Vermögen nach Thailand überweist?«

»Kleines Vermögen? Wer sagt das denn?«

»Finden Sie es in Ordnung oder nicht?«, mischte sich Ole Kotten nun doch ein.

»Ich weiß nicht. Muss ich da jetzt drauf antworten?«

»Ihrem Bruder gehört der Hof«, fuhr Ole Kotten fort, ohne auf seine Frage einzugehen. »Was haben Sie geerbt?«

»Ein Stück Land im Osten von Nordstrand. Und ich habe Geld bekommen.«

»Das klingt nicht nach einem fairen Deal«, sagte Lena.

Jorin Theisen schien mit den zahlreichen, schnell hintereinander gestellten Fragen überfordert zu sein. Er senkte den Kopf und starrte eine Weile auf seine Hände. »Was wissen Sie schon?«

»Haben Sie nicht den Pflichtteil bekommen? Sie und Ihre Schwester?«

Er richtete sich auf. »Überlegen Sie doch mal! Was würde von so einem Hof nach ein paar Generationen noch übrig bleiben? Nichts. So ist das nun mal. Der Erstgeborene bekommt den Hof, die anderen werden ausbezahlt.« Er klang ärgerlich und fügte nach einer kurzen Pause noch einmal hinzu: »Ja, so ist das!«

»Lassen wir das Thema, Herr Theisen«, sagte Ole mit ruhiger Stimme und einem mitfühlenden Lächeln. »Sie sagten zu Beginn unseres Gesprächs, dass Sie sehr gut mit Ihrer Schwägerin ausgekommen sind.«

»So war das auch. Da war alles in Ordnung. In bester Ordnung. Familie ist nun mal Familie. Da verträgt man sich.«

»Erzählen Sie uns etwas über Ihre Schwägerin«, sagte Lena.

»Was meinen Sie?« Jorin Theisen wirkte verunsichert.

»Wie hat es ihr in Deutschland gefallen? Ist sie mit der Arbeit auf dem Hof gut zurechtgekommen? Wie war die Ehe der beiden? Warum war ihr Sohn nicht in Deutschland?«

»Sie stellen Fragen! Woher soll ich das alles wissen?«, empörte sich Jorin Theisen.

Ole Kotten beugte sich vor, sah ihn freundlich an. »Sie wollen doch auch, dass wir den Mörder Ihrer Schwägerin fassen. Wir brauchen da Ihre Hilfe, gerade weil die Tat schon drei Monate her ist. Erzählen Sie doch einfach, wie es Ihrer Schwägerin hier in Deutschland so ergangen ist. Hat sie sich wohlgefühlt?«

»Ich glaube schon. Ja, ihr ging es gut auf dem Hof. Sie ist ja auf dem Land aufgewachsen, ihre Eltern sind Reisbauern. Sie wusste schon, was Arbeiten ist.«

»Sie mochten Ihre Schwägerin sehr, oder?«

»Ja, klar. Wie gesagt, Familie. Wir haben uns gut verstanden.« Er stutzte. »Aber habe ich das nicht schon gesagt?«

»Ging Lawan auch manchmal alleine aus?«, fragte Ole Kotten wie beiläufig.

»Klar, warum nicht? Mein Bruder ist nicht so der gesellige Typ. Lawan war im Sportverein und kannte viele auf Nordstrand. Sie war beliebt. Doch, das war sie.«

»Waren Sie zwischen dem 15. und dem 22. März auf Nordstrand?«, fragte Lena.

Jorin Theisen schreckte auf. »Wann?«

»Zwischen dem 15. und dem 22. März«, wiederholte Lena.

»Weiß ich nicht mehr.«

»Der 15. war ein Donnerstag. Vielleicht hilft Ihnen das«, sagte Ole Kotten. »Hatten Sie da vielleicht Urlaub?«

»Keine Ahnung.« Er schien nachzudenken. »Nein, im März hatte ich keinen Urlaub. Die meisten Wochen spar ich mir auf ...« Er atmete schwer. »... habe ich mir immer aufgespart, um im November auf dem Hof zu arbeiten. Wenn die beiden in Thailand sind – waren.«

Lena notierte sich, dass sie beim Arbeitgeber von Jorin Theisen abklären mussten, wann er in den letzten beiden Märzwochen gearbeitet hatte.

»Im letzten November ist Ihre Schwägerin aber alleine gefahren«, warf Lena ein.

»Ja, stimmt«, antwortete Jorin Theisen ungehalten. »Ich weiß nicht, was Sie sich jetzt da zusammenreimen, aber mein Bruder konnte nicht mit. Wegen dem Hof. Ich habe ihm im November sogar ein paar Tage geholfen. Er hatte einfach keine Zeit. Fertig!«

»Okay«, sagte Lena und stellte die nächste Frage: »Hat Ihre Schwägerin Sie hin und wieder in Husum besucht?«

»Und wenn? Das ist ja wohl kaum ein Verbrechen, oder?« Jorin Theisen wurde jetzt laut. »Ich weiß überhaupt nicht, warum Sie mir diese ganzen Fragen stellen.«

»Dazu sind wir verpflichtet. Routine sozusagen.« Ole Kotten ließ es klingen, als sei ihnen die Befragung auch lästig. »Vorschriften, überall wo man hinschaut.«

Jorin Theisen entkrampfte sich etwas. »Das kenne ich. Was wir bei der Arbeit inzwischen alles machen müssen. Zum Hühnermelken, sage ich nur.«

»War Ihre Schwägerin auch manchmal bei Ihnen in Husum?«, stellte Ole Kotten noch einmal Lenas Frage.

»Ja, klar. Auf Nordstrand ist das ja nicht so dolle mit den Einkaufsmöglichkeiten. Da war Lawan schon hin und wieder bei mir, wenn sie in der Stadt war.«

Ole Kotten legte das Plastikröhrchen auf den Tisch. »Wir benötigen von Ihnen eine Probe.« Er öffnete das Röhrchen und zog den Wattestab heraus. »Das geht ganz einfach. Wenn Sie den Mund öffnen würden.«

Jorin Theisen schreckte zurück. »Wofür denn? Dürfen Sie das überhaupt einfach so?«

»Auch das ist reine Routine, Herr Theisen«, beruhigte ihn Ole Kotten. »Wenn wir Spuren finden, brauchen wir Vergleichsdaten. Das verstehen Sie doch sicher.«

»Nein, das verstehe ich nicht. Und ich will das auch nicht.«

Ole Kotten verschloss das Röhrchen wieder. »Okay. Dann werden wir uns einen richterlichen Beschluss besorgen müssen. Ich sage Ihnen gleich: Gut sieht das nicht aus.«

Jorin Theisen zögerte, schüttelte dann den Kopf. »Nein, das möchte ich nicht.«

»Okay, wie Sie meinen«, sagte Ole Kotten und fuhr mit der Befragung fort, als wäre nichts gewesen. »Sie haben uns berichtet, dass Ihre Schwägerin gerne in Gesellschaft war. Hat sie Ihnen etwas davon erzählt, dass sie mit jemandem Probleme hatte?«

»Nein.« Jorin Theisen verzog keine Miene. Mehr schien er dazu nicht zu sagen zu haben.

»Sie haben eine Schwester«, bemerkte Lena.

»Ja.«

»Wie kam Ihre Schwester mit Lawan zurecht?«

»Gut. Wie wir alle.«

»Wie Sie alle? Gab es keine ernsthaften Probleme oder Auseinandersetzungen zwischen Ihrem Bruder und seiner Frau?«

»Nein.«

»Wir haben von Zeugen Aussagen, die in diesem Punkt nicht so eindeutig sind.«

»Wer hat das gesagt?«

Lena schüttelte den Kopf. »Das darf ich Ihnen leider nicht sagen.«

»Die Leute fantasieren sich immer schnell was zusammen. Das ist alles Unsinn.«

Theisen knetete nervös seine Hände, seine Atmung ging flach, die Augenlider flatterten leicht. Lena war sich sicher, dass er log. Sie fixierte ihn. »Hatten Sie jemals intimen Kontakt zu Ihrer Schwägerin?«

Er schlug mit der Faust auf den Tisch und schrie: »Nein! Und noch mal nein! Es gab keine Probleme, und wenn Sie noch tausendmal fragen.«

»Jetzt beruhigen Sie sich erst mal!«, forderte ihn Lena scharf auf.

Theisen sprang auf und griff dabei unter den Tisch, den er im nächsten Augenblick umschmiss und mit einem kräftigen Tritt zur Seite stieß. »Beruhigen! Ihre Fragen sind …«

Lena, die nun direkt vor ihm stand, griff, ohne nachzudenken, nach Theisens linkem Arm und drehte ihn schnell auf seinen Rücken. Nach einem leichten Stoß von Lena fiel Theisen vornüber, Lena setzte sich auf seinen Rücken und hielt ihn mit ihrem Gewicht auf dem Boden, während Ole Kotten ihm Handschellen anlegte. Dann half Lena Theisen, sich langsam aufzurichten.

Jorin Theisen stöhnte leise. »Sind Sie vollkommen durchgedreht?«

Lena fixierte ihn. »Sie können sich jetzt entscheiden: Eine Anzeige wegen Widerstand gegen Vollstreckungsbeamte oder …« Sie legte bewusst eine Pause ein. »… Sie beruhigen sich ganz schnell und entschuldigen sich anschließend.«

Jorin Theisen stand mit auf dem Rücken fixierten Armen vor den beiden Kommissaren und starrte sie voller Wut an.

»Ihre Entscheidung«, füge Lena hinzu.

»Aber diesen DNA-Scheiß mache ich nicht«, sagte er, schon etwas zurückhaltender und leiser.

»Niemand wollte Sie dazu zwingen, Herr Theisen«, sagte Ole Kotten ruhig. »Können wir Ihnen jetzt die Fesseln abnehmen?«

Theisen nickte, Lena schloss die Handschellen auf und trat einen Schritt zurück.

»Tut mir leid. War nicht so gemeint«, platzte Theisen heraus, nickte Lena kurz zu und ließ sich von Ole Kotten aus dem Haus begleiten.

Neun

»Und?«, fragte Lena, als ihr Kollege zurück ins Büro kam. »Was sagst du zu Jorin Theisen?«

»Dieses Mal war zumindest nicht ich der Böse«, antwortete Ole achselzuckend. »Nein, im Ernst. Du hast absolut richtig gehandelt. Eigentlich hätten wir ihn für ein paar Stunden in die Zelle stecken sollen. Aber gut, vielleicht hat er ja etwas daraus gelernt.«

»Und sonst?«

»Er wollte uns heile Welt vorspielen. Entweder hat er Angst, dass sein Bruder etwas mit dem Tod seiner Schwägerin zu tun hat, oder er steckt, wie auch immer, selbst mit drin.«

»Er hat sehr heftig auf meine Frage nach der intimen Beziehung reagiert. Danach hatte er seine Wut überhaupt nicht mehr unter Kontrolle. Entweder hätte er gerne etwas mit Lawan gehabt oder es gab tatsächlich eine Affäre.«

»Oder du hast ihn auf dem vollkommen falschen Fuß erwischt«, meinte Ole und wiegte dabei den Kopf hin und her.

»Hast du schon Nachricht von den Kriminaltechnikern?«

Ole griff nach seinem Handy und schrieb eine kurze Nachricht. Kurz drauf piepte das Gerät. Er schaute aufs Display. »Sie fahren in zehn Minuten zu Elbo Theisen.«

Lena stand auf. »Wir sind ja im Moment hier durch. Ich würde gerne bei der Untersuchung dabei sein und sehen, wie er darauf reagiert.«

»Na denn. Grüß die Kollegen von mir und sag ihnen, dass wir das Ergebnis schnellstmöglich brauchen.«

Lena tippte sich schmunzelnd an die Schläfe. »Wird gemacht, Chef!«

Zeitgleich mit den Kriminaltechnikern traf Lena auf dem Theisen-Hof ein. Sie bat die Kollegen, einen Moment zu warten, und ging auf die Eingangstür zu. Auf ihr Klopfen öffnete Elbo Theisen die Tür.

»Moin!«, murmelte er und trat zur Seite. »Haben Sie heute Verstärkung mitgebracht?«, fragte er mit Blick auf den VW-Bus der Kriminaltechniker.

»Guten Tag, Herr Theisen. Können wir kurz reingehen?«

Theisen schloss die Tür und bat Lena in die Küche. »Das macht ja alles einen sehr offiziellen Eindruck.«

Lena reichte ihm den Beschluss. »Wir müssen Ihr Auto kriminaltechnisch untersuchen.«

Elbo Theisen reagierte mit einem Schulterzucken. »Meinetwegen. Der Wagen steht in der Garage.« Er öffnete eins der Schrankfächer und reichte Lena den Schlüssel.

»Ich bin gleich wieder bei Ihnen«, sagte Lena.

Sie ging zu den Kollegen der Kriminaltechnik und erklärte ihnen, wo sie das Auto finden würden. Zurück im Haus hatte Elbo Theisen bereits Tee aufgegossen und deckte gerade den Tisch.

»Sie trinken doch eine Tasse mit?«

Lena nickte und setzte sich. Anders als sie erwartet hatte, reagierte Theisen vollkommen gelassen auf die Durchsuchung. Er wirkte auf sie, als habe er Beruhigungsmittel genommen oder stände unter Schock.

Sie setzte sich zu ihm an den Tisch. »Wie geht es Ihnen heute?«

Theisen schenkte ihr Tee ein. »Wie soll es mir schon gehen?«

»Wir haben heute bereits mit Ihrem Bruder gesprochen. Ihre Schwägerin befragen wir heute Nachmittag.«

»Ja.«

»Haben Sie noch einmal über meine gestrigen Fragen nachgedacht? Für uns sind vor allem die Wochen wichtig, bevor Ihre Frau so plötzlich verschwunden ist.«

Theisen seufzte. »Sie werden es sowieso rausbekommen. Ich habe nicht alles erzählt.« Theisen trank einen Schluck Tee und schaute eine Weile aus dem Fenster. »Wie lange wird das mit meinem Auto dauern?«

»Schwer zu sagen. Aber vermutlich ein bis zwei Stunden.«

»Okay. Ich muss nämlich noch zu meinen Schafen.«

Lena wartete, bis Theisen sich wieder auf sie konzentrierte und weitersprach. »Ich hatte Ihnen ja erzählt, dass Lawans Zwillingsbruder krank ist. Lawan wollte mir nicht genau sagen, um was es sich handelt, aber es ist wohl lebensbedrohlich für ihn. Auf jeden Fall war oder ist die Behandlung mit sehr hohen Kosten verbunden. Geld, das die Familie in Thailand nicht hat.«

»Und Sie im Moment auch nicht?«, fragte Lena, die ahnte, was Theisen ihr sagen wollte.

»Das ist richtig. Wir mussten im letzten Jahr einiges investieren. Die Reparatur von den alten Maschinen machte keinen Sinn mehr, die Neuanschaffung war langfristig die richtige Entscheidung. Aber das hieß, dass wir Kredite aufnehmen mussten. Außerdem hat uns der heiße Sommer zu schaffen gemacht.«

Lena registrierte, dass Theisen im Plural sprach, wenn er von seinem Hof erzählte.

»Sie wissen sicher, dass die Banken vorsichtiger geworden sind. Um es kurz zu machen: Wir haben keinen weiteren Kredit mehr bekommen. Wie auch? Die Bank will Sicherheiten und die konnte ich nicht herbeizaubern.«

»Eine schwierige Situation«, sagte Lena.

»Absolut. Dass das nicht ohne Streit geblieben ist, können Sie sich denken. Ich weiß nicht, wie Lawan sich das vorgestellt hat. Kurz mal hundert Schafe verkaufen und alles ist gut? So einfach ist die Rechnung leider nicht. Und Land verkaufen ist schon gar keine gute Idee.«

»Wann kamen die Konflikte auf? Nachdem Ihre Frau im November in Thailand war?«

»Schon vorher. Sie wusste ja schon im Sommer von der Krankheit. Erst schien es nicht so schlimm zu sein, aber Krankenhaus- und Arztkosten fielen da auch schon an. Ich habe so viel Geld wie möglich aus dem Betrieb gezogen, aber …« Er schluckte. »Wie gesagt, es war nicht mehr möglich.«

»Sie haben also schon seit Mitte letzten Jahres über dieses Thema gestritten?«

»Gestritten? Nein. Lawan hat nicht weiter gedrängt. Das war einfach nicht ihre Art. Trotzdem stand die Sache irgendwie zwischen uns. Die Stimmung wurde schlechter und zum ersten Mal fiel mir für ein Problem keine Lösung ein. Ich habe mich verantwortlich gefühlt, das ist mein Naturell. Der Mann beschützt die Familie, und Lawans Familie war nun mal meine. Ehrlich gesagt, haben wir nicht mehr so viel darüber geredet. Mir war das ganz lieb, aber ich habe trotzdem gemerkt, wie sehr es Lawan beschäftigt hat.«

»War? Die Familie Ihrer Frau *war* Ihre?«

Er zuckte leicht zusammen. »Nein, ist. Sobald meine finanzielle Situation wieder besser ist, werde ich etwas überweisen. Für Lawans Zwillingsbruder wird es aber nicht reichen.«

»Wie hoch war der Betrag?«

»Hoch.«

»Wie hoch, Herr Theisen?«

»Letztendlich …« Er zögerte. »… fünfzigtausend Euro, eventuell mehr. So genau hat sie es mir nicht gesagt. Vielleicht wusste sie selbst noch nicht, was alles für Kosten entstehen würden. Sie hat wohl schnell eingesehen, dass wir das Geld nicht zusammenbekommen, ohne unsere eigene Existenz aufs Spiel zu setzen.«

Oder sie hat andere Wege gefunden, fügte Lena in Gedanken hinzu. Die Auskunft des Botschaftssekretärs, der sich über die Behörden vor Ort bei Lawans Familie erkundigen wollte, würde hoffentlich etwas Licht ins Dunkel bringen.

»Wieso haben Sie mir von dem Konflikt mit Ihrer Frau nicht schon gestern erzählt?«, fragte Lena, die gespannt auf Theisens Reaktion war.

»Ich wollte wohl nicht, dass Sie falsche Schlüsse ziehen. Dumm gelaufen, jetzt bin ich wahrscheinlich umso verdächtiger.«

Elbo Theisen war entweder ein hervorragender Schauspieler oder ihm waren die Konsequenzen der Lüge egal. Er wirkte weder aufgeregt noch schien er Angst zu haben.

»Sie sagten gestern, dass Ihre Frau sehr kontaktfreudig war.«

»Habe ich das gesagt?«

»Ob wortwörtlich, weiß ich nicht mehr, aber vom Sinn her schon. Kann es sein, dass sie Bekannte oder Freunde hatte, von denen Sie nichts wussten?«

»Komische Frage. Wenn ich nichts davon weiß, kann ich doch auch nicht wissen, dass ich nichts weiß oder wusste.« Plötzlich schien Theisen klarer zu sein, er lächelte sogar.

»Sie könnten ja im Nachhinein davon etwas mitbekommen haben. Hatte Ihre Frau zum Beispiel näheren Kontakt zu Thorsten Schöning?«

Theisen lachte verächtlich. »Wie kommen Sie darauf? Sie hat ihn den Mann mit den zwei Gesichtern genannt. Und das war ganz bestimmt nicht nett gemeint.«

»Und in dem Altersheim, in dem sie ehrenamtlich tätig war? Gab es da Kontakte, die über das normale Kollegiale hinausgingen?«

»Lawan hätte mir das sicher erzählt, wenn ... ja, wenn sie zum Beispiel belästigt worden wäre. Sie wissen schon, was ich meine.«

Lenas Blick fiel auf ein Foto an der Wand. Theisen war darauf neben seiner Frau zu sehen, vermutlich war die Aufnahme in einem Fotostudio entstanden. Bei Lenas gestrigem Besuch hatte an dieser Stelle noch ein Foto mit zwei älteren Herrschaften gehangen, vermutlich die Eltern von Elbo Theisen. Lena stand auf und sah sich das Foto genauer an. Die Frau an Theisens Seite war zwei Köpfe kleiner als er, zierlich, aber mit energischem Blick. Ihr Lächeln wirkte bemüht freundlich, aber nicht künstlich. Die Frau sah zerbrechlich und doch stark aus. Eine Mischung, die viele Männer anziehend fanden. Zusätzlich hatte sie nicht nur Modelmaße, sondern auch ein ausgesprochen hübsches Gesicht. Neben dem eher grobschlächtigen Theisen wirkte sie auf den ersten Blick deplatziert, auf den zweiten spürte man die Verbindung zwischen den beiden Menschen.

»Ein schönes Foto. Es hing gestern aber noch nicht hier, oder?«

»Nein.«

Lena setzte sich wieder. »Ich will ehrlich zu Ihnen sein. Ich habe das Gefühl, dass Sie mir etwas verschweigen.«

»Die Wahrheit, nichts als die Wahrheit. Suchen Sie danach? Nur, was ist die Wahrheit? Wie soll ich Ihnen mein Leben in ein paar Minuten darlegen? Gut, ich habe verschwiegen, dass unsere letzten Monate nicht so harmonisch waren wie die Jahre davor. Und? Habe ich deshalb Lawan ...« Er atmete schwer und wischte sich über die feuchten Augen. »Machen Sie, was Sie wollen. Mir ist es egal. Die Liebe meines Lebens ist nicht mehr da. Und ich weiß nicht, wie es weitergehen soll. Nicht einmal, ob es weitergeht.«

Lena hatte ihn nicht aus den Augen gelassen. Vor ihr saß ein gebrochener Mann, daran hatte sie keinen Zweifel. Aber hieß das auch, dass er nichts mit dem Tod seiner Frau zu tun hatte? Die eigentliche Tat lag drei Monate zurück. Ausreichend Zeit, um zu verdrängen und sich neue Wahrheiten zurechtzulegen. Theisen wirkte auf sie authentisch, schien ehrlich zu trauern, aber … Immer wieder hatte Lena erlebt, dass genau dieses *aber* sie in der Ermittlungsarbeit den Schritt vorangebracht hatte, der ihr letztendlich die Lösung des Falles ermöglichte.

»Sie glauben mir, oder?«, fragte Elbo Theisen.

»Ich bin Polizistin. Ich glaube nicht, sondern ermittele Fakten, finde Indizien und Beweise. Nur darum geht es.«

»Sind Sie sicher?«, fragte er mit einem leichten Lächeln und stand auf. »Kann ich noch etwas für Sie tun?«

Lena erhob sich. »Nein, danke für das Gespräch, Herr Theisen.«

Lena parkte das Auto auf dem neben dem Altersheim liegenden Parkplatz. Das lang gestreckte eineinhalbstöckige Gebäude war in U-Form erbaut. Der Innenhof war durch eine Mauer geschützt. Auf Lenas Klingeln öffnete ihr eine junge Frau, die sie zum Büro der Heimleiterin begleitete.

Eine etwa fünfzigjährige Frau mit kurzen dunklen Haaren saß hinter einem großen Schreibtisch. Lena zeigte ihren Ausweis und brachte ihr Anliegen vor.

»Frauke Mathiesen«, stellte sich die Frau vor. »Ich leite diese Einrichtung seit drei Jahren. Es ist hier bei uns Tradition, dass wir Unterstützung durch ehrenamtliche Helfer aus der Umgebung bekommen. Mit dem normalen Personalschlüssel ist es kaum möglich, den Bedürfnissen unserer Bewohner gerecht zu werden.«

»Seit wann arbeitete Frau Yao Yun hier bei Ihnen?«

Frau Mathiesen wandte sich zu ihrem Computer und begann zu tippen, um die gewünschte Information aufzurufen. »Seit fast genau zweieinhalb Jahren.«

»Wie häufig war Frau Yao Yun hier?«

»In der Regel einmal pro Woche einen Nachmittag. Es geht dabei vor allem um Bewohner, die keine Angehörigen mehr haben oder deren Angehörige nicht so oft kommen. Das kann mal eine Unterhaltung sein oder ein Spaziergang, aber auch ein Gesellschaftsspiel mit mehreren Bewohnern.«

»Hatte Frau Yao Yun hier besondere Kontakte? Mit den Bewohnern oder auch mit anderen Mitarbeitern oder Ehrenamtlichen?«

»Das kann ich so aus der Lamäng nicht sagen, aber ich werde das für Sie gerne erfragen. Haben Sie eine Telefonnummer, unter der ich Sie erreichen kann?«

Lena reichte ihr eine Visitenkarte mit ihrer Handynummer. »Wer teilt denn die ehrenamtlichen Mitarbeiter bei Ihnen ein?«

»Das ist Frau Nissen.« Wieder schaute sie auf ihren Bildschirm. »Die hat aber im Moment keinen Dienst. Tut mir leid. Ich kann aber gerne für Sie nachfragen, mit …«

»Das ist nett, Frau Mathiesen. Geben Sie mir doch bitte auch die Adresse von Frau Nissen. Ich setze mich dann direkt mit ihr in Verbindung.«

Frauke Mathiesen räusperte sich. »Es wäre mir doch lieber, wenn die Angelegenheit über meinen Schreibtisch liefe.«

»Wie heißt Frau Nissen mit Vornamen?«

Die Altersheimleiterin warf ihr einen ungehaltenen Blick zu. Schließlich griff sie in den kleinen Zettelkasten auf ihrem Schreibtisch und schrieb etwas auf das Blatt, bevor sie es Lena reichte. »Ich glaube aber kaum, dass Sie Frau Nissen jetzt erreichen werden. Vielleicht ist es doch …«

Lena stand auf und reichte ihr die Hand zum Abschied. »Vielen Dank für Ihre Hilfe. Sie erreichen mich für die Informationen jederzeit auf meinem Handy.«

Lena erreichte Laura Nissen, die in Husum wohnte, am Telefon und verabredete sich mit ihr in einem Café in der Innenstadt.

Die junge Frau, die Lena auf Anfang dreißig schätzte, hatte einen blonden Kurzhaarschnitt und freundliche Augen. Vor ihr auf dem Tisch stand bereits eine große Tasse Milchkaffee. Lena stellte sich vor und bestellte sich das Gleiche.

»Hat Frau Mathiesen Sie bereits instruiert?«

Laura Nissen schmunzelte. »Selbstverständlich hat sie das gemacht. Noch bevor Sie angerufen haben. Sie hat mir ausdrücklich aufgetragen, mich nicht mit Interna zu verplappern. Das Letzte war Originalton.«

»Sie scheinen sich nicht allzu viel aus den Anweisungen zu machen«, meinte Lena mit einem Augenzwinkern.

»Nee, der alte Drachen hat immer panische Angst, dass jemand unsere Arbeit schlechtmachen könnte. Hochgradige Paranoia, würde ich mal sagen. Keine Ahnung, warum sie so vorsichtig ist. Die Einrichtung ist absolut in Ordnung, sonst würde ich da keinen Tag länger bleiben, glauben Sie mir.«

»Das mache ich gerne. Es geht mir allerdings nur um Frau Yao Yun, die bei Ihnen ehrenamtlich gearbeitet hat.«

Laura Nissen wurde schlagartig ernst. »Frau Mathiesen hat mir erzählt, was passiert ist. Schrecklich! Wir wussten natürlich, dass Lawan nicht mehr auf Nordstrand ist, aber ich habe angenommen, dass sie nach Thailand zurück ist oder dort für länger ihre Familie besucht.«

»Wieso? Hat sie so etwas einmal erwähnt?«

»Erwähnt? Weiß ich nicht mehr, aber sie ist …« Laura Nissen stockte. »… war ein solcher Familienmensch. Aber das ist wohl typisch für Thailand, oder?«

»Ja, die Familie spielt dort eine große Rolle. Hat sie auch einmal von ihrem Sohn erzählt?«

»O ja, fast jedes Mal, wenn wir Zeit hatten, uns zu unterhalten. Das war zwar selten, aber meistens ging es nicht ums Wetter. Sie verstehen schon. Als Altenpflegerin muss man schon hart im Nehmen sein. Nicht nur, weil die eigentliche Arbeit körperlich anstrengend sein kann, sondern vor allem, weil der Tod immer präsent ist. Das ist dort nun mal der letzte Lebensabschnitt der Menschen, die man betreut. Bei uns ist es nicht wie im Krankenhaus, dass die Leute kurz kommen und wieder gehen. Man baut eine Beziehung zu den Bewohnern auf, weiß aber auch, dass man sich bald wieder von ihnen verabschieden muss. Auch deshalb sind Gespräche unter Kollegen schnell mal etwas tiefer. Es geht um wirklich wichtige Dinge. Und das war bei Lawan nun mal ihre Familie.«

»Der Sohn und …?«

»Vor allem war ihr Niran, so heißt der Junge, wichtig. Ansonsten waren da so viele Familienangehörige. Sie hat mir immer mal wieder Fotos gezeigt, aber es ist so schwer für unsereins, Asiaten auseinanderzuhalten. Da waren wohl noch einige Geschwister, die Eltern natürlich und auch Tanten und Onkel. Meistens ging es aber um ihren Jungen.«

»Und der Zwillingsbruder?«

»Ja, stimmt. Aber an den Namen kann ich mich nicht erinnern.« Laura Nissen sah Lena fragend an. »Ist das wichtig?«

»Nein, kein Problem. Wie war Frau Yao Yun sonst so?«

»Ausgesprochen nett und … ja, sagt man nicht immer, Asiaten würden ihre Gefühle so unter Kontrolle halten, wären so zurückhaltend? Am Anfang war es bei Lawan schon so, aber ich habe gleich gespürt, dass sie sehr viel Empathie hat. Die braucht man auch, wenn man diese Arbeit machen will. Auch als Ehrenamtliche oder vielleicht sogar gerade.« Sie lächelte. »Die bekommen ja nicht einmal Geld für ihre Arbeit.«

»Was meinen Sie, warum hat Frau Yao Yun sich hier engagiert? Keiner aus ihrer Familie hatte etwas mit dem Heim zu tun. Oder gab es eine andere Verbindung?«

»Das weiß ich nicht. Sind das nicht immer Zufälle, wie man an solche Sachen kommt? Jemand erzählt davon oder man liest es in der Zeitung. Ich weiß es wirklich nicht, was bei ihr der Auslöser war. Vielleicht wollte sie auch nur besser Deutsch lernen. Es geht ja viel darum, sich mit den Bewohnern zu unterhalten.«

»Hat sie auch mal über ihre Ehe gesprochen?«

Laura Nissen wiegte den Kopf. »Eher nicht. Ich komme gebürtig nicht von Nordstrand und kenne eigentlich nicht so viele Leute von der Insel. Nein, sie hat den Mann wohl mal erwähnt, aber …« Laura Nissen schien nachzudenken. »Schon komisch, oder? Ich kenne den Namen von ihrem Sohn, der weit weg in Thailand lebt, und den von ihrem Mann, der nur ein paar Kilometer entfernt wohnt und den ich hin und wieder auch gesehen habe, wenn er sie abgeholt hat, den kenne ich nicht.«

»Sie haben also nie über ihre Ehe gesprochen?«, hakte Lena noch einmal nach.

»Suchen Sie nach einem … wie heißt das noch gleich, ja, nach einem Motiv?«

»Nein, das sind alles Routine-Fragen. Wir stehen mit den Ermittlungen erst ganz am Anfang. Vor allem möchten wir uns ein Bild machen von Frau Yao Yuns Leben in Deutschland.«

»Okay! Ich glaube schon, dass sie sich hier wohlgefühlt hat. Wenn da nicht diese wahnsinnige Entfernung zu ihrer Familie gewesen wäre. Und vor allem zu ihrem Sohn.« Laura Nissen nickte nachdenklich. »Sie machte sich wohl große Sorgen um ihn. Aber das ist ja bei allen Eltern so. Und wenn ich mir vorstelle, ein Kind zu haben und das würde seit eh und je bei meinen Eltern leben und von ihnen großgezogen werden … Nein, darüber möchte ich lieber nicht nachdenken. Das muss schon sehr belastend sein.«

»Lawan hat sich Sorgen um ihren Sohn gemacht. Worum konkret?«

»Weiß ich nicht. Das war nur so ein Gefühl, das ich hatte, wenn sie von ihm sprach. Vielleicht liege ich ja auch völlig falsch.« Sie hielt inne. »Lawan war auf jeden Fall eine wirklich liebe Person. Da könnte sich hier in Deutschland so manch einer eine Scheibe abschneiden.«

Zehn

Ole Kotten sah auf, als Lena das Büro betrat. »Na, war Theisen sehr überrascht?«

Lena nahm an ihrem provisorischen Schreibtisch Platz. »Eher das Gegenteil. Ihm scheint alles ziemlich egal zu sein.« Sie berichtete von den zwei Befragungen und begann, ihre Notizen in Protokollform im System zu hinterlegen.

Ole Kotten hatte die Bankdaten von Elbo Theisen und seiner Frau bekommen und war dabei, die Ein- und Ausgänge der letzten Jahre zu kontrollieren. Als Lena ihren Laptop zuklappte, stand Ole Kotten auf und reckte sich. »Verdammte Schreibtischarbeit! Das reicht jetzt für heute.«

»Gab es Überraschungen in den Bankdaten?«

»Lass uns ein paar Schritte gehen. Mein Magen knurrt schon eine Weile vor sich hin. Vielleicht können wir ihn irgendwie ruhigstellen.«

Lena lachte. »Sicher. Können wir nicht später auch zu Fuß zu Frau Brandt gehen? Ist es weit zu ihrer Wohnung?«

»Nein, das ist zu Fuß erreichbar.«

Lena stand auf. »Auf geht's!«

Nach wenigen Minuten hatten sie den alten Husumer Binnenhafen erreicht und liefen weiter in die historische

Altstadt. Lena liebte die kleinen Gassen und die alten Häuser der Kreisstadt und schmunzelte regelmäßig über die zahlreichen Hinweise auf Theodor Storm, den bekanntesten Bürger der Stadt. Schon vor Wochen hatte sie sich vorgenommen, in das Museum zu gehen, das in seinem ehemaligen Wohnhaus eingerichtet worden war. Zumindest hatten Erck und sie es vor einer Woche zum ersten Mal in den *Speicher* geschafft, ein Kulturzentrum direkt am alten Hafen. Lena hatte die Soulband vorher nicht gekannt, war aber so begeistert gewesen, dass sie bis weit nach Mitternacht blieben.

Nachdem sich Ole Kotten eine Tüte Pommes frites gekauft hatte, schlenderten sie an der breiten Hafenpromenade entlang und suchten sich eine Bank direkt am Kai.

Ole hielt ihr die Tüte hin. »Möchtest du auch?«

»Danke, aber Erck kocht heute Abend und ich muss mit den Kalorien etwas vorsichtig sein.«

»Kein Lauftraining mehr?«

»Aber morgen früh«, murmelte Lena und wusste, dass sie den Vorsatz vermutlich doch wieder brechen würde. Aber bei Ercks Kochkünsten blieb ihr nichts anderes übrig, als zu laufen oder sich ein Fitnessstudio zu suchen.

»Kenne ich. Keine Zeit für nichts.«

»Was war jetzt mit den Bankdaten der beiden?«

»Im Prinzip so, wie Theisen es dir gesagt hat.« Er zog mit dem Zeigefinger ein Augenlid leicht nach unten. »Da wollte er uns wohl schnell zuvorkommen. Clever, würde ich mal sagen.«

»Im Prinzip?«, fragte Lena, die Oles Spruch nicht kommentieren wollte.

»Der Hof läuft schon seit mindestens zwei Jahren nicht mehr so gut, wenn nicht länger. Die Einnahmen sind kontinuierlich bergab gegangen. Warum, lässt sich natürlich aus den Kontoauszügen nicht erkennen. Aber das muss seine Frau auf jeden Fall mitbekommen haben.«

»Und? Nun lass dir nicht alles aus der Nase ziehen.«

»Wir haben doch Zeit«, sagte Ole schmunzelnd. »Oder du nicht?«

Lena rollte mit den Augen und wartete, bis er den Rest seiner Pommes frites gegessen und die Tüte im Mülleimer entsorgt hatte.

»Die Zahlungen nach Thailand vom gemeinsamen Konto sind immer geringer geworden. Ich habe natürlich keine Ahnung, was die Familie dort zum Leben braucht, aber hier wäre das nur ein Tropfen auf den heißen Stein.«

Lena seufzte. »Also ist es noch etwas dramatischer, als Theisen es heute dargestellt hat.« Sie warf ihrem Kollegen einen fragenden Blick zu. »Aber du hast noch was in petto, oder?«

»Dir kann man aber auch nichts verheimlichen«, sagte er mit gespielt beleidigter Miene. »Theisens Frau hatte ein eigenes Konto, hier in Husum bei einer Bank. Sie hat seit über eineinhalb Jahren regelmäßig Bargeld eingezahlt und einmal im Monat fast die gesamte Summe nach Thailand überwiesen.«

»Über was für Summen sprichst du gerade?«, fragte Lena erstaunt.

»Wie gesagt, unterschiedliche Beträge. Angefangen hat sie im September vorletzten Jahres mit relativ kleinen Beträgen. Die letzte Einzahlung war Anfang März und kurz vor ihrem vermutlichen Todestag hat sie wieder nach Thailand überwiesen. Wenn ich alle Beträge zusammenziehe, komme ich auf monatlich über zweitausend Euro. Die größte Summe war im Februar, fünfzehntausend Euro. Als sie angefangen hat, waren es gerade mal hundert bis hundertfünfzig Euro im Monat.«

»Merkwürdig. Wo hatte sie das Geld her? Versteuert hat sie es nicht, oder?«, fragte Lena.

»Für die letzten beiden Jahre haben die Eheleute Theisen noch keine Steuererklärung abgegeben, zumindest gibt es nichts im System. Somit kann ich die Frage nicht beantworten, aber ich vermute mal, dass es sich um Geld aus dubiosen Quellen handelt, das sie sicher nicht versteuert hätte.«

»Dubiose Quellen?« Lena ahnte, worauf Ole hinauswollte.

»Wie bitte schön verdient man Tausende in einem Monat? Sicher nicht als Putzhilfe. Tut mir leid, aber als Erstes fällt mir da Prostitution ein. Vorurteile hin, Vorurteile her.«

»Selbst wenn es so wäre«, sagte Lena. »Was hat das mit unserem Fall zu tun? Wir suchen jemanden, der oder die Lawan getötet hat. Vorsätzlich oder im Affekt.«

Ole zuckte mit den Schultern. »Ich glaube kaum, dass ihr Mann das lustig gefunden hätte, dass seine Frau sich prostituiert. Es muss ihm doch aufgefallen sein, dass …« Ole stockte. »Was auch immer.«

»Wir wissen noch nicht, wo das Geld herkommt. Lass uns einen Schritt nach dem anderen machen. Wenn morgen die Auswertung der Kriminaltechnik vorliegt, sehen wir weiter. Vielleicht gibt es dann auch schon Neuigkeiten wegen der DNA-Analyse zum Sperma.«

Ole Kotten nickte, sah auf die Uhr und stand auf. »Wir müssen. Ich schätze, zehn Minuten werden wir brauchen.«

Heike Brandt öffnete die Wohnungstür und bat sie in die Wohnküche. Ihre zweiundvierzig Jahre sah man ihr nicht an, sie war schlank, hatte lange mittelblonde Haare und strahlend blaue Augen.

»Sie kommen wegen Lawan? Elbo hat mich angerufen und mir erzählt, dass sie tot ist.« Heike Brandt schien plötzlich aufzufallen, dass sie immer noch standen. Sie zeigte auf den Tisch mit den Stühlen und fragte, ob sie den Kommissaren etwas zu trinken anbieten konnte. Ole Kotten lehnte dankend ab und stellte die erste Frage.

»Hatten Sie trotz der Scheidung von Ihrem Mann weiter Kontakt zu Lawan Yao Yun?«

»Hin und wieder haben wir uns schon gesehen. Bis Nordstrand sind es ja nur ein paar Kilometer.«

»Für uns ist vor allem das letzte Jahr vor ihrem Verschwinden wichtig. Wie war da Ihr Kontakt?«, fragte Ole Kotten weiter.

»Mitgezählt habe ich nicht, falls Sie das meinen. Wir haben uns hier und da mal gesehen.«

»Hat sich Frau Yao Yun in den letzten, sagen wir, sechs Monaten verändert? Ist Ihnen da etwas aufgefallen?«, fragte Lena.

»Als sie so plötzlich von einem Tag auf den anderen verschwunden war, habe ich mich das natürlich auch gefragt. Wir sind alle mehr oder weniger davon ausgegangen, dass sie heimlich zurück nach Thailand ist.«

»Zu welchem Ergebnis sind Sie gekommen?«, fragte Lena, als Heike Brandt nicht weitersprach.

»Ergebnis? Ach so, ob Lawan sich verändert hat. Dazu muss ich jetzt sagen, dass wir uns ab dem Frühjahr letzten Jahres nur noch wenig gesehen haben. Einmal oder vielleicht auch zweimal. Lawan hatte keine Zeit, ich glaube, sie hat mal gesagt, dass sie mehr auf dem Hof arbeiten muss.«

»Wie würden Sie das Verhältnis zwischen Elbo Theisen und seiner Frau beschreiben?«, fragte Ole Kotten.

Heike Brandt sah erstaunt auf. »Wieso fragen Sie das? Glauben Sie etwa, dass Elbo etwas mit dem Tod von Lawan zu tun hat?«

»Wir müssen das fragen, Frau Brandt«, erklärte ihr Lena. »Am Anfang einer solchen Ermittlung versuchen wir, das ganze Umfeld des Opfers zu beleuchten. Elbo Theisen ist da natürlich genauso im Fokus wie Sie und Ihr Ex-Mann.«

»Ich?« Sie schaute belustigt zwischen Ole Kotten und Lena hin und her. »Muss ich mir gleich noch einen Anwalt nehmen?«

»Frau Brandt, wir können Sie nicht zwingen auszusagen«, fuhr Lena ruhig fort. »Das ist hier auch kein Verhör, sondern lediglich eine Zeugenbefragung.«

»Schon gut. Ich kann sowieso nicht viel zur Ehe der beiden sagen. Lawan war in dem Punkt sehr verschlossen und Elbo, nun gut, er hat sie regelrecht verehrt. Wenn Ihnen das reicht, okay.«

»Und wie war Ihr Verhältnis zu Lawan Yao Yun?«, fragte Ole Kotten.

»Das kann ich Ihnen natürlich beantworten. Es war gut. Erstaunlich gut sogar. Sie war eine liebe Person, dachte nie zuerst an sich. Sie selbst war nicht wichtig. Ich habe eine Weile gebraucht, um das zu verstehen. Und ich muss gestehen, es hat mich beeindruckt.«

»Aber?«, fragte Lena, die Zweifel hatte mitklingen hören.

»Warum aber?« Heike Brandt seufzte leise. »Ja, ich war nicht immer sicher, ob diese Selbstlosigkeit wirklich so bedingungslos war. Ich weiß natürlich, dass Elbo und sie Geld nach Thailand überwiesen haben. Nicht genau, wie viel, aber es war wohl insgesamt keine kleine Summe. Lawan und Familie, das war so eine Sache. Und was ich meine, ist, dass ich nicht sicher war, ob Elbo und auch Jorin, Eske und ich zu ihrer Familie gehörten oder nicht. Oder ob sie uns etwas vorspielte. Aber wie gesagt, ich war mir nie sicher und schwankte zwischen Bewunderung und Skepsis.«

»Was hat überwogen?«, fragte Lena.

Heike Brandt überlegte lange. »Ich glaube, die Bewunderung. Selbst wenn wir hier in Deutschland für Lawan nur an zweiter oder dritter Stelle kamen, sie hätte immer noch ihr Leben für uns gegeben. Das klingt vielleicht altmodisch, aber zu Lawan passt es.«

»Hat sie mit Ihnen darüber gesprochen, dass sie Geld für ihre Familie in Thailand braucht?«, fragte Ole Kotten.

»Nein, warum auch? Ich komme gerade so klar mit meinem Gehalt. Da hätte ich ihr ganz sicher nichts leihen können, falls Sie darauf anspielen. Nein, über Geld haben wir uns nie unterhalten.«

Lena hatte Heike Brandt seit Beginn des Gesprächs aufmerksam beobachtet. Sie schien nicht unter Druck zu stehen und verhielt sich auch nicht merklich abwehrend. Sie machte allerdings auf Lena den Eindruck, als ob ihr das Schicksal ihrer Ex-Schwägerin relativ egal wäre.

»Aber über ihre Familie in Thailand haben Sie schon mit ihr gesprochen?«

»Natürlich! Das war Lawans Hauptthema. Sie hatte immer so ein kleines Fotobuch dabei und hat mir ihre zahlreichen Verwandten gezeigt. Und von ihnen erzählt. Es ist ja auch tragisch, wenn man den eigenen Sohn bei den Eltern lassen muss oder wenn er sich am Schluss gegen die Mutter entscheidet und in Thailand bleibt. Was sage ich, nein, es ist furchtbar, so etwas erleben zu müssen. Ich habe Lawan einmal gefragt, wie sie das aushält, so weit entfernt von der Heimat, ohne Familie und ohne ihren geliebten Sohn.« Heike Brandt nickte nachdenklich, als laufe die Szene noch einmal vor ihrem geistigen Auge ab.

»Und was hat sie geantwortet?«

Heike Brandt sah auf. »Das sei nun mal ihre Aufgabe. Mehr nicht. So, als gäbe es für jeden von uns ein feststehendes Drehbuch des Lebens und man könnte davon nicht abweichen. Wie konnte sie das hier nur alles ertragen? Und wofür? Für ein paar Telefongespräche im Monat und Fotos von ihrem Sohn. Wissen Sie, wie das Fotobuch aussah? Die ersten zehn Seiten gehörten ihrem Sohn. Da waren Babyfotos, dann eins, wo er gerade laufen lernte, eines mit vier Jahren und dann, als er zur Schule kam. So ging es dann weiter.«

»Wie war das Verhältnis Ihres Ex-Mannes zu Lawan?«, wechselte Lena das Thema.

Heike Brandt zuckte kurz zusammen, zögerte, bevor sie antwortete: »Da halte ich mich lieber raus. Unsere Trennung war nicht so einfach, wie man sich das wünscht. Und das, obwohl wir keine Kinder haben. Inzwischen können wir zwar wieder miteinander reden, aber mehr als ein Waffenstillstand ist das wohl nicht.«

»Sie können sich darauf verlassen, dass wir Ihre Informationen vertraulich behandeln«, sagte Lena.

»Das ist nett, aber ich kann Ihnen dazu gar nichts sagen. Fragen Sie ihn selbst, das wird das Beste sein.« Heike Brandts Stimme klang plötzlich, als habe sie diesen Satz vorher auswendig gelernt oder schon häufig gesagt oder gedacht.

Ole Kotten räusperte sich. »Okay, machen wir. Sie haben ja schon erwähnt, dass Lawan Yao Yun ihre Familie finanziell unterstützt hat.«

»Ja, und?«, fragte Heike Brandt zurückhaltend.

»So, wie es sich im Moment darstellt, waren die Eheleute seit einiger Zeit nicht mehr in der Lage, die thailändische Großfamilie wie gewohnt zu unterstützen«, umschrieb Ole Kotten geschickt die Situation. »Wissen Sie, ob Frau Yao Yun Einnahmen hatte, die sie an ihre Familie in Thailand weiterreichen konnte?«

»Einnahmen? Was meinen Sie? Lawan hat auf dem Hof gearbeitet und, soweit ich weiß, sonst nirgendwo. Doch, in diesem Altersheim, aber war das nicht ehrenamtlich?«

»Doch, das war es«, antwortete Lena für ihren Kollegen, um das Gespräch wieder an sich zu ziehen. »Noch einmal zu der Frage, ob Frau Yao Yun gerne nach Thailand zurückgegangen wäre. Hat sie jemals davon gesprochen, Deutschland den Rücken zu kehren?«

Wieder zögerte Heike Brandt eine Weile. »Ich muss zugeben, als ich von ihrem Verschwinden gehört habe, bin ich fest davon ausgegangen, dass sie nach Thailand zurück ist. Aber das war nicht Ihre Frage. Ich glaube nicht, dass Lawan mir von so einem Plan erzählt hätte. Nicht direkt, meine ich. Trotzdem bin ich davon ausgegangen. Sie verstehen, was ich meine?«

Lena nickte. »Sie hat es Ihnen auf eine andere Weise mitgeteilt.«

»Ja, das könnte sein.«

Elf

Auf dem Weg zurück zum Polizeirevier ließ Lena sich das Gespräch mit Heike Brandt durch den Kopf gehen. Die Frau war in manchen Punkten zurückhaltend gewesen, in anderen sehr offen. Wusste sie mehr, als sie gesagt hatte?

»Was meinst du?«, fragte Ole. »Die Frage ist, was hat uns Frau Brandt verschwiegen?«

»Hat ihr Ex-Mann ein engeres Verhältnis zur Schwägerin gehabt, als er uns gesagt hat?«, formulierte Lena die unausgesprochene Frage.

»Was sollte sie von ihm gewollt haben? Finanziell ist bei dem doch nicht viel zu holen. Eine große Leuchte – entschuldige, dass ich das so sage – ist Jorin Theisen auch nicht.«

»Ich kannte Lawan zwar nicht, aber ich glaube auch nicht, dass sie ihrem Schwager wirklich nahestand. Aber warum blockt Heike Brandt bei dem Thema so ab? Ihr muss doch klar sein, dass wir misstrauisch werden.«

»Vielleicht will sie das? Eine alte Rechnung?«

»Ich hatte nicht den Eindruck, dass sie das nötig hat. Aber gut, wir können diesen indirekten Hinweis nicht ignorieren.« Lena schaute auf die Uhr. »Machen wir Schluss für heute?«

Ole nickte. »Ich schreibe noch das Protokoll und gehe dann auch nach Hause.«

»Ist Tobias aus Berlin zurück?«

Ole blieb abrupt stehen, legte mit geschlossenen Augen den Kopf in den Nacken und atmete tief durch. »Nein. Und frag mich jetzt bitte nicht, wann er kommt.«

Lena berührte ihren Kollegen und Freund an der Schulter. »Was ist los bei euch, Ole?«

Er sah sie mit einem erschöpften Blick an. »Wenn ich das so genau wüsste.«

»Und was weißt du?«

Sie befanden sich inzwischen wieder auf Höhe des Binnenhafens. Lena zeigte in Richtung Hafenstraße, wo sich direkt am Kai mehrere Cafés und Restaurants aneinanderreihten. »Lass uns noch einen Kaffee trinken gehen. Okay?«

Ole nickte und folgte Lena, die kurz darauf einen ruhigen Platz im Straßencafé aussuchte. Sie saßen eine Weile schweigend am Tisch.

»Was macht Tobias wirklich in Berlin? Er ist doch in Berlin, oder?«

»Ja, davon gehe ich aus.«

Eine junge Frau mit einem Tablett in der Hand näherte sich dem Tisch und fragte, was sie ihnen bringen könne. Lena bestellte einen Milchkaffee, Ole ein Bier.

»Also Berlin«, kam Lena auf das Thema zurück.

Ole schaute genervt. »Hauptstadt. Wer braucht das denn?«

»Jetzt sag schon, was los ist, Ole!«

Er stöhnte leise. »Tobias hat jemanden kennengelernt. Irgendwann vor ein paar Wochen, als er auf Geschäftsreise in dieser elenden Stadt war.«

»Hast du nicht mal erzählt, dass ihr beide das nicht ganz so eng seht?«

»Hab ich das?« Er fuhr sich mit der Hand durch seine kurz geschnittenen Haare. »Ja, so ist es eigentlich auch. Nicht, dass wir da groß drüber reden würden, wenn es mal passiert.

Ein One-Night-Stand …« Er malte Anführungsstriche in die Luft. »… ist in Ordnung. Keiner von uns beiden hat damit Probleme.«

»Aber?«

Ihre Getränke wurden serviert, Ole trank einen kräftigen Schluck, setzte das Glas ab und trank kurz darauf den Rest aus. »Das tut gut.«

»Aber?«, fragte Lena noch einmal.

»Tobias hat sich verliebt«, murmelte er und sah einer vorbeilaufenden Touristengruppe hinterher.

Lena schluckte. Als sie Ole gefragt hatte, was passiert sei, hatte sie an einen handfesten Streit gedacht. »Und jetzt? Er wird doch nicht wegen irgendeiner Liebelei eure Beziehung aufgeben. Ihr seid ewig zusammen.«

»Vielleicht ist genau das das Problem?«

»Sagt Tobias das?«

»Nein, das nicht. Aber er ist auch nicht hier, sondern bei diesem drittklassigen Schauspieler, der noch nicht trocken hinter den Ohren ist.«

»Er ist jünger als Tobias?«

Ole winkte die Kellnerin an ihren Tisch und bestellte ein weiteres Bier.

»Keine Ahnung, was der ist«, antwortete er schließlich.

In diesem Augenblick vibrierte Oles Handy auf dem Tisch. Er sah aufs Display und lächelte matt. »Ein Foto von einem Bahnticket«, erklärte er. »Morgen, sieben Uhr vierzig, ICE nach Hamburg.«

»Tobias?«

Ole nickte erleichtert.

»Wann wird er dann in Husum sein?«

»Kurz vor eins, glaube ich.«

»Dann solltest du dir freinehmen und ihn am Bahnhof abholen.«

»Meinst du wirklich? Sollte es nicht umgekehrt sein, er holt mich von der Arbeit ab?«

»Was meinst du, warum er dir das Ticket geschickt hat? Jetzt schläfst du erst mal eine Nacht darüber und morgen sieht der Tag schon ganz anders aus.«

»Wenn es so einfach wäre.«

»Ihr müsst reden. Alles andere führt doch zu nichts.«

»Verdammt, habe ich einen Fehler gemacht oder er?«

»Hast du nicht gesagt, dass er sich verliebt hat? Wo genau soll er jetzt einen Fehler gemacht haben?«

»Schönreden kann ich mir das selbst, Lena.«

»Was denn? Hat Tobias etwa gesagt, dass er dich nicht mehr liebt?«

Ole Kotten antwortete nicht.

»Hat er?«

»Nein, hat er nicht.«

»Sondern?«

»Dummes Zeug hat er gefaselt, von wegen, er liebt uns beide. Was soll ich damit anfangen? Das war ganz sicher nicht mein Plan.«

»Tobias' sicher auch nicht.«

Die Kellnerin servierte das Bier, Lena bezahlte die Getränke. Ole legte die Hand um das Glas, ließ es aber auf dem Tisch stehen. Schließlich stand er auf, ohne getrunken zu haben. »Gehen wir?«

Lena schmiegte sich im Bett an Erck. Nach dem Abendessen hatten sie einen langen Spaziergang Richtung Nordsee gemacht und anschließend noch eine Weile im Garten gesessen.

»Und du meinst wirklich, ich soll mich da raushalten?«, fragte Lena.

»Du bist doch nicht Oles und Tobias' Beziehungsberaterin. Da müssen die beiden selbst durch und einen Weg finden.«

»Wir sind befreundet oder zumindest bahnt sich gerade eine Freundschaft an. Und Ole ist mein Kollege. Fällt dir das schwer, weil es sich um zwei Männer handelt?«

Erck war eine Weile still, bevor er antwortete: »Ganz ehrlich? Ja, ich blick da nicht ganz durch. Auf der einen Seite sind die beiden, wenn es um Affären geht, ganz locker drauf, aber dann ist es ein großes Drama, wenn mehr daraus wird. Verstehst du das?«

Lena richtete sich im Bett auf und schaltete die Lampe an. »Gute Frage. Offensichtlich war das zwischen den beiden nur eine unausgesprochene Vereinbarung. One-Night-Stand ja, alles andere ist tabu. So habe ich es zumindest verstanden. Und wenn jemand von den beiden eine Affäre hatte, ist das nicht an die große Glocke gehängt worden.«

»Etwas inkonsequent, oder?«

»Wieso? Es ist eben etwas anderes, sobald Gefühle im Spiel sind.« Sie stieß ihn spielerisch in die Seite. »Und außerdem: Sprechen wir über alles offen und jederzeit? Doch auch nicht, oder?«

Erck riss gespielt erschrocken die Augen auf. »Was soll das jetzt heißen? Du hast doch nicht etwa auch …«

»Quatschkopf«, unterbrach ihn Lena. »Du weißt genau, was ich meine. Gespräche über meinen Vater sind tabu, wir planen allenfalls das nächste halbe Jahr, aber alles, was danach kommt, bleibt offen.« Sie hielt kurz inne. »Und was noch?«

»Okay, du hast ja recht. Wir haben auch so unsere Geheimnisse und unausgesprochenen Vereinbarungen. Und ja, ich fühle mich etwas unsicher, wenn es um Homosexuelle geht.«

»Ich glaube, Ole und Tobias mögen den Begriff nicht. Ole sagt von sich, dass er schwul ist.« Sie hielt kurz inne. »Ich werde Ole morgen auf jeden Fall anbieten, dass er ab Mittag freimacht.«

Erck zog sie zu sich auf seine Seite. »Und jetzt lassen wir das Thema und kümmern uns um uns.«

Lena glitt grinsend neben ihn. »An was genau hattest du da gedacht?«

»Guten Morgen!«, begrüßte Lena Ole, als sie gegen neun das Büro betrat. »Gut geschlafen?«

»Hält sich in Grenzen«, murmelte Ole Kotten, ohne vom Bildschirm aufzuschauen. »Ich habe übrigens gerade den Bericht der Kriminaltechnik vorliegen. Sie haben offensichtlich den Turbogang eingelegt und die halbe Nacht gearbeitet.«

Lena setzte sich an ihren Schreibtisch und fuhr ihren Laptop hoch. »Und?«

Ole sah auf. »Treffer im Auto von Schöning. Auf der Beifahrerseite wurde ein Haar der Toten gefunden. Leider nichts im Kofferraum.«

»Das deckt sich ja mit der Zeugenaussage.«

»Richtig, trotzdem wird Schöning uns erklären müssen, wieso Frau Yao Yun bei ihm im Auto saß, und vor allem, warum er uns das verschwiegen hat.«

»Kofferraum absolut clean?«

»Ja, er ist wohl gereinigt worden, meinen die Kollegen. Blut hätten sie aber trotzdem entdeckt. Wenn, dann hat er die Tote in Plastikplane eingerollt. Allerdings ist Theisens Kofferraum umso interessanter.«

Ole hatte den Bericht inzwischen zu Lena weitergeschickt. Sie rief ihn auf und begann zu lesen.

»Das sieht leider nicht so gut aus für den Ehemann«, fügte Ole hinzu.

Auf dem Fahrer- und Beifahrersitz waren erwartungsgemäß Haare von Lawan Yao Yun gefunden worden. Der entscheidende Fund wurde im Kofferraum gemacht: Haare und Blut.

»Kein Zweifel?«

»Nach der ersten schnellen Analyse nicht. Es laufen noch Zusatzuntersuchungen, deren Ergebnisse spätestens übermorgen vorliegen.«

Lena las den Bericht durch und seufzte laut. »Hast du schon mit dem Staatsanwalt gesprochen?«

»Ja, ich habe ihn informiert.«

»Und?« Lena ahnte, was kommen würde.

»Hausdurchsuchung, anschließendes Verhör. Er war sich nicht sicher, ob die Funde im Kofferraum schon für einen Haftbefehl reichen.«

Lena sog scharf die Luft ein. »Untersuchungshaft? Sollten wir nicht erst mal weiter ermitteln? Er wird wohl kaum ins Ausland flüchten.«

»Und was ist mit der Verdunklungsgefahr, Lena?«

»Die Tat, wenn er sie denn begangen hat, ist drei Monate her. Was soll er da jetzt noch vertuschen?«

Lena stand auf und verließ das Büro, um sich einen Kaffee zu holen und ihre Gedanken zu ordnen. Der Bericht der Kriminaltechnik hatte sie kalt erwischt. Ihr war sofort klar gewesen, dass sich die Ermittlungen auf Elbo Theisen konzentrieren würden. Wenn weitere Indizien im Haus gefunden wurden, würde er unweigerlich in Untersuchungshaft kommen. Hatte sie sich dermaßen geirrt? Sie musste zugeben, dass ihr Elbo Theisen von Anfang an sympathisch gewesen war. Hatte sie den schlimmsten aller Fehler begangen und ihre Einschätzung von ihren persönlichen Gefühlen leiten lassen?

Mit zwei Tassen Kaffee in der Hand kam sie zurück ins Büro, als Ole Kotten gerade den Hörer auflegte.

»Das war der Staatsanwalt. Der Beschluss sollte in zwei Stunden da sein. Ich stelle gleich ein Team zusammen, damit wir dann sofort aufbrechen können.«

Lena sah auf die Uhr. »Du wirst aber nicht rechtzeitig zurück sein.«

»Egal. Tobias versteht das.«

Lena reichte ihm eine Tasse. »Ich kann mitfahren, du bleibst hier und machst um Mittag Feierabend.«

Ole schien unsicher geworden zu sein. Er legte den Kopf in den Nacken und fuhr sich mit der Hand über die Haare.

»Komm schon. Falls wirklich jemand fragt, sage ich, dass du dir einen Magen-Darm-Virus eingefangen hast. Außerdem halte ich dich auf dem Laufenden. Und wenn ich Theisen vorläufig festnehmen muss, verhören wir ihn natürlich gemeinsam. Aber dann hättest du zumindest Zeit, Tobias abzuholen und vielleicht auch mit ihm zu sprechen.«

»Wenn du unbedingt darauf bestehst. Aber ich will über alles informiert werden, Lena. Und bitte keine Alleingänge.«

Lena rollte mit den Augen. »Als ob ich so was machen würde.«

Ole Kotten schmunzelte. »Stimmt, wie komme ich nur darauf.«

»Sag mir lieber, ob der Kollege vom Einbruch die Liste mit Theisens Freunden und Bekannten abgearbeitet hat.«

»Das Protokoll habe ich dir geschickt. Nichts von Bedeutung. Lawan Yao Yun war allseits beliebt, hat sich hier schnell in die Gemeinschaft eingefunden und war gerne unter Leuten. Gerade mit den Frauen der Liste hat sie regelmäßig etwas unternommen. Auch in der Sprachschule war sie wohl häufiger. Sie scheint erheblich mehr rumgekommen zu sein als ihr Mann.«

»Das scheint Theisen nichts ausgemacht zu haben«, sagte Lena. »Eingesperrt hat er sie zumindest nicht. Ich lese mir später noch die Protokolle durch.«

»Hast du eigentlich Karsten Ranhold erreicht?«, fragte Ole.

»Nein, die Praxis ist geschlossen. Gestern und heute. Wegen einer Fortbildung. Ich habe aber seine Handynummer und rufe ihn später an. Erst mal gibt es Wichtigeres.«

Sie griff nach dem Telefon, um ihre Kollegen in Kiel anzurufen, die sich mit der Suche nach dem BMW und bundesweiten Vergleichsfällen beschäftigten.

»Moin, Lena! Wieder mal an der falschen Küste?«, fragte Jan Reimers, ein junger Kommissar, der schon häufiger Rechercheaufgaben bei Lenas Fällen übernommen hatte.

»Ich stehe nun mal nicht so auf Brackwasser«, antwortete Lena. »Wie sieht es bei euch aus? Habt ihr schon was gefunden?«

»Ich wollte dich gerade anrufen und dir den Stand durchgeben.«

»Leg los!«

»Wie du dir sicher schon gedacht hast, gibt es eine ganze Reihe von Fahrzeugen, die infrage kommen. Um genau zu sagen: einhundertvierundvierzig. Dabei haben wir uns schon auf bestimmte Jahrgänge konzentriert, ansonsten wäre die Zahl noch größer gewesen.«

»Okay!«

»Leider habt ihr ja noch keinen Namen zum Abgleich für uns. Sprich: Wir suchen die Nadel im Heuhaufen.«

»Das habe ich mir schon gedacht. Wie ist deine Strategie?«

»Wir haben zunächst einen Umkreis von zwanzig Kilometern um Husum gelegt, das sind noch zweiundsiebzig Fahrzeuge.«

»Wie viele direkt auf Nordstrand?«

»Vier. Die bekommst du gleich als Erstes. Da haben wir auch nicht weiter selektiert. Ich bin einfach mal davon ausgegangen, dass ihr alle Fahrzeughalter direkt kontaktiert.«

»Richtig! Wie viele sind in Husum gemeldet?«

»Das war unsere nächste Gruppe, die wir unter die Lupe genommen haben. Das sind dreiundvierzig. Wir haben alle in der zweiten Liste aufgeführt, aber ich vermute, dass es mit der persönlichen Vorsprache schwierig wird.«

»Unter Umständen bleibt uns nichts anderes übrig, Jan.«

»So ist es. Die Liste kommt gleich per Mail.«

»Wie macht ihr weiter?«

»Die restlichen infrage kommenden Fahrzeuge werden wir einzeln untersuchen. Dann dachte ich mir, dass wir alle Fahrzeuge noch einmal überprüfen, ob sie bei Verkehrskontrollen auf Nordstrand oder den beiden Zufahrtsstraßen aufgefallen sind. Ich habe die Daten der letzten zwei Jahre angefordert. Sie sollten heute kommen. Wenn sich dann bei der Husum-Liste noch Änderungen ergeben, erfährst du es sofort. Du könntest dann diese Fahrzeughalter befragen lassen.«

»Klingt alles sehr gut, Jan. Danke schon mal für deinen Einsatz. Wer hat die Vergleichsfälle bearbeitet?«

»Da verbinde ich dich gleich mit Lars Kleinert. Ich weiß allerdings nicht, ob er was für dich hat.«

Jan Reimers verabschiedete sich und stellte Lena zu seinem Kollegen durch.

»Moin, Frau Lorenzen«, erwiderte der Kommissar Lenas Gruß. »Ja, ich bin immer noch an der Recherche, aber ich kann Ihnen natürlich einen Zwischenbericht geben.«

»Das wäre gut.«

»Zunächst habe ich nach Tötungsdelikten im Zusammenhang mit Thailänderinnen gesucht. Hier gibt es in den letzten fünf Jahren zwei Fälle, die ich mir angeschaut habe. Sie sind beide geklärt, der jeweilige Täter war geständig und wurde verurteilt, ein Fall ist zu den Akten gelegt worden. Allerdings gibt es noch einen Vermisstenfall. Eine Thailänderin aus der Nähe von Flensburg. In gewisser Weise haben die beiden Fälle Parallelen. Ihr Opfer galt ja auch über drei Monate als vermisst. Ich habe die vollständige Akte in Flensburg angefordert.«

»Wer war mit dem Fall betraut?«

»Hauptkommissar Ben Eilers.«

Lena unterdrückte ein Stöhnen. Seit dem Fall auf Föhr hatte sie Ben weder gesehen noch mit ihm gesprochen. Sie hatten sich vor über zwei Jahren auf einer Fortbildung kennengelernt und dort drei Nächte miteinander verbracht.

»Ich kenne den Kollegen und habe seine Nummer. Was haben Sie weiter recherchiert?«

»Den Fokus habe ich auf vergleichbare Fälle gelegt, in denen Frauen getötet und vergraben wurden. Ich bin gerade dabei, die Liste zusammenzustellen und zu ordnen. Vermutlich kann ich Ihnen alles morgen schicken.«

Lena bedankte sich bei ihm und beendete das Gespräch.

Zwölf

Lena fuhr, wie die anderen beiden Fahrzeuge, durch die Eichenallee direkt auf den Theisen-Hof. Als sie ausstiegen, kam Elbo Theisen auf sie zu. Lena begrüßte ihn und reichte ihm den Durchsuchungsbeschluss.

»Sie können gerne anwesend sein, solange Sie die Kollegen nicht bei der Arbeit behindern«, fügte sie hinzu.

Theisen zuckte mit den Schultern und ging wieder in Richtung des Stalles, aus dem er gekommen war, als die Beamten auf den Hof gefahren waren. Kurz bevor er das Tor erreichte, drehte er sich um. »Das Haus ist offen. Ich bin hier im Stall.«

Lena teilte die Beamten ein und ging anschließend Theisen hinterher. Sie fand ihn über einen Traktor gelehnt mit Werkzeug in der Hand. Er schaute kurz auf, wandte sich dann aber wieder seiner Arbeit zu. Lena stand zwei Meter von ihm entfernt und beobachtete ihn. Ruhig und bedächtig schraubte er an dem Motor, reinigte immer wieder Metallteile mit einem Lappen, die er anschließend auf einem Regal nebeneinanderlegte. Die laufende Untersuchung schien ihn nicht im Geringsten zu interessieren. Als er alle Teile wieder eingebaut hatte, startete er den Traktormotor und nickte zufrieden.

Erst jetzt wandte er sich an Lena. »Wie lange wird der Blödsinn dauern?«

»Ich vermute, dass die Kollegen in zwei bis drei Stunden durch sind.«

»Gut. Ich hoffe, dass Sie mich danach in Frieden lassen und den wahren Täter suchen?«

Lena seufzte. Theisen schien nicht klar zu sein, was auf ihn zukam, falls die Ermittler auch nur den kleinsten Hinweis darauf fanden, dass seine Ehefrau auf dem Hof getötet worden war. Den weiteren Verlauf einer solchen Ermittlung hatte Lena schon häufig erlebt. Die meisten Verdächtigen schwiegen auf Anraten ihrer Anwälte und warteten ab, ob die Ermittlungen überhaupt Bestand haben würden.

»Möchten Sie vielleicht einen Tee trinken?«, fragte Elbo Theisen, als er seine ölverschmierten Hände gereinigt hatte.

»Gerne.«

»Dann wollen wir mal sehen, ob ich in die Küche darf«, sagte Theisen schmunzelnd und ging voran.

Wenige Minuten später saßen sie auf der Bank im Garten, die Teetassen in der Hand.

»Wann kann ich meine Frau endlich beerdigen?«

»Der Leichnam ist noch nicht freigegeben. Tut mir leid.« Lena trank einen Schluck. »Haben Sie schon darüber nachgedacht, ob sie hier oder in Thailand beerdigt werden soll?«

Elbo Theisen warf ihr einen erstaunten Blick zu. »Hier natürlich. Auf Nordstrand. Wo sonst?«

»Sie hat auch Familie in Thailand. Ihr Sohn lebt dort. Die Eltern und Geschwister.«

Theisen schüttelte den Kopf. »Nein. Das kann ich mir nicht vorstellen. Lawan würde hier bei mir bleiben wollen.«

»Denken Sie in Ruhe darüber nach. Vielleicht sprechen Sie mit der Familie in Thailand. Ich kann mir gut vorstellen, wie schwer das ist.«

»Das glaube ich nicht«, murmelte Elbo Theisen und sah auf. »Warum so plötzlich diese Durchsuchungen? Erst mein Auto, jetzt das ganze Haus?«

»Sie haben uns nicht ganz die Wahrheit gesagt über die letzten Monate.«

»Hatten wir das Thema nicht schon mal? Wahrheit! Dann war es eben meine subjektive Wahrheit. Ja und?«

»Ihrem Hof geht es schon seit einer Weile nicht mehr so gut und die Zahlungen nach Thailand stockten viel länger, als Sie mir verraten haben.«

»Ach, meine Konten wurden auch schon geprüft? Wunderbar, dann bin ich ja bald gläsern. Was kommt als Nächstes?« Er sah sie direkt an. »Warum sollte ich meine Frau umgebracht haben? Warum?«

»Weil Sie etwas über Ihre Frau herausbekommen haben, was Sie ganz und gar nicht akzeptieren konnten?«

Theisen lachte leise vor sich hin. »Und was sollte das gewesen sein?«

»Ich darf leider nicht so offen über unsere Ermittlungsergebnisse reden, wie ich es gerne würde. Aber im Moment stehen Sie leider ganz oben auf unserer Liste der Verdächtigen.« Das *leider* war ihr herausgerutscht. Lena ärgerte sich über ihre Unprofessionalität.

»Leider? Was meinen Sie persönlich?«

Lena zögerte. »Meine persönliche Meinung zählt am Schluss nicht mehr viel. Es geht hier um Indizien und Beweise, die letztendlich vom Gericht beurteilt werden. Ab einem bestimmten Punkt übernimmt die Staatsanwaltschaft und wir sind raus.«

»Ich sollte also lieber sofort meinen Mund halten und mir einen Anwalt suchen. Wollen Sie mir das sagen?«

»Auch das ist nicht meine Entscheidung.« Sie sah durchs Fenster ins Haus hinein. »Werden meine Kollegen etwas finden?«

Theisen antwortete nicht.

»Darf ich Ihnen noch ein paar Fragen stellen?«, versuchte Lena einen letzten Vorstoß.

»Meinetwegen.« Theisen ließ den Blick über sein Land schweifen. »Vielleicht ist es unvernünftig, aber ich habe das Gefühl, dass ich Ihnen trauen kann. Sie sind ein ehrlicher Mensch.«

Elbo Theisen schenkte Tee nach, Lena nippte an der Tasse.

»Wie häufig und wie intensiv haben Sie sich mit Ihrer Frau gestritten?«

»Mit Lawan konnte man sich nicht streiten.«

»Wie muss ich mir das vorstellen?«

»Für Lawan kam Streit fast einem Ehebruch gleich. In ihren Augen war sie eine Verpflichtung eingegangen. Ich versorge sie und ihre Familie und sie kümmert sich um mich, um den Haushalt und das Familienglück. Sie hätte zum Beispiel nie abgelehnt, mit mir zu schlafen, nur weil sie gerade keine Lust auf Sex hatte.«

»Trotzdem waren sie nicht immer der gleichen Meinung, oder?«

»Natürlich nicht. Wenn man so eng zusammenlebt, privat wie beruflich, ist das doch nicht zu vermeiden. Aber Lawan hat schnell nachgegeben oder es sah zumindest so aus. Ich musste sie schon fast zwingen, ihre Meinung zu sagen und mit mir darüber zu diskutieren.«

»Klingt kompliziert.«

Elbo Theisen nickte. »Ja, so kann man es sehen.« Er schwieg eine Weile, bevor er fortfuhr. »Vielleicht habe ich auch nicht immer die Kraft dazu gehabt und es so genommen, wie es war. Und dann habe ich einfach bestimmt, wo es langgeht. Sie wissen ja inzwischen, dass der Hof in der letzten Zeit Probleme hatte. Der unglaublich heiße und lange Sommer mag für die Urlauber ganz schön gewesen sein, aber für uns Bauern war es ein Horror. Wir beten alle, dass es dieses Jahr nicht so schlimm wird.«

Lena entschloss sich, ein bestimmtes Ermittlungsergebnis offenzulegen. »Ihre Frau hat eigenes Geld nach Thailand geschickt. Woher hatte sie das?«

»Wie bitte?« Theisen schien diese Information vollkommen zu überraschen. »Nein, das kann nicht sein. Lawan hat nicht gearbeitet. Ich meine, außerhalb unseres Hofes. Im Altersheim hat sie doch kein Geld bekommen.«

»Die Beträge waren durchaus ansehnlich«, legte Lena nach und konzentrierte sich weiter auf seine Reaktion.

»Das kann nicht sein. Ich wüsste davon. Sie müssen da etwas verwechseln.« Er war aufgesprungen und ging in den Garten hinein und kam dann zu Lena zurück. »Wie hoch war denn der Betrag?«

Lena schüttelte den Kopf. »Tut mir leid, das darf ich Ihnen nicht sagen. Ich habe mich ohnehin schon sehr weit vorgewagt.«

»Verstehe.« Theisen fuhr sich mit der Hand über die Haare. »Trotzdem … ich kann es mir nicht vorstellen. Ja, wir haben im letzten Jahr sehr viel weniger nach Thailand überwiesen, aber es hat garantiert gereicht für alle. Das Haus ist doch fertig und zwei von Lawans Geschwistern verdienen inzwischen ihr eigenes Geld. Ich verstehe das alles nicht.«

In diesem Augenblick erschien einer der Beamten und bat Lena zu sich. Sie ging hinter ihm her ins Haus und schloss die Tür zum Garten.

»Was gibt es?«

Der Ermittler reichte ihr ein ausgedrucktes Blatt. »Frau Yao Yun hatte für den 25. März einen Flug gebucht. Von Kopenhagen nach Bangkok.«

Der Ausdruck bestätigte die Buchung und enthielt den Code, mit dem der Fluggast online einchecken konnte. »Wo haben Sie das gefunden?«

»In einem der Bücher im Regal im Wohnzimmer.«

Einer der Kriminaltechniker kam ins Zimmer. »Könnten Sie kurz mit mir kommen, Frau Hauptkommissarin?«

Er zeigte ihr im Bad und im Hauswirtschaftsraum Stellen, an denen er mit Luminol Blut nachgewiesen hatte. »Ich habe bereits Aufnahmen davon gemacht.«

»Um wie viel Blut handelt es sich?«

»Schwer zu sagen. Ohne es genau berechnet zu haben, es ist wohl relativ wenig. Jeweils zwanzig bis dreißig Milliliter würde ich schätzen.«

»Reichen die Spuren, um das Blut zu analysieren?«

Der Kriminaltechniker nickte. »Ich denke schon. Ich habe an beiden Stellen in den Ritzen Rückstände gefunden. Morgen wissen wir vielleicht mehr. Auch wegen der Menge des Blutes.«

Lena nickte und trat zur Seite, um Ole Kotten anzurufen.

»Ja, Lena. Was gibt es?«

Sie berichtete in wenigen Worten, was sie gerade erfahren hatte.

»Ich spreche mit dem Staatsanwalt und melde mich gleich wieder«, sagte Ole und beendete das Gespräch, ohne dass Lena mit ihm die Sachlage besprechen konnte.

Lena ging zurück zu Elbo Theisen, der immer noch auf der Bank saß. »Sie werden mit nach Husum kommen müssen.«

»Für wie lange?«

»Das kann ich noch nicht sagen. An Ihrer Stelle würde ich Ihren Bruder anrufen, damit er die Tiere versorgt.«

Theisen stöhnte leise und griff nach dem Handy in seiner Tasche.

»Das war zu erwarten«, sagte Ole Kotten, als er zusammen mit Lena wieder in seinem Büro saß.

Elbo Theisen hatte beim Verhör im Polizeirevier als Erstes darauf bestanden, seinen Anwalt zu sprechen. Als dieser nach einer halben Stunde eingetroffen war, hatte er sich mit seinem Mandanten besprochen und anschließend mitgeteilt, dass Elbo Theisen die Aussage verweigerte. Dieser war daraufhin vorläufig festgenommen und in eine der Zellen gebracht worden.

»Und Dr. Zubrücken will morgen wirklich einen Haftbefehl beantragen?«, fragte Lena.

»Wenn die Ergebnisse der Kriminaltechnik so sind, wie es sich bisher darstellt, auf jeden Fall. Er sieht die Gefahr, dass Theisen weitere Spuren verwischt oder Zeugen beeinflusst.«

»Er hatte doch genügend Zeit dafür. Darüber haben wir doch schon einmal gesprochen.« Lena konnte den Ärger in ihrer Stimme nicht unterdrücken.

»Vielleicht fühlte er sich ja sicher. Es war schließlich ein großer Zufall, dass dieser Hund ausgerechnet da gebuddelt hat, wo Theisens Ehefrau vergraben lag.«

»Aber warum sollte er überhaupt die Gefahr, entdeckt zu werden, auf sich nehmen und die Leiche dort vergraben? Sein Land ist groß genug. Dort hätte er eine viel bessere Stelle finden können. Wo er tiefer graben kann und die schlechter zugänglich ist. Das ergibt doch alles keinen Sinn.«

Ole Kotten schaute auf die Uhr. »Wollen wir das morgen besprechen? Ich würde gerne wieder los.«

Ole hatte Lena erzählt, dass er seinen Mann vom Bahnhof abgeholt hatte und anschließend mit ihm in ein Restaurant gegangen war. Als Lena anrief, waren die beiden Männer wieder zu Hause gewesen. Aus Oles wenigen Worten hatte Lena geschlossen, dass sie sie bei einem intensiven Gespräch unterbrochen hatte.

»Klar, entschuldige. Grüß Tobias von mir.«

Ole klappte seinen Laptop zu und stand auf. »Grüble nicht so viel. Manchmal ist die Lösung eines Falles nun mal die offensichtlichste.«

»Dieses Mal wohl kaum«, murmelte Lena, als sie ihrem Kollegen hinterhersah, wie er das Büro verließ.

Lena ärgerte sich über die Entwicklung. Wenn der Staatsanwalt jetzt den Fall stärker an sich riss, würden sie noch engmaschiger von ihm kontrolliert werden und gezwungen sein, sich mehr oder weniger ausschließlich auf Elbo Theisen zu konzentrieren. Sie schlug einmal mit der flachen Hand auf die Schreibtischplatte, um ihrem Ärger Luft zu machen, konzentrierte sich dann aber wieder auf die Arbeit.

Als Erstes rief Lena ihre Mails ab und studierte die Listen, die die Kieler Kollegen für sie erstellt hatten. Morgen würde sie mit Ole besprechen, wer wann die Fahrzeughalter befragen würde. Diese Aufgabe würden sie zu zweit nicht bewältigen können.

Die zweite Mail enthielt die Akte der vermissten Thailänderin, die in der Nähe von Flensburg gelebt hatte und kurz nach Lawan Yao Yun verschwunden war. Ähnlich wie Lawan Yao Yun hatte sie einen Deutschen geheiratet und mit ihm über zwei Jahre in Flensburg gelebt. Lena wollte gerade zum Handy greifen, um Ben in Flensburg anzurufen, als das Gerät klingelte. Auf dem Display stand eine Berliner Telefonnummer.

»Lorenzen, LKA«, meldete sich Lena.

»Guten Tag, Frau Hauptkommissarin.«

Lena erkannte die Stimme des Botschaftssekretärs. »Guten Tag, Herr Meephuk.«

»Ich hörte, dass der Ehemann unserer Staatsbürgerin verhaftet wurde?«

»Sie sind gut informiert. Ja, er ist vorläufig festgenommen. Alles Weitere wird der morgige Haftprüfungstermin ergeben.«

»Ich gehe davon aus, dass unser kleines Agreement noch Bestand hat?«

»Selbstverständlich.«

»Konnten Sie bereits mit dem Herrn sprechen?«

»Ja, ich habe mit Herrn Theisen gesprochen. Er wird es sich überlegen. Ich könnte mir vorstellen, dass er zustimmen wird.« Lena entschied sich für die kleine Notlüge, um an weitere Informationen aus Thailand zu kommen.

»Verstehe, Frau Hauptkommissarin.«

»Sie haben etwas für mich, Herr Meephuk?«

Der Botschaftssekretär antwortete nicht gleich. Lena vermutete, dass er überlegte, wie viele Informationen er jetzt schon preisgeben sollte. »Es ist eigentlich nicht üblich, dass wir Informationen über unsere Staatsbürger an Behörden in anderen Ländern weitergeben. Ich gehe davon aus, dass Sie das verstehen.«

»Durchaus, Herr Meephuk. Ich wäre Ihnen trotzdem dankbar, wenn Sie mir einen Hinweis geben könnten.«

Der Botschaftssekretär räusperte sich leise. »Nun ja, Sie fragten nach der Krankheit des Zwillingsbruders. Ich habe mich erkundigt und kann Ihnen versichern, dass es keinen Grund zur Sorge gibt.«

»Der Bruder von Frau Yao Yun ist nicht schwer krank?«

»So könnte man es ausdrücken.«

Lena wurde stutzig. »Er ist überhaupt nicht krank.«

»Wie gesagt, es gibt keinen Grund zur Sorge.«

»Danke für die Information. Haben Sie noch mehr für mich?«

»An was genau haben Sie gedacht, Frau Hauptkommissarin?«

»Frau Yao Yun hat in der letzten Zeit große Summen an ihre Familie überwiesen. Wir wissen leider nicht, wofür das Geld bestimmt war.«

»Das ist in solchen Fällen in aller Regel für die Familie bestimmt.«

»Und für wen in der Familie?«

»Sagen Sie, wird Herr Theisen auf Kaution freikommen?«, wich der Botschaftssekretär ihrer Frage aus.

Lena wunderte sich, sagte dann aber: »Nein, das ist wohl nicht zu erwarten.«

»Nun, falls Sie weitere Informationen brauchen, würde ich vorschlagen, Sie wenden sich über Interpol an die zuständigen Polizeibehörden in meinem Heimatland.«

»Vielen Dank, das werde ich auf jeden Fall tun. Falls sich hier etwas in der Angelegenheit tut, werde ich Sie umgehend informieren.«

Der Botschaftssekretär bedankte sich mehrmals und verabschiedete sich mit einem Gruß an Lenas Familie.

DREIZEHN

Erck reichte Lena ein Glas Weißwein. »Dir geht der Fall sehr nahe, oder?«

»Frag nicht.« Sie seufzte tief. »Ich glaube, dass der Falsche da in der Zelle sitzt und morgen dem Haftrichter vorgeführt wird.«

»Ganz sicher?«

»Nein, wie denn? Vielleicht ist er ein begnadeter Schauspieler und ich hab mein Gespür verloren.«

»Aber niemand kommt einfach so in Untersuchungshaft. Zumindest nicht in Deutschland. Ist die Hürde dafür nicht sehr hoch?«

»Schon, aber wir haben Blut in seinem Kofferraum gefunden und später auch noch im Bad und im Hauswirtschaftsraum.«

»Was sagt der Ehemann dazu?«

»Nichts! Er schweigt, weil ihm sein Anwalt dazu geraten hat. Ich fürchte, das ist für ihn gerade nicht die richtige Strategie.«

»Aber ihr ermittelt weiter?«

»Schon. Selbst die gefundenen Indizien lassen sich ganz anders interpretieren, als der Staatsanwalt es macht. Außerdem gibt es noch viel zu viele Ungereimtheiten.«

»Okay! Sag mal, du hattest geplant, mit mir nach Amrum zu fahren. Wegen Beke. Da wird jetzt aber nichts draus, oder?«

Lena schloss die Augen. »Oh, Mist! Das habe ich vollkommen vergessen. Du fährst morgen?«

Erck nickte.

»Können wir nicht am Wochenende …«

»Warum nicht? Beke freut sich bestimmt, uns gemeinsam zu sehen. Und wir brauchen dann ja auch nicht den ganzen Tag auf der Insel zu bleiben.«

»Und du schaust morgen nach ihr?«

Erck küsste sie. »Das hatte ich auf jeden Fall vor. Dann kann ich auch schon ankündigen, dass wir am …« Er sah sie fragend an. »… Samstag oder Sonntag? Wann fahren wir?«

»Samstags sind die Fähren so voll. Lass uns am Sonntag fahren. Sag Beke, dass wir einen Kuchen mitbringen und sie sich auf keinen Fall in die Küche stellen soll.«

Erck lachte. »Und du meinst, sie richtet sich danach?«

»Nein. Sag es ihr trotzdem.«

Erck schenkte Wein nach. »Und jetzt kümmern wir uns ein paar Stunden nur um uns. Einverstanden?«

»Wann ist das nächste Verhör angesetzt?«, fragte Lena am nächsten Morgen, als sie an ihrem Schreibtisch saß.

»Zehn Uhr. Der Anwalt weiß Bescheid.«

»Neuigkeiten?«

»Der DNA-Abgleich ist da. Das Sperma ist nicht von Elbo Theisen.«

Lena stöhnte leise. »Nicht gut für ihn. Bekommen wir einen Beschluss, um Theisens Bruder und Schöning eine Probe abnehmen zu können?«

»Der Staatsanwalt war noch nicht in seinem Büro. Ich habe um Rückruf gebeten.«

Lena berichtete Ole von dem Gespräch mit dem Botschaftssekretär.

»Nichts Halbes und nichts Ganzes«, kommentierte Ole das Gehörte. »Aber wenn Theisen herausbekommen hat, dass seine Frau ihn angelogen hat und ihr Bruder gar nicht krank ist, könnte auch das zur Eskalation beigetragen haben.«

»Interessiert dich gar nicht, wofür Lawan das Geld gebraucht hat?« Lena bemühte sich, sich ihren Ärger nicht anhören zu lassen.

»Eigentlich nicht. Es wird schon einen Grund geben, aber wie willst du das rausbekommen?«

»Ich habe gestern noch mit Warnke gesprochen. Aus seiner Zeit bei Interpol hat er noch Kontakte. Er hat mir zugesagt, dass er seine Fühler ausstreckt.«

»Seit wann ist der gute Mann so nett zu dir? Normalerweise hat er im Gegenzug doch immer ein paar Wünsche.« Beim letzten Wort malte Ole Anführungszeichen in die Luft.

»Kann ja noch kommen.« Lena ließ das Gespräch mit dem Botschaftssekretär keine Ruhe. Hatte er ihr etwas sagen wollen, konnte oder wollte es aber nicht direkt aussprechen? Sie hoffte, dass Kriminaldirektor Warnke etwas über seine Kontakte bei Interpol erreichen würde. »Wichtig ist doch erst mal, dass wir da klarer sehen. Wofür brauchte sie das Geld, wie viel Geld brauchte sie? Vielleicht ergibt sich daraus auch der Grund ihres geplanten Fluges.«

Ole wiegte den Kopf. »Wichtiger ist doch, wusste Theisen von alldem? Seine Frau hatte nur den Hinflug gebucht. Wollte sie überhaupt zurückkommen? War es das, was Theisen herausbekommen hat? Als Motiv reicht das schon alleine. Dann kommt noch die Lüge mit dem kranken Bruder hinzu und das Geld, das sie heimlich nach Thailand überwiesen hat. Sie hat es sicher nicht im Lotto gewonnen, sprich: wieder eine Lüge oder Heimlichkeit, die dem Ehemann nicht passen konnte. Und zu guter Letzt haben wir noch das Sperma, das nicht von Theisen ist. Sie ist fremdgegangen. Wie viele Motive brauchst du noch, Lena? Ich würde mich sehr wundern, wenn der Haftrichter ihn nicht in Untersuchungshaft steckt.«

»Mag sein, aber ein Gerichtsprozess ist noch eine ganz andere Hürde. Selbst wenn er es war, brauchen wir mehr Beweise, Zeugenaussagen oder …«

»… ein Geständnis«, unterbrach Ole sie. »Vielleicht hat ja schon eine Nacht in der Zelle gereicht, um seine Zunge zu lockern.«

Ole schien sich immer mehr auf Elbo Theisen einzuschießen. Lena beschloss, das Thema zu wechseln.

»Ich habe gestern die erste Auswertung zur Suche nach dem BMW bekommen.«

»Okay!«

»Wir schaffen das nicht alleine. Können wir hier aus Husum Unterstützung bekommen?«

»Ich habe das schon gestern bei meinem Chef angeschnitten. Er war nicht sehr entgegenkommend, wollte aber in den Abteilungen Leute abziehen. Ich sollte gleich Info bekommen.«

Wie bestellt klingelte Oles Telefon, er nahm ab und begrüßte jemanden, bevor er eine Weile zuhörte und schließlich wieder auflegte.

»Vier Kollegen für den Rest der Woche. Also zwei Teams, die die Fahrzeughalter abklappern können.«

Lena sah empört auf. »Wir haben heute Donnerstag! Zwei Tage, wie soll das funktionieren?«

Ole Kotten zuckte mit den Schultern, griff nach dem Telefon und rief die vier Kollegen nacheinander an, um sie in sein Büro zu bestellen. Wenige Minuten später besprachen sie mit den vier Beamten die Aufgaben, teilten die Gebiete ein und verabredeten sich für den nächsten Morgen um acht zur nächsten Besprechung.

Während Ole sich einen Kaffee holen ging, sah Lena noch einmal ihre Notizen durch und fand den Namen von Karsten Ranhold, dem Tierarzt der Theisens. Sie erreichte ihn beim ersten Versuch.

»Natürlich kenne ich den Theisen-Hof. Wie fast alle Höfe auf Nordstrand, die Tiere halten. Der Frau des Hauses bin ich auch begegnet. Ich glaube, sie hat mich sogar einmal zu den Schafen begleitet. Ja, stimmt – weil Herr Theisen das Bett hüten musste. Ich glaube, es war der Magen, der ihm Probleme machte. Sie konnte gut Deutsch, das ist mir aufgefallen. Ich meine, ich hätte auch Englisch mit ihr gesprochen, aber das war überhaupt nicht nötig.«

»Wie oft waren Sie auf dem Hof?«, fragte Lena.

»Theisen hat außer seinen Schafen ja nur noch Hühner und einige Kaninchen. Letztlich war ich nur da, wenn etwas mit den Schafen war. Das kommt nicht häufig vor. Vier- oder fünfmal im Jahr? Wenn es wichtig ist, kann ich es raussuchen lassen.«

»Im Moment reicht mir die Auskunft. Sie waren also nur einmal mit Frau Yao Yun unterwegs?«

»Oh, ich wusste nicht, dass sie den Namen behalten hatte. Ich habe sie mit Frau Theisen angesprochen. Komisch, dass sie mich nicht korrigiert hat.«

»Sie waren nur einmal mit Frau Yao Yun zusammen?«

»Na ja, ich habe sie schon häufiger gesehen. Aber eigentlich war Elbo Theisen mein Ansprechpartner. Er ist ja der Bauer.« Eine kurze Pause entstand. »Was war noch genau Ihre Frage?«

»Ob Sie häufiger mit Frau Yao Yun zu tun hatten.«

»Nein, eindeutig nein. Dieses eine Mal. Ja. Wie gesagt, wir waren auf dem Deich. Sie hat mir sogar, wenn ich mich recht entsinne, geholfen, eines der Schafe einzufangen. Das ist nicht einfach bei diesen Tieren. Also nein. Ich hatte ansonsten nichts mit ihr zu tun. Außer dass ich ihr begegnet bin. Aber das lag ja in der Natur der Sache.« Er machte eine kurze Pause und fragte: »Ich bin etwas in Eile. Kann ich sonst noch etwas für Sie tun?«

»Nein, danke. Ich fertige noch ein Protokoll an. Vermutlich kommt ein Kollege bei Ihnen in der Praxis vorbei und bittet Sie um eine Unterschrift.«

»Selbstverständlich. Dann wünsche ich Ihnen noch einen guten Tag, Frau Hauptkommissarin Lorenzen.«

Lena verabschiedete sich und machte sich anschließend Notizen zum Gespräch mit Karsten Ranhold.

Ole stand nach einem Blick auf die Uhr auf. »Wir müssen zum Verhör. Es geht in zehn Minuten los.«

Theisen saß neben seinem Anwalt und wirkte, als habe er starke Beruhigungsmittel genommen. Die Hände nebeneinander auf dem Tisch, der Rücken gekrümmt, der Blick ins Leere gerichtet.

Ole Kotten schaltete das Aufnahmegerät an und eröffnete das Verhör.

Bevor sie die erste Frage stellen konnten, bat der Anwalt um Gehör. »Mein Mandant wird weiterhin zu den Vorwürfen keine Stellung nehmen. Somit erübrigt sich jegliche Frage Ihrerseits.«

Ole Kotten nickte und schaltete das Aufnahmegerät aus.

Zurück im Büro ließ er sich auf seinen Schreibtischstuhl fallen und schüttelte verärgert den Kopf. »Glaubt der Idiot wirklich, dass das die richtige Strategie ist?«

»Vielleicht heben sie sich ihre Argumente für den Haftprüfungstermin heute Nachmittag auf. Ich fahre jetzt nach Nordstrand und werde die drei Fahrzeughalter befragen. Und du?«

»Ich gehe noch einmal sämtliche Aufzeichnungen durch. Der Staatsanwalt will später von mir genauestens ins Bild gesetzt werden.«

»Gut.« Lena stand langsam auf, setzte sich aber gleich wieder. »Du hast noch gar nichts von gestern erzählt. Konntest du mit Tobias sprechen?«

»Wir haben es versucht«, murmelte Ole, ohne sie anzusehen.

»Was heißt das?«

»Was wohl? Richtig weitergekommen sind wir nicht.«

»Bleibt Tobias denn jetzt erst mal in Husum?«

»Sieht so aus.«

»Aber?«

Ole starrte auf den Bildschirm seines Laptops und atmete schwer. »Er will sich nicht von mir trennen, aber Berlin will er auch nicht lassen. Ob ich das auch so will, hat er nicht gefragt.«

»Und jetzt?«

»Nichts jetzt. Ich brauche Zeit, um das zu verdauen und dann …« Er sah auf. »Was soll ich denn machen, Lena? Ihn rausschmeißen? Dann war's das. Aus und vorbei. Ich kenne doch Tobias. Der läuft mir nicht hinterher. Wenn ich jetzt durchdrehe, kann ich …« Er schluckte. »Verdammte Zwickmühle, das sage ich dir.«

»Das glaub ich. Kann ich irgendwas tun? Egal was!«

Ole lächelte matt. »Danke, Lena, aber da muss ich selbst durch. Keine Ahnung, wie, aber ich versuch's. Vielleicht hat sich ja in ein paar Wochen die ganze dumme Geschichte erledigt. Was meinst du?«

»Mag sein. Ich wünsch es dir – euch auf jeden Fall.«

Sie saßen noch eine Weile schweigend am Schreibtisch, bevor Lena nach Nordstrand aufbrach.

Der erste der drei Fahrzeughalter wohnte in Süderhafen, war einundsechzig und alleinstehend. Als Beruf gab er Außendienstmitarbeiter einer Marmeladenfabrik an. Er konnte nachweisen, dass er zur fraglichen Zeit auf Mallorca in Urlaub gewesen war. Lena nahm Flugschein und Hotelbestätigung an sich und verabschiedete sich von ihm.

Der zweite Fahrzeughalter wohnte in Westen, war sechsundzwanzig und arbeitete die Woche über in Schleswig. Er besuchte nur hin und wieder seine Eltern, bei denen er immer noch mit seinem Hauptwohnsitz gemeldet war. Lena ließ sich von der Mutter Telefonnummer und Adresse der Zweitwohnung in Schleswig geben und machte sich zum dritten Fahrzeughalter auf.

Die Adresse war ihr auf den ersten Blick bekannt vorgekommen, ohne dass sie einordnen konnte, woher. Aber als sie in die Straße hineinfuhr, wurde ihr klar, dass der Fahrzeughalter im gleichen Altersheim wohnte, in dem Lawan Yao Yun ehrenamtlich gearbeitet hatte. Der Mann, der Lena die Zimmertür öffnete, war ihrer Schätzung nach Ende siebzig und stützte sich mit einem Gehstock ab. Seine wenigen grauen Haare hatte er sorgfältig von der linken auf die rechte Seite gekämmt, sodass sie den eigentlich kahlen Kopf bedeckten. Er lächelte Lena an und fragte, was er für sie tun könne.

Lena zeigte ihren Ausweis und wurde ins Zimmer gebeten. Friso Rasmussen bot ihr einen Platz an und ließ sich dann mühsam selbst in einem Sessel nieder.

»Nach unseren Unterlagen ist ein BMW Touring auf Ihren Namen angemeldet. Ist das richtig?« Lena war gleich aufgefallen, dass sie den Namen schon einmal gehört hatte. Noch vor ihrer ersten Frage fiel ihr wieder ein, dass Ole Kotten mit einem Bauern namens Rasmussen gesprochen hatte, dem die Hälfte des Wäldchens gehörte.

»Das stimmt. Ich habe ihn vor fünf Jahren neu bekommen. Aber jetzt kann ich nichts mehr damit anfangen.« Er warf einen Blick auf sein Bein. »Ich bin auf der Treppe gestürzt, müssen Sie wissen. Die Hüfte. Schenkelhalsbruch, um es genau zu sagen. Ich war drei Wochen im Krankenhaus, vier in der Reha.« Er seufzte leise. »Es ist nichts, wie es vorher war. Schlimm, sehr schlimm.«

»Sie fahren also gar nicht mehr mit dem Fahrzeug?«

»Nein, das habe ich meinem Sohn oder eigentlich meiner Schwiegertochter gegeben. Ist etwas passiert?«

»Nein, machen Sie sich keine Sorgen, Herr Rasmussen. Wir müssen nur dem Hinweis eines Zeugen nachgehen, der ein Auto Ihres Fabrikats gesehen hat. Das betrifft Hunderte von Autos im Einzugsgebiet.«

»Dann ist ja gut. Fragen Sie einfach meinen Sohn. Er kann Ihnen sagen, was mit dem Auto ist.«

Lena schrieb sich die Adresse auf und bedankte sich. »Was ist Ihr Sohn von Beruf?«

»Landwirt. Meine Schwiegertochter hat den großen Hof geerbt. Das war ein Glück für Knut. Der hat das doch gelernt, müssen Sie wissen. Die beiden sind schon fast zwanzig Jahre verheiratet. Das hat man heute nicht mehr häufig, würde ich mal sagen. Fragen Sie ihn ruhig, Frau Kommissarin. Knut ist ein guter Junge. Er wollte sogar, dass ich zu ihm ziehe, aber es geht mir hier ganz gut. Solange ich noch alles machen kann, ist es doch besser hier.«

»Das kann ich verstehen, Herr Rasmussen.« Sie stand auf. »Dann werde ich mal wieder gehen. Vielen Dank noch einmal für den freundlichen Empfang.«

Der alte Mann erhob sich mühsam und reichte ihr die Hand. »Auf Wiedersehen.«

»Ja, Lena, was gibt's?«, fragte Ole Kotten, den Lena angerufen hatte.

»Sag mal, der Bauer, dem die Hälfte von dem Wäldchen gehört, der hieß doch Rasmussen?«

»Muss ich nachschauen. Augenblick.«

Lena hörte ihn auf seiner Tastatur tippen. »Rasmussen. Knut Rasmussen. Warum?«

»Wusste ich doch, dass ich den Namen schon mal gehört habe. Seinem Vater gehört ein BMW Touring. Er fährt ihn aber nicht mehr und hat ihn an seinen Sohn weitergegeben, nachdem er ins Altersheim gegangen ist.«

»Knut Rasmussen?«

»Richtig. Entweder ist die BMW-Spur eine Luftnummer, weil der Bauer halt dort parkt, wenn er nach seinem Feld schaut, oder …«

»Schon klar«, unterbrach Ole. »Und das Altersheim spielt auch wieder eine Rolle. Zufall? Soll ich kommen? Oder besorgen wir uns erst einen Beschluss, um das Fahrzeug gleich durchsuchen zu können?«

»Das Zweite. Ich komme zu dir ins Büro. Rufst du schon mal den Staatsanwalt an? Hat er dir eigentlich schon wegen der DNA-Abstriche von Theisen und Schöning geantwortet?«

»Er war nicht begeistert. Sprich: Er hat es abgelehnt, das zu beantragen. Wir sollten ihm mehr liefern, hat er gesagt. Das Übliche halt.«

»Sesselfurzer! Ich komme ins Büro.«

»Und? Was sagt er?«, fragte Lena, als sie Ole Kottens Büro betrat.

Ole schüttelte den Kopf. »Die Aussage von Rüdiger Tosens sei viel zu ungenau, um daraufhin einen Durchsuchungsbeschluss zu bekommen. Und da es sich auch noch um das Grundstück von Rasmussen handelt, reicht ihm das nicht aus.«

»Aber wir haben doch noch einen Zeugen, den unmittelbaren Nachbarn zur rechten Seite. Zählt der nicht?«

»Habe ich auch angeführt, aber die Zeiten wären zu ungenau, meinte unser Freund, der Staatsanwalt.«

»Vielleicht sollte er selbst mal raus und versuchen, eine Tat, die vor über drei Monaten begangen wurde, aufzuklären.

Welcher Zeuge erinnert sich nach dieser Zeit überhaupt noch an Details? Und wenn, dann muss man eine hohe Fehlerquote einrechnen.«

»Jetzt setz dich doch erst mal«, forderte Ole Kotten sie auf. »Soll ich uns einen Kaffee holen?«

»Ja, gerne, vielen Dank«, antwortete Lena und zog den Schreibtischstuhl vor.

Vierzehn

Ole reichte ihr die Tasse und holte sich einen Stuhl, den er neben ihren Schreibtisch stellte. »Okay, ich habe ja verstanden, dass du nicht nur auf Elbo Theisen als Täter setzen willst. Selbst wenn er es gewesen sein sollte, müssen wir die Umstände klären, um ihm ein eindeutiges Motiv nachweisen zu können. Und wir brauchen mehr als die paar Spuren, die ein wirklich guter Strafverteidiger schnell in Zweifel ziehen könnte.«

Lena wunderte sich, dass ihr Kollege auf ihre Bedenken einging.

»Okay, ich war in den letzten Tagen etwas neben der Spur«, fuhr er fort. »Tut mir leid. Auch wenn ich immer noch zu fünfundneunzig Prozent auf den Ehemann tippe, gebe ich dir recht, dass wir unsere Arbeit machen müssen. Staatsanwalt hin, Staatsanwalt her. Außerdem sind wir ein Team.«

»Klingt gut«, sagte Lena erleichtert, die sich schon auf eine längere Auseinandersetzung mit Ole eingestellt hatte.

»Welche Personen haben sich außer Elbo Theisen bisher verdächtig gemacht?«, fragte Ole.

»Sein Bruder Jorin. Er sagt uns nicht die ganze Wahrheit. Sein Auftritt hier hat außerdem gezeigt, wie blank seine Nerven liegen.«

»Okay. Jorin Theisen«, nahm Ole den Faden auf. »Wie kommen wir an ihn ran? Die Ex schweigt und sein Bruder hat auch kein schlechtes Wort verloren.«

»Stimmt nicht ganz.« Lena schlug ihr Notizbuch auf. »Hier. Ich habe es mir wortwörtlich aufgeschrieben. *Jorin ist ein lieber Kerl, aber manchmal weiß er nicht, was richtig und falsch ist.*«

»Im Zentralregister hat er keine Einträge.«

»Jugendstrafen werden gelöscht oder sind nicht sichtbar. Es muss ja auch nichts Offizielles sein. In meinen Ohren klingt es danach, dass er leicht beeinflussbar ist und eventuell so schon mal in Schwierigkeiten gekommen ist.«

»Okay, registriert. Aber wie kommen wir an weitere Informationen? Was ist eigentlich mit der Schwester? Du wolltest sie doch anrufen.«

»Sie ist im Ausland auf einem Kongress. In ihrem Büro sagte man mir, dass sie am Samstag wieder in Deutschland sein würde. Ich habe es auf dem Handy versucht, sie ist aber nicht rangegangen und zurückgerufen hat sie auch nicht.«

»Okay, bis übermorgen hat das noch Zeit.« Ole pochte mit dem Kugelschreiber auf seinen Block, auf den er den Namen Jorin Theisen geschrieben hatte. »Wie kommen wir bei ihm weiter?«

»Welches Motiv könnte er haben, Lawan Yao Yun zu töten?«, fragte Lena.

»Er war verliebt in seine Schwägerin …« Ole hielt kurz inne. »Vielleicht ist genau das bei Elbo der Auslöser gewesen. Er entdeckt, dass seine Frau etwas mit seinem Bruder …

»Lass uns bei Jorin bleiben«, bat Lena. »Verliebt – unglücklich verliebt. Und weiter?«

»Verflucht, wir müssen herausbekommen, von wem das Sperma ist. Können wir nicht ohne sein Wissen an eine Probe kommen?«

»Und dann? Du weißt genau, dass du damit nichts anfangen kannst. Vielleicht würde es uns weiterbringen, seine Finanzen zu durchleuchten.«

»Beschluss kannst du vergessen«, warf Ole ein.

»Dann müssen wir andere Wege gehen.«

Ole grinste. »Dein geheimnisvoller Hacker?«

»Ja, ich rufe später meinen IT-Mann an.« Ihr Mann für solche Fälle hieß Leon. Er hatte Lena schon mehrere Male geholfen, wenn die offiziellen Wege versperrt waren. Vor Jahren hatte sie ihn vor einer langjährigen Haftstrafe bewahrt und forderte seitdem hin und wieder einen Gefallen von ihm.

»Gut. Kann dein Mann auch die Kommunikation von Jorin Theisen überprüfen? Mail, WhatsApp und so weiter?«

»Ich frage ihn.«

»Super! Was ist mit dem Arbeitgeber? Wollen wir da nachhaken?«, fragte Ole.

»Schwierig. Mit welcher Begründung? Er steht offiziell nicht unter Verdacht.«

»Wir könnten uns zumindest seine diesjährigen Urlaubs- und krankheitsbedingten Fehltage geben lassen«, schlug Ole vor.

»Wenn der Arbeitgeber mitspielt …«

»Das schaffe ich schon. Gut, dann warten wir erst mal ab, was wir über Jorin Theisen herausbekommen, bevor wir ihn wieder befragen. Was ist mit Thorsten Schöning? Kennst du nicht einen Immobilienmakler, der uns etwas über ihn erzählen könnte?«

Lena zuckte zusammen. Ihr Vater war auf Amrum und den anderen Inseln im Immobiliengeschäft tätig.

»Was ist?« Ole war ihre Reaktion anscheinend nicht entgangen.

»Nichts. Ich höre mich mal um.«

»Oder sollten wir da auch um eine Spezialbehandlung bitten? Beziehungsweise du?«

Lena wiegte den Kopf. »Das Dumme ist, dass von den Informationen später nichts gerichtsverwertbar ist. Im Gegenteil, wenn es herauskommt, könnte es sogar den Prozess gefährden.«

»Schon klar, aber du siehst doch, wie wenig Unterstützung wir von oben zu erwarten haben.«

»Okay. Ich frage mal nach. Wir brauchen aber trotzdem Indizien, die Schöning weiter mit Lawan Yao Yun und ihrem Tod in Verbindung bringen.« Sie stutzte. »Hatte er nicht ein fest eingebautes Navi? Ist das ausgelesen worden?«

Ole Kotten griff nach einer Akte und blätterte darin herum. »Mist! Das habe ich übersehen. Hier, im März hat er fünf Ziele auf Nordstrand eingegeben, im Februar waren es sogar zehn.«

»Sieh an. Er ist also viel aktiver dort, als er uns verraten hat. Warum verschweigt er das? Das ist doch nicht illegal, auf Nordstrand Häuser zu vermitteln.«

Ole ging die Liste durch. »Querbeet. Er war überall.« Er reichte Lena die Liste. Sie überflog sie. »Zweimal im Altersheim. Wieder eine Verbindung zu Lawan Yao Yun.«

Ole nickte. »Alte Menschen, leer stehende Häuser, Kontakt im Altersheim, Lawan Yao Yun. Was war eigentlich ihre Aufgabe im Altersheim?«

»Alles das, was das Personal nicht leisten kann. Begleitung auf Spaziergängen, Gesellschaftsspiele, Vorlesen.« Lena hielt inne. »Perfekt, um einen positiven Kontakt aufzubauen. Wie lange liefen schon die eigenen Zahlungen nach Thailand?«

»Fast genau vor eineinhalb Jahren hat sie damit angefangen. Erst kleine Beträge und im Februar die fünfzehntausend.«

Lena blätterte in ihren Unterlagen. »Im Altersheim angefangen hat sie vor zweieinhalb Jahren. Das würde ja passen«, sagte Lena.

»Also gut. Gehen wir einmal davon aus, dass die beiden gemeinsame Sache gemacht haben und Lawan ihn mit Informationen versorgt und eventuell auch noch für gute Stimmung bei den Altersheimbewohnern gesorgt hat. Fünfzehntausend Euro wären aber eine ziemlich gute Bezahlung für eine Informantin, oder?«

»Ich kenne mich mit Immobilienpreisen nicht so aus. Was bekommt ein Makler? Sechs Prozent?«

»So in etwa, vielleicht etwas mehr. Bei einem Kaufpreis von einer Million wären das immerhin Sechzigtausend. Da kann man unter Umständen schon ein paar Tausender von abgeben.«

Lena schüttelte den Kopf. »Das sind doch in der Regel alte Häuser, die komplett saniert werden müssen. Ich glaube nicht, dass wir hier von so hohen Summen sprechen.«

»Egal. Auch bei einem Kaufpreis von dreihunderttausend bleibt es finanziell attraktiv.«

»Auf alle Fälle sind das schon mal Anhaltspunkte.«

»Bleibt im Moment noch Knut Rasmussen. Noch einmal befragen?«

»Aber mit welcher Begründung? Ich schlage vor, ich durchleuchte ihn erst mal gründlich, bevor wir uns wieder mit ihm unterhalten.«

Ole sah auf die Uhr. »Ich muss zum Staatsanwalt. Ich soll ihn vor dem Haftprüfungstermin noch einmal briefen.« Er stand auf. »Bis später.«

Als Ole Kotten den Raum verlassen hatte, rief Lena bei Leon an, der sich wie üblich schlecht gelaunt meldete. »Du schon wieder!«

»Schon wieder ist gut. Es ist ewig her, dass wir miteinander gesprochen haben.«

»Nicht lange genug. Was willst du? Ich habe keine Zeit. Nicht jetzt und auch nicht morgen.«

»Ich habe eine tote Frau. Thailänderin.«

Schweigen am anderen Ende der Leitung. Lena wusste, dass Leons Mutter aus Vietnam stammte und an Krebs gestorben war, als er zehn Jahre alt war.

»Ermordet?«, fragte Leon mit belegter Stimme.

»Ja, und anschließend lieblos verscharrt.«

»Was brauchst du?«

Lena erklärte ihm ihr Anliegen, er versprach, sich darum zu kümmern.

»Du findest das Schwein?«

»Sicher!«

»Gut. Ich melde mich.«

Er legte auf. Lena war sich sicher, dass er sich schnell und intensiv um die beiden Männer kümmern würde. Dieses Mal würde sie ihn ausnahmsweise nicht drängeln müssen.

Ihr nächster Anruf galt Kriminaldirektor Warnke, der ihr versicherte, dass er seine sämtlichen Interpol-Kontakte aktiviert hatte und in den nächsten Tagen die Informationen erwartete. »Tut mir leid, diese Auskünfte brauchen ihre Zeit. Offiziell würden Sie Wochen darauf warten müssen.«

Lena bedankte sich und konzentrierte sich in der nächsten Stunde auf die Recherche zu Knut Rasmussen. Rasmussen war einundfünfzig Jahre alt, geboren und aufgewachsen auf Nordstrand, nach dem Realschulabschluss hatte er auf dem Festland auf einem Bauernhof nahe Husum die Ausbildung zum Landwirt gemacht und war anschließend zurück nach Nordstrand gekommen. Hier hatte er in den ersten Jahren bei einem landwirtschaftlichen Lohnunternehmen gearbeitet, bis er mit fünfundzwanzig seine heutige Frau heiratete, mit der er wenige Jahre später den Hof ihres Vaters übernahm. Im Gegensatz zu Elbo Theisen führten Knut Rasmussen und seine Frau den Hof konventionell und hatten im Laufe der Jahre zusätzliche Fläche gekauft und gepachtet. Die Eltern von Knut Rasmussens Frau waren inzwischen verstorben, die Ehe war kinderlos geblieben. Rasmussens Vater Friso besaß ein Haus in Westen direkt hinter dem Deich, an dessen Adresse aktuell niemand gemeldet war. Entweder wurde das Gebäude als Ferienhaus genutzt oder es stand leer. Lena suchte auf Google Maps und fand das Haus in der Nähe des Badestrands Fuhlehörn in Alleinlage.

Die Ehefrau von Knut Rasmussen, Edda, war fünf Jahre älter als ihr Mann und Alleinerbin des Hofes ihrer Eltern. Sie betrieb einen Hofladen, in dem sie landwirtschaftliche Produkte des Betriebs anbot.

Lena ging schließlich noch einmal die Daten von Thorsten Schönings Navi durch und machte sich dann kurz entschlossen auf den Weg zum Altersheim.

Fünfzehn

Lena reichte dem alten Herrn die Hand. »Guten Tag, Herr Rasmussen.«

»Ach, wie schön, dass Sie mich noch einmal besuchen.« Er schien zu überlegen. »Jetzt habe ich doch tatsächlich Ihren Namen vergessen. Das ist das Alter.«

»Lena Lorenzen. Ich arbeite bei der Polizei.«

Friso Rasmussen lächelte. »Ja, ich weiß. Mein Gedächtnis funktioniert noch. Nur mit den Namen habe ich manchmal Probleme.«

»Darf ich Ihnen noch ein paar Fragen stellen?«

»Wenn Sie möchten, können Sie das gerne machen. Haben Sie meinen Sohn denn noch nicht erreicht?«

»Nein, dafür war noch keine Zeit«, wich Lena dem alten Herrn aus. »Seit wann sind Sie hier in der Einrichtung?«

»Seit meinem Sturz. Aber es gefällt mir hier sehr gut, das ist keine Frage. Das Essen wird hier direkt gekocht. Von einer eigenen Köchin.« Er hielt kurz inne. »Seit wann ich hier bin, wollen Sie wissen. Ja, das ist jetzt über ein Jahr her. Das war im Herbst, im November. Nun gut, dann sind es schon eineinhalb Jahre.«

»Und vorher haben Sie in der Nähe von Fuhlehörn gelebt?«

»Ja, das ist mein Elternhaus. Fast mein ganzes Leben habe ich dort verbracht. Bis auf die Zeit, als ich zur See gefahren bin.« Er sah auf. »Hatte ich Ihnen davon erzählt?«

»Nein, Herr Rasmussen, das haben Sie nicht.«

»Zehn Jahre, harte Jahre, in denen ich nicht viel zu Hause war. Aber ich war jung, dann kann man das aushalten. Ein wenig Geld konnte ich auch sparen. Meine Frau hat den Jungen während der Zeit alleine großziehen müssen. Das war nicht leicht für sie.«

»Wer wohnt jetzt in Ihrem Haus?«

Friso Rasmussen sah sie erstaunt an. »Im Haus? Niemand. Es steht leer. Mein Sohn kümmert sich darum.«

»Haben Sie vor, es zu verkaufen?«

Rasmussen seufzte. »Ja, wahrscheinlich sollten wir das irgendwann tun. Mein Sohn hat das auch schon gesagt. Und er hat recht. Knut macht das schon. Er ist ein guter Junge, müssen Sie wissen.«

»Hat Ihr Sohn eine Vollmacht?«

»Woher wissen Sie das?« Er lächelte verschmitzt. »Die Polizei weiß alles. Habe ich recht?«

»Nicht alles«, sagte Lena schmunzelnd. »Zum Beispiel weiß ich nicht, wann Sie die Vollmacht unterschrieben haben.«

»Ach, das ist noch nicht so lange her. Einige Wochen vor Weihnachten war das. Knut und ich waren beim Notar. In Husum. Es ist jetzt alles geregelt.« Er stutzte. »Aber warum wollen Sie das wissen?«

Lena lächelte. »Das war nur mein privates Interesse. Eigentlich bin ich hier, um noch mal nach Ihrem BMW zu fragen. Wer fährt denn mit dem Auto? Ihr Sohn oder seine Frau?«

»Meine Schwiegertochter, würde ich mal sagen. Knut hat doch seinen Geländewagen von Mercedes. Aber das ist ganz in Ordnung, dass sie mit meinem Wagen fahren. Mein Sohn hat ihn mir doch auch geschenkt. Zum fünfundsiebzigsten. So ein Wagen war immer mein Traum, aber er ist teuer.«

»Ja, das verstehe ich. Eine Frage habe ich noch. Kennen Sie Thorsten Schöning?«

Seine Miene verfinsterte sich. »Dieser Immobilien...« Er hielt kurz inne und fügte dann hinzu: »Immobilienmensch?«

»Ja, Herr Schöning ist Immobilienmakler. Hat er sie hier besucht?«

»Ein Schönschnacker ist das. Gehen Sie mir weg mit dem.«

»Er war also hier bei Ihnen?«

»Wollte mein Haus kaufen. Meinte wohl, ich wüsste nicht, was das inzwischen wert ist. Da hatte er sich allerdings geschnitten. Rausgeschmissen habe ich den. Hochkant.«

»Er war nur einmal hier?«

»Ja, ich hab mich beschwert, dass er hier rumläuft und uns die Häuser abschnacken will. Nicht alle hier sind so klar im Kopf wie ich.«

»Danach haben Sie ihn nicht mehr gesehen?«

»Nein, der traut sich hier nicht mehr her.«

»Kennen Sie die Frau von Elbo Theisen, Lawan Yao Yun?«

»Lawan? Aber ja doch. Leider ist sie schon eine Weile nicht mehr gekommen. Wir haben uns immer so nett unterhalten. Sie kann wirklich gut Deutsch.« Er stutzte. »Sie kommt gebürtig aus Thailand. Aber das wissen Sie sicher.«

»Worüber haben Sie mit Frau Yao Yun gesprochen?«

»Über vieles. Über Nordstrand, wie es hier früher war, was ich gearbeitet habe. Wir haben über alles gesprochen. Sie hat mir auch viel über ihre Heimat erzählt. Die Menschen sind dort schrecklich arm. Ihre Eltern zum Beispiel sind Reisbauern.«

»Haben Sie auch mit ihr über Ihr Haus gesprochen?«

»Ich habe ihr davon erzählt, ja. Sie hat mir gesagt, dass sie einmal dort vorbeigefahren ist und sich mein Haus angeschaut hat. Schöne Lage, hat sie gesagt. Und das ist auch richtig.«

»Haben Sie auch über Herrn Schöning gesprochen?«

Sein Gesicht verfinsterte sich. »Das stimmt! Fast hätte ich mich mit ihr gestritten. Sie kennt diesen Herrn und wollte mich doch … aber sei's drum. Wir haben das schnell geregelt.« Er sah sie fragend an. »Warum fragen Sie das alles? Ist Lawan etwas passiert?«

»Ja, sie ist vor drei Monaten getötet und erst vor ein paar Tagen hier auf Nordstrand entdeckt worden.«

Der alte Herr starrte sie entsetzt an. »Nein, so was! Die arme Frau. Wie konnte das nur passieren?«

»Das untersuchen wir gerade, Herr Rasmussen.«

Eine Weile saß der alte Mann schweigend in seinem Sessel, bis er aufblickte und nochmals sagte: »Die arme Frau!«

Lena stand auf. »Das war es schon, Herr Rasmussen. Danke, dass Sie Zeit für mich hatten.«

Der alte Herr reichte ihr im Sitzen die Hand. »Kommen Sie mich ruhig wieder besuchen, Frau Kommissarin.«

Nachdem sie sich von Friso Rasmussen verabschiedet hatte, ging Lena auf direktem Weg zum Büro der Heimleiterin. Auf ihr Klopfen wurde sie hereingebeten.

»Frau Lorenzen.« Frauke Mathiesen gab ihr die Hand. »Ich hörte schon, dass Sie Herrn Rasmussen noch einen Besuch abgestattet haben. Was kann ich für Sie tun?«

»Sie kennen Herrn Thorsten Schöning?«

Die Heimleiterin wurde ernst. »Ja, durchaus. Herr Rasmussen hat Ihnen sicher erzählt, dass er sich über ihn beschwert hat.«

»Ja, das hat er.«

»Ich habe daraufhin mit Herrn Schöning telefoniert und ihm Hausverbot erteilt. Zuvor hatte ich von meinen Mitarbeiterinnen erfahren, dass er schon mehrmals im Haus gewesen war und …« Sie räusperte sich. »… ja, und mit einigen Bewohnern gesprochen hatte.«

»Wissen Sie, ob er Kontakt zu Frau Yao Yun hatte?«
»Nein, tut mir leid. Davon habe ich keine Kenntnis.«

»Wo warst du?«, fragte Ole Kotten, als Lena das Büro betrat.
Sie erstattete ihm kurz Bericht.
»Sieh an. Wieder ein Puzzleteil in unserem großen Bild. Die Frage ist, ob Schöning mit im Spiel ist oder war. Vielleicht hat Rasmussen das Haus ja schon verkauft.«
»Bisher ist noch sein Vater als Eigentümer eingetragen.«
»Wie viel wird das Haus wert sein?«
»Ich bin vorhin noch kurz dort vorbeigefahren. Es steht tatsächlich leer. Das Haus an sich hat vielleicht keinen extrem hohen Marktwert, aber das Grundstück und die Möglichkeit, hier ein neues Haus hinzusetzen oder das alte komplett zu renovieren, wohl schon. Entscheidend ist dabei wohl die Lage. Im Internet werden vergleichbare Häuser für vierhunderttausend und mehr angeboten.«
»Stolze Summe.«
»Auf Amrum wäre es schnell das Doppelte wert.«
»Vielleicht holt Nordstrand ja in den nächsten Jahrzehnten noch auf. Also ein Haus und Grundstück mit Potenzial. Fragt sich, warum Rasmussen junior das jetzt verkauft und nicht selbst als Ferienhaus umbaut. An Geld scheint es ihm doch nicht zu mangeln.«
»Die Frage habe ich mir auch gestellt. Allerdings hat er die Vollmacht wohl erst seit gut einem halben Jahr. Da Vater und Sohn dafür beim Notar waren, wird es sich wohl um eine Generalvollmacht handeln.«
»Ja, vermute ich auch.«
Lena nickte. »Und bei dir. Was sagt Zubrücken?«
»Er hat sich auf Theisen eingeschossen. Klassischer Fall, hat er mir erklärt.« Ole sah auf die Uhr. »In einer Stunde wissen wir mehr.«

»Und dann dürfen wir bis Flensburg fahren, um ihn zu verhören.« Während sie das aussprach, fiel ihr ein, dass sie ihren Kollegen Ben noch nicht angerufen hatte, um sich bei ihm über den ähnlich gelagerten Fall zu informieren. »Es gibt übrigens eine verschwundene Thailänderin, die in der Nähe von Flensburg gelebt hat. Sie ist kurz nach Lawan Yao Yun verschwunden.« Sie teilte Ole die Fakten mit. »Ich werde mich gleich beim zuständigen Kollegen erkundigen.«

Wieder sah Ole Kotten auf die Uhr. »Kommst du für heute alleine zurecht?«

»Tobias?«

Ole nickte.

»Kein Problem. Verschwinde einfach. Wenn der Staatsanwalt anruft, sage ich, dass du irgendwo auf Nordstrand ermittelst.«

Ole grinste. »Tu das. Er wird sich sicher nach dem Termin vor Gericht hier melden.« Er zog sich seine Jacke über und nickte Lena zu, bevor er das Büro verließ.

»Lena! Was für eine Überraschung! Bist du in Flensburg? Wie geht es dir? Wann haben wir das letzte Mal miteinander gesprochen?«

»Welche Frage soll ich zuerst beantworten, Ben?«, fragte Lena lachend.

»Egal. Wo bist du?«

»Husum. Ein Fall. Deshalb rufe ich auch an. Eine Frau, Thailänderin, ist auf Nordstrand getötet worden und lag drei Monate lang verscharrt in einem kleinen Wäldchen. Zuvor galt sie als vermisst.«

»Schon klar, warum du anrufst. Entschuldige, ich bin heute nach zwei Wochen Urlaub den ersten Tag wieder im Dienst und habe noch nichts von deiner Sache mitbekommen. Sonst hätte ich mich schon bei den Husumer Kollegen gemeldet.«

»Kein Problem. Ich habe die Akte gelesen. Kannst du mir noch mehr sagen?«, fragte Lena.

»Klar, mache ich gerne. Erzählst du mir vorher, wie es dir in der letzten Zeit so ergangen ist?«

Lena holte tief Luft und entsprach dann Bens Bitte. Sie berichtete kurz von ihren letzten Fällen, seit sie auf Föhr zusammengearbeitet hatten. Als sie ihm erzählte, dass sie seit Kurzem mit Erck in Husum ein Haus gemietet hatte, schwieg er.

»Bist du noch da?«, fragte Lena in die Stille hinein.

»Sicher, entschuldige. Klar bin ich da. Husum also. Okay. Dann gratuliere ich doch mal. Und dein Freund fährt immer zwischen Husum und Amrum hin und her?«

»Höchstens zweimal die Woche. Vieles lässt sich von Husum aus erledigen. Es ist ein Kompromiss, das ist schon klar. Aber ich glaube, es wird funktionieren.« Sie hielt kurz inne und überlegte, ob sie ihn nach seinen letzten Monaten fragen sollte. Ihr letzter Stand war, dass er getrennt von seiner Frau lebte und die Kinder nur noch jedes zweite Wochenende sah.

»Bei mir hat sich nichts geändert«, sagte Ben schließlich, ohne dass Lena gefragt hatte. »Die Kinder waren jetzt während meines Urlaubs bei mir. Sie mussten zwar zur Schule, aber mir war wichtig, auch mal das ganz normale Leben mit ihnen zu verbringen und nicht nur die Ausnahmesituation Wochenende oder Urlaub, wo auch immer.«

»Hat's geklappt?«, fand Lena ihre Sprache wieder.

»Ja, ich denke schon. Ob die beiden es auch so sehen, erfahre ich wohl erst von meiner Ex. Was soll's. Irgendwie muss das Leben weitergehen.«

»Das ist sicher nicht einfach«, sagte Lena.

»Das war es vorher auch nicht. Ich meine, als ich noch mit der Mutter meiner Kinder zusammenlebte.«

Ben schien seine Ex-Frau immer noch nicht beim Vornamen zu nennen. »Keine Chance mehr, dass ihr wieder zusammenkommt?«

»Höchstens, wenn ich diesen ekligen Typen abknalle, der ständig um sie herumwieselt. Nein, im Ernst. Wir haben unsere Beziehung nach allen Regeln der Kunst in den Sand gesetzt. Aus und vorbei. Ich mache mir keine Hoffnung mehr. Ich muss nach vorne schauen. Mein eigenes, neues Leben aufbauen.«

Lena hörte das unausgesprochene *leider nicht mit dir*, schwieg aber.

»Ich weiß, kein sehr aufbauendes Thema«, fuhr Ben fort. »Schon gar nicht für ein Telefonat. Entschuldige. Du hast auch nicht deshalb angerufen, sondern wegen unseren Fällen.«

»Wenn ich nächstes Mal in Flensburg bin, melde ich mich bei dir und wir gehen schön essen oder machen einen Spaziergang. Was meinst du?«

»Klingt gut. Dann warte ich einfach auf deinen Anruf.« Er lachte verlegen und wurde gleich wieder ernst. »Nun, du hast die Akte gelesen, sagst du?«

»Ja, überflogen. Zumindest alles, was ich aus Kiel bekommen habe.« Sie skizzierte Ben kurz den bisherigen Ermittlungsverlauf ihres Falles und fragte nach seiner Einschätzung.

»Wir haben auch einen Ehemann, der über das Verschwinden seiner Frau geschockt war«, sagte Ben. »Allerdings war die Ehe nach meinem Geschmack hart an der Grenze zur Prostitution. Der Ehemann hat seine Zukünftige quasi im Katalog gekauft und ist letztlich direkt zur Hochzeit nach Thailand geflogen. Gut, zuerst haben sie sich eine Woche kennengelernt, wie der Ehemann es nannte, aber es klang mehr nach Probezeit für die Frau als nach tatsächlichem Kennenlernen.«

»Klingt nicht nach glücklicher Ehe.«

»Habe ich auch gedacht und bin bisher davon ausgegangen, dass die Frau nach Thailand zurück ist.«

»Habt ihr die Flughäfen kontrolliert?«

»Ja, alle deutschen. Die europäischen allerdings nicht.«

»Unser Opfer hatte einen Flug von Kopenhagen gebucht. Sie ist aber vorher getötet worden.«

»Du meinst, ich sollte das überprüfen?«

»Nur so eine Idee. Vermutlich hatten die beiden ja keinen Kontakt. Wie auch. Oder war deine Vermisste häufiger in Husum unterwegs?«

»Nein, zumindest nicht nach unseren Recherchen. Der Ehemann hat sie wohl ziemlich abgeschirmt von allem. Einer der wenigen Kontakte war die Sprachschule, in der sie in Flensburg gearbeitet hat.«

Lena horchte auf. »Wie heißt die Schule?«

»Chamlong heißt der Besitzer. Den Vornamen habe ich nicht.«

Lena blätterte in ihren Notizen. »Treffer! Der Ehemann meiner Toten hat dort regelmäßig Unterricht genommen. Und sie hatte auch Kontakte dort.«

»Also doch eine Verbindung?«, fragte Ben erstaunt.

»Liegt zumindest nahe. Könntest du dich in der Schule erkundigen, ob Elbo Theisen oder Lawan Yao Yun dort in Kontakt mit deiner Vermissten gekommen sind?«

»Klar! Wenn ich heute noch jemanden erreiche, sage ich dir gleich Bescheid. Ansonsten morgen. Wollen wir dann auch wieder telefonieren?«

»Morgen reicht, Ben. Ruf einfach auf meinem Handy an. Da erreichst du mich immer.«

Lena klappte ihren Laptop zu und sah auf die Uhr. Im gleichen Augenblick klingelte Ole Kottens Telefon. Sie stand auf und nahm den Hörer ab.

»Kriminalpolizei. Lorenzen.«

»Zubrücken«, hörte sie die harsche Stimme des Staatsanwalts. »Hauptkommissar Kotten nicht im Haus?«

»Tut mir leid, Herr Staatsanwalt. Mein Kollege musste noch zu einer Befragung auf Nordstrand.«

»Lorenzen vom LKA?«, fragte er jetzt mit leicht unsicherer Stimme.

Lena wusste von dem Ruf, der ihr vorauseilte: knallharte Polizistin, die sich in die Fälle verbeißt und auch nicht vor unkonventionellen Methoden zurückschreckt.

»Richtig, Herr Staatsanwalt«, antwortete sie schmunzelnd.

»Gut, richten Sie bitte Herrn Kotten aus, dass Theisen in Untersuchungshaft genommen wurde. Ob die aktuelle Beweislage letztendlich reicht, ist allerdings zweifelhaft. Wir brauchen mehr. Oder ein Geständnis.« Er hielt kurz inne. »Wie ist Ihre Einschätzung der Lage?«

Lena war klar, dass sie sich auf brüchigem Eis bewegte. Auf keinen Fall wollte sie Ole in den Rücken fallen. Sie entschied sich, nicht konkret zu werden. »Wir sind noch ganz am Anfang der Ermittlungen. Allerdings haben sich in den letzten Stunden weitere Ermittlungsansätze aufgetan. Ich denke, dass wir Ihnen in wenigen Tagen mehr liefern können.«

»Wir sprechen hier von dem Ehemann?«

»Hauptkommissar Kotten und ich gehen davon aus, dass der Täter im direkten Umfeld des Opfers zu suchen ist.«

»Ich höre also von Ihnen?«

»Selbstverständlich, Herr Staatsanwalt.«

Nachdem sie sich verabschiedet hatten, schrieb Lena Ole eine Nachricht. *Theisen in Untersuchungshaft. Alles Weitere morgen.*

Sie schloss das Büro ab und verließ das Polizeirevier.

Sechzehn

»Hast du bei Beke vorbeischauen können?«, fragte Lena, als sie am Abend mit Erck in der Küche beim Abendessen saß.

»Ja, sie freut sich, dass wir beide am Sonntag kommen. Und das mit dem Kuchen habe ich ihr auch gesagt.«

»Wie geht es ihr?«

»Ich bin kein Arzt, Lena. Sie ist gebrechlich geworden, würde ich sagen.«

»Ich rufe sie morgen an, versprochen.«

Erck schmierte sich Butter auf sein Brot und belegte es mit Käse und ein paar Gurkenscheiben. »Auf Dauer könnte es für Beke schwer werden. Sie wird nicht in ein Altersheim, oder wie immer das heute so schick bezeichnet wird, gehen wollen.«

Lena sah erschrocken auf. »Meinst du wirklich, dass das notwendig sein wird? Das wird doch noch Jahre dauern. Viele Jahre.«

»Und wenn nicht?«

»Dann holen wir sie zu uns. Ist doch klar, oder?«

»Ich habe nichts dagegen, aber ich fürchte, Beke wird Amrum nicht verlassen wollen. Du kennst sie doch.«

Lena legte die Brotscheibe, die sie in der Hand hielt, wieder auf ihren Teller. »Aber ich kann nicht nach Amrum ziehen, um sie zu pflegen. Das würde Beke auch niemals wollen.«

Erck seufzte. »Vielleicht ist das ja nur eine vorübergehende Schwächephase bei ihr. Lass uns den Besuch am Sonntag abwarten, vielleicht erzählt sie dir mehr als mir.«

Lena war sich sicher, dass Beke niemandem zur Last fallen wollte. Selbst wenn sie und Erck auf Amrum lebten, würde sie es wahrscheinlich ablehnen, bei ihnen im Haus zu wohnen. »Ich versuche es«, sagte Lena leise.

»Moin, Kollege!«, begrüßte Lena Ole, der wieder einmal vor ihr im Büro war. »Heute hätte ich nun wirklich gewettet, dass ich die Erste bin.«

»Tobias musste auch früh los.«

Lena nahm ihre Waffe aus dem Halfter und legte sie in die Schublade. »Nach?«

»Hamburg. Ein Termin mit einem Kunden. Er kommt heute noch wieder nach Hause. Und am Wochenende ist er auch da.«

»Okay.« Lena wagte nicht, nach dem gestrigen Nachmittag und Abend zu fragen. Oles Gesichtsausdruck sprach ohnehin Bände. Sie berichtete ihm von dem Gespräch mit Ben und dem Anruf des Staatsanwalts.

»Zubrücken nervt«, sagte Ole. »Er war es doch, der Theisen unbedingt in U-Haft nehmen wollte. Und wir sollen jetzt ein Geständnis herzaubern.«

»Durch die Blume hat er mir wohl sagen wollen, dass Theisen bei der momentanen Beweislage beim nächsten Haftprüfungstermin wieder rauskommt.«

»Sein Problem.«

»Kommen die Kollegen gleich?«

Als Ole Kotten nickte, klopfte es bereits an der Tür. Die vier Ermittler schoben jeder einen Stuhl vor sich her und verteilten sich in Ole Kottens Büro.

»Auf geht's, Kollegen«, sagte Ole Kotten, als alle saßen. »Habt ihr einen kurzen Bericht für uns?«

»Wir sind besser vorangekommen, als wir erwartet haben«, begann Florian Weigel, einer der Ermittler. »Die Hälfte der Fahrzeughalter haben wir gestern erreicht, die restlichen werden wir hoffentlich heute antreffen. Mit den meisten haben wir auch einen Termin gemacht.«

»Okay. Klingt gut«, sagte Ole.

»Wir haben die Fahrzeughalter zunächst befragt, wer mit dem Auto normalerweise fährt, dann die Daten dieser Personen vom Alter bis zum Beruf abgeglichen, schließlich gefragt, ob sie in der fraglichen Zeit auf Nordstrand waren, und als Letztes, ob sie irgendeine Verbindung zu Nordstrand haben. Wenn sich dann weitere Fragen aufgetan haben, sind die natürlich auch gestellt worden. Für unser Team kann ich sagen, dass wir bisher keine Auffälligkeiten bemerkt haben.« Der junge Beamte wandte sich an seinen Kollegen vom zweiten Team. »Und bei euch?«

»Bisher auch nichts Außergewöhnliches, bei dem ich gleich aufgehorcht hätte. Aber wir haben heute ja noch einige Kandidaten auf der Liste.«

»Gut, wenn so weit alles klar ist, war's das auch schon wieder. Wir sehen uns dann Montag. Habt ihr die Protokolle bis zum Mittag fertig? Dann sollten wir uns wieder hier treffen.«

»Ist das mit der Chefetage abgesprochen?«, fragte einer der Beamten.

Ole Kotten nickte. »Ja, Montag ist okay. Alles Weitere müssen wir dann sehen.«

Als sich die vier Beamten verabschiedet hatten, klingelte Lenas Handy. Sie warf einen Blick aufs Display und nahm das Gespräch an. »Guten Morgen, Ben.«

»Moin, Lena. Ich war gestern noch in der Sprachschule und habe mit Herrn Chamlong gesprochen. Er wusste ja schon vom

Tod deines Opfers und erinnert sich sehr gut an euren Mann. Er kann sich nicht vorstellen, dass dieser seine Ehefrau getötet hat. Aber das nur nebenbei. Er hat mir bestätigt, dass meine Vermisste, Frau Grote, ehemals Frau Ramkamhaeng, Kontakt zu deinem Verdächtigen hatte.«

»Elbo Theisen«, half Lena aus.

»Ja, genau. Theisen. Aber was dich wirklich interessieren wird: Sie hatte auch Kontakt zu deiner Toten.« Dieses Mal schien Ben in seine Unterlagen zu schauen. »Lawan Yao Yun. Richtig?«

»Die beiden kannten sich?«

»Sag ich doch. Herr Chamlong meinte sogar, dass sie befreundet waren. Die Sprachschule ist nämlich auch eine Art Treffpunkt für Menschen, die sich für den Buddhismus interessieren. In Thailand gibt es wohl eine besondere Ausprägung dieser Religion.«

»Theravada-Buddhismus«, sagte Lena langsam, als sie sich an ihr Gespräch mit Elbo Theisen erinnerte.

»Ich seh schon, du weißt bestens Bescheid. Also gut, die beiden Frauen waren befreundet. Hilft uns das weiter bei unseren jeweiligen Fällen?«

»Das weiß ich noch nicht, Ben. Aber eine Frage hätte ich noch.«

»Raus damit!«

»Hatte Frau Grote eigene Einnahmen?«

»Offiziell wenig. In der Sprachschule hat sie mehr oder weniger ehrenamtlich gearbeitet. Aber inoffiziell habe ich ein Konto gefunden, auf dem bis kurz vor ihrem Verschwinden über zwanzigtausend Euro gelegen haben.«

»Woher kamen die?«

»Der Ehemann beteuert, nichts von dem Konto gewusst zu haben. Die Einzahlungen wurden von ihr selbst in bar getätigt. Die letzte große Auszahlung auch.«

»Irgendwelche Anzeichen für Prostitution?«

»Nein. Allerdings sind wir so tief in die Ermittlungen nicht gegangen. Ganz davon abgesehen, sind die meisten Freier nicht wirklich gesprächig. Warum fragst du?«

»Wir haben auch keine Erkenntnisse in dieser Richtung, aber Lawan überwies mehrfach hohe Beträge nach Thailand, die sie zuvor bar auf ihr Konto eingezahlt hatte.«

»Interessante Parallele. Ich habe übrigens beim Flughafen in Kopenhagen angefragt. Sobald ich eine Auskunft habe, melde ich mich wieder bei dir.«

»Danke, Ben.«

Lena erzählte Ole von den neuen Erkenntnissen aus Flensburg.

»Wie machen wir weiter?«, fragte Ole. »Mir juckt es ja in den Fingern, Rasmussen junior hier bei uns zu verhören.«

»Lass uns warten, bis wir mehr haben. Er kommt garantiert mit seinem Anwalt und dann erfahren wir gar nichts. Allerdings sollten wir Thorsten Schöning zu uns einladen.«

»Das wäre mein nächster Vorschlag gewesen.« Ole griff zum Telefon, hielt dann aber inne. »Vielleicht rufst du besser bei ihm an.«

Lena nickte und wählte. »Guten Tag, Herr Schöning. Hier ist Lena Lorenzen vom LKA Kiel, wir haben vor ein paar Tagen wegen Lawan Yao Yun miteinander gesprochen. Wir müssten noch ein paar Kleinigkeiten mit Ihnen abklären. Sind Sie heute oder morgen zufällig in der Gegend und können bei uns reinschauen?«

»Ich dachte, es wäre alles geklärt.« Schöning klang ungehalten.

»Es ergeben sich in solch einer komplizierten Ermittlung später immer noch Fragen, die wir den Zeugen stellen müssen. So auch in Ihrem Fall.«

»Bin ich verpflichtet zu kommen?«

»Ich denke, die Antwort kennen Sie schon. Wenn Sie nicht freiwillig kommen, würde das die Sache allerdings nur hinauszögern, nicht verhindern. Ich bin sicher, dass der Staatsanwalt …«

»Schon gut. Ich bin ganz in der Nähe und kann in zehn Minuten bei Ihnen sein. Ich hoffe mal, dass es nicht zu lange dauert.«

»Das denke ich nicht, Herr Schöning.«

Ole Kotten begleitete Thorsten Schöning in den Verhörraum, in dem Lena bereits auf sie wartete.

»Mit meiner Kollegin Frau Lorenzen haben Sie ja vorhin gesprochen.«

Schöning nickte Lena zu und setzte sich auf den Platz, den Ole Kotten ihm zuwies. Anschließend stellte der Hauptkommissar das Aufnahmegerät an und nannte Datum, Uhrzeit, Anlass des Verhörs und die Anwesenden. Lena bemerkte, dass Schöning die Prozedur zunehmend nervös beobachtete und anfing, auf seinem Stuhl hin und her zu rutschen.

»Herr Schöning«, begann Ole freundlich und ruhig. »Zunächst möchten wir uns bedanken, dass Sie unserer Bitte so schnell nachgekommen sind. Wie Frau Lorenzen schon am Telefon erwähnt hat, haben wir noch ein paar Fragen an Sie.«

»Bitte!«, antwortete Schöning. »Womit kann ich Ihnen helfen?«

»Lawan Yao Yun, die Ehefrau von Elbo Theisen, in welchem Verhältnis standen Sie zu ihr?«

»Verhältnis? Was meinen Sie damit?«

»Sie kannten Frau Yao Yun?«, fragte Ole ruhig weiter.

»Wie man Leute so kennt, die man mal in der Kneipe sieht.«

Ole Kotten sah ihn fragend an und wartete.

»Ich habe Ihnen doch schon beim letzten Mal gesagt, dass ich Elbo noch aus der Schulzeit kenne und wir hin und wieder ein Bier miteinander trinken. Natürlich saß da auch mal seine Frau dabei. Nun gut, wir haben uns auch unterhalten. Deshalb bin ich doch nicht mit ihr befreundet oder so was.«

»Sie sind mehrfach mit ihr alleine gesehen worden«, sagte Lena. »Unter anderem in Ihrem Auto.«

»Mag sein.«

»Das mag nicht nur sein …«, sagte Lena betont deutlich. »… sondern es ist definitiv so. In Ihrem Auto sind Spuren von Frau Yao Yun gefunden worden.«

»Dann war das halt so. Und? Seit wann ist es verboten, jemanden in seinem Auto mitzunehmen?«

»Sie kennen Herrn Friso Rasmussen?«, fragte Ole Kotten.

»Vielleicht haben Sie beim letzten Gespräch nicht genau hingehört. Ich bin auf Nordstrand aufgewachsen. Ich kenne viele aus der Gegend. Und ja, auch Herrn Rasmussen.«

»Warum haben Sie ihn im Altersheim besucht?«

Schöning zuckte mit den Schultern. »Er hat ein Haus, in dem niemand mehr wohnt. Ich bin Immobilienmakler – oder haben Sie das auch schon vergessen?«

»Wie verlief Ihr Gespräch mit Herrn Rasmussen?«, fragte Lena.

»Er hatte kein Interesse.«

»Sie haben Kontakt zu seinem Sohn Knut?«, stellte Lena die nächste Frage.

»Ich kenne Knut Rasmussen. Wenn Sie das meinen.«

Keiner der beiden Ermittler stellte eine weitere Frage. Sie sahen den Immobilienmakler bloß an. Schöning schluckte und sah unruhig vom einen zum anderen. »Ja, gut. Ich habe mit Knut über das Haus seines Vaters gesprochen und ja, er sieht das nicht so verbissen wie sein Vater.«

»Ging es nur um sein Elternhaus?«

»Nicht nur.«

Lena sah ihn fragend an.

»Auch um das Wäldchen. Für den Fall, dass die Husmanns verkaufen, hätte ich ihm ein Angebot für seine Hälfte gemacht.«

»Ihr Passat ist dort auf dem Waldweg gesehen worden. Was haben Sie da gemacht?«

»Was schon? Umgesehen habe ich mich. Die Husmanns waren nicht da und da wollte ich in Ruhe noch einmal Haus und Wäldchen ansehen und bewerten. Irgendwann werden die beiden Alten schon noch verkaufen.«

Lena machte sich eine Notiz und stellte die nächste Frage. »Kommen wir noch mal zum Elternhaus von Knut Rasmussen. Sie haben einen Vertrag mit Rasmussen junior abgeschlossen?«

Schöning zögerte lange, bevor er antwortete. »Das sind Interna, über die ich hier nicht einfach so sprechen kann. Immerhin handelt es sich hier um personenbezogene Daten.«

»Nein, Herr Schöning«, fuhr Lena ihn an. »Hier handelt es sich um Mord. Haben Sie einen Vertrag mit Knut Rasmussen oder nicht?«

Als Schöning demonstrativ schwieg, sagte Lena: »Fürs Protokoll, Herr Schöning verweigert die Aussage zur vorab gestellten Frage.«

»Unsinn! Ich verweigere gar nichts«, brauste Schöning auf. »Ich kann hier doch nicht einfach persönliche Daten meiner Kunden preisgeben.«

»Warum haben Sie Hausverbot im Altersheim auf Nordstrand?«

»Wer hat das denn gesagt?«, fuhr Schöning Lena an.

»Stimmt es nicht?«, fragte Ole Kotten ruhig.

»Der alte Rasmussen hat Märchen erzählt und die Mathiesen musste gleich überreagieren. Das ist alles vollkommen grotesk!«

»Sie sollen noch mehr Bewohner belästigt haben«, übernahm wieder Lena. »Wer war Ihre Informantin im Altersheim?«

Schöning rollte mit den Augen. »Ich sage gar nichts mehr. Sie drehen mir ja das Wort im Mund herum.«

»Kommen wir noch einmal auf Frau Yao Yun zurück«, sagte Ole Kotten. »Wie war Ihre Beziehung zu ihr? Dass Sie sich näher kannten, haben Sie ja bereits eingestanden. Wie weit ging diese Bekanntschaft genau?«

»Was soll jetzt diese Frage? Ich hatte nichts mit Lawan, wenn Sie das meinen. Ich stehe nicht auf Asiatinnen.«

Während Schöning sprach, hatte Ole Kotten ein Plastikröhrchen über den Tisch geschoben. »Dann können Sie uns ja heute einen DNA-Abstrich geben.«

Schöning starrte ihn wütend an. Schließlich zog er den Wattestab aus dem Röhrchen und fuhr sich einmal damit über die Mundschleimhaut. »Bitte!«

Ole Kotten nahm vorsichtig den Stab entgegen und schob ihn zurück in das Röhrchen. »Vielen Dank.«

Schöning stand auf. »Haben Sie jetzt alles, was Sie wollten?«

Lena nickte. »Ja, Herr Schöning. Sie können vorerst gehen. Wir melden uns bei Ihnen.«

Ole Kotten war aufgestanden und zeigte auf die Tür. »Ich bringe Sie noch hinaus.«

Siebzehn

»Wir kommen nicht weiter, oder? Zumindest haben wir jetzt von Schöning eine halbwegs plausible Erklärung, warum er auf dem kleinen Waldweg geparkt hat«, sagte Ole Kotten, als er wieder hinter seinem Schreibtisch saß.

»Puzzleteil für Puzzleteil. Ist das nicht immer so? Hast du eigentlich den Arbeitgeber von Jorin Theisen angerufen?«

»Ich habe mir überlegt, dass ich gleich direkt dort vorbeischaue.«

»Vielleicht besser. Theisen hat sich sicher Urlaub genommen, um den Hof zu versorgen.«

»Und du?«

»Ich werde einen Spaziergang machen und nachdenken.«

Lena saß in einem Straßencafé am Binnenhafen und trank einen Milchkaffee. Nachdem sie das Protokoll des Verhörs geschrieben hatte, hatte sie sich auf den Weg in die Altstadt gemacht.

Auch wenn das Verhör keine konkreten Erkenntnisse erbracht hatte, war die DNA-Probe von Schöning ein Fortschritt. Lena schätzte zwar die Wahrscheinlichkeit, dass das Sperma von Schöning war, als gering ein, aber eine Klärung war notwendig. Die Beziehung zwischen Schöning und Lawan stufte sie eher als geschäftlich ein, und die Frage war, ob sie über gelegentliche Tipps hinausgegangen war. Was genau hatte Lawan Yao Yun für Schöning gemacht?

Lena hatte den Immobilienmakler während des Verhörs genau beobachtet. Er war zunehmend unruhiger geworden und schien am Schluss nur noch froh zu sein, den Verhörraum verlassen zu können. Was verschwieg er ihnen? Hatte es etwas mit dem Tötungsdelikt zu tun oder waren sie hier nur einer kleinen Betrügerei auf der Spur? Wäre Schöning so bereitwillig zu ihnen gekommen, wenn er etwas mit dem Tod von Lawan zu tun hatte?

Lena beobachtete das Treiben am Kai. Husum zog gerade im Sommer viele Gäste an, die hier den Tag verbrachten. Sie schlenderten die breite Promenade entlang und saßen in einem der zahlreichen Straßencafés oder -restaurants.

Lenas Gedanken wanderten wieder zurück zum Fall. Kurz bevor sie das Büro verlassen hatte, hatte sie bei Theisens Anwalt angerufen und sich erkundigt, ob Elbo Theisen weiterhin die Aussage verweigerte. Der Anwalt hatte ihr keine Hoffnung gemacht und sich schnell wieder verabschiedet. Lena wusste aus dem Protokoll des Haftprüfungstermins, dass Theisen das Blut in seinem Auto und im Haus mit regelmäßigem Nasenbluten seiner Frau begründet hatte. Von den Zahlungen nach Thailand hatte er seiner Aussage nach keine Kenntnis gehabt, ebenso wenig von einer angeblichen Affäre seiner Frau, die die Spermaspuren erklären würde. Auch dass seine Frau einen Flug nach Thailand gebucht hatte, hatte er angeblich nicht gewusst.

Lenas Handy klingelte. Ben aus Flensburg.

»Hallo, Ben! Neuigkeiten?«

»Kopenhagen hat geantwortet. Die Gesuchte ist am 25. März nach Bangkok geflogen.«

Lena sog scharf die Luft ein. »Da hatte mein Opfer auch einen Flug gebucht, den sie nicht mehr antreten konnte, weil sie vermutlich schon tot war.«

»Also hatten die beiden vor, gemeinsam nach Bangkok zu fliegen. Was bedeutet das?«

»Ich weiß es nicht. An einen Zufall glaube ich auf jeden Fall nicht. Meinst du, du findest deine Vermisste in Thailand?«

»Ich versuche es. Aber du weißt, wie schwierig und langwierig das sein kann. Ich stelle heute noch eine Anfrage über die Botschaft in Berlin.«

»Wende dich da an einen Herrn Meephuk und richte ihm einen schönen Gruß von mir aus. Er ist Botschaftssekretär.«

»Du hast ja wieder mal Kontakte«, hörte sie Bens erstaunte Stimme. »Gut, ich mache das sofort, nachdem ich den Ehemann informiert habe. Ich melde mich. Den Namen der Frau und ihre Daten schicke ich dir übrigens gleich per Mail. Schönes Wochenende dir!«

»Dir auch, Ben!« Lena legte das Handy vor sich auf den Tisch und trank den Rest ihres Kaffees. Warum hatten sich die beiden Frauen verabredet, gemeinsam nach Bangkok zu fliegen? Offensichtlich kannten sie sich besser als bisher angenommen. Einer von ihnen würde nach Flensburg fahren müssen, um den Ehemann und den Sprachlehrer zu befragen.

Als Ole ihr schrieb, dass er wieder zurück im Büro sei, machte sich Lena auf den Weg.

»Zu dem Zeitpunkt, als sein Bruder Lawan Yao Yun als vermisst meldete, war Jorin Theisen seit drei Tagen krankgeschrieben«, begann Ole Kotten mit seinem Bericht. »Er hat ein ärztliches Attest vorgelegt. Den Namen des Arztes habe ich, aber der wird uns ohne Beschluss sicher nichts sagen. Allerdings meinte Theisens Chef, dass er damals einen Bandscheibenvorfall gehabt habe.«

»Interessant«, kommentierte Lena die neuen Informationen.

»Ansonsten gilt Theisen aber als ausgenommen zuverlässiger Mitarbeiter, höflich und zuvorkommend und nie abgeneigt, sich auf Überstunden und Samstagsarbeit einzulassen. Sein Chef war voll des Lobes. Im Gegenzug hat Theisen wohl freizügig Urlaub bekommen, wenn er, wie sein Chef es nannte, wieder mal Bauer spielen musste.«

»Ich bin gespannt darauf, was mein IT-Mann über ihn herausbekommt.«

»Warten wir's ab.«

Lena hatte bereits ihr Smartphone in der Hand und schrieb Leon eine Nachricht. Kurz darauf schrieb er zurück: *Geduld!*

»Geduld«, murmelte Lena. »Wir sollen Geduld haben.« Sie seufzte. »In private Rechner reinzukommen ist nicht immer einfach.«

Ole Kotten stand auf und drehte das letzte Blatt der Flipchart um. »Wo waren wir gestern stehen geblieben?« Mit dem Filzstift schrieb er *Elbo Theisen* als ersten Namen auf die neue Seite. »Zahlreiche Indizien weisen auf ihn. Fühlte er sich nicht nur finanziell hintergangen, sondern auch menschlich? Reicht das als Motiv aus?«

»Im Normalfall durchaus«, sagte Lena. »Aber ich finde bei ihm nicht den geringsten Hinweis auf Eifersucht. Er ist sehr bewusst diese Beziehung eingegangen, ihm war klar, dass er nicht nur eine Frau heiraten würde, sondern die Verbindung automatisch Verantwortung für eine ganze Familie mit sich bringen würde. Er hat sich jahrelang auf die Zahlungen nach Thailand eingelassen, ohne dagegen aufzubegehren. Warum sollte er plötzlich eine andere Einstellung haben? Weil seine Frau ihn betrügt?«

»Zum Beispiel«, sagte Ole leicht säuerlich.

»Meine Einschätzung ist die, dass er sie nicht nur geliebt, sondern regelrecht verehrt hat. Wenn der Hof es abgeworfen hätte, hätte er auch mehr bezahlt.«

»Er hätte Land verkaufen können.«

»Nein, er weiß ganz genau, dass er sich damit die Existenzgrundlage entziehen würde. Und das würde der Familie in Thailand langfristig auch nichts nützen. Er hat durchaus verantwortungsvoll reagiert und darauf gehofft, dass bessere Jahre kommen.«

»Mag sein, aber Lena, es tut mir leid, nach wie vor hat Elbo Theisen als Einziger ein Motiv – oder sogar mehrere Motive.«

»Dann müssen wir eben tiefer graben«, sagte Lena, die nur mit Mühe ruhig blieb.

Ole schrieb den Namen der zweiten Person an die Flipchart: *Jorin Theisen.*

»Ich spekuliere jetzt einfach mal drauflos«, sagte er. »Jorin war verliebt in Lawan, er wollte etwas von ihr, was sie nicht zu geben bereit war. Stattdessen hat sie seine Hilfsbereitschaft ausgenutzt für ihre Zwecke, indem sie Zuneigung vorspielte. Eventuell hat er ihr Geld gegeben, vielleicht aus dem Erbe, eventuell hat er sie unterstützt bei der Geldbeschaffung. Aber dann hat er erfahren, dass Lawan nach Thailand zurückwollte und sogar schon den Flug gebucht hatte. All seine Träume lösten sich schlagartig in Luft auf. Da er eindeutig impulsiver ist als sein Bruder, hat er zugeschlagen. Kein Mord, aber Totschlag. Anschließend kam die Panik, er hat sie in dem Wäldchen vergraben.«

»Was davon können wir auch nur ansatzweise beweisen?«

»Wenig. Sehr wenig sogar. Der einzige Anhaltspunkt ist, dass er zur vermutlichen Tatzeit nicht bei der Arbeit war und uns das verschwiegen hat.«

Lena blätterte ihre Notizen durch. »Wir haben ihn gefragt, ob er zu der Zeit Urlaub hatte. Das hat er verneint. Nach Krankheitstagen haben wir ihn nicht gefragt.«

»Das sind Spitzfindigkeiten, Lena. Er wusste genau, warum wir das gefragt haben. Wenn er in der Zeit wirklich nachweisbar einen Bandscheibenvorfall hatte, würde ihn das doch sogar entlasten.«

»Okay, aber mehr haben wir nicht. Mein IT-Mann ist unsere letzte Hoffnung oder der Staatsanwalt, der einen Durchsuchungsbeschluss und den DNA-Abgleich beantragt.«

Ole nickte und schrieb den dritten Namen an die Flipchart: *Thorsten Schöning*. »Über ihn haben wir gestern schon ausführlich nachgedacht. Was wäre sein Motiv? Gehen wir einmal davon aus, dass das Sperma nicht von ihm kommt, was hatte er mit Lawan Yao Yun zu tun?«

»Ich bin immer mehr davon überzeugt, dass die beiden zusammengearbeitet haben …« Sie schrieb Anführungszeichen in die Luft. »… bei der Suche nach geeigneten Objekten, die zum Verkauf stehen. Vielleicht hat sie auch mehr als nur nachgeholfen und die Bewohner des Altersheims regelrecht unter Druck gesetzt.«

»Alles gut und schön und vielleicht auch nicht ganz koscher, aber bestimmt kein Grund, um jemanden zu töten«, sagte Ole.

»Mag sein, aber irgendwoher müssen die vielen Tausend Euro gekommen sein, die Lawan an ihre Familie überwiesen hat. Das ist zu viel Geld für ein paar Tipps und gutes Zureden. Da steckt mehr dahinter.«

»Ja, da bin ich durchaus deiner Meinung, aber ob das etwas mit unserem Fall zu tun hat, würde ich arg bezweifeln. Ich tippe bei Schöning eher auf irgendein nicht ganz so legales Geschäftsgebaren. Um es kurz zu machen: Wir haben bei ihm genauso wenig wie bei Jorin Theisen.«

Er trat wieder an die Flipchart und schrieb den Namen Knut Rasmussen aufs Blatt. »Kandidat Nummer vier. Er hat eine Verbindung zum Wäldchen, in dem die Tote gefunden wurde, und zu Schöning, der das Haus seines Vaters und seinen Teil des Wäldchens kaufen will.«

»Den BMW nicht zu vergessen«, warf Lena ein.

»Schon klar, allerdings wird er uns das damit erklären, dass er nach seinem Land geschaut hat.« Als er sah, dass Lena Einspruch erheben wollte, fuhr er fort: »Ja, ich weiß, dass er normalerweise mit seinem Geländewagen unterwegs ist. Aber Ausnahmen bestätigen die Regel. Und bevor du fragst, einen Beschluss, um sein Auto zu durchsuchen oder gar sein Haus, bekommen wir bei dem Ermittlungsstand ganz sicher nicht.«

»Es fehlt noch jemand auf unserer Liste«, sagte Lena.

»Die Ex-Frau von Jorin Theisen? Was sollte die für ein Motiv haben?«

»Warum ist ihre Ehe zerbrochen? Hatte die Schwägerin vielleicht damit zu tun? Seit wann himmelt ihr Ex-Mann Lawan schon an? Mir klang das alles zu cool und abgeklärt, was uns Heike Brandt erzählt hat.«

»Sie hat doch recht empathisch von ihr erzählt. Fotobuch und so«, warf Ole ein, der aufgestanden war und Heike Brandts Namen an die Flipchart geschrieben hatte.

»Vielleicht hatten die beiden Frauen am Anfang ja tatsächlich ein gutes Verhältnis und haben einiges zusammen gemacht. Aber später …« Lena blätterte in ihren Unterlagen. »Hier. Sie hat ausgesagt, dass sie Lawan schon über ein Jahr quasi nicht mehr gesehen hat. Das klingt nicht nach großer Freundschaft, oder?«

»Stimmt, das hätte ich fast vergessen.« Ole stöhnte. »Ich hatte lange nicht mehr so einen verworrenen Fall. Alles weist auf einen Täter hin, aber gleichzeitig gibt es noch eine Reihe weiterer dubioser Figuren. Mein Kopf qualmt. Ich brauche eine Pause.«

Lena sah auf die Uhr. »Wir kommen im Moment sowieso nicht weiter. Lass uns Schluss machen für heute.«

»Wochenende?«

»Ja, zwei Tage Ruhe. Vielleicht haben wir am Montag schon die eine oder andere Info.«

Ole drehte die Flipchart wieder zur Wand und zog seine Jacke an. »Grüß Erck von mir.«

»Und du Tobias von uns.«

Kurz darauf verließen sie zusammen das Polizeirevier.

Achtzehn

Lena streckte sich und blinzelte ins Licht. Durch das Schlafzimmerfenster schien die Sonne und es roch nach Kaffee.

»Guten Morgen, Schlafmütze«, hörte sie Ercks Stimme und richtete sich mühsam im Bett auf.

»Wie spät ist es?«, murmelte Lena verschlafen.

»Kurz nach neun. Keine Wolke am Himmel. Die Verbrecher haben Wochenende und wir beide einen freien Samstag.«

Lena hatte sich inzwischen aufgesetzt und nahm von Erck den wohlduftenden Milchkaffee entgegen. »Wie lange bist du schon auf?«

»Nicht der Rede wert. Ich habe im Garten den Tisch gedeckt. Gekochtes Ei oder Rührei?«

Lena strich ihm mit der Hand über die Wange. »Gekocht.« Sie lächelte. »Womit habe ich das nur verdient?«

»Uns fällt schon was ein.« Er beugte sich vor und küsste sie. »Ein Tag nur für uns beide? Versprochen?«

»Nur für uns beide«, flüsterte Lena.

Eine Viertelstunde später stand sie unter der Dusche und ließ das heiße Wasser über ihren Körper laufen. Am Abend zuvor hatten sie sich einen Liebesfilm aus den Fünfzigerjahren angeschaut und herzlich über die verqueren Moralvorstellungen dieser Zeit gelacht. Anschließend hatten sie bei Kerzenlicht und in Decken gehüllt draußen gesessen und sich unterhalten. Irgendwann weit nach Mitternacht war das Gespräch auf Kinder gekommen. Lena wusste, dass Erck davon träumte, eine Familie zu haben, und beiden war klar, dass sie nicht ewig warten konnten. Bis vor ein paar Monaten hatte Lena sich keine Gedanken über das Thema gemacht, und wenn im Freundeskreis das Gespräch darauf kam, hatte sie sich schnell entzogen. Der Beruf als Polizistin in ihrer Position war nur schwer mit einem kleinen Kind vereinbar, von mehreren Kindern gar nicht zu sprechen.

Sie drehte das Wasser ab und stieg aus der Dusche. Beim Abtrocknen betrachtete sie sich vor dem Spiegel und versuchte sich vorzustellen, wie sich ihr Bauch langsam wölbte und immer dicker wurde. Wenn Erck jetzt schon Angst hatte, wenn sie an einem Fall arbeitete, was würde er erst sagen, wenn sie schwanger wäre?

Seufzend zog sie sich an, föhnte sich die Haare und verließ das Bad.

»Perfektes Timing«, rief Erck ihr aus der Küche zu. »Die Eier sind gleich fertig. Setz dich schon mal draußen an den Tisch.«

Lena nahm sich vor, am nächsten Tag fürs Frühstück zu sorgen und dafür rechtzeitig vor Erck aufzustehen. Mit einem Lächeln betrachtete sie den liebevoll gedeckten Tisch. Sogar die selbst gepflückten Blumen aus dem Garten hatte Erck nicht vergessen.

Er kam mit zwei Tassen Milchkaffee in der Hand zu ihr nach draußen und ging gleich darauf wieder in die Küche, um die gekochten Eier zu holen.

»So«, sagte er, als er endlich bei ihr am Tisch saß. »Dann wünsche ich dir einen guten Appetit.« Er schnitt sich ein Brötchen auf und bestrich es mit Butter. Schließlich köpfte er sein Ei und kontrollierte, ob es nicht zu lange gekocht hatte.

»Salz?«, fragte Lena und reichte ihm den Salzstreuer.

»Gut geschlafen?«, fragte er, als Lena ihr Ei gegessen hatte.

»Auf jeden Fall tief und fest. Die Woche ist anstrengend gewesen. Dieser merkwürdige Fall … aber egal, wir haben Wochenende.«

»Was machen wir heute? Was hältst du von Sankt Peter-Ording? Freunde von mir campen da gerade am Strand und haben mich eingeladen. Und dich natürlich auch.«

Lena schmunzelte. »Sind sie neugierig auf deine Polizistenfreundin?«

Erck lachte. »Klar doch. Ich gebe immer mächtig mit dir an.«

Lena warf ihm einen gespielt grimmigen Blick zu. »Das tust du nicht, oder?«

Er wollte gerade antworten, als beide das Klingeln von Lenas Diensthandy hörten.

»Verfluchter Mist!«, entfuhr es Lena. »Wer ist das denn?«

»Wahrscheinlich Ole, oder? Ist bestimmt wichtig. Soll ich?«

»Nein!« Lena war bereits aufgesprungen und auf dem Weg ins Wohnzimmer. »Ich sag nur kurz Bescheid, dass ich auf Amrum bin.«

Wie Lena vermutet hatte, stand Oles Name auf dem Display. Sie nahm das Gespräch an und sagte: »Piep. Leider nur der AB. Ich bin weit weg auf einer einsamen Insel. Nachrichten zu hinterlassen ist …«

»Lena! Schöning ist tot aufgefunden worden«, fiel Ole ihr ins Wort. »Bist du wirklich auf Amrum?«

»Ich bin hier in Husum.« Sie hielt kurz inne. »Tot? Wo? Wie?«

»In seinem Auto. Das steht ein paar Kilometer östlich von Husum an der B201. Ein Feldweg. Ein Kollege hat mich gerade informiert. Ich hole dich in fünf Minuten ab.«

»Okay! Ich stehe an der Straße.«

Während sie mit Ole gesprochen hatte, war Lena langsam wieder nach draußen in den Garten gegangen und stand jetzt vor Erck, der sie fragend ansah. »Was ist passiert?«

»Ein Toter. Er ist einer unserer Verdächtigen in dem aktuellen Fall. Ole holt mich ab. Tut mir leid.« Sie beugte sich zu Erck hinunter und küsste ihn auf die Wange. »Ich kann nur hoffen, dass ich mittags zurück bin.«

Erck stand auf und umarmte Lena. »Alles gut. Melde dich einfach, dann sehen wir weiter.«

»Nach Amrum fahren wir morgen auf jeden Fall. Hundertprozentig.«

Erck nickte und begleitete Lena durchs Haus bis auf die Straße, wo gerade Ole um die Ecke bog und vor dem Haus hielt.

Mit hohem Tempo und eingeschaltetem Blaulicht fuhren sie auf der Umgehungsstraße Richtung Süden.

»Weißt du schon mehr?«, fragte Lena.

Ole schüttelte den Kopf. »Nein, ich habe die Kollegen vor Ort angewiesen, den Bereich abzuriegeln und auf uns zu warten.«

»Okay. Also kein Verkehrsunfall?«

»Sieht nicht so aus.«

Ole fuhr auf die B201 auf und folgte ihr Richtung Schleswig. Nach wenigen Kilometern verringerte er die Geschwindigkeit und fuhr nach links auf eine einspurige Straße ab, die nach wenigen Metern in einen Sandweg überging. Schon von Weitem sahen sie zwei Streifenwagen. Kurz vor der Absperrung hielt Ole Kotten am Wegesrand an, die beiden Ermittler stiegen aus und liefen auf die Kollegen zu.

Die Fahrertür von Schönings Passat Kombi stand offen, er saß mit herunterhängenden Armen und gesenktem Kopf hinter dem Steuer.

»Wer hat ihn gefunden?«, fragte Ole Kotten in die Runde der um das Fahrzeug stehenden Beamten.

»Ein Bauer, der hier mit dem Trecker entlanggefahren ist«, sagte der Älteste von ihnen und reichte Ole einen Notizzettel. »Ich habe die Personalien aufgenommen.«

»Okay. Ist etwas verändert worden?«

Der Polizist schüttelte den Kopf. »Ich war mit meinem Kollegen …« Er schaute kurz zur Seite auf einen jungen Beamten. »… als Erster hier vor Ort. Zu dem Zeitpunkt war allerdings schon der Krankenwagen da. Die Sanitäter haben überprüft, ob der Mann noch lebt. Der Bauer sagte, dass er nur die Tür aufgemacht und den Fahrer angestoßen habe.«

Ole Kotten zog sich die Latexhandschuhe über. »Ihr könnt wieder fahren. Wir machen den Rest.«

Die uniformierten Polizisten stiegen in ihre Fahrzeuge, wendeten und fuhren langsam den Feldweg zurück.

»Die Kriminaltechnik ist auf dem Weg?«, fragte Lena, die sich ebenfalls Handschuhe übergestreift hatte.

»Die sollten jeden Augenblick hier eintreffen.« Ole Kotten bückte sich und tastete vorsichtig Thorsten Schöning ab. In der Seitentasche seines Jacketts fand er eine Brieftasche, die er an Lena weitergab. Das Handy steckte in der Hosentasche. Ole versuchte, es zu starten, scheiterte aber an dem Passwort. »Das wird nicht leicht. Da werden wir wohl die Handydaten abfragen müssen.«

»Lass uns abwarten, woran er gestorben ist«, sagte Lena und sah sich um, als sie den Motor eines Fahrzeugs hörte. »Die Kollegen von der Kriminaltechnik.«

Eine Stunde später wurde der Leichnam von Thorsten Schöning abgeholt und nach Rücksprache mit dem Staatsanwalt, den Ole Kotten nach mehreren Versuchen erreicht hatte, in die Gerichtsmedizin nach Kiel gebracht. Sein Fahrzeug wurde wenig später abgeschleppt, damit es in Husum kriminaltechnisch untersucht werden konnte. Reifenspuren eines weiteren Fahrzeugs konnten nicht sichergestellt werden, da mögliche Abdrücke durch die Fahrzeuge der zuerst anwesenden Sanitäter und Polizeibeamten überdeckt worden waren.

Lena sah dem Abschleppwagen hinterher. »Was hat Schöning hier gemacht?«

»Vielleicht handelt es sich um einen Suizid?«, gab Ole zurück.

»Womit? Eine Tablettenschachtel oder einen Blister haben wir nicht gefunden.«

»Er könnte die Tabletten so in der Tasche gehabt haben.«

»Und die hat er ohne Wasser geschluckt? Warum sollte er das so kompliziert machen?«

»Fahren wir zu seinem Haus? Der Zubrücken hat es bereits abgesegnet. Wir sollen das Haus versiegeln und können uns vorher noch kurz umsehen, hat er gemeint. Den Durchsuchungsbeschluss haben wir dann Montag. Vorher bekomme ich auch die Kriminaltechnik nicht«, sagte Ole, während er die Fahrertür öffnete.

Lena nickte und stieg ins Auto.

Ole Kotten wendete und sie fuhren zurück in Richtung Husum.

»Glaubst du an einen Zufall?«, fragte Lena nach einer Weile.

»Nein, eher nicht. Herzinfarkt, Suizid oder ein Tötungsdelikt.«

»Luise wird es herausfinden.« Sie hielt kurz inne. »Verheiratet war Schöning nicht, oder? Und eine weitere Person war dort auch nicht gemeldet.«

»Seine Eltern leben nicht mehr«, sagte Ole, der sich an seine Recherche erinnerte. »Geschwister hat er nicht. Ob es weitere, entfernte Verwandte gibt, müssen wir sehen.«

Sie fuhren inzwischen auf Goldebek zu und würden in wenigen Minuten bei dem Haus sein. Einen Schlüssel hatten sie trotz zweifacher Suche weder bei Schöning noch im Auto finden können. Sie parkten an der Straße und gingen auf das Haus zu. Nachdem sich auf ihr Klingeln niemand meldete, öffnete Lena die Haustür mit ihrem Spezialwerkzeug.

»Ich gehe ins Büro«, sagte sie und ging schnellen Schrittes voraus.

»Ich bin dann in der Küche«, rief Ole ihr hinterher.

Auf den ersten Blick sah der Raum unverändert aus. Lena hatte sich neue Latexhandschuhe übergezogen und drehte eine erste Runde durch Schönings Büro.

»Der Laptop fehlt«, sagte sie laut zu sich selbst und registrierte gleichzeitig, dass die Ordner nicht mehr so gleichmäßig nebeneinanderstanden wie bei ihrem ersten Besuch, als sie hier Schöning befragt hatten. Sie setzte sich auf den Schreibtischstuhl, zog eine Schublade nach der nächsten auf und kontrollierte den Inhalt. Auch hier hatte sie sofort das Gefühl, als sei jemand vor ihr da gewesen. Einzelne Stifte lagen nicht in den offensichtlich dafür vorgesehenen Fächern, ein Stapel Blätter lag nicht exakt übereinander, eine Schachtel Büroklammern war zur Hälfte in der Schublade verteilt. Entweder war Schöning doch nicht so ordentlich gewesen, wie Lena bei ihrer Befragung den Eindruck gehabt hatte, oder jemand hatte in Eile die Schubladen durchwühlt.

Sie durchsuchte systematisch das Büro und fand weder einen Abschiedsbrief noch den Laptop oder andere Datenträger. Die Ordner blätterte sie oberflächlich durch. Falls Schöning gewaltsam zu Tode gekommen war, würden sie eine gründliche Durchsuchung durchführen. Schließlich verließ sie den Raum und fand Ole im Wohnzimmer.

»Ziemlich ordentlich für einen Mann«, sagte er und stellte eins der Bücher zurück ins Regal. »Hast du etwas gefunden?«

»Nein. Kein Laptop, kein Stick, keine externe Festplatte, kein Abschiedsbrief.«

»Kein Rechner? Aber im Auto war auch nichts. Wo sollte der sein? Ich habe die restliche Wohnung durch. Da war auch nichts.«

»Keller?«

»Gibt es nicht. Nur einen Hauswirtschaftsraum, der genauso ordentlich ist wie der Rest.« Er wischte mit dem Finger über das Regal. »Hier muss ja mindestens viermal in der Woche sauber gemacht werden.«

»Vielleicht hatte er eine Stauballergie.«

In diesem Augenblick hörten sie erst die Türklingel schellen, dann wurde die Haustür geöffnet und jemand trat in den Flur. Lena presste sich an die Wand und signalisierte Ole, dass er keinen Laut von sich geben sollte. Als die Schritte näher kamen, tat sie mit gezogener Waffe einen schnellen Schritt in den Flur und rief: »Polizei!«

Vor ihr stand eine Frau, in der einen Hand einen Putzeimer, in der anderen einen Lappen. Lena schätzte ihr Alter auf Mitte sechzig, sie war zwei Köpfe kleiner als Lena. Ihre Schürze spannte sich über dem Bauch. Mit weit aufgerissenen Augen starrte die Frau sie an. Lena senkte die Waffe und schob sie zurück ins Holster. »Tut mir leid, wenn ich Sie erschreckt habe. Wer sind Sie?«

Die Frau atmete tief durch und stammelte. »Hoff...mann, Wal...traut.«

Ole Kotten war inzwischen neben Lena getreten. »Sie sind die Reinigungskraft von Herrn Schöning?«

Frau Hoffmann nickte.

»Warum haben Sie geklingelt?«

»Das mache ich doch immer so. Falls Herr Schöning noch im Haus ist. Sonst stehe ich plötzlich vor ihm und das hat er gar nicht gerne.«

»Kommen Sie doch bitte ins Wohnzimmer und setzen Sie sich.«

Waltraut Hoffmann folgte Ole Kottens Aufforderung. Als sie saß, reichte ihr Lena ein Glas Wasser, das sie aus der Küche geholt hatte.

»Wir müssen Ihnen leider mitteilen, dass Herr Thorsten Schöning nicht mehr lebt«, begann Lena.

Die Frau sah zwischen ihr und Ole Kotten hin und her. »Ein Unfall?«

»Das wissen wir noch nicht, Frau Hoffmann«, antwortete Lena. »Sie haben einen Schlüssel zum Haus?«

Sie nickte. »Ja, ich mache hier doch dreimal in der Woche sauber. Montags, mittwochs und samstags.«

»Wissen Sie, wo Herr Schöning heute oder vielleicht auch gestern Abend hingefahren ist?«

»Nein, woher denn? So etwas sagt mir Herr Schöning doch nicht.«

Lena bat sie, ihr den Hausschlüssel auszuhändigen, und teilte ihr mit, dass sie bis auf Weiteres nicht mehr im Haus arbeiten konnte.

Nachdem Frau Hoffmann das Haus wieder verlassen hatte, kontrollierten sie Fenster und Türen auf Einbruchsspuren, ohne etwas Verdächtiges zu finden. Schließlich versiegelten sie das Haus und machten sich auf den Weg nach Husum.

Neunzehn

»Guten Morgen, Luise«, begrüßte Lena ihre Freundin, die sie auf der Rückfahrt nach Husum erreicht hatte.

»Hallo, Lena! Ich bin vor zehn Minuten informiert worden. Eine männliche Leiche von der Westküste. Hat sie etwas mit deinem Fall zu tun?«

»Ja, der Mann steht auf unserer Liste der Verdächtigen. Er war gestern zum zweiten Verhör bei uns.«

»Verstehe. In einer halben Stunde beginne ich die Obduktion.«

»Das heißt …«

»Selbstverständlich. Du bist die Erste, die ich anrufe.«

Ole sah Lena fragend an, nachdem sie das Gespräch beendet hatte. »Luise ist schon auf dem Weg in die Gerichtsmedizin.«

»Dein IT-Mann hat sich noch nicht gemeldet?«

»Nein«, antwortete Lena. »Und um diese Zeit brauche ich es auch gar nicht bei ihm zu versuchen. Er wird noch nichts für uns haben.«

»Und Warnke? Der wollte sich doch um Interpol kümmern?«

»Er hat gleich gesagt, dass es ein paar Tage dauern wird.«

»Ich glaube sowieso nicht daran, dass uns das weiterbringt.«

»Abwarten!«

»Soll ich dich nach Hause fahren? Ich schreibe das Protokoll, und falls sich noch etwas ergeben sollte, können wir uns ja morgen verabreden.«

»Morgen muss ich unbedingt nach Amrum. Wenn Luise was findet, sollten wir uns heute noch einmal treffen.«

»Okay!« Er warf Lena einen fragenden Blick zu. »Familienangelegenheiten?«

»Ja, sozusagen. Meiner Tante geht es nicht gut. Ich kann den Besuch nicht länger aufschieben.«

Lena ging durchs Haus in den Garten. Erck lag lesend auf einer Sonnenliege und sah auf. »Schon wieder da?«

»Wir müssen auf das Obduktionsergebnis warten. Vielleicht muss ich später noch mal ins Büro.«

»Und morgen?«

»Fahren wir. Definitiv!«

»Kaffee?«

Lena nickte und zog sich einen Stuhl in die Sonne. Erck stand auf, strich ihr zärtlich über die Schulter und machte sich auf den Weg in die Küche.

Lena und Erck saßen auf der Deichkrone und genossen den Blick über die auflaufende Nordsee. Nach einem schnellen Mittagessen waren sie zu einem langen Spaziergang aufgebrochen und über zwei Stunden am Wattenmeer entlanggelaufen.

»Beke klang wirklich etwas erschöpft«, sagte Lena, die mittags mit ihr telefoniert hatte.

»Vielleicht sollten wir eine Haushaltshilfe für sie suchen. Was meinst du?«

»An etwas Ähnliches hatte ich auch schon gedacht, aber ich weiß nicht, ob Beke jemanden in ihrer Küche akzeptieren würde.«

Erck nickte. »Verdammt schwer. Warten wir morgen ab.«

»Ja. Ich spreche auf jeden Fall mit ihr darüber. Früher oder später wird sie jemanden brauchen, der ihr hilft.«

Sie schwiegen eine Weile. Lena schmiegte sich an Erck, er legte ihr den Arm um die Schulter. Sie seufzte. »Ich habe noch gar nicht gefragt, wie das mit deiner Fahrerei ist. Anstrengend, oder?«

»Alles gut. Ich wusste vorher, worauf ich mich einlasse. Auf Dauer werde ich mir wohl einen anderen Job suchen müssen. Aber erst einmal geht es.«

»Einen neuen Job? Davon hast du noch gar nichts gesagt.«

»Lena! Ein oder zwei Jahre wird das so gut gehen, aber dann müssen wir uns entscheiden. Wir können beide nicht ewig fahren.«

»Mag sein«, sagte Lena leise.

»Vielleicht wird unsere kleine Familie ja noch größer.« Erck hielt kurz inne, als überlege er. »Ich meine, falls wir tatsächlich ein Kind bekommen sollten, muss ja einer von uns zu Hause bleiben. Warum nicht ich?«

Lena schwieg. Konnte und wollte sie Erck mit einem Kind und der ganzen Arbeit alleine lassen?

»Ich weiß, das ist immer noch ungewöhnlich, dass der Mann zu Hause bleibt, aber warum sollten wir deshalb nicht darüber nachdenken? Ich jedenfalls könnte es mir vorstellen.«

Lena richtete sich auf. »Ich bin manchmal tagelang unterwegs. Du … ihr wärt dann alleine zu Hause.« Bei den Worten *zu Hause* musste sie schlucken. Auch wenn sie schon einige Wochen zusammen im Husumer Haus wohnten, fiel es ihr immer noch schwer, von zu Hause zu sprechen.

»Schon klar«, sagte Erck. »Unseren Vorfahren erging es nicht anders, wenn die Männer auf See fuhren und erst nach Monaten vom Walfang zurückkamen.« Er schmunzelte. »Lena Lorenzen, die furchtlose Seebärin.«

Lena stieß ihn in die Seite. »Spinner!«

»Hast du Angst, dass ich das nicht schaffe? Kind und Haushalt und Garten?«

»Nein, bestimmt nicht. Wenn es einer von uns beiden schafft, dann bist du das.«

Erck lächelte. »Dann nehme ich das mal als Kompliment.«

»Ja, das kannst du ganz bestimmt.« Sie zog ihn an sich und küsste ihn lange.

Kurz bevor sie das Auto erreichten, klingelte Lenas Handy. »Hallo, Luise!«

»Hast du bei diesem herrlichen Wetter wenigstens einen schönen Spaziergang gemacht?«

»Ja, die letzten zwei Stunden waren wir hier an der Nordsee.«

»Klingt gut. Ich fahre nachher an die Steilküste und stelle das Handy aus. Nur zur Info, falls du mich heute noch sprechen willst.«

»Tu das, aber sag mir vorher noch, was unserem Mann passiert ist.«

»Herzinfarkt.«

»Ein natürlicher Tod?«, fragte Lena erstaunt.

»Das habe ich nicht gesagt, Frau Hauptkommissarin. Obwohl ich es anfangs sogar geglaubt habe. Allerdings haben mich die Umstände seines Todes etwas irritiert.«

»Du meinst, wenn er wirklich eine Herzattacke hatte, würde er nicht mehr so weit in einen Feldweg reinfahren?«

»Richtig. Entweder hätte er gar nicht mehr lenken oder nur noch kurz am Straßenrand anhalten können. Nun gut, ich will es nicht so spannend machen. Ich habe Hinweise gefunden, dass der Mann kurz vor seinem Tod mit einem Elektroschocker in Berührung gekommen ist. Winzige Stellen am Hals weisen darauf hin.«

»Aber die Teile sind doch nicht tödlich.«

»Im Prinzip hast du natürlich recht, aber bei einer Vorerkrankung des Herzens kann es unter bestimmten Umständen schon gefährlich werden. Und die Obduktionsergebnisse lassen auf genau so einen Fall schließen. Hinzu habe ich frische Hämatome gefunden, die auf eine Auseinandersetzung hinweisen.«

»Ein Kampf im Auto?«, fragte Lena erstaunt.

»Sozusagen. An seiner rechten Seite und am rechten Arm habe ich Hämatome gefunden. Er ist gezogen und geschlagen worden.«

»Du gehst also fest davon aus, dass es eine zweite Person gab?«

»Wenn ihr keinen Elektroschocker im Auto gefunden habt, wird es wohl so gewesen sein. Allerdings könnte sein Tod auch zeitversetzt eingetreten sein.«

»Bedeutet?«

»Schwer zu sagen. Fünf Minuten, zehn, vielleicht sogar eine Viertelstunde. Ich habe aber auch schon von Fällen gelesen, da lagen zwischen Stromschlag und Tod mehrere Stunden. In diesem Fall tippe ich aber auf maximal zehn Minuten. Die ewig lange Erklärung dafür erspare ich dir.«

»Wann war der Todeszeitpunkt?«

»Zwischen neunzehn und dreiundzwanzig Uhr. Das ist die offizielle Version, die ich unter wissenschaftlichen Aspekten so im Bericht nennen werde. Aber bevor du fragst, ich tippe auf den Zeitkorridor zwischen zwanzig und einundzwanzig Uhr am Vortag. Und noch genauer: eher gegen zwanzig Uhr.«

»Der Täter könnte also eine Auseinandersetzung mit dem Opfer gehabt haben, den Mann während des Kampfes mit dem Elektroschocker außer Gefecht gesetzt haben und dann, als er noch lebte, aus dem Auto gestiegen sein. Und das alles in der Annahme, dass das Opfer noch am Leben war.«

»Was es unter Umständen ja auch war. Das wäre nicht ungewöhnlich. Hätte er gleich Hilfe gerufen, wäre es vermutlich nicht zum Tod gekommen.«

»Okay! Wann kommt der Bericht?«

»Die Kurzversion ist schon per Mail auf dem Weg, die Langversion kommt am Montag.«

»Danke, Luise. Und einen schönen Spaziergang dir an der Steilküste. Blüht der Raps noch?«

»O ja! Auf der einen Seite die blaue Ostsee und gegenüber das gelbe Rapsblüten-Meer. Ich hoffe zumindest, dass es so ist. Ich war schon seit zwei Wochen nicht mehr an der Küste.«

»Ich drück dir die Daumen, Luise.«

»Danke! Dir auch noch ein schönes Restwochenende.«

Erck war schon zum Auto vorgegangen und nahm jetzt den Schlüssel entgegen, den ihm Lena reichte. »Kannst du fahren? Ich muss mit Ole sprechen.«

Nachdem Lena ihrem Kollegen Luises Ergebnisse mitgeteilt hatte, beschlossen sie, sich in einer halben Stunde im Büro zu treffen.

»Er hat sich also vermutlich dort mit jemandem getroffen und ist dann mit dieser Person in Streit geraten«, fasste Ole die Erkenntnisse der Gerichtsmedizinerin zusammen.

»Eine andere Erklärung gibt es nicht. Auch wenn Luise meinte, dass zwischen dem Stromschlag und der Herzattacke zehn Minuten gelegen haben könnten.«

»Dennoch wird das Treffen vermutlich dort auf dem Feldweg stattgefunden haben.« Luises Kurzbericht war inzwischen eingetroffen. Ole hatte ihn gleich an Dr. Zubrücken weitergeleitet und kurz mit ihm gesprochen. »Der Staatsanwalt besorgt uns Beschlüsse für Haus, Bankdaten und alle geschäftlichen Vorgänge. Allerdings war er sich nicht sicher, ob er es heute noch schafft.«

»Da wäre ich nicht traurig drum«, sagte Lena. »Ich muss morgen unbedingt nach Amrum.«

»Wir haben sowieso keine Leute, die ich dafür einteilen könnte. Wir machen das gleich am Montagmorgen.«

Lena nickte erleichtert. »Okay. Aber lass uns trotzdem noch mal überlegen: Was haben wir? Vermutlich Totschlag oder schwere Körperverletzung mit Todesfolge. Und wenn Luise recht hat, unterlassene Hilfeleistung.«

»Schwer vorstellbar, dass das nicht etwas mit unserem aktuellen Fall zu tun hat«, sagte Ole Kotten. »Aber wer war es? Elbo Theisen sitzt in Untersuchungshaft. Ob sein Bruder Schöning kennt, wissen wir nicht.«

»Wir sollten einen Aufruf starten. Vielleicht hat ein Autofahrer etwas beobachtet. Wie weit ist das nächste Haus entfernt von der Fundstelle?«

»Einmal zwei und zur anderen Seite drei Kilometer. Ich habe zu beiden Höfen Kollegen geschickt. Dort hat niemand etwas gesehen. Der Hof des Bauern, der Schöning gefunden hat, ist noch weiter entfernt. Er ist das letzte Mal vor über einer Woche an der Stelle vorbeigefahren.«

»Also Aufruf in der Zeitung?«

»Ich spreche später noch mit dem Staatsanwalt. Es reicht, wenn wir das morgen zur Zeitung geben, dann erscheint es auf jeden Fall am Montag.«

»Okay. Wir brauchen eine Liste von Schönings Kunden. Bei der ersten Durchsicht habe ich nichts in den Akten gefunden. Ich vermute, dass er die Daten auf dem Laptop hat.«

»Und der ist verschwunden«, sagte Ole und legte den Kopf in den Nacken. »Wieder einer dieser merkwürdigen Zufälle.«

»Nicht nur der Laptop. Wir haben bei Schöning auch keinen Haustürschlüssel gefunden. Da war jemand vor uns im Haus. Von den Auffälligkeiten im Büro habe ich dir ja erzählt.«

»Mag sein. Aber über die abgeschlossenen Verkäufe muss es auf jeden Fall Unterlagen im Büro geben. Verträge, Rechnungen oder Ähnliches.«

»Verdammt!«, entfuhr es Lena. »Wir brauchen den Laptop oder die Daten. Vielleicht hat er sie in einer Cloud gespeichert. Ich rede heute noch mal mit meinem IT-Mann.« Sie stutzte. »Kümmert sich der Staatsanwalt um einen Beschluss für die Handydaten? Wir müssen wissen, mit wem Schöning in den letzten Tagen telefoniert hat. Und wir brauchen dringend eine Funknetzabfrage, um alle Handys, die sich in der fraglichen Zeit eingeloggt haben, identifizieren zu können.«

»Läuft alles. Dauert aber auch. Vor Montag oder Dienstag wird da nichts kommen.« Er schlug hart mit der Hand auf den Tisch. »Ich habe die Warterei satt. Hoffentlich kommt nächste Woche endlich Schwung in die Ermittlungen.«

Lena war bei Oles kurzem Wutausbruch zusammengezuckt. »Ole, wir ermitteln noch nicht einmal eine Woche. Ich hatte schon Fälle, da waren wir nach acht Wochen keinen Schritt weiter und plötzlich kam der entscheidende Hinweis, der den Durchbruch brachte. Du kennst doch das Spiel zur Genüge.«

»Ja, du hast ja recht, aber mir kommt es vor, als arbeiteten wir schon monatelang an dem Fall.«

Lena schwieg.

»Ja, ich weiß«, fuhr Ole fort. »Das ist der private Stress, der mich so aus der Bahn wirft. Würde dir das anders gehen?«

»Nein, sicher nicht.«

»Vielleicht tut mir ein freier Tag morgen auch ganz gut. Tobias und ich wollen nach Sankt Peter-Ording fahren.« Ole sah aus dem Fenster. »Drück mir die Daumen, dass das Wetter hält.«

Zwanzig

Erck stand an der Reling der Fähre nach Amrum und schien die frische Meeresbrise zu genießen. Sie waren früh aufgebrochen und hatten das erste Schiff von Dagebüll um kurz nach sieben Uhr genommen.

Lena ging mit zwei Bechern dampfenden Kaffees auf ihn zu. »Bitte. Eine kleine Entschädigung für das entgangene Frühstück. Keine Ahnung, warum der Wecker nicht geklingelt hat.«

»Alles gut«, sagte Erck und nahm seine Tasse in Empfang. »Du bist das ja wahrscheinlich gewohnt. Oder wie oft bist du in den letzten sechzehn Jahren morgens ohne Frühstück aus dem Haus gegangen?«

Lena lächelte. »Oft.« Sie legte ihre Finger um den Becher und trank einen Schluck. »Und danke, dass du gestern noch den Kuchen gebacken hast.«

»Hab ich gerne gemacht. Hält Ole heute alleine die Stellung?«, fragte Erck.

»Wir haben beschlossen, einen Tag Pause einzulegen. Im Moment warten wir ohnehin auf eine Menge Infos von verschiedenen Seiten.«

»Und wie geht es ihm und Tobias?«

»Schwer zu sagen. Ole hat Angst, das Falsche zu tun, und hält sich deshalb wohl ziemlich zurück mit allem. Aber ich merke, wie sehr es ihn belastet.«

»Eine Einladung an beide ist im Moment wohl nicht so klug, oder?«

»Lass uns noch ein paar Tage warten. Ich glaube, die beiden brauchen Zeit, um sich über die Zukunft klar zu werden.«

»Wer nicht?«, murmelte Erck.

Lena sah ihn erstaunt an. »Hey, was war das denn? Ich dachte, wir wären gestern schon ein ganzes Stückchen weitergekommen.«

Erck lächelte matt und hielt Daumen und Zeigefinger einen Zentimeter auseinander. »So viel?«

»Nein, mindestens das Dreifache. Seit wann bist du so pessimistisch? Wer das geschafft hat, was wir hinter uns haben, bekommt auch noch den Rest hin.« Sie beugte sich vor und küsste ihn. »Oder?«

»Manchmal glaube ich das auch, ein anderes Mal bin ich mir dann plötzlich nicht mehr so sicher.«

»Aber ich«, sagte Lena mit fester Stimme. »Ich will dich nicht wieder verlieren.« Sie schmiegte sich an ihn und flüsterte: »Ich brauche dich!«

Beke umarmte Lena lange. Als sie einen Schritt zurücktrat und lächelnd ihre Nichte betrachtete, bemerkte Lena ihre feuchten Augen.

»Da seid ihr ja endlich«, sagte die alte Dame. »Jetzt kommt erst mal rein. Ich habe Tee gemacht und das Frühstück ist fertig. Ihr habt doch Hunger?«

Erck umarmte Beke und ging hinter den beiden Frauen ins Haus. Beke hatte wie erwartet nicht nur Tee gemacht, sondern ein duftendes Brot gebacken, Käse, Aufschnitt, gekochte Eier, Tomaten, Gurken und frische Krabben besorgt.

»Du solltest dich doch schonen«, sagte Lena, als sie den Blick über den gedeckten Frühstückstisch schweifen ließ. »Hat Erck dir das nicht vorgestern gesagt?«

»Hast du das, Erck?«, fragte Beke mit einem verschmitzten Lächeln.

Der stöhnte leise. »Ich glaube schon, Beke.«

»Dann muss ich das wohl vergessen haben. Und jetzt genug davon. Greift kräftig zu. Soll ich euch noch Rührei machen?«

Lena und Erck antworteten gleichzeitig: »Nein!«

Sie lachten, Beke schenkte Tee ein und reichte den Brötchenkorb herum.

Lena saß neben Beke auf der Gartenbank, Erck hatte sich kurz entschuldigt, um etwas aus seiner Wohnung zu holen.

»Wie geht es euch beiden in Husum?«, fragte Beke und strich dabei über Lenas Hand. »Habt ihr euch schon eingelebt?«

»Wir sind dabei«, antwortete Lena. »Auf jeden Fall ist das Haus so weit fertig, mit dem Garten haben wir uns noch etwas Zeit gelassen.«

»Ich freue mich so für euch, dass ihr endlich ein Haus gefunden habt. Erck hat mir schon die Fotos gezeigt. Es ist wunderschön dort.«

»Und wie geht es dir, Beke?« Lena war gleich aufgefallen, wie sehr Beke sich seit ihrem letzten Besuch vor zwei Monaten verändert hatte. Die Wangen eingefallen, der Blick trotz der Wiedersehensfreude trüb, der Rücken leicht gekrümmt, der Gang asymmetrisch.

»Unkraut vergeht nicht«, antwortete Beke und sah Lena dabei nicht an.

Lena schwieg eine Weile, bevor sie sagte: »Eigentlich warst du es immer, die meine kleinen Lügen sofort entlarvt hat.«

»Ich werde nicht jünger, Lena. Was soll ich dir erzählen?«

»Was sagt Dr. Böhmer? Du warst doch in der letzten Zeit bei ihm, oder?«

»Ich soll mich etwas schonen, sagt er. Und das tue ich doch auch. Guck dir den Garten an. Meinst du, ich habe in den letzten Wochen auch nur einmal Unkraut gejätet?«

»Mehr hat er dir nicht gesagt?«

Beke schmunzelte. »Ist das jetzt ein Verhör?«

»Nein, Beke. Das ist eine Frage deiner besorgten Nichte.«

»Du musst dir keine Sorgen um mich machen.«

Lena seufzte. »Ich weiß, du meinst, Unkraut vergeht nicht. Trotzdem Beke, was hat Dr. Böhmer gesagt?«

Beke stand auf. »Gehen wir ein paar Schritte?«

Sie verließen den Garten und gingen über einen kleinen Feldweg Richtung Wattenmeer. Lena war in früheren Tagen regelmäßig mit ihrer Tante von Nebel an der Wattseite bis nach Steenodde gegangen. Hier hatten sie zu Mittag gegessen oder es gab Kaffee und Kuchen, bevor sie sich auf den Rückweg machten.

Lena ging langsam neben Beke, die sich untergehakt hatte. Die alte Dame blieb stehen und sah ihre Nichte an. »Es ist die Hüfte. Dr. Böhmer meint, ich müsste operiert werden, sonst sitze ich bald im Rollstuhl.«

Lena schluckte. »Warst du schon bei einem Orthopäden?«

»Was soll ich da? Der wird mir doch nur das Gleiche sagen.«

»Das ist nicht gesagt, Beke. Eine zweite Meinung, schon gar von einem Facharzt, ist unbedingt ratsam. Ich rufe da morgen an und mache für dich einen Termin.«

»Lena, ich bin kein kleines Kind«, entgegnete ihr Beke mit ärgerlicher Stimme. »Ich entscheide selbst, zu welchem Arzt ich gehe.«

»Was würdest du umgekehrt machen, wenn ich mich weigern würde, zum Arzt zu gehen, und du der festen Meinung wärst, dass es notwendig ist?«

Beke wandte sich ab und ging zurück in Richtung Haus. »Du bist erwachsen. Was sollte ich da schon machen?«

»Unsinn! Du würdest so lange reden, bis ich mit dir zusammen zum Arzt gehe. Nichts anderes würdest du machen, egal was ich sagen würde.«

»Wenn du meinst«, antwortete Beke leise.

»Du musst doch ungeheure Schmerzen haben, oder?«

»Dr. Böhmer hat mir etwas verschrieben. Das hilft gut.«

»Schmerzmittel? Starke Schmerzmittel?«

Beke blieb wieder stehen und stützte sich auf ihrem Gehstock ab. »Es hilft, das ist doch das Wichtigste.«

»Nein, das Wichtigste ist, dass es dir gut geht. Auf Dauer kannst du die Schmerzmittel doch nicht nehmen. Beke, du bist meine Familie und ich will, dass meine Kinder dich kennenlernen. Hast du gehört?«

Beke sah sie erstaunt, aber mit einem Lächeln an. »Bist du schwanger?«

Lena erschrak. Normalerweise hatte ihre Tante für Schwangerschaften eine feine Nase. Nein, sie konnte unmöglich schwanger sein. Dieses Mal hatte Beke sich geirrt. »Nein, aber Erck und ich überlegen schon, ob und wann wir Kinder wollen.« Sie stutzte. »Eins, erst mal natürlich ein Kind. Dann sehen wir weiter.«

Beke trat auf sie zu und nahm ihre Hand. »Das ist …« Sie rang um Worte. »Das ist wunderbar, Lena. Ganz wunderbar.«

Zum Mittagessen luden Lena und Erck Beke in ein Restaurant ein. Sie wünschte sich, in der Strandhalle bei Norddorf zu essen, mit direktem Blick auf die Nordsee. Anschließend legte sich Beke auf Lenas Drängen für eine Stunde hin und freute sich, als sie zu Kaffee und Kuchen in den Garten gerufen wurde.

Am späten Nachmittag standen Lena und Erck wieder an der Reling der gleichen Fähre wie am Morgen und beobachteten das Anlegemanöver.

»Du hast Beke von unseren Überlegungen erzählt?«, fragte Erck.

»Schlimm?«

»Nein, warum? Im Gegenteil.«

Lena schmunzelte. »Du meinst, wenn ich es schon Beke erzähle, muss es mir ernst sein.«

»Gut kombiniert, Frau Hauptkommissarin. Habe ich unrecht?«

»Keine Ahnung. Ich habe nicht darüber nachgedacht, bevor ich es ihr gesagt habe. Ja, vielleicht hast du recht.« Sie schmiegte sich kurz an Erck.

»Hast du mit Beke sprechen können? Darüber, wie es ihr geht?«, fragte er.

Lena erzählte ihm von der Prognose des Arztes. »Ich habe mit ihr besprochen, dass ich einen Termin beim Orthopäden mache und wir zusammen hingehen.«

»In ihrem Alter ist jede Operation ein Wagnis. Das weißt du?«

»Ja, natürlich. Zum Arzt gehen heißt ja noch nicht, dass sie gleich operiert wird. Beke nimmt seit vielen Monaten starke Schmerzmittel, wie lange genau, wollte sie mir nicht sagen. Das geht so nicht weiter. Ich finde das unverantwortlich von Dr. Böhmer.«

»Du weißt, wie stur Beke sein kann. Was hätte er machen sollen?«

Lena stöhnte. »Ich weiß es doch auch nicht. Verflucht, warum habe ich das nicht schon eher gemerkt? Sie muss schon eine ganze Weile diese Beschwerden haben und hat nie etwas gesagt.«

»Beke will niemandem zur Last fallen. Du kennst sie doch viel besser als ich. Wahrscheinlich war ihr das Gespräch heute schrecklich unangenehm und ich würde mich nicht wundern, wenn sie sich am Schluss doch weigert, mit dir zum Arzt zu gehen.«

»Keine Chance, und wenn ich sie in Handschellen abführen muss.«

Erck grinste. »Das würde sicher ein Spektakel geben, von dem ganz Amrum jahrelang sprechen würde.«

»Dann muss ich mir wohl eine andere Strategie ausdenken«, antwortete Lena lachend.

Einundzwanzig

Spät am Sonntagabend erreichte Lena Leon. Er berichtete ihr, dass er Schöning gleich nach ihrem Gespräch am Donnerstag eine E-Mail mit einem versteckten Virus geschickt habe. Das Öffnen der Mail hätte gereicht, um Leon eine Tür in den Rechner aufzustoßen, aber Schöning hatte auf die Nachricht nicht reagiert.

»Keine Chance, da noch reinzukommen«, fasste Leon zusammen. »Es sei denn, jemand anders öffnet die Mail.«

»Und seine Cloud?«

»Weißt du, wo sie liegt?«

»Nein.«

»Ich versuche es, aber die Chance, sie zu finden, ist eins zu hunderttausend.«

»Wir haben sein Handy. Vielleicht hat er von da auch auf die Cloud zugegriffen.«

»Passwort?«

»Leider.«

Leon lachte. »Schaffen das deine Leute?«

Lena wunderte sich, dass sich der sonst so kurz angebundene Leon so ausdauernd mit ihr unterhielt. »Ich hoffe«, antwortete sie ihm. »Ansonsten muss ich wohl bei dir vorbeikommen.«

»Vergiss es. Willst du noch etwas zu deinem anderen Kandidaten wissen?«

»Jorin Theisen? Selbstverständlich. Warst du bei ihm erfolgreicher?«

»Kein Problem, ging schnell. Kontoauszüge hatte er auf seinem Rechner abgelegt, E-Mail-Verkehr ist gering, aber vorhanden, die in den letzten vier Monaten gelöschten Dateien habe ich wiederhergestellt. Alle Dokumente bekommst du als Download. In einer Viertelstunde. Der Link bleibt eine Stunde gültig.«

Lena wollte sich gerade bei Leon bedanken, doch er hatte schon aufgelegt. Sie wartete, bis er ihr den Link zuschickte, und lud die Daten herunter auf ihren Laptop.

Lena wunderte sich, als sie am Montagmorgen gegen neun die Erste im Büro war. War das jetzt ein gutes oder schlechtes Zeichen in Bezug auf Oles Beziehungsprobleme?

Sie begann, die Daten zu sichten, die sie in der Nacht von Leon bekommen hatte. Zuerst ging sie die wiederhergestellten Dateien durch und erlebte eine Überraschung. Wenige Tage nachdem Elbo Theisen seine Frau vermisst gemeldet hatte, waren fünfundsechzig Fotos gelöscht worden. Jedes der Fotos zeigte Lawan Yao Yun. Einige der Aufnahmen schienen von Fotoabzügen abfotografiert zu sein, der größte Teil bestand aber aus Schnappschüssen, die wohl Jorin Theisen gemacht hatte. Ungefähr ein Drittel davon waren normale Aufnahmen bei Feiern oder anderen Gelegenheiten, der Rest schien heimlich mit einem Teleobjektiv aufgenommen zu sein. Einmal saß Lawan in einem Straßencafé, ein anderes Mal stieg sie aus dem Auto oder kaufte in einem Geschäft ein. Eine Serie zeigte die Frau im hell erleuchteten Badezimmer, aufgenommen durchs Fenster von außen. Offensichtlich hatte sich Jorin Theisen in der Nähe des Hofes versteckt und von einem geeigneten

Standort die Fotos gemacht, die seine Schwägerin bis auf einen Slip unbekleidet zeigten.

»Guten Morgen!« Lena schreckte auf und bemerkte erst jetzt, dass Ole Kotten vor ihrem Schreibtisch stand.

»Moin!« Sie drehte den Laptop um. »Was sagst du dazu? Hat mein IT-Mann mir geschickt, sie kommen von Jorin Theisens Laptop und wurden kurz nach ihrem Tod von ihm gelöscht.«

Ole klickte die Fotos durch und pfiff durch die Zähne. »Wer hätte das gedacht! Nur schade, dass wir das nicht benutzen dürfen. Sonst noch was drauf?«

»Ich habe gerade erst angefangen. Wann ist die offizielle Hausdurchsuchung bei Schöning angesetzt?«

»Zehn Uhr. Ich habe gerade ein kleines Team zusammengestellt. Der Beschluss ist da.«

»Fährst du mit oder soll ich?«

»Ich kann das machen. Du willst sicher die Daten von Theisens Computer weiter durchgehen.«

Lena nickte. »Ist die Funknetzabfrage schon durch?«

»Ja, wie zu erwarten haben sich im fraglichen Zeitraum eine Menge Handys in dem Bereich eingeloggt. Die Straße ist zu nah und die Funkmasten sind zu weit entfernt. Sprich: alles zu ungenau. Wir haben eine Liste mit vierhundertdreiundfünfzig Handynummern.«

»Das schaffen wir nicht.«

»Ich weiß. Ich habe meinen Chef schon um Unterstützung gebeten. Zwei der Kollegen, die für uns die Fahrzeughalter befragt haben, werden weiter mit uns zusammenarbeiten und können sich dann um die Handydaten kümmern.«

»Wir hatten ja sowieso ein Treffen gegen Mittag angesetzt. Lass uns das dann durchgehen.« Als Ole nickte, fuhr sie fort. »Schönings Handy hast du bestimmt schon identifiziert. Wann hat es sich eingeloggt?«

»Ja, das habe ich gemacht. Das war um neunzehn Uhr dreiundvierzig. Da es nicht ausgestellt wurde, war er natürlich die ganze Zeit online. Aber ab dem Zeitpunkt sollten wir suchen.«

»Okay! Hatte Luise mit ihrer Vermutung zur Tatzeit also recht.«

»Ja, sieht so aus.«

»Den Aufruf in der Zeitung habe ich schon heute Morgen gesehen.«

»Ich habe eine Kommissaranwärterin ans Telefon gesetzt«, erklärte ihr Ole. »Sie nimmt die Gespräche an und protokolliert sie.«

»Es läuft ja alles wie am Schnürchen«, sagte Lena anerkennend. »Und ich dachte heute Morgen, ich wäre endlich einmal die Erste im Büro.«

Ole grinste breit. »Weit gefehlt, Frau Hauptkommissarin. Die Daten von Schönings Handy sind auch beantragt und sollten heute oder morgen kommen. Es geht also voran.«

»Sind die Angehörigen von Schöning informiert?«

»Nein, weil wir bisher noch niemanden gefunden haben, mit dem er in direktem Kontakt stand. Die Eltern sind ja tot, Geschwister hatte er nicht. Die Nachbarn werden wir direkt im Anschluss an die Hausdurchsuchung befragen. Vielleicht kommen wir ja so auf seine Freunde und Bekannten.«

»Ich bin beeindruckt.«

Ole grinste. »Schon gut, Frau Kollegin. Warte lieber mit dem Lob, bis wir den oder die Täter haben.«

»Jetzt hör aber mal auf. Du bist jeden Morgen eine Ewigkeit vor mir hier und …«

»… arbeitest gerade mal mit halber Kraft«, beendete Ole Lenas Satz.

»Das halte ich zwar für ein Gerücht, aber wir haben alle auch ein Leben jenseits der Arbeit.« Sie hielt kurz inne. »War euer Trip nach Sankt Peter-Ording nicht so … wie soll ich sagen, erfolgreich?«

Ole zuckte mit den Schultern. »War ganz nett. Viele Leute, die wir kannten, wir saßen in einer großen Runde zusammen.«

»Also keine Zeit, um in Ruhe zu sprechen?«

»Ich wollte noch einen Spaziergang machen, alleine mit Tobias, aber er hatte keine Lust. Hat wohl geahnt, dass sich unsere Gespräche wieder um das gleiche Thema drehen würden. Und wahrscheinlich hat er auch recht.«

»Sieht Tobias denn nicht, wie du leidest?«

»Und wenn? Soll er aus Mitleid den Berliner aufgeben?«

»Nein, natürlich nicht nur aus Mitleid. Aber zum Nachdenken könnte es ihn bringen. Ich kann mir nicht vorstellen, dass er dich verlieren will.«

Ole sah auf die Uhr. »Ich muss los, die Kollegen warten auf mich.« Er nickte Lena zu und verließ das Büro.

Lena griff zum Telefon, rief den Orthopäden auf Amrum an und bekam einen Termin für die folgende Woche. Anschließend kontrollierte sie die Kontoauszüge von Jorin Theisen, die Leon auf dem Rechner gefunden hatte. Im Februar hatte Theisen fünfzigtausend Euro von einem Notaranderkonto überwiesen bekommen. Lena schrieb sich die Kanzlei auf und ging weiter die Auszüge durch. Am 5. März hatte Jorin Theisen dreißigtausend in bar von seinem Konto abgehoben und nicht wieder einbezahlt. Zwei Tage bevor Lawan Yao Yun verschwunden war, weitere zwanzigtausend, die er aber fünf Tage später wieder eingezahlt hatte. Ansonsten gab es keine ungewöhnlichen Ein- oder Auszahlungen. In den E-Mails fand Lena zwei Nachrichten von Jorin Theisen an das Notarbüro und eine Mail von dem Notar. Theisen hatte offensichtlich sein geerbtes Land verkauft und dafür fünfzigtausend Euro erhalten. Lena stellte sich die Frage, wo die dreißigtausend in bar geblieben waren. Hatte Jorin Theisen sie an seine Schwägerin übergeben? Aber sie waren auf ihrem Konto nicht aufgetaucht. Wollte sie das Geld in bar mit nach Thailand nehmen?

Jorin Theisen hatte mit seiner Schwägerin nicht per Mail kommuniziert – oder er hatte die Nachrichten gelöscht, was die ebenfalls gelöschten Fotos von Lawan nahelegten. Lena suchte weiter, fand aber weder im Facebook-Messenger noch anderswo Nachrichten an oder von Lawan Yao Yun.

Lena ging die weiteren Dateien durch, fand aber nichts Fallrelevantes. Als sie gerade den Ordner schloss, meldete sich der Empfang mit dem Hinweis, dass eine Person mit den zuständigen Ermittlern im Fall der toten Thailänderin sprechen wolle. Als Lena in den Eingangsbereich des Polizeireviers kam, sah sie bereits die Frau, die mit hochrotem Kopf auf einen Beamten einredete. Sie trat dazu und stellte sich vor.

»Sind Sie zuständig?«, fuhr die Frau sie an.

»Das kommt darauf an? Wie ist Ihr Name?«

»Das habe ich jetzt schon mehrfach gesagt. Eske Theisen. Mein Bruder wurde …«

»Guten Tag, Frau Theisen«, unterbrach Lena sie. »Kommen Sie doch herein.«

Die Schranke wurde geöffnet, die Frau trat ein. Lena führte sie in ihr Büro und bot ihr etwas zu trinken an.

»Nein, danke!«, fauchte Eske Theisen. »Können Sie mir mal erzählen, was dieser ganze Blödsinn soll? Warum ist mein Bruder in Untersuchungshaft?«

»Sie wissen, dass Ihre Schwägerin tot aufgefunden wurde?«

»Ja, Jorin hat mich angerufen. Und jetzt soll Elbo das gewesen sein? Sind Sie von allen guten Geistern verlassen? Er hat sie wie eine Heilige verehrt. Es ist vollkommen unmöglich, dass er ihr auch nur ein Haar gekrümmt hat.«

»Wie war Ihr Verhältnis zu Frau Yao Yun?«

»Mein … was?« Frau Theisen stöhnte genervt. »Sagen Sie mir lieber, warum Sie meinen Bruder verdächtigen.«

»Tut mir leid, ich darf Ihnen zu Details der Ermittlungen keine Auskunft geben. Aber der Anwalt Ihres Bruders hat Einblick in die Ermittlungsakten und kann Ihnen eventuell weiterhelfen.«

Eske Theisen erhob sich ansatzlos. »Dann kann ich ja gehen.«

»Vielleicht können Sie Ihrem Bruder ja helfen, indem Sie meine Fragen beantworten. Bitte, setzen Sie sich doch wieder.«

Eske Theisen zögerte, einen Augenblick schien es Lena, als ob sie gehen wollte, dann setzte sie sich aber wieder auf den Stuhl vor Lenas Schreibtisch. »Was wollen Sie wissen?«

»Wie war Ihr Verhältnis zu Ihrer Schwägerin?«

»Normal, würde ich sagen. Ich bin nicht so oft auf Nordstrand gewesen. Sie hat meinem Bruder gutgetan, das war für mich das Wichtigste.«

»Hat es Sie nicht gestört, dass Ihr Bruder über die Jahre hohe Beträge nach Thailand überwiesen hat?«

»Das war sein Geld. Und bevor Sie fragen: Ich habe komplett auf mein Erbe verzichtet. Mir war es absolut egal, was mit dem Hof und dem Land passiert.« Eske Theisen schien sich inzwischen etwas beruhigt zu haben, ihre Gesichtsfarbe hatte sich normalisiert, die Stimme war nicht mehr so schrill und sie saß etwas lockerer auf dem Stuhl.

»Ungewöhnliche Einstellung.«

»Finden Sie? Ich verdiene mein eigenes Geld und will nichts geschenkt haben. Außerdem brauchte Elbo das Land, um überleben zu können.«

»Sie sagten vorhin, er hätte seine Frau wie eine Heilige verehrt. Wie weit ging das?«

Eske Theisen sah sie misstrauisch an. »Wollen Sie mich reinlegen? Sie suchen doch nach etwas, was Sie meinem Bruder anhängen können.« Sie warf Lena einen verächtlichen Blick zu. »Er konnte immer noch klar denken, wenn Sie das wissen wollten.«

»Ihr Bruder Jorin war ja eng mit Ihrer Schwägerin befreundet.«

»Wenn Sie das sagen«, entgegnete Eske Theisen pampig.

»Ja, ich würde sogar sagen, dass er sich ihr sehr nahe fühlte. Das haben Sie doch bestimmt mitbekommen, oder?«

Eske Theisen schwieg und schien zu überlegen, ob sie auf Lenas Frage antworten sollte.

»Ich gehe sogar davon aus, dass Ihr Bruder Jorin Lawan ebenfalls Geld geschenkt oder geliehen hat«, wagte sich Lena auf brüchiges Eis vor.

»Warum sollte er das tun?« Eske Theisen schluckte. »Wollen Sie mich reinlegen?«

»Nein, Frau Theisen. Ehrlich gesagt, bin ich hier die Einzige, die nicht von der Schuld Ihres Bruders Elbo überzeugt ist. Ich habe mich lange und mehrfach mit ihm unterhalten und er hat mir – das war vor seiner Festnahme – einiges über sich und seine Frau erzählt.«

»Elbo hat Lawan nichts getan. Dafür lege ich meine Hand ins Feuer.«

»Wenn jemand seine Ehefrau so sehr verehrt und ihr so vertraut, ist es schon denkbar, dass es zu einer heftigen Reaktion kommt, wenn er erfährt, dass sie ihn hintergangen hat.«

»Sie kennen Elbo nicht. Er hat dieser Frau so viel zu verdanken, er hätte ihr alles verziehen.«

»Wusste Lawan das auch?«

Eske Theisen stutzte. »Ich denke …« Sie schaute ins Leere, ihre Atmung ging flach und schnell. »Lawan … Ja, es kann sein, dass Lawan nicht verstanden hat, dass Elbo sie ihrer selbst wegen liebte.«

»Haben Sie mit ihr über das Thema gesprochen?«, hakte Lena nach.

Eske Theisen schüttelte den Kopf. »Nein, über so etwas konnte man nicht mit Lawan reden. Zumindest glaube ich das.«

»Wie meinen Sie das?«

»Ich habe mir das bei ihr immer so vorgestellt wie bei der Generation meiner Großeltern oder Urgroßeltern. Die sind auch eine Verbindung eingegangen, die von den Familien arrangiert wurde, weil es Vorteile für sie brachte. Keine Liebesheirat, eher ein Geschäft auf Lebenszeit. Aus dieser Sicht kam mir Lawan hundertachtzigprozentig treu vor.«

»Sie hat also Ihren Bruder gar nicht geliebt?«

»Das schließt sich doch nicht aus. Aber ohne den Deal, die klare Absprache, wer für was zu sorgen hat, wäre es vielleicht nicht zu der Ehe gekommen. Lawan hätte meinen Bruder nie betrogen. Und wenn Sie mich direkt fragen, ja, sie hat ihn geliebt, aber auf ihre Art.«

»Obwohl er nicht mehr für eine ausreichende Versorgung der thailändischen Verwandtschaft sorgen konnte?«

Eske Theisen sah sie irritiert an. »Warum? Davon weiß ich nichts.«

»Der Hof Ihres Bruders steckt in finanziellen Schwierigkeiten.«

Eske Theisen wirkte entsetzt. »Ist das wahr?«

»Was denken Sie? Wie hat Lawan reagiert, als Ihr Bruder die Absprache nicht mehr einhalten konnte?«

Eske Theisen schwieg.

»Wäre sie dann nicht mehr an den Deal gebunden gewesen?«, fragte Lena weiter.

»Sie suchen ein Motiv, aber das werden Sie mit Ihrem Verständnis der Dinge so nicht finden«, begann Eske Theisen, die sich anhörte, als habe sie jedes ihrer Worte genau abgewogen.

»Warum? Erklären Sie mir das doch bitte! Vielleicht verstehe ich es ja dann.«

Eske Theisen zögerte eine Weile, bevor sie sich leicht nach vorne beugte und antwortete: »Bei uns Mitteleuropäern sieht man es gerne so, dass Herz und Verstand einander ausschließen. Gefühle dürfen keine materiellen Hintergründe haben, weil sie ansonsten keine Gefühle mehr sind. Reine, edle Gefühle, die von Herzen kommen. Ist das nicht romantisch-egoistischer Quatsch aus Herz-Schmerz-Filmen? Lawan hat meinen Bruder auf ihre Art geliebt und Elbo sie auf seine. Das verlangte von beiden unglaubliches Verständnis füreinander, über Kulturgrenzen hinaus.« Eske Theisen wirkte plötzlich verzweifelt auf Lena und schien etwas erklären zu wollen, was sie selbst nicht ganz verstand. »Elbo hätte Lawan nie etwas angetan und Lawan …« Sie schluckte, sagte aber nichts mehr.

Zweiundzwanzig

Lena saß seit zehn Minuten bewegungslos an ihrem Schreibtisch. Nachdem sie Eske Theisen zur Hauptpforte begleitet hatte, war sie zurück ins Büro gelaufen und das Gespräch in Gedanken noch einmal durchgegangen. Sie war sich nicht sicher, ob Eske Theisens verzweifelter Appell nicht eher ihren Zweifel vergrößert als verkleinert hatte. War Elbo Theisens Motiv in den unterschiedlichen Kulturkreisen der beiden Eheleute zu suchen? Theisen hatte sich voll und ganz auf Lawan eingelassen, hatte ihre Sprache erlernt und von Anfang an ihren Wunsch erfüllt, die Familie wie selbstverständlich finanziell zu unterstützen, hatte diese ihm eigentlich fremden Menschen zu seiner Familie gemacht und war jedes Jahr für eine lange Zeit nach Thailand gefahren. War für ihn eine Welt zusammengebrochen, als er den Betrug – worin auch immer er genau bestanden haben mochte – entdeckt hatte? War sein Verständnis für das Anderssein seiner Frau nur oberflächlich gewesen, getragen von einer Liebe, einer Verliebtheit, die irgendwann bröckeln musste? Er habe sie wie eine Heilige verehrt, hatte Eske Theisen gesagt. Was passierte, wenn die Heilige von dem Sockel fiel und zur Sünderin wurde? Eske Theisen hatte ausgeschlossen, dass Lawan ihren Mann betrogen hatte, aber war nicht letztlich die entscheidende Frage die, was für Lawan subjektiv Betrug war? Hatte die Schwägerin recht und gleichzeitig aus Elbo Theisens Sicht doch nicht?

Am Schluss des Gesprächs hatte Lena Eske Theisen gebeten, auf ihren Bruder einzuwirken, damit er wieder mit ihnen sprach und zusammenarbeitete. Er war derjenige, der seine Frau am besten kannte, wusste, wie sie tickte und in bestimmten Situationen reagierte. Die Frage war, wozu sie bereit gewesen war, um ihre Familie in Thailand zu beschützen.

»Frau Hauptkommissarin!«, begrüßte Warnke Lena, die ihn angerufen hatte. »Sie wollen sicher wissen, ob ich bereits Rückmeldung von Interpol habe.«

»Guten Tag, Herr Kriminaldirektor«, sagte Lena. »Ja, deshalb rufe ich Sie an.«

»Tut mir leid, aber wie gesagt, eine solche Anfrage kann dauern.«

»Können Sie vielleicht noch einmal nachhaken? Die Information ist für uns eminent wichtig.« Lena übertrieb bewusst, um Warnke zu motivieren.

»Tatsächlich? In diesem Falle werde ich natürlich noch einmal mit London sprechen müssen.«

»Danke.« Lena bemühte sich, aufrichtig zu klingen.

»Wie kommen Sie voran?«

»Wir haben einen zweiten Toten im Umfeld unseres Opfers.«

»Ja, ich habe schon davon gehört. Gibt es direkte Verbindungen?«

»Schwer zu sagen. Der zuständige Staatsanwalt ist etwas zurückhaltend mit der Beantragung von Beschlüssen.«

»Dr. Zubrücken?«

»Ja, er ist zuständig.«

»Ich kenne ihn persönlich. Soll ich ein gutes Wort für Sie einlegen?«

Lena zögerte. »Ich bin mir nicht sicher, ob er das richtig verstehen würde.«

Warnke lachte. »Frau Hauptkommissarin! Etwas Geschick im Umgang mit der Staatsanwaltschaft dürfen Sie mir ruhig zutrauen. Um was geht es?«

Lena berichtete ihm von Jorin Theisen und Knut Rasmussen, die ihrer Meinung nach beide in den Fall verstrickt waren.

»Sie haben Anhaltspunkte beim Bruder, die aber nicht gerichtsverwertbar sind?«, fragte Warnke, der von Lenas Kontakten in die Hackerszene wusste.

»So könnte man es ausdrücken. Es würde sicher etwas bringen, wenn wir Jorin Theisens Rechner in Augenschein nehmen dürften. Ebenso sind seine Bankdaten für uns interessant.«

»Bei Rasmussen sehe ich schwarz, die Verbindungen zum Opfer sind ausgesprochen schwammig. Bei dem Bruder sollte doch etwas zu machen sein. Hat die Schwester nicht indirekt bestätigt, dass die Verbindung der beiden ausgesprochen eng war? Außerdem hat er sich bei der Befragung nicht gerade kooperativ gezeigt. Sie werden sicher Argumente zusammentragen können, die den Staatsanwalt überzeugen. Sagen wir, ich rufe ihn heute Spätnachmittag an. Können Sie bis dahin Ihre Anfrage schriftlich vorlegen?«

»Das sollte zu machen sein.« Lena wunderte sich wieder einmal, wie hilfsbereit und freundlich Warnke in der letzten Zeit war.

»Perfekt! Dann wünsche ich Ihnen einen guten Tag, Frau Lorenzen. Übrigens habe ich vorhin mit Grasmann gesprochen. Unter Umständen ist er in ein bis zwei Tagen wieder verfügbar. Falls es so sein sollte, schicke ich ihn umgehend nach Husum. Ich denke, das ist in Ihrem Interesse?«

»Ja. Das wäre gut.«

»Dann sind wir uns ja einig. Ich wünsche Ihnen noch eine erfolgreiche Woche. Und scheuen Sie sich nicht, mich anzurufen, wenn Sie noch etwas brauchen.«

Lena verabschiedete sich von ihrem immer noch gut gelaunten Chef. Dass Johann sie bei den Ermittlungen unterstützen würde, hatte sie mit großer Erleichterung aufgenommen. Ole und sie waren beide nicht voll bei der Sache. Vielleicht brachte Johann frischen Wind in die Ermittlungen.

Lena rief Ole Kotten an, um mit ihm die schriftliche Anfrage an den Staatsanwalt abzustimmen.

Eine Viertelstunde später verschickte sie die E-Mail an Dr. Zubrücken. Mit etwas Glück würden sie morgen eine Wohnungsdurchsuchung bei Jorin Theisen machen und zusätzlich noch die Bankdaten abfragen können.

Anschließend ging sie die Daten der Funknetzauswertung durch. Schöning war zum ersten Mal um neunzehn Uhr dreiundvierzig eingeloggt gewesen, was vermuten ließ, dass dies der Zeitpunkt war, zu dem er auf den Feldweg gefahren war. In der halben Stunde vor und nach dem vermutlichen Eintreffen von Thorsten Schöning hatten sich über vierhundert Handys in die entsprechende Funkzelle eingeloggt. In der Liste standen neben der Nummer jeweils der Name des Vertragsinhabers und die Dauer der Verbindung. Schon beim ersten Überblick war sichtbar, dass die meisten Handys um die dreißig Sekunden eingeloggt waren. Im ersten Schritt suchte Lena im Schnelldurchgang nach Handys, die länger als eine Minute mit der Funkzelle verbunden waren. Sie fand nur um die zehn Nummern, zwei davon hatten sich über eine halbe Stunde in dem fraglichen Bereich aufgehalten. Die beiden Männernamen waren ihr unbekannt. Sie gab sie ins System ein und fand die entsprechenden Adressen.

Kurz darauf betrat Ole Kotten das Büro und sank auf seinen Schreibtischstuhl. »Ich habe die Kollegen eingewiesen und war noch eine Weile mit vor Ort. Den ersten Bericht werden wir wohl heute Abend noch bekommen. Die Nachbarn habe ich befragt. Keiner von ihnen hatte näheren Kontakt zu Schöning. Und bei dir?«

Lena berichtete ausführlich von der Befragung der Schwester, aber Ole schien ihr nur mit halbem Ohr zuzuhören. Erst als sie von den beiden Handynummern erzählte, die für jeweils über eine halbe Stunde im Funknetz eingeloggt waren, wurde er aufmerksam und fragte nach den dazugehörigen Namen und Adressen.

»Das wäre jetzt zwar verrückt einfach, wenn einer dieser Männer unser Täter wäre, aber vielleicht haben wir ja Schwein.«

Lena nickte. »Gerade wenn die Tat nicht geplant war, könnten wir hier tatsächlich einen Treffer landen.«

»Ich habe übrigens vor zwei Minuten eine Nachricht zu den Spermaspuren bekommen. Schöning ist aus dem Spiel. Er war es nicht.«

»Hätte mich auch gewundert«, sagte Lena und warf einen Blick auf ihre Armbanduhr. »Deine Kollegen kommen gleich.«

Jemand klopfte an die Tür, Ole rief: »Herein!« Die vier Ermittler verteilten ihre Stühle im Raum, Ole eröffnete die Besprechung und fragte: »Seid ihr mit den BMW-Fahrzeughaltern durch?«

Florian Weigel ergriff wie beim letzten Mal das Wort. »Bis auf vier Fahrzeughalter haben wir tatsächlich mit allen gesprochen, nicht immer persönlich, aber zumindest per Telefon. Die vier, die wir nicht angetroffen haben beziehungsweise nicht telefonisch erreichen konnten, stehen noch weiterhin auf unserer Liste, es sei denn, ihr gebt Entwarnung.«

»Nein, das sieht im Moment ganz und gar nicht danach aus. Im Gegenteil, ihr habt ja von dem Toten an der B201 gehört. Der BMW könnte auch damit etwas zu tun haben.«

»Alles klar«, antwortete Florian Weigel. »Die Protokolle sind fertig. Es gibt keine gravierenden Auffälligkeiten, allerdings haben wir zwei Kandidaten, die ihr beide euch eventuell noch einmal anschauen müsstet.«

»Kannst du kurz berichten?«, fragte Lena.

»Klar, deshalb sind wir hier.« Florian Weigel klappte sein Notizbuch auf. »Zwei Personen, beide männlich, Namen findet ihr separat in der Liste. Beide haben sich in Widersprüche verwickelt, behaupteten zunächst, sie wären nie auf Nordstrand gewesen. Einer von ihnen ist erst vor einer Woche in eine Radarkontrolle gekommen. Der Bußgeldbescheid war noch nicht verschickt, aber wir haben die Namen gegengecheckt und ihn zuvor rausgefiltert.«

»Und der behauptete, dass er nie auf Nordstrand war?«, fragte Ole nach.

»Zunächst, ja. Als ich ihn mit dem Radarfoto konfrontierte, fiel es ihm natürlich wieder ein. Er sei dort spazieren gegangen. Alleine natürlich. Er wurde nervös, als wir weitergebohrt haben, hat aber weiter abgestritten, häufiger auf Nordstrand gewesen zu sein.«

»Der andere?«, fragte Lena.

Florian Weigel drehte sich zu seinem Kollegen um. »David, der war in eurer Gruppe. Willst du kurz berichten?«

Der junge Beamte richtete sich auf und sah Lena an. »David Sander, mein Name.« Er lächelte verlegen. »Also, es geht um Dr. Rüdiger Hackstedt, Hausarzt mit Praxis in Husum. Er hat angegeben, dass er auch Patienten auf Nordstrand betreut, und ist natürlich aus diesem Grund häufiger mal dort unterwegs.«

»Hat er sich auch in Widersprüche verwickelt?«, wollte Ole Kotten wissen.

»Nein, dazu ist er wohl zu schlau«, antwortete der junge Beamte. »Ich hatte bei den ersten beiden Fragen den Eindruck, als wenn er nervös wäre, aber er fing sich schnell wieder.

Eigentlich war das im normalen Maß, aber da er einen Bezug zu Nordstrand hat, ist mir das vielleicht besonders ins Auge gefallen.«

»Absolut in Ordnung«, sagte Lena. »Wir werden Herrn Hackstedt noch einmal separat befragen.«

»Okay, Kollegen«, übernahm wieder Ole Kotten die Gesprächsführung. »Erst mal danke für euren Einsatz. Der Chef hat mir zwei Kollegen zugesagt, die Lena und mich weiter unterstützen. Wir haben auf der einen Seite die Funknetzauswertung am Tatort mit über vierhundertfünfzig Log-in-Daten und auf der anderen Seite die gerade reinkommenden Anrufe zum Zeitungsaufruf, der heute Morgen erschienen ist.« Er sah in die Runde. »Freiwillige vor!«

Florian Weigel nickte Ole zu. »Ich bin dabei. Und du, David?«

»Natürlich, warum nicht?«, sagte dieser ohne große Begeisterung.

»Dann wäre das ja geklärt.« Die beiden anderen Ermittler standen auf und verabschiedeten sich. »Dann braucht ihr noch ein paar Infos von mir«, fuhr Ole fort und begann mit seiner Einweisung.

Lena stand auf, um sich einen Kaffee zu holen. Als sie am Automaten in der Schlange stand, klingelte ihr Telefon.

»Johann!«, begrüßte Lena ihren jungen Lieblingskollegen. »Lange nichts von dir gehört.«

»Selbst schuld, wenn du unbedingt Urlaub machen musst«, sagte er lachend. »Moin, erst mal!«

»Alles gut bei dir?«

»Perfekt, sozusagen. Noch ein wenig Protokollarbeit und dann setze ich mich in Bewegung. Warnke hat mich heute angerufen. Ich hoffe, dass ich morgen Abend gegen zehn in Husum sein kann.«

»Fantastisch! Wir brauchen dringend Unterstützung.«

»Kannst du mir schon was schicken? Dann lese ich mich heute Abend im Hotel ein.«

»Tüchtig, Herr Kollege. In zehn Minuten kannst du die Akte abrufen.«

»Bis morgen, Lena. Und grüß mir den alten Haudegen.«

Als Ole Kotten zurückkam, machten sie sich auf den Weg zu den beiden BMW-Fahrern, die den Ermittlern aufgefallen waren. Der Fahrer, der in die Radarkontrolle geraten war, legte ihnen ein wasserdichtes Alibi für die Tage rund um den 21. März vor. Er war in Süddeutschland gewesen und konnte dies mit Quittungen nachweisen. Den Ermittlern nannte er zwei Zeugen, die seine Aussage bestätigten.

Der Arzt mit Patienten auf Nordstrand, Rüdiger Hackstedt, war bei der Befragung durch Lena und Ole Kotten kooperativer als bei dem ersten Gespräch. Nach einer halben Stunde waren die beiden Ermittler überzeugt, dass er keine Verbindung zu den beiden Fällen hatte.

Dreiundzwanzig

Am nächsten Morgen lenkte Ole Kotten das Fahrzeug vom Innenhof des Polizeireviers auf die Hauptstraße. Lena saß auf dem Beifahrersitz und gab die erste Adresse ein. »Wollen wir hoffen, dass wir jemand antreffen.« Sie waren auf dem Weg zu den Besitzern der Handys, die zur wahrscheinlichen Tatzeit am Freitagabend sehr lange eingeloggt gewesen waren.

»Die Handynummern haben wir ja. Wir finden die beiden schon.«

»Johann kommt übrigens wahrscheinlich heute Abend.«

»Klingt doch gut. Die Ermittlungen scheinen so langsam Fahrt aufzunehmen, da brauchen wir jede helfende Hand. Der Staatsanwalt drängelt. Auf dem Weg zu Schönings Haus hat er mich angerufen.«

»Hat er Angst vor dem nächsten Haftprüfungstermin?«, fragte Lena.

»So hat er es nicht formuliert, aber letztendlich läuft es wohl darauf hinaus. Er braucht mehr, um Theisen festzunageln.«

»Dann soll er uns die Beschlüsse für Jorin Theisen besorgen.«

»Ja, vielleicht kapiert er es ja endlich.«

Ole Kotten fuhr aus dem Husumer Innenstadtbereich heraus in ein nahe gelegenes Neubaugebiet. Die Straße war schnell gefunden, das Haus mit der Nummer fünfzehn stand am Ende der Sackgasse.

»Ruhige Gegend hier«, sagte Ole und stieg aus. Lena folgte ihm.

Auf ihr Klingeln öffnete eine Frau Anfang dreißig die Tür. Lena schätzte, dass sie im siebten Monat schwanger war.

»Wir suchen Herrn Gerrit Schäfer«, sagte Ole und zeigte der Frau seinen Ausweis.

»Das ist mein Mann. Um was geht es?«, fragte sie sichtbar verunsichert.

»Das würden wir gerne persönlich mit ihm besprechen«, sagte Lena. »Ist er zu Hause?«

»Nein, um diese Zeit ist er immer bei der Arbeit.«

Auf weitere Nachfragen erfuhren sie, dass Gerrit Schäfer ein kleines IT-Unternehmen hatte, das im Husumer Gewerbegebiet Ost ansässig war. Sie verabschiedeten sich von Frau Schäfer, nachdem sie ihr erklärt hatten, dass sie ihren Ehemann lediglich als möglichen Zeugen befragen wollten.

Das Büro der Firma befand sich in einem Komplex mit zehn anderen Firmen. Gerrit Schäfer empfing sie an der Tür.

»Meine Frau hat mich schon informiert«, sagte er mit einem professionellen Lächeln. »Was kann ich für Sie tun?«

»Können wir uns irgendwo setzen?«, fragte Ole Kotten.

Gerrit Schäfer trat zur Seite und führte die Kommissare in sein Büro. Als sie an einem kleinen Besprechungstisch Platz genommen hatten, fragte er ein weiteres Mal, was er für die Kommissare tun konnte.

»Wo waren Sie am Freitagabend vergangener Woche zwischen neunzehn und einundzwanzig Uhr?«, fragte Ole Kotten.

»Meine Frau sagte mir, dass Sie Zeugen suchen. Darf ich erfahren, wofür?«

»Fangen wir doch erst mal mit meiner Frage an«, sagte Ole Kotten freundlich.

»Freitagabend? Ich habe hier gearbeitet, das weiß ich noch. Danach … stimmt, ich war noch bei einem Kunden in Schwesing. Das sind nur ein paar Kilometer.«

»Wann sind Sie zurückgefahren?«

Gerrit Schäfer zuckte mit den Schultern. »Das weiß ich nicht mehr. Ich meine, ich wäre gegen einundzwanzig Uhr zu Hause gewesen. Aber das kann ich nicht mehr mit Bestimmtheit sagen. Es kann auch ein paar Minuten später gewesen sein.«

»Kennen Sie Thorsten Schöning aus Goldebek?«, stellte Lena ihre erste Frage.

»Privat sicher nicht, aber er könnte natürlich ein Kunde sein.« Schäfer stand auf und setzte sich hinter seinen Schreibtisch, auf dem zwei große Bildschirme standen. Nach kurzer Zeit kam er zurück zu den Kommissaren an den Tisch und fragte Lena: »Ist dieser Schöning Immobilienmakler?«

»Ja. Er ist Ihr Kunde?«

»Das ist schon länger her. Vor zwei Jahren habe ich ihm einen Laptop mit ein paar Extras verkauft und ein Programm auf seine Bedürfnisse zugeschrieben. Ein relativ kleiner Auftrag.« Er sah von Lena zu Ole. »Könnten Sie mir jetzt vielleicht mal sagen, um was es hier überhaupt geht?«

»Herr Schöning ist am Samstag früh in der Nähe der B201 tot aufgefunden worden«, sagte Ole Kotten.

»Stimmt, ich habe heute in der Zeitung gelesen, dass Sie Zeugen suchen. Und Sie meinen jetzt, dass ich zu der Zeit, also am Abend zuvor, da vorbeigefahren bin, als …« Er brach ab. »Was für ein Zufall, dass der Mann mein Kunde ist, oder sagen wir lieber: war.«

»Ihr Handy war über eine halbe Stunde in dem Bereich des Funknetzes eingewählt, in dem Herr Schöning gefunden wurde«, sagte Lena und zog damit wieder Schäfers Aufmerksamkeit auf sich.

Gerrit Schäfer riss die Augen auf. »Nein, das kann nicht sein. Ich bin über die B201 gefahren, klar, das muss ich ja auch, um nach Schwesing zu kommen.«

»Sie sind doch vom Fach und müssten wissen, dass jedes Handy registriert wird, wenn es sich ins Netz einwählt. Was haben Sie in der halben Stunde dort gemacht?«

Schäfer schien nun wütend zu werden. »Nichts! Aus dem einfachen Grund, weil ich nicht dort war.« Er stutzte. »Schon, aber eben nicht für eine halbe Stunde. Das muss ein Irrtum sein.«

»Schreiben Sie uns bitte den Namen und die Adresse Ihres Kunden auf«, forderte Ole Kotten ihn auf.

»Muss ich das?«, fragte er. »Das sind vertrauliche Kundendaten. Die würde ich nur ungern herausgeben.«

»Es wäre schon in Ihrem eigenen Interesse, ein Alibi zu haben«, sagte Ole Kotten mit ruhiger Stimme.

»Aber was soll mein Kunde denn bezeugen? Ich bin von da weggefahren, zurück in die Firma, und erst später nach Hause. In der Firma war natürlich niemand mehr.«

Ole Kotten sah ihn schweigend an. Nach einer Weile stand Schäfer auf, setzte sich wieder an den Schreibtisch und schrieb schließlich etwas auf einen Notizzettel, den er anschließend Ole Kotten reichte.

»Ivonne Dirksen«, las Ole Kotten vom Zettel ab. »Was haben Sie für die Dame gemacht?«

»Sie hat einen hochwertigen Laptop bei mir gekauft und da gab es Probleme. Ich habe das in zehn Minuten geregelt, aber nun gut … dafür bin ich halt da.«

»Wann haben Sie Frau Dirksens Haus verlassen?«

»Genau weiß ich das nicht mehr. Ich nehme an, dass es so gegen neunzehn Uhr fünfundvierzig gewesen ist. Aber wie gesagt, ich habe mir die Zeiten nicht gemerkt.«

Lena räusperte sich. »Bevor wir gehen …« Sie zog die Augenbrauen hoch. »Fällt Ihnen nicht doch noch ein, warum Sie für eine gute halbe Stunde in dem Bereich des Funknetzes waren?«

Schäfer kratzte sich am Kopf. »Es mag sein, dass ich sehr langsam gefahren bin. Der Motor von meinem Auto macht manchmal Probleme. Vielleicht habe ich sogar kurz angehalten, aber sicher bin ich mir nicht.«

»Was für ein Auto fahren Sie?«, fragte Ole Kotten.

»Einen leider sehr alten Mercedes Kombi. E-Klasse.«

»Sie sind also langsam gefahren und haben kurz angehalten«, griff Lena das Thema wieder auf. »Gut, sagen wir, dass Sie achtzig gefahren sind und der kurze Stopp fünf Minuten gedauert hat. Mir fehlen dann immer noch mindestens zwanzig Minuten.«

Gerrit Schäfer zuckte mit den Achseln. »Ich kann Ihnen da wirklich nicht helfen.«

Ole Kotten stand auf, Lena ebenfalls. »Vielleicht kommt ja Ihre Erinnerung noch zurück.« Sie reichte Schäfer eine Visitenkarte. »Rufen Sie mich jederzeit an.«

Zurück im Auto startete Ole Kotten den Motor. »Zuerst die Kundin?« Lena nickte.

Frau Dirksen öffnete ihnen die Tür des Einfamilienhauses. Anfang dreißig, einen Kopf kleiner als Lena, Kurzhaarschnitt und ein freundliches Lächeln. »Polizei? Ist meinem Mann etwas passiert?«

»Nein, Frau Dirksen«, antwortete Lena. »Es geht lediglich um eine Zeugenaussage.«

Die Frau bat sie ins Wohnzimmer, sie setzten sich.

»Ist Ihnen Herr Gerrit Schäfer bekannt?«, fragte Lena.

»Ja, natürlich. Er war noch vor ein paar Tagen hier. Warten Sie … das war Freitagabend. Mein Laptop machte Probleme. Herr Schäfer war so nett, direkt vorbeizukommen.«

»Sehr zuvorkommend von Herrn Schäfer«, sagte Ole Kotten. »Immerhin sprechen wir hier von einem Freitagabend.«

»Ja, das stimmt«, antwortete Ivonne Dirksen. »Die Firma ist sehr kundenfreundlich. Deshalb habe ich sie ja auch ausgewählt.«

»Waren Sie alleine im Haus?«, fragte Lena.

Ivonne Dirksen sah sie irritiert an. »Warum fragen Sie das?«

»Waren Sie alleine?«

»Ja, mein Mann war beim Sport und hat anschließend noch mit Freunden etwas getrunken.«

»Wie lange war Herr Schäfer hier?«, fragte Ole Kotten.

»Das weiß ich nicht genau. Eine Viertelstunde vielleicht. Gegen halb acht oder etwas später ist er wieder gefahren.«

Ole Kotten stand auf. »Danke, Frau Dirksen. Das war es eigentlich schon.« Er sah zu Lena, die sich jetzt auch erhob.

»Warten Sie«, sagte Ivonne Dirksen und sprang auf. »Ich bringe Sie noch hinaus.«

Wieder zurück im Auto lehnte sich Ole Kotten im Sitz zurück. »Was war das denn? Ich glaube den beiden kein Wort. Entweder haben die ein Verhältnis oder Schäfer hat sich ganz schnell ein Alibi besorgt.«

»Seine Frau ist hochschwanger«, gab Lena zu bedenken.

»Vielleicht läuft das schon etwas länger?« Lena sah, wie wenig ihrem Kollegen das Thema behagte: Er hatte das Gesicht verzogen und schüttelte den Kopf. »Wer weiß, vielleicht ist Frau Dirksen auch schwanger und Schäfer überlegt gerade, welcher der Frauen er mehr zugeneigt ist.«

»Vielleicht hat der kurze Besuch bei Ivonne Dirksen überhaupt nichts damit zu tun. Es kann auch ganz anders gewesen sein. Schäfer hat irgendwas mit Schöning laufen, sie verabreden sich an der besagten Stelle, weil Schäfer halt gerade in Schwesing etwas zu tun hatte. Dann kommt es zum Streit und …«

»… morgen kommt der Weihnachtsmann«, unterbrach Ole Lena. »Das ergibt doch alles keinen Sinn.«

»Okay, dann haben sich Schäfer und Dirksen halt dort getroffen und sich im Auto vergnügt. Meinetwegen haben sie auch ein Krisengespräch gehabt, weil Schäfer Schluss machen wollte wegen seiner schwangeren Frau.«

»Und warum sagt er uns das nicht einfach?«, fragte Ole. »Mir ist das zu viel des Zufalls. Immerhin ist Schöning sein Kunde.«

»Lass uns zum Besitzer des zweiten Handys fahren. Anschließend sehen wir weiter. Okay?«

Ole Kotten ließ den Motor an. »Den Kandidaten können wir wohl von der Liste streichen.«

Der Mann, dessen Wohnung sie soeben verlassen hatten, war Handelsvertreter und hatte zu dem angegebenen Zeitpunkt eine knappe halbe Stunde auf einem Feldweg in der Nähe des Tatorts geparkt, da einer seiner Reifen geplatzt war. Lena und Ole hatten den Reifen in ihren Kofferraum gepackt und würden ihn von der Kriminaltechnik untersuchen lassen. Die erste Sichtung des Reifens hatte die Angaben des Mannes bestätigt.

»Ja, sieht ganz danach aus«, sagte Lena. »Wenn wir Glück haben, liegt schon der Durchsuchungsbeschluss vor. Dann können wir gleich weiter zu Jorin Theisen.«

Ole nickte und fuhr aus der Siedlung heraus auf die Umgehungsstraße. Wie erwartet, fanden sie die Beschlüsse im Büro vor. Ole machte sich auf den Weg, um zwei weitere Kollegen als Unterstützung zu suchen, während Lena die Bankdaten abfragte. Dank Leons Vorinformation wusste sie, wo Theisens Konten lagen. Sie telefonierte mit Theisens Hausbank und schickte dem Mitarbeiter den Beschluss per Fax. Die Bank würde noch am gleichen Tag alle notwendigen Daten zusammenstellen und übermitteln.

Vierundzwanzig

Als sie eine halbe Stunde später vor Jorin Theisens Wohnungstür standen, öffnete ihnen niemand auf ihr Klingeln. Lena rief Theisen auf dem Handy an und erfuhr, dass er gerade auf dem Weg von Nordstrand nach Husum war. Kurz darauf traf er ein, studierte zunächst den Beschluss, bevor er den Ermittlern die Tür aufschloss.

»Sie können sich gerne in der Wohnung aufhalten, aber fassen Sie bitte nichts an, bevor wir die Durchsuchung abgeschlossen haben«, erklärte ihm Lena. »Wo finde ich Ihren Laptop?«

Theisen warf ihr einen wütenden Blick zu. »Muss ich Ihnen das sagen?«

Lena ging nicht auf seine Frage ein, ordnete aber an, dass er sich in der Küche aufhalten solle. Gleichzeitig bat sie einen der Husumer Kollegen, ihm Gesellschaft zu leisten.

Nach wenigen Minuten hatte Lena den Laptop tief unten versteckt im Wohnzimmerschrank gefunden und ihn hochgefahren. Nachdem Theisen sich weigerte, das Passwort zu nennen, ging sie zurück ins Wohnzimmer und gab die Kombination aus Buchstaben und Zahlen ein, die Leon ihr übermittelt hatte. Schon bei der ersten Durchsicht fiel Lena auf, dass sich auf dem Rechner sehr viel weniger Dateien befanden, als es ihrem letzten Stand zufolge hätte der Fall sein müssen. Sie aktivierte das

Wiederherstellungsprogramm und wartete vor dem Laptop, bis die Software durchgelaufen war. Keine der Dateien, die sie suchte, befand sich in dem von ihr dafür eingerichteten Ordner. Sie aktivierte das Programm erneut, doch das Ergebnis war das gleiche.

Leon meldete sich nach einer gefühlten Ewigkeit. Lena erklärte ihm das Problem, woraufhin er bloß lachte. »Da war wohl einer schneller als die Polizei und hat die Festplatte ausgewechselt. Kann er das?«

»Er ist Elektriker.«

»Pech gehabt, würde ich sagen. Wenn er schlau ist, hat er die Platte so entsorgt, dass ihr sie nicht findet.«

»Da ist nichts zu machen?«

»Nein, es sei denn, du kannst kurz mal die Zeit zurückdrehen.« Er lachte noch einmal. »Falls du das tatsächlich kannst, hätte *ich* ausnahmsweise ein paar Spezialaufträge für *dich.*«

Dieses Mal war es Lena, die das Gespräch grußlos beendete. Sie machte sich auf den Weg zu Ole, der Schlafzimmer und Bad durchsuchte. Nach kurzer Besprechung unterbrachen sie die Wohnungsdurchsuchung und machten sich auf die Suche nach noch nicht geleerten Mülleimern. Wie zu erwarten fanden sie die Festplatte nicht in der Wohnung und dehnten den Radius weiter aus. Ole telefonierte mit dem Abfallwirtschaftsamt und erfuhr, dass der Restmüll in Theisens Straße erst am nächsten Tag abgeholt werden würde. Das Mietshaus, in dem Jorin Theisen wohnte, besaß einen mittelgroßen Abfallcontainer, den Lena und Ole nach kurzer Suche fanden.

»Und nun?«, fragte Ole. Sein Gesichtsausdruck machte deutlich, dass er nicht die geringste Lust verspürte, in den Container zu steigen und dort herumzuwühlen.

Lena durchsuchte den kleinen Schuppen, in dem der Container untergebracht war, und fand eine Harke und einen Spaten. Anschließend rollte sie den Müllwagen auf den Hof des

Hauses und forderte Ole auf, ihr beim Umkippen zu helfen. Mit einem Knall landete der Eisenkasten auf der Seite und Müll fiel heraus.

Lena griff nach der Harke. »Auf geht's!«

Der Gestank des Mülls, der schon fast eine Woche bei sommerlichen Temperaturen vor sich hin gerottet hatte, war gerade noch auszuhalten. Eine nach der anderen zogen sie die Mülltüten aus dem Haufen, öffneten sie und warfen sie anschließend wieder in den inzwischen aufgerichteten Container.

»Hast du Theisen da oben am Fenster gesehen?«, fragte Lena.

»Ja, er scheint sehr interessiert zu sein an unserer Wühlarbeit.«

»Ich vermute mal, das hat schon seinen Grund.«

Lena zerriss die nächste Mülltüte und verteilte den Inhalt auf dem Pflaster. »Was haben wir denn da?«

In einem weiteren Plastikbeutel erfühlte Lena mit der Harke etwas Hartes. Sie zerriss die Tüte und stieß einen lauten Fluch aus. Vor ihr lag eindeutig eine Festplatte, die allerdings mit mehreren Schlägen durch einen harten Gegenstand bearbeitet worden war. Als sie die Platte hochnahm, liefen einige Tropfen Flüssigkeit aus dem zerstörten Gehäuse.

»Da wollte wohl jemand auf Nummer sicher gehen«, murmelte Lena und beförderte die Festplatte in eine verschließbare Plastiktüte.

»Ob wir dadrauf noch etwas finden werden?«, fragte Ole Kotten.

»Auf jeden Fall wird es dauern, bis wir ein Ergebnis haben.«

Lena und Ole begannen, den restlichen Müll wieder in den Container zu befördern. Anschließend setzten sie die Wohnungsdurchsuchung fort.

Drei Stunden später saßen sie mit Jorin Theisen im Verhörzimmer des Polizeireviers und zeigten ihm das Foto der zertrümmerten Festplatte. Zuvor hatten sie ihn weit über eine Stunde in dem Raum warten lassen. Zur Sicherheit war dieses Mal ein uniformierter Beamter mit im Raum.

»Und?«, fragte Theisen.

Lena lächelte. »Ist diese Festplatte in Ihrem Laptop gewesen?«

»Und wenn? Mir war nicht bekannt, dass ich eine Genehmigung der Polizei brauche, wenn ich meine kaputte Festplatte wechsle.«

»Es ist also Ihre?«

»Kann sein. Die sehen doch alle gleich aus.« Er schien nicht besonders beunruhigt zu sein. Vermutlich ging er davon aus, dass er die Platte endgültig zerstört hatte und sie die Daten nicht wiederherstellen konnten.

»Okay! Nehmen wir also einmal an, dass das Ihre ist. Sie war also kaputt?«

Theisen stöhnte genervt auf. »Sagte ich das nicht schon?«

»Sie kennen Thorsten Schöning?«, wechselte Ole Kotten das Thema.

»Den Immobilienheini? Nicht wirklich. Ich weiß, wer er ist. Elbo hat mal von ihm gesprochen, Lawan vielleicht auch.« Er setzte sich auf. »Ist das der Kerl, den man tot in seinem Auto gefunden hat?«

Die Zeitungen hatten nur die Initialen von Schöning veröffentlicht, aber ausführlich über den Toten auf dem Feldweg berichtet.

»Wo waren Sie am Freitag zwischen neunzehn und einundzwanzig Uhr?«, legte Lena nach.

»Ach, dem Typen soll ich jetzt auch noch was getan haben?« Er lachte höhnisch. »Sie haben doch einen Knall!«

»Wo waren Sie zu der Zeit?«

»Mit zwei Freunden unterwegs. Einen Burger essen und anschließend eine kleine Tour durch die Kneipen. Was man so macht am Freitagabend.«

Lena schob ihm einen Block über den Tisch. »Name, Adresse, Telefonnummer.«

Theisen schrieb die geforderten Daten auf und sah die beiden Ermittler überheblich an.

Ole Kotten legte ihm die gefundenen Kontoauszüge und den Kaufvertrag für das Grundstück vor. »Sie haben für fünfzigtausend Euro ein Grundstück verkauft und dreißigtausend in bar abgehoben. Wofür war das Geld?«

»Das ist privat.«

Ole Kotten schüttelte langsam den Kopf und fixierte ihn dabei. »Tut mir leid, Herr Theisen. Im Moment gibt es kein *privat* mehr.«

»Ich habe das Geld verspielt. Keine Ahnung, wer bei dem Pokerspiel dabei war. Ausweiskontrollen sind da nicht so üblich.«

»Wo?«

»Bei mir in der Wohnung. Ich habe die Typen bei einer Kneipentour kennengelernt und wir haben uns verabredet.«

Lena legte Theisen ein Blatt vor. »Das ist ein Kreditvertrag, den Sie mit Ihrer Schwägerin abgeschlossen haben. Datiert auf den Tag, als Sie das Geld abgehoben haben.«

Jorin Theisen starrte auf das Dokument. Mit dieser Wendung der Befragung hatte er ganz offensichtlich nicht gerechnet.

»Okay, gehen wir einmal davon aus, dass Sie tatsächlich dreißigtausend Euro beim Pokern verloren haben. Wo hatten Sie dann die zusätzlichen dreißigtausend her?«, fragte Lena weiter.

Theisen zögerte zu lange, als dass Lena es nicht gemerkt hätte. »Gewonnen. Einen Tag vorher. Und dann wieder verloren. Und das Geld für Lawan hatte ich ganz vergessen.«

Lena legte ihm einen weiteren Vertrag vor. »Hier geht es um weitere zwanzigtausend Euro für Ihre Schwägerin. Allerdings ist dieses Dokument hier nicht unterschrieben. Achten Sie auf das Datum, das Sie vermutlich selbst dort eingetragen haben.«

Theisen schwieg. Die Verträge hatte Lena hinter einem Küchenschrank gefunden. Sie vermutete, dass sie versehentlich hinter den Schrank gerutscht waren, ohne dass Theisen es bemerkt hatte.

»Das ist der Tag, an dem Ihre Schwägerin zum letzten Mal gesehen wurde«, ergänzte Lena. »Wollte sie nicht unterschreiben? Sie haben sich doch an diesem Tag getroffen?«

Jorin Theisen atmete schwer und schien fieberhaft zu überlegen, was er antworten sollte.

»Haben Sie sich getroffen?«, wiederholte Ole Kotten die Frage.

»Nein. Sie wollte zu mir in die Wohnung kommen. Ist sie aber nicht. Deshalb fehlt ja auch die Unterschrift.«

Nachdem Lena die Verträge gefunden hatte, war ein Kriminaltechniker angefordert worden, der die Wohnung nach Blutanhaftungen untersucht hatte. Gefunden hatte er nichts.

»Wussten Sie, dass Frau Yao Yun einen Flug nach Bangkok gebucht hatte?«, fragte Lena.

Der schnelle Themenwechsel schien Theisen zu irritieren. Er zuckte zusammen und schüttelte schließlich den Kopf.

»Sie müssen laut sprechen, damit wir das aufnehmen können«, sagte Lena und richtete das Gerät noch einmal zu ihm aus.

»Nein, mir war nicht bekannt, dass Lawan einen Flug gebucht hatte.«

»Was werden wir auf der zerstörten Festplatte finden, Herr Theisen?«, wechselte Lena wieder das Thema. Ohne auf seine Antwort zu warten, fuhr sie fort. »Ich vermute, es hat etwas mit Ihrer Schwägerin zu tun. Nachrichten, die Sie ihr geschickt oder von ihr bekommen haben. Vielleicht auch Fotos? Haben Sie Lawan fotografiert? Mit oder ohne ihre Erlaubnis?«

»Sie reden Unsinn«, antwortete er unwirsch.

»Also kann ich davon ausgehen, dass wir auf dieser Festplatte keine Fotos von Lawan finden? Weder heimlich aufgenommen noch erlaubterweise?«

Theisen sagte barsch: »Gehen Sie doch aus, wovon Sie wollen. Das ist mir schnuppe!«

»Warum antworten Sie mir nicht? Sie können mir doch einfach bestätigen, dass sich auf dieser Platte keine Fotos von Ihrer Schwägerin befinden.«

»Scheren Sie sich zum Teufel«, zischte er.

»Okay!«, antwortete Lena ruhig. »Unsere Experten sind schon dabei, den Inhalt der Platte zu sichern. Ich kenne bisher keinen Fall, bei dem wir nicht zumindest einen Teil der Daten wiederherstellen konnten.«

Theisen schwieg, aber Lena sah, wie sehr ihn die Frage beschäftigte, ob die Festplatte noch lesbar war. Seine Nasenflügel zitterten leicht, sein Blick war starr auf seine Hände gerichtet und er atmete flach. Sie setzte zum nächsten Schlag an.

»Wie Sie sicher wissen, war Ihr Bruder an dem Tag, als Ihre Schwägerin verschwunden ist, nicht auf Nordstrand, sondern in Schleswig. Sie hingegen konnten uns bisher noch nicht sagen, wo Sie sich aufgehalten haben, beziehungsweise, wer das bezeugen könnte. Das Geld haben Sie abgehoben, den Vertrag geschrieben. Was liegt da näher, als dass Sie sich an dem Tag mit Lawan getroffen haben? Ganz offensichtlich brauchte sie Geld für ihre Familie in Thailand. Warum sollte sie die zwanzigtausend ausschlagen? Was ist passiert bei Ihrem Treffen?«

»Nichts!«, schmetterte Theisen ihr wütend entgegen.

Lena legte ihm ein weiteres Dokument vor. »Das ist der richterliche Beschluss, der Sie dazu verpflichtet, uns eine DNA-Probe zu geben.«

Sie legte das Plastikröhrchen auf den Tisch. Ole Kotten hatte noch während der Wohnungsdurchsuchung mit dem Staatsanwalt gesprochen, der ihnen umgehend einen richterlichen Beschluss besorgt hatte.

Jorin Theisen schob das Blatt von sich weg. »Lassen Sie mich in Ruhe mit dem Scheiß.« Er starrte sie hasserfüllt an. »Sie können ja mal versuchen, mir das Teil in den Mund zu stecken.«

»Sie weigern sich also, den Test zu machen?«, fragte Ole Kotten mit angenehm warmer Stimme.

»So ist es!«

»Dann stellen wir die Angelegenheit erst einmal zurück, Herr Theisen. Erzählen Sie uns doch bitte, was Sie an dem Tag, als Ihre Schwägerin verschwand, gemacht haben.« Ole Kotten lächelte, während er sprach, und nickte Theisen auffordernd zu.

»Ich war krank. Punkt! Lawan war nicht bei mir. Warum, weiß ich auch nicht.« Theisen legte das Gesicht in die Hände und rieb sich mehrfach über die Augen. »Ich habe sie nicht umgebracht! Das müssen Sie mir glauben.«

Lena war klar, dass sie am entscheidenden Punkt im Verhör angekommen waren. Doch ihr war aufgefallen, dass Theisens Stimme bei den zwei letzten Sätzen einen anderen Ton angenommen hatte – weicher, flehend. Sie wollte gerade darauf reagieren, als Ole die nächste Frage stellte.

»Sie haben Lawan geliebt?«

Jorin Theisen schreckte auf und schüttelte sich kurz, als sei er gerade aus einem Sekundenschlaf aufgewacht. »Nein, Lawan war die Frau meines Bruders. Was denken Sie denn?«

»Aber Sie mochten sie sehr«, versuchte Ole, die Situation zu retten.

»Familie! Das ist doch selbstverständlich.« Er warf Ole einen abfälligen Blick zu, als wolle er ihm absprechen, etwas von dem Thema zu verstehen. Schließlich stand er auf. »Muss ich noch länger hierbleiben und Ihre dummen Fragen beantworten?«

Ole stellte sich neben ihn, Lena stand ebenfalls auf und sagte: »Jorin Theisen, ich nehme Sie hiermit vorläufig fest wegen des Verdachts, Lawan Yao Yun getötet zu haben.«

Sie belehrte ihn über seine Rechte und bat ihn, sich wieder zu setzen.

Fünfundzwanzig

Nachdem Jorin Theisen sich weiter weigerte, eine DNA-Probe abzugeben, drohten ihm die Ermittler an, dass ihm zwangsweise Blut abgenommen werden würde. Schließlich gab er nach und fuhr sich mit dem Wattestäbchen über die Mundinnenseite.

Den Schlüssel seines Autos gab Jorin Theisen freiwillig ab. Die Kriminaltechnik stand bereit, um es noch am gleichen Tag zu untersuchen.

Theisens Alibi für den Freitagabend wurde von den Zeugen telefonisch bestätigt. Sie würden am Folgetag im Polizeirevier erscheinen und ein Protokoll unterzeichnen.

»Wann kommt er?«, fragte Lena.

»Er müsste jeden Augenblick hier sein«, murmelte Ole und sah zur Tür, die nach kurzem Klopfen geöffnet wurde. Vor ihnen stand ein kleiner untersetzter Mann im Maßanzug, Anfang vierzig, zurückgekämmte dunkle Haare und ein Allerweltsgesicht. Er nickte Ole Kotten zu, kam Lena entgegen und reichte ihr die Hand.

»Zubrücken! Schön, Sie kennenzulernen.«

»Guten Tag, Herr Staatsanwalt«, begrüßte ihn Lena.

Zubrücken sah sich im Zimmer um und schlug vor, sich an den kleinen Besprechungstisch zu setzen. Zunächst ließ er sich eine kurze Zusammenfassung der Ereignisse geben, der er mit wachsendem Unmut zu folgen schien.

»Ihnen ist schon klar, dass ich dem Haftrichter nicht einen zweiten Verdächtigen präsentieren kann. Schon beim Bruder war der Richter kaum zu überzeugen. Da hatten wir zumindest noch harte Indizien wie die Blut- und DNA-Funde im Auto und im Haus.«

»Wir sollten die Durchsuchung seines Fahrzeugs abwarten. Mit Glück haben wir morgen auch schon die Ergebnisse der Kriminaltechnik zur zerstörten Festplatte«, versuchte Ole ihn zu beruhigen.

»Und die DNA-Probe?«

»Mit ganz viel Glück liegt das Ergebnis auch morgen vor«, antwortete Ole.

»Sie stochern im Nebel!«, fuhr der Staatsanwalt ihn an. »Was kommt morgen? Der nächste Kandidat, den ich in U-Haft bringen soll? Ich mache mich doch nicht lächerlich. Entweder haben Sie morgen Vormittag etwas Handfestes für mich oder Sie schicken den Bruder nach Hause.« Er sah von Ole zu Lena. »Außerdem war ich der Ansicht, mich klar und deutlich ausgedrückt zu haben: Elbo Theisen sitzt in Untersuchungshaft und Sie sollten sich auf ihn konzentrieren. Der nächste Haftprüfungstermin wird schneller kommen, als Sie denken. Haben wir uns verstanden?«

Lena räusperte sich leise. »Herr Dr. Zubrücken. Es handelt sich bei dem Tötungsdelikt um ein drei Monate zurückliegendes Ereignis. Solche Fälle sind nicht vergleichbar mit Ermittlungen, die direkt nach der Tat aufgenommen werden.«

»Sie müssen mir nicht das Grundhandwerk der Kriminalistik erklären, Frau Hauptkommissarin«, unterbrach Zubrücken sie.

»Lieber Herr Dr. Zubrücken, das hatte ich ganz sicher nicht vor. Mir ist schon klar, dass wir mit einem durch und durch erfahrenen Staatsanwalt zu tun haben. Und genau das weiß ich auch zu schätzen. Unsere Ermittlungsarbeit ist doch nur …« Sie malte Anführungsstriche in die Luft. »… die eine Seite der Medaille. Um einen Fall erfolgreich zu Ende zu führen, bedarf es aufseiten der Staatsanwaltschaft Erfahrung und Kompetenz.« Lena wunderte sich, wie ein Wort das andere ergab und sie, ohne rot zu werden, Zubrücken in höchsten Tönen lobte. »Wir, mein Kollege Hauptkommissar Kotten und ich, sind keinesfalls überzeugt, mit Jorin Theisen den eigentlichen Täter gefasst zu haben, aber er hat mit extrem großer Wahrscheinlichkeit eine Rolle gespielt, sich unter Umständen auch strafbar gemacht. Da Herr Theisen wenig Neigung zur Kooperation gezeigt hat, mussten wir bei der Indizienlage einfach ein deutliches Zeichen setzen.«

»Also arbeiten Sie nicht auf einen Haftprüfungstermin hin?«, fragte der Staatsanwalt, der sich ganz offensichtlich von Lenas kleiner Ansprache geschmeichelt fühlte.

»Wie mein Kollege schon sagte, sollten wir die Ergebnisse der Fahrzeugdurchsuchung abwarten und auf die Daten der Festplatte hoffen. Wenn sich hier gravierende Indizien auftun, kann sich die Lage schnell ändern. Von dem DNA-Test einmal ganz abgesehen. Ich denke, Theisen hat sich sehr bewusst dem Test entziehen wollen. Er scheint zu befürchten, dass wir Vergleichsmaterial haben, mit dem wir bei ihm eine Übereinstimmung finden.«

Staatsanwalt Zubrücken zögerte und entschied sich dann für einen Mittelweg. »Gut, warten wir bis morgen Mittag ab. Ich will über alle neuen Entwicklungen sofort informiert werden. Sollte sich der Theisen-Bruder als Luftnummer erweisen, konzentrieren Sie sich auf den Ehemann des Opfers.« Er stand auf. »So weit, so gut. Ich höre dann von Ihnen.«

Er verließ eiligen Schrittes das Büro, ohne sich zu verabschieden.

Ole schüttelte genervt den Kopf. »Was für ein Idiot.« Er äffte Zubrückens Stimme nach. »Bringen Sie mir Beweise. Dalli, dalli!«

Lena musste unwillkürlich lachen. »Wow! Du hast Talent.«

Ole winkte ab. »Du meinst, ich sollte mich nach meiner Pensionierung einer Laienspielgruppe anschließen?«

»Wenn du Lust hast.«

»Eher nicht.« Er sah sie fragend an. »Meintest du das vorhin im Ernst? Jorin Theisen schließen wir als Täter aus?«

»Ich gehe schon davon aus, dass er etwas mit der ganzen Sache zu tun hat, aber einen Mord oder Totschlag traue ich ihm nicht zu.« Sie hob schützend die Hände. »Und jetzt frag mich nicht, warum. Das ist nur so eine Ahnung.«

»Vielleicht ist er morgen etwas gesprächiger.«

»Nur wenn er sich nicht den gleichen Anwalt nimmt wie sein Bruder. Ich gehe davon aus, dass wir dann nichts mehr aus ihm herausbekämen.«

Ole sah auf die Uhr. Kurz vor vier am Nachmittag. »Soll ich die Kollegin rufen, die die Anrufe bezüglich des Zeitungsaufrufs angenommen hat? Oder machen wir das morgen?«

»Morgen«, antwortete Lena, als es an der Tür klopfte.

»Herein!«, rief Ole Kotten.

Die Tür öffnete sich langsam, doch niemand erschien im Türrahmen.

»Hallo!«, rief Ole und wollte gerade aufstehen, als Johann seinen Kopf zur Tür hereinsteckte. »Darf ich jetzt schon?«

»Johann!«, rief Lena, sprang auf und zog den jungen Kollegen ins Büro. »Du wolltest doch erst heute Abend kommen.«

»Die Sehnsucht hat mich schneller als erwartet nach Husum getrieben. Oder braucht ihr mich noch nicht?«

Lena stieß ihn freundschaftlich in die Seite. »Dich schickt der Himmel. Wir wollten gerade die nächsten Schritte planen.«

Ole begrüßte Johann freundlich mit einem Klaps auf die Schulter. »Und einen unverbrauchten Blick auf die Fälle könnten wir auch gebrauchen.«

»Plural?«, fragte Johann und wandte sich an Lena. »Ich bin gestern leider doch nicht dazu gekommen, mir das Material anzusehen.«

»Ja, leider haben wir schon zwei Tote. Ob die Fälle zusammengehören, wissen wir noch nicht.«

In der nächsten halben Stunde trug Lena die wichtigsten Fakten vor. Johann hörte aufmerksam zu, stellte zwischendurch Verständnisfragen und seufzte leise, als Lena ihren Bericht abgeschlossen hatte.

»Da habt ihr euch ja eine feine Geschichte eingebrockt. Gleich zwei Verdächtige hinter Gittern, auch wenn der eine von ihnen nur vorläufig einsitzt.«

»Sag einfach, was dir spontan zu dem Ganzen einfällt«, bat Lena ihren LKA-Kollegen. »Offen heraus, mein Freund.«

»Mache ich doch gerne!« Er holte tief Luft. »Zuvor noch. Mein Onkel, das schwarze Schaf der Familie, verbringt regelmäßig in Thailand seinen Urlaub. Vor einem Jahr sind wir auf einer Hochzeit von Verwandten irgendwann an der Bar versackt und er hat mir so einiges von seinen Abenteuern, wie er es nennt, erzählt. Ich erspare euch Einzelheiten, aber nur so viel: Er fährt dort nicht wegen der schönen Landschaft hin.«

»Okay …«, sagte Lena und ahnte, worauf er hinauswollte.

»Deshalb war ich gleich etwas, sagen wir, zurückhaltend, als ich *Hochzeit mit einer Thailänderin* gehört habe. Kurz und gut, das, was ich jetzt gerade gehört habe, passt nur bedingt ins Bild. Euer Paar scheint ja durchaus nicht nur einen Weg gefunden zu haben, mit den unterschiedlichen Erwartungen und dem jeweiligen kulturellen Background umzugehen, sondern scheint sogar eine wirkliche Beziehung aufgebaut zu haben.«

»Schön formuliert, Kollege«, warf Ole ein.

»Zu schön, meinst du? Mag sein, dass ich das zu sehr durch meine rosarote Mitteleuropäerbrille betrachte. Aber Lena hat diesen – wie heißt noch mal der Ehemann?«

»Elbo Theisen«, half Lena ihm aus.

»Genau, Elbo Theisen als intelligent, empathisch, reflektiert und wenig machohaft beschrieben. Klingt nicht nach jemandem, der seine Frau erschlägt, weil sie doch nicht so ist, wie er sich das ausgemalt hat. Dann das Opfer. Auch das passt nicht ins Schema oder, sagen wir, zum Klischee einer ausgebufften thailändischen Prostituierten, die den guten deutschen Mann über Jahre ausnimmt.«

Lena nickte, während Ole skeptisch den Kopf wiegte.

»Genug der Vorrede«, fuhr Johann fort. »Was ist mir gleich durch den Kopf geschossen, hast du gefragt, Lena. Okay, nachdem ich meine Vorurteile zur Seite geräumt habe, sehe ich zwei verzweifelte Menschen vor mir. Die Frau, die aus irgendeinem Grunde – und dieser Grund scheint mir eine zentrale Rolle zu spielen – dringend mehr Geld benötigt, aber gleichzeitig sieht, dass der Hof den erforderlichen Betrag nicht hergibt, ohne dass man sich den Teppich unter den Füßen wegreißt. Ich glaube sogar, dass die Verzweiflung so weit ging, dass die Frau nicht einmal einen Versuch unternommen hat, ihren Mann von höheren Geldzahlungen zu überzeugen.«

»Wie kommst du auf den Gedanken?«, fragte Lena.

»Familie. Ist es nicht das, worum es hier geht? Und damit kenne ich mich aus. Katholiken sind, zumindest am Niederrhein, sehr in ihrer Familie verwurzelt. Manchmal dachte ich schon, dass genau deshalb nicht weit vom Stamm geheiratet wird. Ich meine jetzt nicht Inzucht, sondern die Heirat in eine Familie aus ähnlichen Verhältnissen. Sozialer Stand, religiöse und politische Vorstellungen, Berufe und so weiter.«

Ole Kotten wollte etwas einwerfen, wurde aber von Johann gleich unterbrochen: »Geduld, Kollege. Mein Gedanke war, dass das Opfer plötzlich zwei Familien hatte. Eine in Thailand und eine in Deutschland. Wenn dem so wäre, würde das bedeuten, dass die Frau bei dem Geldproblem in einen riesigen Konflikt geraten ist.«

»Sie hat sich mehr angepasst, als es ihr lieb war«, sagte Lena, die Johanns Ausführungen hoch konzentriert zugehört hatte. »Oder als sie in der Krise verkraften konnte.«

»Ja, so ähnlich. Das ging mir gleich durch den Kopf. Ein Baum ist verpflanzt worden und fühlt sich in der vollkommen fremden Umgebung wider Erwarten wohl. Was macht er? Er schlägt Wurzeln. Plötzlich hat er alte und neue Wurzeln, die friedlich nebeneinander ihre Aufgaben erfüllen.«

»Das ist mir alles zu …« Ole schien nach dem richtigen Wort zu suchen. »… philosophisch. Menschen reagieren auf schlimme Enttäuschungen manchmal auch mit Gewalt, selbst die, die zuvor ihr Leben lang friedlich waren.«

»Schon klar, Ole«, sagte Lena. »Lass uns trotzdem hier weiterdenken.«

Als Ole Kotten nickte, fuhr Johann fort. »Ich will mich wirklich nicht so weit aus dem Fenster lehnen, dafür habe ich noch viel zu wenig Einblick in die Fakten. Aber ihr wolltet ja auch meinen ersten Eindruck wissen. Wo war ich stehen geblieben?«

»Beim Baum, der in fremder Umgebung neue Wurzeln geschlagen hat«, half Ole ihm weiter.

»Richtig! Das Opfer – wie war noch der Name?«

»Lawan Yao Yun.«

»Also, Lawan war in einem klassischen Dilemma. Plötzlich sind da zwei Familien und ich vermute mal, sie hat das Geld dringend für die Familie in Thailand gebraucht, also musste sie abwägen. Um es kurz zu machen: Wenn sie sich schon in

Thailand nicht prostituiert hat, wird sie es hier auch nicht getan haben. Und wenn, nur als allerletzte Möglichkeit.«

»Warum?«, fragte Lena. Sie spürte, dass Johanns Gedanken ihr halfen, einige entscheidende Einzelheiten richtig zuzuordnen.

»Nach dem Gespräch mit meinem Onkel habe ich interessehalber etwas im Internet recherchiert. Es gibt unzählige Berichte von allen Seiten. Auch aus Sicht der Frauen dort.«

Lena nickte. »Ja, ich hatte auch damit angefangen, aber hatte keine Zeit, mich weiter damit zu beschäftigen.«

»Der Druck für junge Frauen aus bitterarmen Familien ist in Thailand enorm. Sie gehen nach Bangkok und werden schnell von der brutalen Sexindustrie vereinnahmt. Um schnell Geld zu verdienen, bleibt ihnen fast nichts anderes übrig, als sich zu verkaufen. Wenn eine Frau da standhaft bleibt, muss sie schon mit beiden Beinen im Leben stehen.« Er hielt kurz inne. »Ich weiß, standhaft ist in diesem Zusammenhang ein nicht ganz so passender Begriff. Aber ihr wisst sicher, was ich meine. Wo war ich stehen geblieben … ja, bei der Frage, ob sie sich in Deutschland prostituiert hat. Und hier kommt die zweite, neue Familie zum Tragen. Sie wusste ganz sicher, wie sehr das ihren Mann treffen würde. Ich vermute sogar, noch mehr treffen als die thailändische Familie, die ihr das vielleicht eher nachsehen oder zumindest wegsehen würde.«

»Aber sie ist an erhebliche Summen gekommen, und das ganz offensichtlich nicht auf normalem Weg«, warf Ole ein, dem Lena ansah, wie skeptisch er nach wie vor war.

»Absolut richtig«, sagte Lena, trat an die Flipchart und griff nach dem großen Filzstift, mit dem sie eine entsprechende Notiz auf das Blatt schrieb. »Wir müssen herausbekommen, woher das Geld stammt.« Sie fügte einen weiteren Punkt hinzu. »Und, wofür sie es gebraucht hat.«

»Der andere Verzweifelte ist der Bruder des Ehemanns«, nahm Johann seine Gedanken wieder auf. »Er hat sich in die Schwägerin verliebt. Davon geht ihr doch aus, oder?«

»Eine andere Erklärung für sein Verhalten haben wir bisher zumindest nicht gefunden«, antwortete Lena.

»Verliebt war auch mein erster Gedanke, als du die Fakten aufgezählt hast. Der Bruder, der immer an zweiter Stelle stand. Er hat, obwohl Vollblutbauer, nicht den Hof geerbt. Auch das kenne ich vom Niederrhein. Beim Theisen-Hof ist der Haupterbe zumindest an der Landwirtschaft interessiert und hat sein Handwerk gelernt. Da kenne ich ganz andere Beispiele. Der Erbe hat gar keine Lust, den Hof zu übernehmen, aber er ist der Erstgeborene und quasi dazu verpflichtet. Ein Geschwisterkind hat davon geträumt, den Hof zu betreiben, und geht leer aus. Gut, das war hier zumindest nicht der Fall, aber der jüngere Bruder musste zurückstecken. Ist das sein großes Problem? Er steht immer an zweiter Stelle. Und dann kommt der große Bruder auch noch mit einer Frau nach Hause, in die er sich Hals über Kopf verliebt. Seine Ehe geht daran zugrunde …«

»Jetzt gleitest du aber ins Geschichtenerzählen ab, Johann«, unterbrach Ole ein weiteres Mal. »Lass uns bei den Fakten bleiben.«

»Fakt ist«, sprang Lena ihrem jungen Kollegen bei, »dass seine Ehe in der Zeit, nachdem Lawan in das Leben von Jorin Theisen getreten war, den Bach runtergegangen ist. Und seine Frau hat letztlich nicht abgestritten, dass es etwas mit der Schwägerin zu tun hatte.«

»Vorschlag zur Güte«, sagte Johann. »Lassen wir es außen vor, warum seine Ehe gescheitert ist. Auf jeden Fall verliebt er sich. Letztendlich war er bereit, fünfzigtausend Euro zu verschenken. Das muss ein kleines Vermögen für ihn gewesen sein. Der Kreditvertrag war doch der reinste Selbstbetrug. Wann bitte schön hätte Lawan Yao Yun diese Summe zurückzahlen sollen? So dämlich kann der Schwager nicht gewesen sein, dass er daran geglaubt hat. Er muss also über beide Ohren in sie verliebt gewesen sein. Aber sie hat seine Liebe nicht erwidert. Schon alleine deshalb, weil sie gebunden war. Hier kommt wieder die Familie ins Spiel. Weder Lawan noch der Schwager durften die rote Linie überschreiten. Wobei wir wohl davon ausgehen können, dass Lawan es nicht einmal wollte.«

»Sie hat das Geld aber angenommen«, gab Ole Kotten zu bedenken.

»Ja, für sie war es wahrscheinlich selbstverständlich, dass der eine Teil der Familie dem anderen hilft. Sie konnte es annehmen ohne schlechtes Gewissen gegenüber ihrem Mann.«

»Klingt zwar logisch …«, sagte Ole Kotten.

»Aber?«, fragte Lena.

»Aber Jorin Theisen wird sich mehr versprochen haben.«

Johann nickte. »Ohne ihn persönlich zu kennen, war das auch mein erster Gedanke.«

Lena trat wieder an die Flipchart und schrieb. »Okay. Warum hat Jorin Theisen das Geld verschenkt? Was hat er sich davon versprochen?«

»Zum dritten Mal das Thema Geld«, murmelte Ole gedankenversunken.

»Ja, Familie und Geld«, fasste Johann zusammen. »Immer ein schwieriges Thema.« Er grinste breit. »Auch das kenne ich zur Genüge aus meiner alten Heimat.« Er schloss kurz die Augen. »Also, Jorin Theisen, Liebe, Darlehn. Er hat sich natürlich außerordentlich verdächtig gemacht. Am Tag ihres Verschwindens sollten die restlichen zwanzigtausend übergeben werden. Vermutlich wollte Lawan sie im Flugzeug mit nach Thailand nehmen. Meine Frage war sofort, warum sollte sie nicht bei ihrem Schwager erschienen sein? So leicht kommt man nicht an zwanzigtausend Euro. Eine Unterschrift, die nichts wert ist, fertig. Nein, entweder war sie schon tot, als es zum Treffen hätte kommen sollen, oder sie haben sich getroffen und ...«

»... die Situation ist eskaliert«, führte Ole den Satz zu Ende. »Er wollte mehr von ihr, sie konnte ihm das nicht geben. Was ist dann passiert?«

Lena trat wieder an die Flipchart und schrieb. »Haben sich die beiden zur Geldübergabe getroffen?«

»Lena, du gehst davon aus, dass Jorin Theisen seine Schwägerin nicht getötet hat?«, fragte Johann.

»Das war mein Eindruck beim Verhör. Die Krux an der Sache ist aber wieder einmal, dass wir von einem Ereignis sprechen, das drei Monate zurückliegt. In dieser Zeit kann einiges in einem Menschen vorgehen, bis dahin, dass die Person selbst glaubt, etwas nicht getan zu haben. Entsprechend glaubwürdig kommt sie natürlich beim Verhör rüber.«

»Gehen wir trotzdem einmal davon aus, dass er es nicht war, die Geldübergabe oder zumindest der Versuch derselben aber stattgefunden hat.«

»Er hat das Geld wieder eingezahlt«, sagte Ole. »Warum?«

»Sie hat es nicht genommen. Lawan hat sich geweigert, das Geld zu nehmen«, sagte Lena eine Spur zu laut. »Das ist es! Deshalb hat er es auch erst nach fünf Tagen wieder eingezahlt. In den ersten Tagen ist er noch davon ausgegangen, dass sie wiederkommt.«

»Nicht genommen?« Ole sah sie wenig überzeugt an. »Was denn jetzt? Sie braucht dringend Geld, hat jemanden, der es ihr gibt, und nimmt es dann nicht?«

Lena stand immer noch an der Flipchart und schrieb den weiteren Punkt auf. »Damit haben wir folgende Fragen: Erstens, woher stammt das Geld, das Lawan im Februar nach Thailand überwiesen hat? Zweitens, wofür hat Lawan es gebraucht? Drittens, warum hat Jorin Lawan das Geld geschenkt? Viertens, haben sie sich zur Geldübergabe getroffen? Und fünftens, warum ließ Lawan das Geld zurück?«

»Das ist mir ehrlich gesagt alles zu viel der Spekulation, Freunde«, sagte Ole und schaute auf die Uhr. »Seid mir nicht böse, aber ich habe noch einen privaten Termin.« Er stand auf. »Morgen früh um sieben in alter Frische?«

Sechsundzwanzig

Nachdem Ole Kotten das Büro verlassen hatte, sah Johann Lena fragend an. »Habe ich was verpasst?«

»Ole hat privat etwas Stress. Morgen ist er wieder der Alte.« Lena stand auf und drehte die Flipchart zur Wand um. »Hast du schon eine Unterkunft? Für heute Nacht kannst du auf jeden Fall bei uns im Gästezimmer schlafen.«

»Klingt gut. Ich habe mir noch nichts gesucht.«

Lena schickte Erck eine Nachricht aufs Handy und packte ihren Laptop in die Tasche. »Schade, dass wir hier unterbrochen haben, aber ohne Ole will ich nicht weitermachen. Wir brauchen seine Einschätzung.«

»Schon klar. Ich hoffe, ich habe nicht übertrieben?«

»Nein, gar nicht. Für mich sind ein paar Enden plötzlich zusammengekommen. Es stehen morgen auch noch einige Ergebnisse an und Kollegen werden uns von ihren Recherchen berichten. Anschließend werden wir einen Schlachtplan erarbeiten müssen. Ich bin dieses Herumstochern allmählich auch leid.«

Lena und Johann saßen im Garten auf der Holzbank, jeder ein Glas Wein in der Hand. Erck bereitete ein kleines Abendessen vor und hatte darauf bestanden, dass sie ihm aus dem Weg gingen.

»Mir geht deine Bemerkung nicht mehr aus dem Kopf«, sagte Johann und trank einen Schluck Weißwein.

»Welche?«

»*Sie hat es nicht genommen*, hast du gesagt. Lawan hat das Geld, das sie offensichtlich so dringend brauchte, abgelehnt. Schon klar, wir haben eine Geschichte weitergesponnen und arg spekuliert. Trotzdem. Warum hätte sie das machen sollen? Wenn sie das Geld wirklich brauchte, wäre es doch vollkommen irrational, es so kurz vor dem Ziel abzulehnen.«

»Dann spekuliere ich auch mal, wie hast du gesagt, arg. Was wäre, wenn Jorin Theisen sie vergewaltigt hätte?«

»Hatte Dr. Stahnke nicht im Bericht geschrieben, dass es keine Anzeichen dafür gibt?«

»Und wenn sie sich nicht gewehrt hat?«

»Warum sollte sie eine Vergewaltigung über sich ergehen lassen?« Johann sah sie an. »Das meinst du doch damit, oder?«

»Mehr oder weniger. Vielleicht hat sie es als Strafe angesehen. Als Strafe dafür, dass sie ihren Ehemann hintergangen hat. Nicht sexuell, aber er wusste nichts von ihren … Geldgeschäften. Weder von denen mit seinem Bruder noch von denen mit der Person, die ihr in den letzten zwei Jahren zu den vergleichsweise geringen Beträgen verholfen hat.«

»Steile These, würde Ole sagen.«

»Du bist mit der *zweiten Familie* gekommen, Johann.«

»Und Theisen hat die fehlende Gegenwehr als Zustimmung ausgelegt? Willst du mir das damit sagen? Da bist du aber nahe an ziemlich frauenfeindlichem Gedankengut.«

»Ich will ihn damit nicht entlasten. Sie hat ihm ganz sicher ein Nein signalisiert. Uns ging es doch gerade um aktive Gegenwehr, die zu Spuren geführt hätte.«

»Gut, nehmen wir das mal an. Aber hätte sie dann nicht gerade das Geld genommen oder gefordert? Sozusagen als Strafe für den Schwager?«

»Versetz dich doch einmal in die Frau hinein. Wäre das nicht eine Art von Prostitution? Sie lässt sich dafür bezahlen, dass sie mit ihm schläft oder, in diesem Fall, sich nicht dagegen wehrt und dadurch Theisen das Gefühl gibt, sie nicht vergewaltigt zu haben.«

Johann nickte nachdenklich. »Sie geht und steht plötzlich vor dem Problem, dass sie das notwendige Geld, das sie mit nach Thailand nehmen wollte, nicht hat. Also muss sie es anderweitig besorgen.«

»Richtig! Und die sechste Frage für unsere Liste ist: Was hat sie dann gemacht?«

Lena küsste Erck zum Abschied an der Tür. Er war früh aufgestanden, um die erste Fähre nach Amrum zu bekommen.

»Du schläfst heute auf der Insel?«, fragte Lena.

»Ja, so wie es aussieht, hat sich reichlich Arbeit angesammelt. Ich werde aber auf jeden Fall bei Beke vorbeischauen.«

»Danke. Ich habe ein verdammt schlechtes Gewissen. Ohne diesen Fall würde ich mir Urlaub nehmen und mitfahren.«

»Beke ist nicht alleine. Du weißt doch, dass sie viele Freunde hat. Die schauen nach ihr, glaub mir.« Er sah auf die Uhr und küsste Lena ein letztes Mal. »Ich muss jetzt.«

Lena sah ihm lange nach und ging erst wieder ins Haus, als Ercks Auto nicht mehr zu hören war.

»Guten Morgen«, hörte sie Johanns Stimme aus der Küche. »Der Hausherr schon unterwegs?«

Lena ging zu ihm. »Die Fähre wartet nicht und vor unserem Urlaub ist er einmal zu spät angekommen. Jetzt plant er immer noch einen Zeitpuffer ein.«

»Das klingt anstrengend. Aber ich finde es toll, wie ihr beide das angeht.«

Johanns Freundin studierte Pharmazie in Kiel und würde in einem Jahr ihre Abschlussprüfung machen. Ob sie dann in der Landeshauptstadt Arbeit finden würde, war ungewiss.

»Hast du auch davon gehört, dass Warnke an die Polizeihochschule nach Münster wechselt?«, fragte Johann.

Lena sah auf. Schon Monate zuvor hatte es Gerüchte gegeben, dass Kriminalrat Groll sich auf Warnkes Stelle beworben hatte. Lena kannte Groll aus früheren Zeiten aus Schleswig und hatte unangenehme Erinnerungen an ihn. Als sie als junge Kommissarin unter ihm gearbeitet hatte, hatte er sie sexuell belästigt und sogar versucht, sie zu vergewaltigen. Zum damaligen Zeitpunkt hatte sie nicht den Mut und die Kraft gehabt, ihn anzuzeigen, auch weil er ihr drohte, ausreichend Zeugen für seine Unschuld zu haben.

»Ist er deshalb seit Tagen so gut gelaunt?«, murmelte Lena.

»Von Kriminalrat Groll habe ich aber nichts gehört«, sagte Johann.

»Das kommt noch, glaub mir.«

Sie frühstückten und fuhren anschließend ins Polizeirevier. Ole Kotten saß bereits hinter seinem Schreibtisch und tippte mit Zweifingersystem etwas in die Tastatur.

Kurz darauf saßen sie wieder zusammen und gingen noch einmal ihre Fragen durch. Lena hatte inzwischen die sechste Frage hinzugefügt und Ole erklärt, in welchem Zusammenhang sie sie sah.

»Okay«, sagte Ole. »Wir können Jorin Theisen noch bis siebzehn Uhr festhalten. Bisher sieht es ja nicht so aus, als wenn er dem Haftrichter vorgeführt würde.«

»Sind die Ergebnisse zu seinem Fahrzeug da?«, fragte Johann, der sich, wie er Lena beim Frühstück erzählt hatte, noch in der Nacht durch die Protokolle und Akten gearbeitet hatte.

Ole Kotten nickte. »Es sind mehrere Haare im Fahrzeuginnenraum gefunden worden, die eindeutig von Lawan Yao Yun sind. Ebenso ein Fingerabdruck an einer unzugänglichen Stelle. Die Kollegen gehen davon aus, dass das Fahrzeug gründlich gereinigt und geputzt wurde. Vor allem der Kofferraum schien ihnen verdächtig sauber. Der Leiter der Kriminaltechnik meinte sogar, dass der Bodenbelag dort ausgetauscht wurde.«

»Blut?«

»Nein.«

»Gut, Fahrzeugreinigung alleine reicht noch nicht«, kommentierte Lena die neue Information. »Was ist mit der Festplatte?«

»Treffer. Ein Teil der Fotoaufnahmen konnte wiederhergestellt werden«, sagte Ole.

»Woher weißt du, dass es nur ein Teil ist?«, fragte Johann und warf im nächsten Augenblick Lena einen fragenden Blick zu. »Leon?«

Sie nickte. »Okay, also haben wir heimlich aufgenommene Fotos von Lawan Yao Yun durch den Schwager. Ein Indiz mehr, aber bei Weitem nicht ausreichend, um ihn länger festzuhalten.«

»Ist Dr. Stahnke beim DNA-Abgleich schon vorangekommen?«, fragte Ole Lena.

»Sie hat die ersten Schritte über Nacht eingeleitet und jemanden gefunden, der eine Nachtschicht dafür einlegt. Jetzt können wir nur hoffen, dass sie es rechtzeitig schafft.«

»Ja«, sagte Ole. »Bisher hat Jorin Theisen noch nicht nach einem Anwalt gerufen. Das wird sich erfahrungsgemäß aber ändern, wenn er erst mal wieder auf freiem Fuß ist und ihm klar wird, was passiert ist. Ich würde ihn gerne heute noch in die Mangel nehmen.«

»Warten wir's ab«, sagte Lena und trat an die Flipchart. Sie wendete das Blatt mit den sechs Fragen und griff nach einem Filzstift. »So, was steht noch aus oder an?«

Als Erstes schrieb sie *Ergebnisse Zeitungsaufruf* auf die Seite.

»Gründliche Auswertung der Einwahldaten zum vermuteten Todeszeitpunkt«, schlug Johann als zweiten Punkt vor. »Das kann ich gerne übernehmen.«

»Perfekt«, sagte Lena. »Weiter?«

»Interpol-Abfrage, die euer Chef beschleunigen wollte«, sagte Ole. »Hast du ihn noch einmal danach gefragt?«

Lena schrieb den Punkt auf. »Hatte ich für heute geplant. Aber seine Antwort kann ich dir schon jetzt verraten. Trotzdem gut, am Ball zu bleiben. Weiter?«

»Dein Kollege aus Flensburg wollte Kontakt zu seiner Thailänderin aufnehmen«, sagte Ole. »Hast du schon etwas von ihm gehört?«

»Nein, frage ich auch heute noch einmal nach.« Sie notierte den Punkt. »Ich wollte eigentlich vor Ort mit dem Leiter der Sprachschule reden.« Sie stöhnte leise. »Aber die Zeit war bisher nicht da und eigentlich ist sie es immer noch nicht.«

»Ruf ihn an«, schlug Ole vor. »Wenn es dann notwendig erscheint, noch vor Ort mit ihm zu sprechen, musst du halt morgen fahren.«

Lena nickte und notierte den Punkt an der Flipchart. »Ich glaube, das sind jetzt die wesentlichen Aufgaben im Fall Lawan«, sagte Lena und drehte erneut das beschriebene Blatt um. »Bleibt unser zweiter Fall. Thorsten Schöning.« Als Erstes schrieb sie den Namen *Gerrit Schäfer* aufs Blatt.

»Wir sollten ihn einbestellen«, schlug Ole vor. »Am besten wäre, der Staatsanwalt verschickt eine offizielle Vorladung. Für übermorgen früh sollte das zeitlich gehen. Was meint ihr?«

»Gute Idee!«, sagte Lena und Johann nickte.

»Was ist mit den Handydaten von Thorsten Schöning?«, fragte Johann mit Blick auf seine Notizen.

»Kommen hoffentlich heute. Ich habe gestern Nachmittag noch einmal nachgehakt«, antwortete Ole.

Lena notierte die Handydaten als zweiten Punkt auf der Flipchart.

»Wer von uns nimmt sich seine Kundendatei vor? Wir müssen letztlich jedes Objekt auf Nordstrand, das er angepackt hat, untersuchen.«

Johann hob seine Hand. »Wo sind die Unterlagen?«

Ole Kotten zeigte auf einen Karton in der Ecke des Büros.

»Dann bin ich aber auch gut eingedeckt«, fuhr Johann fort. Wieder sah er auf seine Notizen, deren Länge dafür sprach, dass er sich in der letzten Nacht ausführlich mit den Akten beschäftigt hatte. »Was ist mit diesem Rasmussen? Die Leiche ist auf seinem Grundstück gefunden worden, Schöning hatte mit ihm Kontakt und Lawan Yao Yun wiederum mit dem Vater von Rasmussen. Warum ist er nicht ein zweites Mal befragt worden?«

»Da ist uns Schönings Tod dazwischengekommen«, erklärte Ole. »Außerdem wollten wir warten, bis mehr Fakten auf dem Tisch liegen.«

»Johann hat recht«, sagte Lena. Sie schrieb den Namen *Rasmussen* als weiteren Punkt an die Flipchart. »Die entscheidende Frage, die wir uns stellen müssen, ist die, ob die beiden Fälle miteinander zusammenhängen.«

Johann schaute seine beiden Kollegen erstaunt an. »Ist das wirklich noch eine Frage? Hat einer von euch schon einmal einen solchen Zufall erlebt? Ich nicht. Gut, ich bin der Jüngste hier in der Riege, aber …«

»Du hast schon recht, Johann«, sagte Ole. »Aber unser Bauchgefühl hat uns in beiden Fällen noch keinen Millimeter weitergebracht.«

»Was spricht dafür, dass die beiden Fälle direkt etwas miteinander zu tun haben?«, fragte Lena. »Schönings Auto wurde in der Nähe des Leichen-Fundorts gesehen. Er hat uns zunächst gar nicht, dann zögerlich von seinem Kontakt zu Lawan Yao Yun erzählt, wobei uns immer noch nicht klar ist, wie sie miteinander in Verbindung standen. Haare von Lawan sind in seinem Auto gefunden worden. Schöning kennt Elbo Theisen. Schöning wird ein paar Tage nach dem Leichenfund und unmittelbar nach unserer zweiten Befragung getötet. Fragen: Mit wem hat er sich dort auf dem Feldweg getroffen? Warum dieses offensichtlich geheime Treffen? In welchem Verhältnis stand er zu Lawan?« Lena schrieb die drei Fragen auf das große Blatt der Flipchart und tippte mit dem Filzstift mehrmals darauf. »Das sind die zentralen Punkte. Johann hat genug Arbeit für heute und vermutlich morgen. Ich werde mich gleich um Ben und Warnke kümmern und dann den Sprachlehrer in Flensburg anrufen, Ole kümmert sich um die Telefondaten von Schönings Handy und um die Auswertung des Zeitungsaufrufs. Um spätestens fünfzehn Uhr sollten wir das Verhör mit Jorin Theisen fortsetzen.«

Siebenundzwanzig

Lena rief auf Bens Handy an. Er meldete sich.

»Guten Morgen, Ben!«

»Lena! Du rufst sicher wegen dem Kontakt nach Thailand an.«

»Ja, auch.«

»Ich habe zwar mit dem Botschaftssekretär gesprochen und er hat mir zugesagt, seinen Einfluss geltend zu machen, aber bisher habe ich leider noch nichts gehört.«

»Falls du mit Frau Grote über Skype sprichst, kannst du mich dann dazuschalten? Ich habe da ein paar dringende Fragen.«

»Sicher. Falls sie telefonieren will, machen wir eine Telefonkonferenzschaltung.«

»Klingt gut. Danke dir, Ben.«

»Ihr kommt nicht voran?«

»Das Opfer ist vor drei Monaten getötet worden. Was soll ich mehr sagen?«

»Schon klar. Kann ich sonst noch was für dich tun?«

»Ich bin leider noch nicht dazu gekommen, den Sprachlehrer zu befragen. Und im Moment sieht es nicht danach aus, als ob ich nach Flensburg kommen könnte.«

»Soll ich noch mal mit ihm sprechen?«

»Ich habe mich gefragt, ob er einer Telefonbefragung zustimmen würde. Was meinst du?«

»Schwierig. Weißt du was, ich rufe ihn gleich an, und wenn er vor Ort ist, fahre ich zu ihm. Dann erkläre ich ihm die Situation und wir machen zusammen eine Befragung über Skype. Dann siehst du ihn zumindest auf dem Bildschirm und kannst seine Reaktionen besser einschätzen.«

»Das wäre super, Ben.«

»Kein Thema. Was tut man nicht alles für das LKA.«

Lena sah sein breites Grinsen vor sich und bedankte sich noch einmal bei ihm, bevor sie sich verabschiedeten.

Der nächste Anruf galt Kriminaldirektor Warnke.

»Frau Lorenzen! Wie schön, von Ihnen zu hören. Was kann ich für Sie tun?«

Seine gute Laune hielt jetzt schon seit über einer Woche an. Kurz überlegte Lena, ihn auf die Gerüchte anzusprechen, entschloss sich dann aber, beim Fall zu bleiben.

»Wir kommen in dem Fall oder besser den Fällen nur langsam voran. Hat sich Ihre Quelle bei Interpol bereits gemeldet?«

»Ich dachte mir schon, dass Sie sich melden würden, und habe vorsorglich heute in London nachgehakt.« Er legte eine Kunstpause ein, um vermutlich die Spannung zu steigern. »Was soll ich sagen? Der Kollege, ach, eigentlich ist John ein guter Freund, hat seine Kontakte spielen lassen und mir versichert, dass er mir morgen oder spätestens übermorgen etwas an die Hand geben kann.«

»Er kann also noch nichts Konkretes mitteilen?«

»Leider nein, aber ich informiere Sie, sobald sich etwas tut.«

»Danke!«

»Frau Lorenzen?«

»Ja, Herr Kriminaldirektor?«

»Warum so förmlich? Mein Name reicht auch.«

»Herr Warnke?«

»Ich vermute mal, dass die Buschtrommeln selbst bis Husum zu hören waren. Ich denke darüber nach, die Stelle zu wechseln. Ich wollte Sie aber vorab informieren, dass noch keine Entscheidung gefallen ist. Es wird noch einige Wochen dauern.«

»Steht Kriminalrat Groll in den Startlöchern?«

Warnke antwortete nicht gleich. »Frau Lorenzen! Wie immer sehr direkt. Ich kann Ihnen dazu leider keine Auskunft geben. Das verstehen Sie sicher.«

Lena verstand den Wink. Groll hatte also tatsächlich Ambitionen auf den Posten. »Ich werde das nicht einfach so hinnehmen.«

Sie hörte Warnke tief durchatmen. »Das habe ich mir schon gedacht. Ihnen ist klar, dass Ihre Karriere auf dem Spiel steht? Zumindest hier beim LKA.«

»Absolut! Erinnern Sie sich, was ich Ihnen gesagt habe, als ich erfuhr, dass Groll die Leitung der SoKo übernehmen würde?«

»Ja. Ist an Ihren Andeutungen etwas dran?«

»Versuchte Vergewaltigung. Die Tat an sich ist verjährt.«

»Haben Sie Beweise?«

»Wie gesagt, ich werde mich nicht kampflos zurückziehen.«

»Das beantwortet nicht meine Frage, Frau Lorenzen.«

»Ich bin Kriminalistin, Herr Warnke, und keine Geschichtenerzählerin. Allerdings könnte es sein, dass ich Ihre Unterstützung brauche. Immerhin sind Sie mein langjähriger Vorgesetzter.«

Wieder entstand eine Pause, dann sagte Warnke: »Ich weiß, dass wir hin und wieder tief greifende Auseinandersetzungen hatten, und ich kann mir auch denken, was Sie so manches Mal über mich gedacht haben.«

Lena schwieg.

»Aber in diesem Fall können Sie sich auf mich verlassen. Ich akzeptiere keine Übergriffe auf Untergebene, schon gar nicht sexuell motivierte. Das geht absolut gegen meine Prinzipien. Ich denke, damit ist alles gesagt.«

»Ist es, Herr Kri… Herr Warnke.«

»Ihnen liegt noch etwas auf dem Herzen?«

»Sie wissen, dass die Angelegenheit sehr schmutzig werden kann? Groll ist gut vernetzt und hat keinerlei Skrupel.«

»Ja, das ist mir bewusst. Vertrauen Sie mir. Dieses eine Mal.«

Lena zögerte, entschied sich dann aber dafür, Klartext zu sprechen. »Es fällt mir nicht leicht, aber ich werde es versuchen.«

»Ich war nicht untätig, seit Sie mir damals den verdeckten Hinweis gegeben haben. Und ja, ich hätte vielleicht weiter nachfragen und vor allem nicht so schroff reagieren sollen. Zu meiner Entschuldigung kann ich nur sagen, dass ich damals in einer sehr schwierigen Situation war.«

Lena glaubte ihren Ohren nicht zu trauen. Hatte sich Warnke gerade für sein Verhalten entschuldigt? Und was meinte er damit, dass er *nicht untätig* gewesen sei?

»Ich werde Sie über jeden meiner Schritte informieren«, sagte Lena schließlich. »Ihre Handynummer wird die gleiche bleiben?«

»Auf jeden Fall.« Er machte eine kurze Pause. »Ich melde mich bei Ihnen, sobald ich etwas aus London habe. Viel Erfolg in Husum.«

Lena legte langsam ihr Handy auf den Schreibtisch. Johann arbeitete in einem anderen Büro, aber Ole hatte ihr Gespräch verfolgt. Lena hatte ihm schon vor Wochen von der versuchten Vergewaltigung erzählt und ihm gesagt, dass sie unter Groll niemals wieder arbeiten würde.

»Warnke?«, fragte Ole und runzelte die Stirn.

»Ja. Er wird tatsächlich in ein paar Wochen das LKA verlassen.«

»Nicht doch. Und Groll ist im Anmarsch?«

»Wenn ich Warnkes Hinweise richtig interpretiere: ja.« Sie schluckte.

»Und jetzt?«

»Ich habe damit gerechnet. Es wird mir wohl nichts anderes übrig bleiben, als die Sache von damals öffentlich zu machen.«

»Das wird hart werden, sehr hart.«

»Schon klar, aber Warnke hat mir doch gerade tatsächlich seine Unterstützung angeboten. Und sich sogar entschuldigt. Es geschehen noch Zeichen und Wunder.«

»Ein paar Wochen, sagst du?«

»Ja, und deshalb konzentrieren wir uns auch wieder auf unsere Arbeit. Groll muss warten.«

Lena schrieb gerade an einem der Protokolle, als Ben per WhatsApp ankündigte, dass sie in fünf Minuten mit der Skype-Konferenz beginnen konnten. Lena öffnete das Programm und wartete, bis Ben sie zugeschaltet hatte.

Sein Gesicht erschien auf dem Bild. »Hallo Lena, ich bin jetzt bei Herrn Chamlong. Er hat eine halbe Stunde Zeit für uns.« Er drehte den Bildschirm um, ein freundlicher alter Herr verneigte sich leicht und sagte: »Ich wünsche Ihnen einen wunderschönen Tag, Frau Lorenzen!«

»Danke, Herr Chamlong. Ich begrüße Sie auch. Vielen Dank, dass Sie sich bereit erklärt haben, über das Internet mit mir zu sprechen. Wie Sie wissen, wurde vor ein paar Tagen Frau Yao Yun tot aufgefunden. Sie wurde vor ungefähr drei Monaten getötet und in einem Wäldchen vergraben.«

»Ja, ich weiß Bescheid.«

»Sie kannten Frau Yao Yun?«

»Ich habe ihren Ehemann unterrichtet, und als Lawan nach Deutschland zog, hat sie ihn begleitet. Wir haben uns einige Male unterhalten. Sie war eine sehr stolze, aufrechte Frau.«

»In welchem Verhältnis stand sie zu Ihrer Mitarbeiterin Frau Grote?«

Sein Gesicht erstarrte kurz, dann fing er sich wieder. »Frau Grote arbeitet schon seit einem Dreivierteljahr nicht mehr bei mir.«

»Darf ich erfahren, warum?«

Er holte tief Luft und schien zu überlegen, ob und wie er die Frage beantworten wollte. »Frau Grote hat nicht die professionelle Distanz gewahrt, die ihrer Position als Lehrerin entsprach. Wir haben uns daraufhin voneinander getrennt.«

»Sie hat private Kontakte zu den Sprachschülern gesucht?«, fragte Lena, die sich vorstellen konnte, was passiert war.

»Das ist richtig. Ich konnte diese Art der Kontakte nicht gutheißen. Es entspricht ganz und gar nicht unseren Werten.«

»Ich verstehe, was Sie meinen. Hat Frau Yao Yun auch solche Kontakte gesucht?«

Zum ersten Mal zeigte der alte Thailänder eine deutliche Reaktion. »Nein, auf keinen Fall. Ich habe einige tiefe Gespräche mit Lawan geführt. Sie hatte ihre festen … wie nennt man das in Ihrer Sprache …«

»Grundsätze? Prinzipien?«, half Lena aus.

Herr Chamlong lächelte. »Ja, genau. Sie war sehr gefestigt. Da bin ich mir ausgesprochen sicher.«

»Wissen Sie etwas davon, dass Lawans Zwillingsbruder krank war?«

Er schüttelte kaum merklich den Kopf. »Nein. Ist er krank? Das hätte sie mir sicher erzählt.«

»Frau Yao Yun hat seit einiger Zeit auf ihr eigenes Konto Geld eingezahlt, dessen Herkunft wir nicht kennen. Sie hat es anschließend weiter nach Thailand an die Familie überwiesen. Wissen Sie, ob es dafür einen bestimmten Grund gab?«

»Lawan war sehr bedrückt seit dem Sommer. Sie wollte oder konnte mir nicht sagen, um was es sich handelte, und ich habe sie nicht gedrängt. Es war ihre Entscheidung, ihre ganz alleine.« Er zögerte. »Aber sie hat mir gesagt, dass sie schwere Schuld auf sich geladen hat, die sie nie wiedergutmachen kann.«

Lena hielt unwillkürlich die Luft an. »Wissen Sie, um was es sich gehandelt hat?«

»Nein, außer dass es etwas in der Heimat war.«

»Ich gehe davon aus, dass hier auch der Grund für den Geldbedarf liegt. Was hätte Frau Yao Yun dafür getan, um die notwendige Summe zu besorgen?«

Der alte Herr schloss kurz die Augen, dann sah er sie offen an. »Ich verstehe jetzt Ihre Frage zu meiner Mitarbeiterin. Aber nein, Lawan wäre nicht so weit gegangen.«

»Vielleicht ist ihr keine andere Wahl mehr geblieben.«

»Frau Lorenzen, es tut mir leid, aber ich kann Ihnen keine andere Antwort geben.«

»Danke, Herr Chamlong, Sie haben mir sehr geholfen.«

Achtundzwanzig

Lena saß in einem Straßencafé am alten Binnenhafen, vor sich eine große Tasse Milchkaffee. Nachdem sie noch einmal die Protokolle des letzten Theisen-Verhörs durchgegangen war und einige Punkte in den Akten nachgeschlagen hatte, war sie zu einem kurzen Gang in die Husumer Altstadt aufgebrochen.

Die Informationen, die sie von dem alten Sprachlehrer aus Flensburg erhalten hatte, rundeten ihr schon vorhandenes Bild von Lawan Yao Yun ab. Mit Spannung fieberte sie dem Ergebnis des DNA-Abgleichs entgegen. Gleichzeitig hatte sie das Gefühl, dass sie ihre Ermittlungen in eine Sackgasse geleitet hatten. Wo waren sie falsch abgebogen? Hatten sie einen wichtigen Hinweis nicht beachtet? Lag der Schlüssel zur Aufklärung des Falles in der Verbindung zwischen Lawan und Schöning?

Sie trank einen kräftigen Schluck aus der Tasse und lehnte sich zurück. Auch heute schien die Sonne, den fünften Tag in Folge, was in Nordfriesland durchaus ein Grund war, die Tage im Kalender anzukreuzen. Sie schloss die Augen und atmete tief ein, während sie den Geräuschen der vorbeischlendernden Touristen, gemischt mit den Schreien einzelner Möwen und dem weiter entfernten Straßenlärm, lauschte. In den wenigen Wochen, in denen sie jetzt in Husum lebte, war ihr der Ort ans Herz gewachsen. Und das nicht nur weil sie hier mit Erck ihr erstes Zuhause eingerichtet hatte, sondern auch wegen des Charmes der alten Hafenstadt. Mit ihren gut dreiundzwanzigtausend Einwohnern war die Stadt Lena weder zu klein noch zu groß. Das kulturelle Angebot fand sie ansprechend, und da die Gastronomie aufgrund der Touristen vergleichbar mit der in größeren Städten war, gab es auch hier keinen Grund zur Klage. Sie musste zugeben, dass sie sich in Husum sehr wohlfühlte.

Sie sah auf die Uhr und sprang auf. In zehn Minuten würde Jorin Theisen in den Verhörraum geleitet werden. Ole wartete sicher schon auf sie. Sie schrieb ihm eine Nachricht und eilte zum Polizeirevier.

Jorin Theisen saß ihnen scheinbar gelassen gegenüber. Auf anwaltlichen Beistand hatte er verzichtet.

»Werde ich jetzt dem Haftrichter vorgeführt oder nicht?«

Theisen schien gut informiert zu sein. Lena antwortete nicht auf seine Frage, sondern legte ihm zehn Fotos vor, die von der zerstörten Festplatte gerettet worden waren. Theisen reagierte augenblicklich. Seine Atmung beschleunigte sich hörbar, seine rechte Hand, mit der er die Fotos hochnahm, zitterte leicht.

»Können Sie uns dazu etwas sagen?«, fragte Lena.

Theisen zuckte mit den Schultern. »Ja, und? Ist es verboten, Fotos von Verwandten zu machen?«

»Darum geht es nicht und das wissen Sie auch. Es geht vielmehr um Ihr Verhältnis zu Ihrer Schwägerin. Vielleicht fangen wir da noch einmal an. Erzählen Sie mir, wie Sie in den letzten, sagen wir, zwölf Monaten zu ihr gestanden haben.«

»Was soll das bringen?«, antwortete er patzig.

Ole Kotten seufzte auf. »Sie scheinen nicht zu wissen, auf was das hier hinausläuft. Sie werden verdächtigt, Ihre Schwägerin getötet zu haben.«

Jorin Theisen schwieg und tat so, als habe er nicht gehört, was Ole gesagt hatte.

Lena entschied sich für eine Provokation. »Ihre Ex-Frau hat uns erzählt, dass Ihre Ehe auch an Ihrer Zuneigung zu Lawan Yao Yun gescheitert ist.«

»Sie soll weiterträumen.«

Lena legte, eins nach dem anderen, zehn weitere Fotos vor Theisen auf den Tisch. »Ich würde sagen, Sie waren in diese Frau verliebt. Übrigens eine ausgesprochen schöne Frau.«

Dieses Mal gab Theisen keine patzige Antwort. Stattdessen huschte ein Lächeln über seine Lippen. »Lawan war die Frau meines Bruders. Mehr ist dazu nicht zu sagen.«

Lena legte die letzten beiden Fotos auf den Tisch. Lawan Yao Yun im Badezimmer.

»Ich stelle es mir grausam vor, in die Frau des Bruders verliebt zu sein. Weiß Ihr Bruder Elbo davon?«

Theisen drehte das Badezimmerfoto um. »Das wird ihn jetzt wohl kaum noch interessieren. Sie hatte den Flug doch schon gebucht. Oder hatte ich Sie da falsch verstanden. One-Way-Ticket.«

»Hat Sie das sehr getroffen?«

Er klopfte sich mit der flachen Hand auf die Brust und lachte gekünstelt. »Mich? Wieso?«

»Ich vermute einfach mal, dass dreißigtausend Euro nicht nur für mich, sondern auch für Sie eine große Summe sind.«

Seine Miene verfinsterte sich schlagartig, aber er schwieg.

»Wussten Sie vorher schon davon?«, fragte Lena mit sanfter Stimme.

Er nickte. »Sie hat es mir gesagt«, antwortete er leise.

»An dem Tag, an dem Sie ihr die weiteren zwanzigtausend geben wollten?«

Er schwieg. Vermutlich war ihm aufgegangen, dass er einen Fehler gemacht hatte.

»Ihre DNA wird gerade mit gefundenen Spuren verglichen«, kam Lena zum entscheidenden Punkt.

»Ja, und? Vergleichen Sie doch, bis Sie schwarz werden.«

In diesem Augenblick klopfte es an der Tür, ein uniformierter Beamter trat ein und legte ein Blatt vor Ole Kotten auf den Tisch. Der Hauptkommissar las und nickte Lena zu. Sie zog das Schriftstück zu sich und drehte es auf die andere Seite.

»Herr Theisen, dies hier ist der DNA-Abgleich. Bei Ihrer Schwägerin wurden an verschiedenen Stellen Spermaspuren gesichert. Ich habe das Ergebnis bisher noch nicht angesehen. Wissen Sie, warum?«

Er schüttelte den Kopf.

»Ich möchte Ihnen die Gelegenheit geben, die Wahrheit zu sagen, ohne dass ich sie Ihnen nachweisen kann. Das würde mit Sicherheit zu Ihren Gunsten ausgelegt werden.«

Jorin Theisen starrte auf das umgedrehte Blatt. Quälende Minuten einer atemlosen Stille vergingen. Lena entschied sich zu warten und gab Ole, der unruhig zu werden schien, einen verdeckten Wink. Kurz bevor Lena das Fax umdrehen wollte, um Jorin Theisen mit dem Ergebnis des DNA-Abgleichs zu konfrontieren, räusperte er sich leise und begann, stockend zu sprechen. »Sie war bei mir – Lawan war in meiner Wohnung –, es ging um das Geld, Sie wissen ja, dass ich es abgehoben hatte.« Er sah Lena an und sprach nun hastiger. »Wir haben es getan – ich meine, miteinander geschlafen – ja, ich war in sie verliebt – ich wollte es – und sie hat es – sie hat nicht Nein gesagt – ich würde doch niemals – ich habe ihr nichts getan – das müssen Sie mir glauben – sie ist einfach so gegangen – sie wollte das Geld nicht – als ich sie festgehalten habe – das war nur ganz leicht – nicht dass Sie jetzt meinen, dass ich ihr etwas angetan hätte – nein, ganz bestimmt nicht.« Er holte Luft und starrte geradeaus zwischen Lena und Ole ins Nichts. Es war deutlich zu sehen, dass Theisen erleichtert war, über die letzte Begegnung mit seiner Schwägerin zu sprechen. Die eiserne Spannung seines Körpers hatte sich gelöst, seine Atmung normalisierte sich und das Flackern der Augen hatte nachgelassen.

»Was passierte genau, nachdem Sie sich wieder angezogen hatten?« Lena hatte bewusst vorsichtig formuliert, um Theisen nicht aus dem Gleichgewicht zu bringen.

»Ich wollte ihr das Geld geben.« Er wischte sich mit dem Handrücken über die feuchten Augen. »Aber sie wollte es nicht.«

»Was hat sie gesagt?«

Theisen schwieg wieder.

»Und dann hat sie Ihre Wohnung verlassen?«

Er nickte.

»Ohne etwas zu sagen?«

»Nein, sie hat ...« Nach einer kurzen Pause sprach Theisen weiter. »... gesagt, ich wäre nicht mehr ihre Familie.«

»Warum nicht?«

»Ich wäre ein schlechter Mensch.«

»Hat sie gedroht, es Ihrem Bruder zu erzählen?«

»Nein.«

Lena wartete, bis er weitersprach.

»Dann hat sie gesagt, dass sie zurück nach Thailand fliegt. Zu ihrer Familie, zu ihrem Sohn. Und schließlich hat sie was auf Thai gesagt. Das habe ich nicht verstanden, ich kann ja kein Thai. Nur mein Bruder.«

Nach einer zehnminütigen Pause, in der Jorin Theisen etwas trank und ein paar Kekse aß, gingen sie zwei weitere Male die Anwesenheit von Lawan Yao Yun in Jorin Theisens Wohnung durch, ohne dass sie wesentlich neue Erkenntnisse erlangten. Allerdings gab Theisen zu, dass er der aktive Part beim Geschlechtsverkehr gewesen war, er seine Schwägerin quasi ausgezogen und sie regungslos vor ihm gelegen hatte.

Kurz vor siebzehn Uhr verließen Lena und Ole das Verhörzimmer und telefonierten mit dem Staatsanwalt, der der gleichen Meinung war wie sie. Jorin Theisen wurde kurz darauf entlassen, nachdem sein Ausweis eingezogen worden war.

»So, jetzt haben wir zumindest den ersten Anhaltspunkt, wo Lawan Yao Yun sich an ihrem vermutlichen Todestag aufgehalten hat«, sagte Lena.

Sie saßen zur Abschlussbesprechung des Tages in Ole Kottens Büro zu dritt zusammen. Lena hatte von dem Verhör eine kurze Zusammenfassung gegeben und schrieb jetzt auf einem neuen Blatt an der Flipchart die Uhrzeit auf. »Sie war von neun bis ungefähr zehn bei Jorin Theisen. Wohin ist sie danach gegangen?«

Ole und Johann zuckten mit den Schultern.

»Auf jeden Fall nicht nach Hause«, fuhr Lena fort. »Dort hätte sie sich sofort umgezogen und gewaschen. Bis zwanzig Uhr hat Elbo Theisen ein unumstößliches Alibi. Eine knappe Stunde hätte er von Schleswig bis Nordstrand gebraucht, also einundzwanzig Uhr. Ich halte es für unwahrscheinlich, dass Lawan Yao Yun erst um diese Zeit nach Hause gekommen ist. Sozusagen kurz vor oder nach ihm. Wie gesagt, wäre sie früher gekommen, hätte sie sich umgezogen und gewaschen.«

»Klingt logisch«, stimmte ihr Ole zu.

»Die Frau hatte gerade zwanzigtausend Euro in den Wind geschossen«, sagte Johann. »Sprich: Sie wird sich umgehend darum gekümmert haben, neues Geld aufzutreiben.«

»Wo wird sie hingefahren sein?«, fragte Lena.

»Sie hatte kein eigenes Auto zur Verfügung«, dachte Ole laut. »Normalerweise ist sie mit dem Geländewagen gefahren, aber damit war ja ihr Mann unterwegs. Nach Husum wird sie mit dem Bus gefahren sein. Und dann?«

»Taxi!«, rief Johann. »Habt ihr die Taxiunternehmen schon befragt?«

»Nein«, sagte Lena zerknirscht. »Wer übernimmt das?«

»Das ist wohl am besten, wenn ich das mache«, warf Ole ein. »Die kennen mich. Da wird es unproblematischer gehen.«

»Das ist sicher richtig«, sagte Lena. »Hat der Staatsanwalt Gerrit Schäfer vorgeladen?«

»Ja, für übermorgen. Ihm ist die Vorladung heute zugestellt worden.«

»Hat Zubrücken sich zu Elbo Theisen geäußert?«, fragte Lena weiter.

»Nur im Nebensatz. Ich vermute, er wird morgen seine Entlassung aus der Untersuchungshaft beantragen. Es sei denn, wir finden noch weitere Indizien.«

»Das halte ich für nicht sehr wahrscheinlich.« Sie wandte sich an Johann. »Was ist mit deinen Recherchen?«

»Läuft.«

»Das klingt nach einer weiteren Nachtschicht.«

Johann grinste. »Ich bin ja noch jung. Geht schon! Bis morgen versuche ich, die Ergebnisse zusammenzufassen.«

»Okay! Handydaten von Schöning immer noch nicht da?«

Ole Kotten schüttelte den Kopf. »Ich bin am Durchdrehen – so lange haben die schon ewig nicht mehr gebraucht. Leider hat die Kriminaltechnik es auch nicht geschafft, das Passwort zu knacken. Sie haben Angst, dass alle Daten gelöscht werden. Es gibt beim iPhone wohl eine solche Einstellung. Ich kenne mich da nicht so aus.«

»Was ist mit dem Zeitungsaufruf?«, fragte Lena.

»Morgen. Ich berichte morgen. Allerdings komme ich etwas später, weil ich vorher zu den Taxiunternehmen fahre.«

Lena schaute auf ihre Notizen. »Haben wir noch etwas vergessen?«

Ole Kotten stand auf. »Nein, ich glaube nicht.« Er zog seine Jacke an und verabschiedete sich.

Johann erhob sich, um in sein provisorisches Büro zu gehen. »Mein Hotel ist gleich um die Ecke. Bleibst du noch lange?«

»Eine halbe Stunde vielleicht. Ich wollte noch das Protokoll zu Ende schreiben und ein paar Sachen nachschauen.«

»Bis morgen, Chefin«, sagte Johann grinsend und eilte aus dem Büro.

Neunundzwanzig

Erck nahm das Gespräch nach dem ersten Klingelton an.

»Wie war dein Tag?«, fragte Lena.

»Arbeitsreich. Ich habe viel geschafft und kann mich wohl morgen gegen Mittag auf den Weg nach Hause machen.«

»Nach Hause klingt gut.«

»Und bei dir?«

»Ich glaube, wir kommen bald in die entscheidende Phase des Falles. Zu dritt läuft es um einiges besser. Wann ich morgen wieder zu Hause bin, kann ich noch nicht sagen.«

»Schon gut. Ich kaufe dann ein und vielleicht können wir ja am Abend etwas zusammen essen.«

»Wie geht es Beke? Du warst doch bei ihr?«

»Kurz. Eine Tasse Tee und ein Stück Kuchen.«

»Und?«

»Ich glaube, sie ist froh, dass du nächste Woche mit ihr zum Arzt gehst. Zumindest glaube ich, das zwischen den Zeilen herausgehört zu haben. Ich konnte auch nicht lange bleiben, weil sie noch Besuch von einer Freundin erwartete. Ihr geht es so weit ganz gut. Du musst dir wirklich keine Sorgen machen, Lena.«

»Ich versuche es ja, aber ehrlich gesagt geht sie mir doch den lieben langen Tag im Kopf herum. Es ist Beke! Ich dachte immer, sie sei unverwundbar.« In diesem Augenblick klingelte es an der Tür. »Warte mal kurz. Es hat geklingelt.« Sie ging mit dem Telefon in der Hand zur Tür und öffnete sie. Vor ihr stand Ole Kotten. »Erck, es ist Ole. Ich melde mich später noch, ja?«

»Grüß ihn von mir. Und wir können auch noch morgen Vormittag kurz telefonieren.«

Lena trat zur Seite und bat Ole mit einer Handbewegung ins Haus.

»Ist gut, Erck.« Sie legte auf.

Ole war schon zur Küche vorgegangen und stand am Fenster, als Lena ihm folgte. »Ein Glas Wein?«

Er nickte und setzte sich an den Esstisch. Lena schenkte ihm ein, er trank einen kräftigen Schluck.

»Was ist passiert?«, fragte sie.

»Tobias ist …«

»… nach Berlin gefahren?«

Ole Kotten nickte.

»Habt ihr euch gestritten?«

»Nein, ich bin vorher gegangen. Verdammter Mist, kann Tobias das denn nicht etwas diskreter machen? Er ist doch oft genug unterwegs und kann einfach einen Tag dranhängen.«

»Tut mir leid, Ole. Ich verstehe dich voll und ganz, aber ich weiß einfach nicht, wie ich dir helfen kann.«

Er hob das Glas. »Das reicht schon – und dass ich hier für ein paar Minuten sitzen kann.«

»So lange du willst«, sagte Lena und schenkte sich auch ein Glas Wein ein.

Lena trank den letzten Schluck Kaffee aus der Tasse. Ole war erst gegen zwei Uhr mit dem Taxi nach Hause gefahren. Sein Vorhaben, das eigene Auto zu nehmen, hatte sie mit einiger Mühe verhindern können. Vermutlich saß er gerade mit einem riesigen Kater an seinem Küchentisch und schluckte

Kopfschmerztabletten oder, was wahrscheinlicher war, lag noch im Bett und würde verschlafen.

Pünktlich um acht Uhr betrat Lena das Polizeirevier und begab sich direkt zu Johanns provisorischem Büro.

»Guten Morgen«, sagte sie, als sie eintrat.

»Schon da, Chefin?«

Lena baute sich vor seinem Schreibtisch auf. »Du spielst mit dem Feuer. Ist dir das klar?« Lena hasste es, so genannt zu werden.

»Seit du nach Husum gezogen bist, verstehst du einfach keinen Spaß mehr. Ist das das Klima hier?«

Lena zog sich einen Stuhl heran und setzte sich. »Dann setz deine Chefin mal in Kenntnis, du Supermann.«

»Und Ole? Sollten wir nicht warten?«

»Bei dem ist es gestern etwas später geworden.«

»Okay, dann fange ich einfach mal an.« Er sah auf seine Notizen. »Als Erstes habe ich mir die Einwahldaten der Handys vorgenommen. Ihr hattet ja bereits die beiden Handybesitzer befragt, die sich über einen langen Zeitraum in der Funkzelle aufgehalten haben.«

»Ja, es waren die beiden einzigen. Die anderen waren viel zu kurz im Funknetz, als dass sie bei Schöning gehalten haben könnten.«

Johann tippte mit dem Kugelschreiber auf seinen Notizblock. »Ich habe hier drei Nummern, die nur extrem kurz eingewählt waren.«

»Sie sind schneller gefahren?«

»Dann wären sie extrem schnell gefahren. Hier, der eine ist genau sechs Sekunden im Funknetz gewesen, der andere zwölf. Die durchschnittliche Verweildauer ist allerdings siebenundzwanzig Sekunden. Ich habe mir das auf einer entsprechenden Karte angesehen und siebenundzwanzig Sekunden entsprechen ungefähr einer Geschwindigkeit von fünfundneunzig

Stundenkilometern. Um nur zwölf Sekunden zu brauchen, müsste man also ungefähr zweihundert Stundenkilometer schnell sein. Das ist an dieser Stelle aber kaum vorstellbar. Du verstehst, was das heißt?«

»Das Handy hat sich entweder aufgrund des leeren Akkus ausgeschaltet oder es wurde ausgeschaltet.«

»Genau. Das hier sind die Daten der Handybesitzer. Eine Frau und zwei Männer. Die Frau ist einundzwanzig und wohnt in Husum. Ich habe vermutlich den Facebook-Account von ihr gefunden. Sie ist Bankangestellte in Husum und hat einen Freund, der zehn Kilometer östlich von der Stadt wohnt. Sein Handy war länger eingeloggt – zweiunddreißig Sekunden. Ich vermute, die beiden waren gemeinsam unterwegs zu ihm nach Hause – oder umgekehrt nach Husum. Es war ja schließlich Freitagabend. Einer der Männer ist dreiundsiebzig und kommt aus Wester-Ohrstedt. Das liegt östlich von Husum an der B201. Über ihn weiß ich noch nichts weiter, aber ich gehe einmal davon aus, dass Josef Meier Rentner ist. Und die dritte Person ist Karsten Ranhold, ein fünfzigjähriger Tierarzt aus Husum.«

»Kannst du das noch einmal wiederholen?«, sagte Lena erschrocken. Sollte sie wirklich übersehen haben, dass unter den Hunderten von Namen jemand dabei war, den sie schon im Verlauf der Ermittlungen befragt hatte?

»Karsten Ranhold, er ist …«

»Tierarzt. Ich weiß. Ich habe ihn bereits befragt.«

»Was, wie, wo?«

Lena erklärte kurz, wieso sie sich mit Ranhold beschäftigt hatte.

»Okay«, sagte Johann. »Das ist jetzt nicht ungewöhnlich, dass ein Tierarzt aus Husum Kunden auf Nordstrand hat. Verdächtig macht ihn das nicht unbedingt.«

»Wenn du mir jetzt noch sagst, dass er einen BMW Kombi fährt …«

»Leider nein. Das habe ich natürlich gleich bei allen Kandidaten überprüft. Vielleicht hat er ja Zugriff auf ein Auto der Marke. Meine Intuition sagt mir, dass wir uns auf jeden Fall mit ihm unterhalten sollten.«

»Ganz sicher, Johann. Ole kennt Ranhold übrigens. Aus der Szene hier. Er ist auch schwul.«

»Schade! Dann können wir diese mögliche Verbindung zwischen ihm und Frau Yao Yun schon mal streichen.«

Lena nickte. »Das wollte ich damit sagen. Zu den beiden anderen Personen, die nur so kurz eingeloggt waren: Die junge Frau und den älteren Herrn sollten wir natürlich auch nicht außer Acht lassen. Einen Elektroschocker können sicher beide bedienen.«

»Keine Frage«, sagte Johann. »Wir müssen alle befragen.«

»Hast du etwa auch schon die Unterlagen aus Schönings Büro durchgesehen?«

»Grob auf jeden Fall. Der gute Mann war bei mehreren Objekten auf Nordstrand am Ball. Ich habe eine Liste von acht Häusern beziehungsweise Bauernhöfen. Eins ist das von Friso Rasmussen.«

»Wie weit war der Vorgang vorangeschritten?«

»Der Kaufvertrag liegt als Entwurf vor. Was mich gewundert hat, ist der Preis. Hattest du nicht in einem Nebensatz gesagt, dass das Anwesen besonders günstig liegt?«

»Absolut. Warum?«

»Ich kenne mich mit Immobilienpreisen für Häuser auf Nordstrand nicht aus, aber zweihundertfünfzigtausend Euro scheinen mir doch etwas wenig.«

»Ich habe Haus und Grundstück mindestens auf hunderttausend mehr geschätzt. Eigentlich sogar noch mehr.«

»Merkwürdig! Vielleicht war es Wunschdenken von dem Immobilienheini und er hat es einfach mal versucht?«

Lenas Handy klingelte. Sie schaute aufs Display und nahm das Gespräch an. »Guten Morgen, Ole! Wie geht es dir?«

»Frag nicht. Ich bin gerade erst aus dem Bett gefallen und warte auf die Wirkung der Kopfschmerztabletten. Danach klappere ich die drei Taxiunternehmen ab. Es kann also eine Weile dauern.«

»Alles gut, Ole. Wir befragen noch drei neue Zeugen und sind dann vermutlich zusammen mit dir wieder im Büro.«

»Danke. Auch für gestern Nacht. Bis später.«

Lena schlug Johann vor, dass sie sich trennen sollten. Er würde die junge Frau an ihrem Arbeitsplatz aufsuchen, während sie selbst den alten Herrn in Wester-Ohrstedt befragte. Anschließend wollten sie sich vor der Tierarztpraxis von Karsten Ranhold treffen.

»Polizei?« Der alte Mann, der Lena gerade die Tür geöffnet hatte, sah sie erschrocken an. »Ist meinem Sohn etwas passiert?«

»Nein, nichts dergleichen, Herr Meier. Darf ich kurz reinkommen?«

Josef Meier atmete erleichtert auf und trat zur Seite. »Man kennt das ja aus Filmen. Da kommen doch immer die Polizisten in Zivil, wenn etwas Schreckliches passiert ist.«

Er bat sie ins Wohnzimmer und bot ihr einen Platz an. »Was kann ich denn für Sie tun, junge Frau?«

»Letzte Woche Freitag um kurz nach zwanzig Uhr sind Sie vermutlich von Husum nach Hause gefahren. Ist das richtig?«

»Ich habe meine Schwester besucht und wie immer haben wir uns verquatscht. Dann war es so spät, dass sie noch ein Abendessen aufgetischt hat, meine liebe Grete.«

»Ungefähr zwei Kilometer hinter dem Golfplatz an der B201 geht ein Feldweg nach links ab. Vielleicht ist er Ihnen schon mal aufgefallen?«

Der alte Herr nickte. »Den Weg gab es schon zu meiner Jugend.« Er lächelte verschmitzt. »Er führt nur zu den Feldern hinter der Straße und zu einem kleinen Wäldchen. Als junger Mann habe ich mich dort heimlich mit meiner Zukünftigen getroffen. Meine Eltern waren nicht so begeistert von Marie. Meine liebe Frau ist vor einem Jahr verstorben, müssen Sie wissen. Dieser schreckliche Krebs. Der Tod war für sie eine Erlösung.« Er reckte sich zu einer Anrichte und griff nach einem Fotorahmen, den er Lena reichte. »Das ist ein Foto, als es ihr noch gut ging.«

»Mein Beileid, Herr Meier.«

»Danke, vielen Dank.«

»Darf ich noch einmal zum letzten Freitagabend zurückkommen?« Als der alte Herr nickte, fuhr Lena fort: »Sie haben ein Handy und das ist ziemlich genau an dem beschriebenen Punkt ausgegangen.«

»Ja, Frau Kommissarin. Das war wegen dieses Anrufs.«

»Haben Sie telefoniert, während Sie gefahren sind?«

»Gott bewahre! Man liest doch immer wieder in der Zeitung, was dann passiert. Nein, das Telefon hat geklingelt und ich bin rechts rangefahren. Gerade als ich drangehen wollte, ist es aber ausgegangen – der Akku war leer. Ich habe noch eine Weile versucht, es wieder anzustellen, aber da war nichts zu machen. Meine Schwester habe ich dann von zu Hause zurückgerufen – ich hatte meinen Regenschirm bei ihr vergessen.«

»Wo haben Sie angehalten?«

Der alte Herr fuhr sich mit dem Finger über den Nasenrücken. »Ja, wenn ich das jetzt genau überlege, muss das tatsächlich kurz vor dem Feldweg gewesen sein. Da ist eine kleine Einbuchtung. Kennen Sie die?«

»Ja, ich glaube schon. Etwa dreißig Meter vorher, habe ich recht?«

»Das könnte sein. Ich bin dann gleich weitergefahren.« Er lächelte. »Jetzt müssen Sie mir aber verraten, warum Sie das alles fragen.«

»Das sind laufende Ermittlungen, Herr Meier. Es tut mir leid, aber sehr viel darf ich nicht darüber sagen. Ist Ihnen denn ein Auto aufgefallen, das in den Feldweg einbog?«

»Ja, jetzt, wo Sie es sagen. Ich hatte mich gerade mit diesem Telefon beschäftigt, versucht, es wieder anzustellen, und da ist tatsächlich ein Auto dort abgebogen.« Er sah sie fragend an. »Jetzt wollen Sie aber nicht von mir wissen, wie der Mann aussah, der dort gefahren ist?«

»Fangen wir mit dem Fahrzeug an. Was war es für ein Typ?«

»Ein Geländewagen. Einer von diesen großen, klobigen. Weiß oder silbern. Oder vielleicht auch grau. Auf jeden Fall hell und keine richtige Farbe.«

»Haben Sie die Marke erkannt?«

»Nein, Frau Kommissarin. Ich kenne mich da nicht mehr so aus. Es gibt doch heutzutage so viele Typen von diesen Geländewagen, da ist das Ende von weg.«

»Sie sagten, es war ein Fahrer?«

»Ja, da bin ich mir sicher. Ich habe mich noch gewundert, warum er da um diese Zeit reinfährt. Da ist doch nichts. Es saß auch nur eine Person im Auto. Ich dachte mir dann: Wahrscheinlich ist es ein Bauer, der kurz nach etwas gucken muss. Die arbeiten ja rund um die Uhr.«

»Können Sie ihn beschreiben?«

Josef Meier zog die Augenbrauen zusammen. »Von hinten? Der Geländewagen ist doch aus Richtung Husum gekommen und hat mich überholt. Ja, als er in den Feldweg einbog, aber das war nur ein kurzer Augenblick und dann war er schon weg. Ich konnte ja nicht wissen, dass … Aber es war ein Mann, da bin ich mir sicher. Kurze Haare, nicht jung, aber auch nicht so alt wie ich. Fünfzig? Aus der Entfernung ist das schwierig.«

»Würden Sie ihn wiedererkennen?«

»Das weiß ich nicht. Ich kann doch niemanden einfach so belasten. Dafür war die Entfernung ziemlich groß.«

»Können Sie sich an das Nummernschild erinnern?«

»Nein, leider nicht. Ich hätte Ihnen da so gerne geholfen, Frau Kommissarin.«

»Das haben Sie, Herr Meier. Ich werde in den nächsten Tagen einen Kollegen vorbeischicken. Der hat das Protokoll von unserem Gespräch dabei. Wenn Sie das dann unterschreiben würden.« Sie reichte ihm ihre Visitenkarte. »Falls Ihnen noch etwas einfällt.«

Der alte Herr begleitete Lena bis zur Haustür und sie verabschiedeten sich herzlich.

Zurück im Auto, rief Lena Johann an, der ebenfalls gerade seine Befragung beendet hatte. Die junge Frau war zusammen mit ihrem Freund Richtung Husum gefahren und hatte auf Höhe des Golfplatzes ihr Handy ausgestellt. Johann hatte keinen Zweifel, dass die Aussage korrekt war, würde aber noch den Freund der jungen Frau befragen. Danach würden sie sich bei der Tierarztpraxis treffen.

Dreissig

Die Sprechstundenhilfe in der Tierarztpraxis sah sie mit großen Augen an, bevor sie ihre Sprache wiederfand. »Der Doktor operiert gerade. Und das Sprechzimmer ist voll. Es tut mir leid, Sie müssen ein anderes Mal wiederkommen.«

Johann lächelte die junge Frau an. »Wir haben nur ein paar Fragen. Was meinen Sie, wann die Operation beendet ist? Wir können doch dann sicher kurz mit Herrn Ranhold sprechen.« Als die junge Frau gerade zu einer Entgegnung ansetzte, fuhr Johann fort. »Ansonsten müssen wir Ihren Chef morgen vorladen. Ich fürchte, die Sprechstunde würde dann für den ganzen Vormittag ausfallen. Was meinen Sie, was Herr Ranhold bevorzugen würde?«

Die Sprechstundenhilfe schwieg und schien die Optionen abzuwägen. »Setzen Sie sich doch ins Wartezimmer. Ich werde mit dem Doktor sprechen, sobald er frei ist.«

Auf dem Weg ins Wartezimmer klingelte Lenas Handy. Sie warf einen Blick aufs Display und deutete Johann an, dass sie nachkommen würde.

»Guten Morgen, Herr Kriminaldirektor«, sagte sie und machte sich auf den Weg zum Auto, um dort in Ruhe mit ihrem Chef sprechen zu können.

»Frau Lorenzen, guten Morgen. Hatten wir nicht vereinbart, auf den Kriminaldirektor zu verzichten?«

Lena schmunzelte, da ihr kleiner Plan aufgegangen war und sie sich genug Zeit verschafft hatte, um sich in ihr Fahrzeug zu setzen.

»Gerne, Herr Warnke.«

»Ich habe eine gute Nachricht für Sie. Mein Freund bei Interpol hat sich gemeldet. Ich erspare Ihnen einmal die ganze Geschichte, wie er mühsam an die Informationen gekommen ist, und fasse mich kurz: Der Sohn unseres Opfers ist bereits seit August letzten Jahres inhaftiert und wartet auf seinen Prozess. Sie fragen sich jetzt sicher, weswegen er angeklagt ist. Nun, angeblich soll er mit zwei weiteren Komplizen ein Juweliergeschäft überfallen und den Inhaber dabei schwer verletzt haben. Die Beute hatte einen Wert von über zweihunderttausend Dollar, ein Teil davon wurde bei dem Sohn gefunden.«

»Das ist tatsächlich eine sehr interessante Information. Wissen Sie, mit welcher Strafe der junge Mann zu rechnen hat?«

»Die Justiz ist in Thailand wohl nicht sehr zimperlich. Er wird als Erwachsener behandelt und ist auch in einem entsprechenden Gefängnis. Ich glaube, wir beide wollen lieber nicht wissen, wie es da aussieht. Die Strafe könnte bis zu zwanzig Jahre umfassen. Sollte der Inhaber an den Folgen der Verletzung sterben, droht dem jungen Mann sogar die Todesstrafe. Das Opfer liegt seit dem Überfall im Koma. Wenn ich das richtig verstanden habe, stehen die Chancen nicht besonders gut, dass der Mann wieder aufwacht.«

»Dann wäre es Mord.«

»Ja, davon gehe ich aus. Mein Freund hat nicht ausgeschlossen, dass dem jungen Mann die Todesstrafe droht, also scheinen die Verletzungen sehr schwer zu sein.«

»Ich vermute einmal, dass die Kosten für die Angehörigen in einem solchen Fall sehr hoch sind?«

»Darauf hat mein Freund hingewiesen. Die Anwälte in Thailand sind nicht mit dem europäischen Standard zu vergleichen. Er meinte, sie seien schlecht und teuer. Wenn man einen guten Anwalt braucht – und das scheint mir in diesem Fall durchaus angebracht –, verschlingt das wohl Unsummen. Originalton meines Freundes. Von der Kaution einmal ganz zu schweigen. Und dann gibt es noch das Problem mit den leider oftmals korrupten Beamten. Wenn die Angehörigen nicht zahlen können, ergeht es den Gefangenen noch schlechter. Mein Freund meinte, dass die Gefängnisse eine absolute Katastrophe wären. Von daher ist eine vorübergehende Freilassung auf Kaution durchaus ratsam.«

»Vielen Dank, Herr Warnke. Sie haben mir sehr geholfen.«

»Sehr gerne, Frau Lorenzen. Ich wünsche Ihnen einen wunderschönen Tag. Übrigens: Mit unserem anderen Problem bin ich ein Stück weiter. Ich hoffe, dass ich in den nächsten Tagen etwas konkreter werden kann.«

Auf dem Weg zurück in die Praxis ließ sich Lena die neue Information durch den Kopf gehen. Der Sprachlehrer in Flensburg hatte von einer schweren Schuld gesprochen. Lawan Yao Yun hatte sich offensichtlich schuldig gefühlt am Schicksal ihres Sohnes. Sie, die nur selten im Dorf ihrer Eltern zu Besuch war und sich kaum um ihren Sohn hatte kümmern können. Für sie musste eine Welt zusammengebrochen sein. Hatte sie aus Schamgefühl ihrem Mann nichts gesagt? Elbo Theisen hatte Lena erzählt, dass er dafür war, Lawans Sohn nach Deutschland zu holen. Vermutlich hatte das Lawan noch mehr unter Druck gesetzt und sie genötigt, sich selbst um das nötige Geld für die Verteidigung des Sohnes zu kümmern. Ging es vielleicht auch um eine Kaution, die ihn vorläufig von der Haft verschont hätte, oder um Bestechungsgelder, die das Leben des Sohnes in der Haftanstalt verbessert hätten?

Kaum hatte Lena das Wartezimmer wieder betreten, wurden sie aufgerufen. Der Tierarzt empfing sie in seinem Behandlungszimmer und bot ihnen Stühle vor seinem Schreibtisch an.

»Frau Hauptkommissarin! Ich dachte, wir hätten alles am Telefon geklärt.«

Der Mann war groß und kräftig und begegnete ihnen mit einem freundlichen, aber professionellen Lächeln. Die mittelblonden Haare waren gegelt und zurückgekämmt, was ihn älter aussehen ließ, als er war.

»Sie haben sich am vergangenen Freitagabend um kurz nach zwanzig Uhr dreißig in Höhe des Golfplatzes aufgehalten?«, kam Johann direkt zur Sache.

»Freitagabend. Tatsächlich. Woher wissen Sie das?«

»Im Zuge unserer Ermittlungen sind Handydaten ausgewertet worden«, antwortete Johann. »Was genau haben Sie dort gemacht?«

»Merkwürdige Frage, aber gut. Ich bin dort mit dem Auto auf der B201 gefahren.« Er stand auf. »Kann ich sonst noch etwas für Sie tun? Mein Wartezimmer ist ziemlich voll.«

»Wohin sind Sie gefahren?«, fragte Lena und bat ihn mit einer Handbewegung, sich wieder zu setzen.

Sichtlich genervt folgte er ihrer Aufforderung. »Nach Schleswig.«

»Was haben Sie dort gemacht?«

»Das war privat. Unter anderem habe ich mich mit einem Freund getroffen. Können Sie mir vielleicht sagen, was der ganze Zirkus soll?«

»Könnten Sie uns bitte Namen, Anschrift und Telefonnummer des Freundes geben?«, sagte Lena, ohne ihren ruhigen, verbindlichen Ton zu ändern.

Der Tierarzt zog einen Notizblock zu sich her, schrieb etwas auf und riss den Zettel ab, bevor er ein weiteres Mal aufstand. »Bitte! Ich muss jetzt wirklich …«

»Eine letzte Frage, Herr Ranhold«, sagte Lena. »Kennen Sie Herrn Thorsten Schöning?«

»Nicht dass ich wüsste. Mag sein, dass er mit seinem Hund oder seiner Katze einmal in meiner Praxis war. Das müsste ich prüfen lassen.«

»Sie sind ganz sicher?«, bohrte Johann nach.

»Hatte ich das nicht gerade gesagt, junger Mann?«, fuhr Ranhold ihn herrisch an.

Lena stand auf, Johann ebenfalls. »Vielen Dank, Herr Ranhold. Wir finden alleine hinaus.«

Johann stand neben Lena am Auto. »Was für ein Kotzbrocken!«

»Das ist nicht strafbar, Johann.«

»Manchmal tut mir das direkt leid. Zurück ins Büro?«

In diesem Augenblick klingelte Lenas Handy. Ole Kotten meldete sich. »Wo seid ihr? Ich habe wichtige Neuigkeiten. Kommt doch bitte sofort ins Büro.«

»Wir sind gerade auf dem Weg.«

»Bis gleich!«

Zehn Minuten später betraten sie Ole Kottens Büro. Dieser begrüßte sie mit einem Nicken und konzentrierte sich wieder auf eine Liste, die vor ihm lag. Schließlich sah er auf. »Entschuldigt. Das sind endlich die Handyverbindungen von Thorsten Schöning. Leider hat er an seinem Todestag nur drei Mal telefoniert. Das letzte Mal um fünfzehn Uhr drei. Ich muss es zwar noch genau kontrollieren, aber die Verbindungen scheinen nichts mit seinem Tod zu tun zu haben.«

Lena und Johann setzten sich zu Ole an den Schreibtisch.

»Aber deshalb hast du mich nicht angerufen, oder?«, fragte Lena gespannt.

»Nein. Ich war ja bei den Taxiunternehmen und einer der Fahrer konnte sich doch tatsächlich an zwei längere Fahrten erinnern. Und jetzt dürft ihr raten, von welchem Tag ich spreche.« Er sah seine Kollegen triumphierend an. »Genau, Lawan hat sich von Jorin Theisens Wohnung abholen lassen, dann ging es zu Schöning, der Fahrer hat vielleicht eine Viertelstunde gewartet und Lawan dann nach Nordstrand gefahren.«

»Zum Theisen-Hof?«, fragte Johann.

»Sicher nicht«, murmelte Lena.

Ole Kotten zeigte mit dem Finger auf sie. »Genau! Er hat sie zum Rasmussen-Hof gefahren und dann nicht mehr gewartet. Keins der anderen Taxi-Unternehmen, das habe ich anschließend noch geprüft, hatte an dem Tag eine Fuhre nach und von Nordstrand.«

»Rasmussen«, sagte Lena. »Was machen wir?«

»Ich habe ihn ja damals zu seinem Grundstück befragt und war gleich der Ansicht, dass er sich nicht die Butter vom Brot nehmen lassen wird. Wir sollten, bevor wir ihn hierherbeordern, noch einmal alles durchgehen. Außerdem brauchen wir einen Beschluss für seine Autos.«

Lena stand auf und schlug ein leeres Blatt auf der Flipchart auf. »Was haben wir?« Sie schrieb den ersten Punkt aufs Blatt. »Lawan Yao Yun wurde auf seinem Grundstück gefunden.«

»Er hat Zugriff auf den BMW Kombi seines Vaters, der ins Profil passt«, sagte Ole, während Lena bereits den zweiten Punkt notierte.

»Schöning ist an dem Haus seines Vaters interessiert und hat sogar schon einen Vertrag aufgesetzt, unserer Meinung nach mit einem viel zu geringen Kaufpreis«, sagte Johann und erklärte dem erstaunten Ole, was er in den Unterlagen gefunden hatte.

»Punkt vier«, sagte Lena und schrieb. »Er kannte offensichtlich Lawan Yao Yun, die in ihrer Verzweiflung auf der Suche nach Ersatz für die zwanzigtausend von Jorin Theisen war.« Auch zu diesem Punkt musste Lena Ole die neueste Entwicklung erklären.

»Ihr Druck, an Geld zu kommen, muss enorm gewesen sein«, schloss sie ihren kurzen Bericht.

»Welche Verbindung gibt es zwischen Schöning, Yao Yun und Rasmussen?«, fragte Johann.

»Lawan hatte Kontakt zum Vater von Rasmussen«, sagte Lena. »Wir hatten ja schon vorher vermutet, dass ihre Aufgabe nicht nur die Information über mögliche Objekte war, sondern dass sie die Besitzer auch positiv beeinflussen sollte.« Sie wiegte den Kopf hin und her. »Ich glaube aber nicht, dass Rasmussen senior sich hat beeinflussen lassen. Erstens ist er noch sehr klar im Kopf und zweitens hat er mir versichert, dass sein Sohn alles rund ums Haus in der Hand hat.«

»Ich kann mir da nur eine Variante vorstellen«, sagte Ole. »Sie hat mit ihm geschlafen und Schöning hat ihn anschließend erpresst. Tut mir leid, wenn ich damit dein positives Bild der Dame ankratzen sollte.«

»Ich glaube nicht, dass sie sich prostituiert hat«, sagte Lena. »Dann hätte sie auch das Geld von Jorin Theisen nehmen beziehungsweise von vornherein eine Affäre mit ihm beginnen können. Er hätte ihr doch alles Geld, was er nur hätte auftreiben können, gegeben.«

»Klingt logisch«, sagte Ole. »Trotzdem muss Schöning etwas gegen Rasmussen in der Hand gehabt haben. Und ich habe das Gefühl, dass das etwas mit Lawan Yao Yun zu tun hatte.«

»Was ist mit dem Tierarzt?«, fragte Johann. »Hat Rasmussen Tiere, die häufiger einen Arzt benötigen?«

»Tierarzt?«, fragte Ole verwundert. »Geht es um Karsten Ranhold?«

Johann gab ihm einen Bericht zu seinen Recherchen rund um die Handydaten vom Freitagabend.

»Zufall?«, schlug Ole vor. »Sein Akku hat vielleicht gerade dort den Geist aufgegeben.«

»Ja, ich sehe da im Moment auch keinen großen Handlungsbedarf«, sagte Lena. »Wir sollten uns auf Rasmussen konzentrieren. Dass er an dem vermutlichen Todestag von Lawan Kontakt mit ihr hatte, ist sehr wahrscheinlich, da sie wohl kaum auf bloßen Verdacht zum Hof gefahren ist. Es grenzt schon an ein Wunder, dass wir ihm das nach so langer Zeit überhaupt nachweisen können. Er kann uns alles Mögliche als Grund des Besuchs auftischen. Wir brauchen mehr.« Sie hielt inne. »Ist eigentlich etwas beim Zeitungsaufruf herausgekommen?«

»Sechsundzwanzig Meldungen. Acht waren stadtbekannte Spinner, vierzehn sind wohl am Abend dort vorbeigefahren, haben aber letztlich keine Beobachtungen gemacht, bleiben vier übrig, von denen offensichtlich zwei das Auto von Schöning gesehen haben, als er in den Feldweg fuhr, und zwei, die einen SUV, weiß oder silbern, gesehen haben wollen. Schöning war um neunzehn Uhr fünfundvierzig plus minus fünf Minuten dort und der große Unbekannte kam zwischen zehn und zwanzig Minuten später. Das deckt sich jetzt ja auch mit den Angaben deines Zeugen, Lena. Wie hieß er noch mal?«

»Josef Meier«, half Lena aus.

»Richtig. Wenn wir jetzt davon ausgehen, dass das unbekannte Auto drei Minuten von der B201 bis zu Schöning gebraucht hat, geben wir eine Minute hinzu zum Umsteigen, dann sind wir ungefähr bei zwanzig Uhr fünfzehn. Zu dem Zeitpunkt müssen die beiden Männer – auch die zwei Zeugen sprachen von einem einzelnen Mann im Auto – aufeinandergetroffen sein.«

»Ich denke, länger als eine Viertelstunde wird die Unterredung und anschließende Auseinandersetzung nicht gedauert haben, eher weniger«, nahm Lena den Faden auf. »Also kam der SUV kurz vor zwanzig Uhr dreißig aus dem Feldweg wieder heraus und fuhr entweder Richtung Husum oder nach Osten.«

»Fährt Rasmussen einen SUV?«, fragte Johann.

»Das habe ich bereits überprüft«, antwortete Ole. »Einen großen SUV von Mercedes in hellem Silber.«

Lena notierte den Punkt. »Wenn wir ihn vorladen und die Autos durchsuchen, sollten wir auch gleichzeitig einen Beschluss für die Hausdurchsuchung haben.«

»So wie ich den Staatsanwalt kenne, wird er allenfalls für den BMW einen Beschluss beantragen. Aber ich versuche es. DNA-Abgleich scheint im Moment nicht notwendig. Das Sperma haben wir eindeutig Jorin Theisen zugeordnet, weitere Vergleichsspuren haben wir nicht.«

»Dann würde ich vorschlagen, du sprichst mit dem Staatsanwalt«, sagte Lena, »und wenn er grünes Licht gibt, lassen wir Rasmussen von zwei uniformierten Kollegen abholen. Das macht sicher Eindruck.«

Einunddreissig

Lena und Johann verließen Ole Kottens Büro. Johann verabschiedete sich, um weitere Recherchen zu Karsten Ranhold durchzuführen, und Lena besorgte sich in der Kantine etwas zu essen und einen starken Kaffee. Auf dem Weg zurück meldete sich Ben und fragte, ob sie in zehn Minuten an einer Skype-Konferenz teilnehmen konnte. Er hatte zu Frau Grote – oder Ramkamhaeng, wie sie sich jetzt wieder nannte – Kontakt bekommen. Lena sagte zu und hastete zurück ins Büro.

Auf dem Bildschirm erschien Ben auf der einen Seite und Frau Ramkamhaeng auf der anderen. Ben begann das Gespräch und stellte der Dame einige Fragen zu ihrer Abreise aus Deutschland. Schnell stellte sich heraus, dass sie freiwillig gegangen war und vorhatte, von Thailand aus die Scheidung voranzutreiben. Die Frau sprach mit starkem Akzent und dem landesüblichen Singsang, schien Ben aber gut zu verstehen. Schließlich leitete Ben über zu Lenas Fragen.

»Ich darf Sie noch einmal begrüßen und ich möchte Ihnen danken, dass Sie für meine Fragen zu Frau Yao Yun zur Verfügung stehen.«

»Was ist mit Lawan? Wir wollten doch gemeinsam nach Thailand fliegen, aber sie ist nicht zum Flughafen gekommen.«

»Sie wissen, warum Frau Yao Yun nach Thailand wollte?«

»Ja, ihr Sohn Niran sitzt im Gefängnis und braucht ihre Hilfe. Was ist mit Lawan passiert?«

»Sie ist tot. Vermutlich wurde sie am 21. März getötet. Hatten Sie an diesem Tag Kontakt zu ihr?«

»Tot? Lawan ist tot?« Frau Ramkamhaeng schwieg eine Weile und wandte ihr Gesicht vom Bildschirm ab. Kurz darauf erschien sie wieder, ihre Augen waren feucht. »Das letzte Mal, dass wir gesprochen haben, war ein paar Tage vor unserem Abflug. Am Telefon.«

»Was hat sie gesagt?«

»Sie war ganz durcheinander. Wie heißt auf Deutsch der Bruder vom Ehemann?«

»Schwager«, half Lena ihr aus.

»Ja, der Schwager von Lawan hatte sie … sie wollte es nicht, aber er hat Sex mit ihr gehabt.«

»Er hat sie vergewaltigt?«

»Ja, das ist das richtige Wort.«

»Hat sie Ihnen gesagt, was sie anschließend machen wollte?«

»Das Geld vom … Schwager wollte Lawan nicht. Deshalb musste sie zu dem Mann, der auf der Insel die Häuser kaufen wollte.«

»Thorsten Schöning?«

»Schöning«, wiederholte Frau Ramkamhaeng. Sie sprach den Namen mit Betonung auf die letzte Silbe aus, die sie lang zog. »Ja, das war der Mann.«

»Hat Schöning ihr Geld gegeben?«

Sie schüttelte den Kopf. »Er hat sie beleidigt mit bösen Wörtern und gesagt, er muss wegfahren, sie muss jetzt gehen.«

»Sie haben also auch nach dem Treffen mit Schöning mit ihr gesprochen?«

»Ja. Sie wollte zu einem Mann fahren. Auf der Insel. Ein Bauer, so wie ihr Ehemann. Aber er hat viel Geld, hat Lawan gesagt.«

»Warum dachte sie, dass der Bauer ihr Geld geben würde?«

Frau Ramkamhaeng zögerte. »Lawan ist bestimmt tot?«

Ben schaltete sich ein. »Ja, sie ist an dem Tag ermordet worden und wir suchen den Täter. Sie wollen doch sicher auch, dass er bestraft wird und ins Gefängnis kommt, oder?«

»Lawan wusste etwas von dem Mann. Sie hat geschwiegen, aber er sollte ihr Geld – leihen.«

»Frau Yao Yun hat den Mann erpresst?«, fragte Lena nach. Das Aufnahmegerät lag neben dem Lautsprecher, aber ohne eine klare Aussage würden sie den Staatsanwalt nicht überzeugen können, weitere Maßnahmen zu ergreifen.

Nach einer langen Pause sagte Frau Ramkamhaeng. »Ja, Lawan hat den Mann gezwungen, ihr Geld zu geben.«

»Was wusste Lawan von ihm?«

»Dieser Mann, der das Haus kaufen wollte … Mit ihm zusammen hat sie Fotos gemacht. Es ist nichts passiert, hat Lawan gesagt, aber die Fotos waren im Hotel gemacht. Sie verstehen?«

»Ja, ich kann mir ungefähr vorstellen, was Sie meinen. Haben Sie anschließend, also nachdem Lawan bei dem Bauern war, noch einmal mit ihr gesprochen?«

Jetzt flossen Tränen über die Wangen der Frau. »Nein. Ich habe gewartet, aber sie hat nicht angerufen. Mein Ehemann ist gekommen und hat mit mir gestritten. Das hat lange gedauert. Ich konnte nicht anrufen.«

»Vielen Dank, Frau Ramkamhaeng. Sie werden ein Protokoll unterschreiben müssen. Aber das hat Zeit.«

»Muss ich nach Deutschland kommen? Wenn der Mann vor Gericht kommt?«

»Das kann ich noch nicht sagen. Wir melden uns bei Ihnen. Vielen Dank für Ihre Mithilfe!«

Ben übernahm wieder das Gespräch und Lena schloss das Programm. Nachdem sie Johann zu sich und Ole ins Büro gebeten hatte, berichtete sie von der Befragung und schrieb anschließend ein Protokoll anhand der Aufzeichnung. Ole teilte dem Staatsanwalt mit, dass sie eine Zeugin ausfindig gemacht hatten, die von Lawan Yao Yuns geplanter Erpressung erfahren hatte. Trotz mehrerer Anläufe konnte Ole ihn nicht überzeugen, mehr als einen Beschluss für die beiden Fahrzeuge der Familie Rasmussen zu beantragen.

Knut Rasmussen war ein großer Mann mit breiten Schultern, wettergegerbter Gesichtshaut und dichten blonden Haaren. Lena spürte auf Anhieb, dass sie einen Menschen vor sich hatte, der extrem von sich überzeugt war. Seine Blicke, seine Bewegungen, alles an ihm drückte Verachtung für die Polizisten aus, die ihn ins Polizeirevier gebracht hatten. Gleichzeitig mit ihm war sein Anwalt eingetroffen und hatte darum gebeten, vor der Befragung mit seinem Mandanten sprechen zu dürfen.

Lena und Ole warteten vor dem Raum, in den sich Rasmussen mit seinem Anwalt zurückgezogen hatte.

»Läuft das wieder auf das große Schweigen hinaus?«, fragte Ole missgestimmt.

»Glaube ich nicht. Zumindest nicht sofort. Aber ich verstehe jetzt, warum du warten wolltest. Der Mann sieht nach einem harten Brocken aus.«

Johann kam auf sie zu. »Und?«

»Er bespricht sich mit seinem Anwalt«, sagte Lena und zeigte auf die Tür.

»Mir geht der Tierarzt nicht aus dem Kopf. Ich habe recherchiert und festgestellt, dass er einen Onkel hat, der auf Nordstrand lebt. Ranhold trägt den Namen seiner Ex-Frau, deshalb bin ich nicht gleich darauf gestoßen.«

»Er war verheiratet?«, fragte Ole erstaunt.

»Kurz. Zwei Jahre. Aber das ist bereits zwanzig Jahre her. Leider lebt seine Ex auf Mallorca, deshalb habe ich sie noch nicht erreicht.«

»Sein Onkel ist wie alt?«, fragte Lena.

»Dreiundachtzig. Du denkst das Gleiche wie ich?«

»Aber in Schönings Unterlagen ist er beziehungsweise sein Haus nicht aufgeführt.« Sie stutzte. »Besitzt der Onkel überhaupt ein Haus?«

»Ja, einen gut erhaltenen Hof. Er ist oder war Künstler. Bildhauer. Also ja, er besitzt ein sehr attraktives Anwesen. Er war nicht verheiratet und hat nur einen einzigen nahen Verwandten: seinen Neffen Karsten Ranhold.«

»Aber die Masche, die Schöning und Yao Yun vermutlich bei Rasmussen abgezogen haben, wird bei Ranhold wohl kaum gefruchtet haben«, bemerkte Ole.

Im nächsten Augenblick wurde die Tür geöffnet und der Anwalt kam auf sie zu. »Wir sind dann so weit.«

»Warum wird mein Mandant hier in dieser Weise vorgeführt?«, fragte der Anwalt, nachdem sie im Verhörraum Platz genommen und Ole Kotten die Formalien aufgezählt hatte.

»Wir ermitteln in zwei Tötungsdelikten. Lawan Yao Yun und Thorsten Schöning«, sagte Ole Kotten. »In dieser Angelegenheit ist Ihr Mandant in den Fokus der Ermittlungen gerückt.«

»Was wird ihm vorgeworfen?«, fragte der Anwalt.

»Dies ist zunächst einmal eine Befragung«, sagte Lena. »Je eher wir damit anfangen, desto schneller sind wir fertig.«

»Ich habe meinem Mandanten geraten, keine Aussage zu machen.«

Lena wandte sich an Knut Rasmussen. »Ihre Entscheidung.« Sie legte ihm die beiden Durchsuchungsbeschlüsse vor. »Im Moment wird gerade Ihr Fahrzeug und das Ihres Vaters kriminaltechnisch untersucht. Selbstverständlich steht es Ihnen frei, auf unsere Fragen zu antworten oder die Aussage zu verweigern.«

Als der Anwalt sich nach vorne beugte, um ein weiteres Mal zu intervenieren, hielt Rasmussen ihn ab. »Was wollen Sie wissen?«

»Knut! Ich kann dir nur raten …« Nachdem der Anwalt Rasmussens Blick bemerkt hatte, brach er mitten im Satz ab.

»Wie ist Ihre Beziehung zu Frau Yao Yun gewesen?«, fragte Lena.

»Man kennt sich auf Nordstrand.«

»Wir haben das Haus Ihres Vaters schätzen lassen. Es ist eine grobe Schätzung, da wir nicht alle Daten zur Verfügung haben. Der Gutachter hält einen Preis von vierhundert- bis fünfhunderttausend Euro für realistisch.«

Lena wartete, ob Rasmussen darauf reagieren würde. Als er sie unbeteiligt ansah und schwieg, reichte Lena ihm eine Kopie des Kaufvertrags. Der Anwalt griff danach und blätterte die Seiten durch. Als er den Verkaufspreis gefunden hatte, versuchte er erneut, auf seinen Mandanten einzuwirken.

»Und?«, fragte Rasmussen. »Sie können schon lesen? Mein Vater ist der Vertragspartner.«

»Sie haben eine Generalvollmacht«, entgegnete ihm Lena, obwohl sie wusste, dass sie sich damit weit aus dem Fenster lehnte. Aber an Rasmussens Reaktion – er blickte kurz verunsichert zu seinem Anwalt – sah sie, dass sie ins Schwarze getroffen hatte. »Ihr Vater hat bei einer Befragung erklärt, dass er sämtliche Geschäfte durch Sie abwickeln lässt.«

Rasmussen sprang auf. »Was ziehen Sie da meinen Vater mit rein? Wissen Sie überhaupt, wie alt er ist? Das ist unglaublich!« Der Anwalt zog Rasmussen wieder auf seinen Stuhl zurück und redete leise auf ihn ein.

»Wir haben eine Zeugin, eine lebende Zeugin, die Kenntnis davon hat, dass sie erpresst wurden«, ließ Lena die nächste Leuchtrakete starten.

Als Rasmussen mit wutentbranntem Gesicht schwieg, fuhr sie fort. »Wir sind noch am Anfang unserer Ermittlungen, aber ich vermute, dass wir weitere Zeugen finden werden, die Sie und Frau Yao Yun zusammen in Husum gesehen haben. Ist das Hotelzimmer auf Ihren Namen gebucht worden? Oder hat Frau Yao Yun es bezahlt?«

Rasmussen atmete schwer. »Das ist hier eine Schmierenkomödie sondergleichen. Sie überschreiten gefährlich Ihre Kompetenzen. Wissen Sie überhaupt, mit wem Sie hier sprechen?« Wieder hielt ihn der Anwalt davon ab fortzufahren.

»Am 21. März dieses Jahres kam Frau Yao Yun zu Ihnen auf den Hof.«

»Unsinn!«, fauchte Rasmussen Lena an.

»Hierzu haben wir zwei Zeugenaussagen. Sie war bei Ihnen. Können Sie mir erklären, was sie von Ihnen wollte?«

Der Anwalt sprang auf. »Ich würde mich gerne mit meinem Mandanten unter vier Augen besprechen.«

»Sehr gerne.« Lena packte die Unterlagen zusammen und verließ mit Ole Kotten das Verhörzimmer.

Vor der Tür stöhnte Ole Kotten leise. »Das geht aus wie das Hornberger Schießen. Wollen wir wetten?«

»Was können wir gleich noch vorbringen?«, fragte Lena, die nicht gewillt war, auf Oles Bemerkung einzugehen.

»Wenn wir in den Fahrzeugen nichts finden, wird es schwer.«

»Zumindest langwierig. Dafür haben wir weder die Leute noch die Zeit. Wie können wir Rasmussen weiter unter Druck setzen?«

»Er will nicht, dass seine Frau von der Affäre, wenn es denn eine war, hört. Das sehe ich als einzige Angriffsfläche.«

»Er steht jetzt schon unter extremer Erklärungsnot, oder?«

»Ich weiß nicht, ob seine Frau zu Hause war, als er abgeholt wurde. Falls ja, wird er sich eine plausible Erklärung einfallen lassen müssen.«

Sie warteten zehn Minuten, bis der Anwalt ihnen die Tür öffnete und sie sich erneut an den Tisch setzten. Als das Aufnahmegerät wieder lief, begann der Anwalt zu sprechen.

»Mein Mandant hat sich erinnert, dass Frau Yao Yun Mitte März bei ihm auf dem Hof war. Es könnte also durchaus der 21. März gewesen sein. Die Dame bat meinen Mandanten um ein Darlehn in Höhe von zwanzigtausend Euro, was er nach kurzer Überlegung ablehnte. Sie hat anschließend den Hof wieder verlassen. Mein Mandant ist der Familie Theisen freundschaftlich verbunden und war von daher ein natürlicher Ansprechpartner für die Ehefrau von Herrn Elbo Theisen.«

»Wo befindet sich Ihre Frau im Moment?«, fragte Lena an Knut Rasmussen gewandt.

Der sah sie erstaunt an und schien mit dieser Frage nicht gerechnet zu haben. »Sie ist für ein paar Tage verreist. Seit gestern. Eine Freundin in Hamburg musste ins Krankenhaus. Sie ist bei ihr.«

»Wir gehen davon aus, dass Sie von Thorsten Schöning erpresst wurden«, begann Lena. »Frau Yao Yun hat dabei eine entscheidende Rolle gespielt. Zunächst einmal sind Sie das Opfer, allerdings sind Herr Schöning und Frau Yao Yun einem Verbrechen zum Opfer gefallen. Sie verstehen sicher, dass wir uns nicht mit Ihrer einfachen Erklärung zufriedengeben können. Es werden weitere intensive Ermittlungen folgen.«

»Was wollen Sie von mir?«, sagte Rasmussen, dieses Mal, ohne aufzubrausen.

»Dass Sie beide oder eine der Taten gestehen oder hier und jetzt unseren Verdacht widerlegen können.«

»Ich bitte Sie!«, schritt Rasmussens Anwalt ein. »Mein Mandant hat mit den Morden nicht das Geringste zu tun.«

Knut Rasmussen beachtete ihn nicht und konzentrierte sich auf Lena. »Wann ist Schöning ermordet worden?«

»Er kam am letzten Freitag zwischen zwanzig und einundzwanzig Uhr in der Nähe des Husumer Golfplatzes zu Tode.«

Rasmussen dachte nach. »Da war ich mit zwei Freunden in einem Restaurant. Anschließend haben wir noch ein paar Bier getrunken. Getroffen haben wir uns um sieben Uhr abends und gegen Mitternacht bin ich zurückgefahren. Mit einem Taxi.«

Lena schob ihm einen Notizblock über den Tisch. »Ich benötige die Namen Ihrer Freunde und den des Restaurants. Wie lange waren Sie dort?«

»Ungefähr bis zehn, würde ich sagen.«

»Wir werden das überprüfen«, sagte Ole Kotten. »Was ist mit dem 21. März? Was genau wollte Frau Yao Yun von Ihnen?«

Der Anwalt räusperte sich laut. »Das haben wir bereits erklärt und dazu gibt es nichts weiter zu sagen. Mein Mandant hat …«

Knut Rasmussen hob seinen Arm, um dem Anwalt Einhalt zu gebieten. »Sie hat mich erpresst. Eigentlich diese Ratte von Schöning. Er hat sie auf mich gehetzt, um mich später mit einer angeblichen Affäre unter Druck zu setzen. Dabei ist nie etwas passiert. Ich war mit der Frau nur etwas essen.«

»Wo war das?«, fragte Lena direkt.

»Wir haben uns in Schleswig getroffen. Und ja, ich hatte ein Hotelzimmer gebucht. Sie ist auch mit raufgekommen, aber dann …«

»Womit hat Schöning Sie erpresst?«, fragte Ole Kotten.

»Es gab Fotos aus dem Restaurant, dann, wie wir es verlassen, und schließlich, wie wir zusammen ins Hotel gehen. Zu guter Letzt gab es noch ein Foto, das mich zusammen mit der Frau im Zimmer zeigt. Ich habe mein Hemd … Aber wie gesagt, es ist nichts passiert.«

»Frau Yao Yun hat, kurz bevor es ernst wurde, das Zimmer verlassen?«

»Genau so war es. Aber die Fotos waren …« Er atmete tief durch. »… sehr interpretierbar und meine Frau hätte sich sicher nicht darüber gefreut.«

Der Anwalt wurde immer kleiner und schien kurz davor zu sein, den Verhörraum fluchtartig zu verlassen.

»Und mit den Fotos hat Frau Yao Yun Sie erpresst?«

»Nein, Schöning hat mir versichert, dass nur er im Besitz der Fotos ist. Sie hatte an diesem Tag auch keine dabei. Ich habe, als sie mit ihrer unverschämten Forderung kam, sofort zum Handy gegriffen und Schöning angerufen. Er war gerade im Auto und konnte nicht lange sprechen. Aber sauer war er. Danach habe ich diese Frau in hohem Bogen aus dem Haus geworfen. Ich war stinkwütend, ja, aber warum sollte ich sie umbringen? Sie hat mich, nachdem ich mit Schöning gesprochen habe, weder weiter bedroht noch hatte sie überhaupt etwas in der Hand. Wäre sie damit zu meiner Frau gelaufen, wäre gar nichts passiert. Außerdem ist ihr wohl schnell klar geworden, dass sie erheblichen Ärger mit Schöning bekommen würde. Der war nicht zimperlich, glauben Sie mir.«

»Kommen wir noch einmal zurück zum 21. März«, sagte Ole Kotten. »Wer war an diesem Tag bei Ihnen im Haus?«

»Niemand. Ich war alleine. Meine Frau war in Husum, einkaufen. Unsere Kinder hatten Schule. Der ganze Spuk war innerhalb von zehn Minuten, allerhöchstens einer Viertelstunde erledigt. Sie ist quasi aus dem Haus geflüchtet. Ich habe damals vermutet, dass sie vor Schöning Angst hatte.«

»Haben Sie danach noch etwas von Herrn Schöning gehört?«, wollte Lena wissen.

»Direkt danach? Nein, erst vier Wochen später. Er kam mit dem Kaufvertrag und wollte, dass ich ihn unterschreibe.«

»Warum haben Sie es nicht getan?«

»Ich habe Schöning gefragt, wo bitte die Frau geblieben ist und ob er wirklich erpicht darauf wäre, dass es weitere Nachforschungen geben würde, wenn ich zur Polizei gehe.«

»Wie hat er reagiert?«

»Anders, als ich es erwartet habe. Erst hat er mich ausgelacht und gefragt, warum er auf sein bestes Pferd im Stall freiwillig hätte verzichten sollen. Nach und nach wurde ihm wohl klar, dass die Polizei das anders sehen könnte. Er hat sich dann verzogen. Ich denke, er hat es mit der Angst bekommen. Und bevor Sie fragen, ich weiß nicht, ob er sich um die Frau gekümmert hat. Zugesagt hat er es mir an diesem 21. März. Und zutrauen würde ich es ihm auch.«

Lena hatte Rasmussen, seitdem er angefangen hatte zu reden, konzentriert beobachtet. Sosehr er auch ins Raster gepasst hätte – sie glaubte nicht, dass er in den wesentlichen Punkten log. Sein Anwalt hatte ihn mit Sicherheit darüber aufgeklärt, dass es in Bezug auf den Tod von Lawan Yao Yun besser gewesen wäre zu schweigen. Beim aktuellen Erkenntnisstand wäre es ihnen kaum möglich gewesen, die Erpressung durch Schöning und Yao Yun nachzuweisen. Unter Umständen würden sich auf Schönings Rechner Beweise wie Fotos finden lassen, aber der war bisher unauffindbar. Dem Anwalt musste klar gewesen sein, dass die Ermittler nur vage Indizien für den Erpressungsversuch hatten, da sie ansonsten mehr vorgelegt hätten. Dass er dennoch aussagte, nahm Lena als Hinweis darauf, dass er die Wahrheit sagte. Doch trotz ihrer Einschätzung würden sie weiter ermitteln müssen. Rasmussens Plan, dass seine Frau nicht von dem Fast-Seitensprung erfahren würde, würde vermutlich nicht aufgehen. Um eine Befragung würde Frau Rasmussen nicht herumkommen und anschließend würde sie eins und eins zusammenzählen und schnell die richtigen Schlüsse ziehen.

Es klopfte an der Tür, Johann trat ein und reichte Lena einen Zettel. Sie las. Der Staatsanwalt hatte die Freilassung von Elbo Theisen beantragt, der Richter hatte zugestimmt. Er würde in Kürze aus der Untersuchungshaft entlassen werden.

Als Johann den Raum wieder verlassen hatte, kam Lena der Tierarzt Karsten Ranhold in den Sinn. Einem spontanen Einfall folgend, stellte sie die nächste Frage.

»Kennen Sie Herrn Karsten Ranhold?«

Knut Rasmussen schien die Frage nicht erwartet zu haben, zuckte leicht zusammen und schien für einen Augenblick verwirrt. »Karsten? Ich meine Herrn Ranhold, ja natürlich kenne ich ihn. Er ist unser Tierarzt. Vielleicht wissen Sie, dass ich eine Pferdezucht habe. Da ist der Tierarzt nie weit.«

Lena wunderte sich, dass Rasmussen nicht fragte, warum die Rede auf Karsten Ranhold gekommen war. Der Anwalt hingegen schien aufgehorcht zu haben und fragte: »Was hat der Tierarzt von meinem Mandanten für eine Relevanz in dem Zusammenhang?«

»Dazu darf ich Ihnen leider nichts sagen«, entgegnete Lena kalt lächelnd. An Rasmussen gewandt: »Sind sich Frau Yao Yun und Herr Ranhold schon einmal bei Ihnen begegnet? Oder haben Sie ihm von ihr erzählt?«

»Keins von beidem«, sagte Rasmussen, der sich wieder gefangen hatte. »Warum auch? Karsten steht nicht auf Frauen.«

Zweiunddreissig

»Der dritte Hauptverdächtige«, murmelte Ole Kotten. »Bist du dir wirklich sicher, dass das richtig war? Da passte doch alles zusammen. Yao Yun will ihn ein zweites Mal mit der gleichen Sache erpressen, er dreht durch, erschlägt sie und schafft sie weg. Nur weil wir in den Fahrzeugen keine Spuren entdeckt haben, heißt das doch nicht, dass er es nicht war.«

»Darf ich dich daran erinnern, dass der Staatsanwalt nicht einmal den Schneid hatte, einen Durchsuchungsbeschluss für den Hof zu beantragen?«, erwiderte Lena.

Sie hatten Knut Rasmussen eine weitere Stunde verhört, ohne dass er sich in Widersprüche verwickelt hatte oder neue Erkenntnisse hinzukamen. Er war bei seiner ersten Version geblieben, ohne sie wie auswendig gelernt zu wiederholen.

Johann räusperte sich. »Was ist mit Schöning? Was hat er nach dem Anruf gemacht? Wohin ist Lawan Yao Yun von dem Rasmussen-Hof gefahren? Und wie ist sie vorwärtsgekommen?«

»Schöning ist wohl weiter nach Hamburg zu seinem Termin gefahren – wir wissen ja, dass er um eins dort war. Was Lawan angeht: Fünfzig Meter die Straße entlang ist eine Bushaltestelle«, sagte Ole. »Ich habe das vorhin überprüft. Der Bus fährt jede halbe Stunde. Die Wahrscheinlichkeit, dass Yao Yun nicht lange warten musste, ist also hoch.«

»Wen könnte sie in dieser Zeit getroffen haben?«, sagte Lena. »Verdammt! Wer erinnert sich schon nach drei Monaten, ob er jemand an der Bushaltestelle gesehen hat, selbst wenn es eine Thailänderin war. Und wenn, ist es so vage, dass es vor keinem Gericht der Welt Bestand hat.«

Lenas Handy klingelte. Widerwillig warf sie einen Blick aufs Display. Leon. Sie stand auf und nahm das Gespräch an.

»Du?«

»Ja, es geschehen noch Zeiten und Wunder.«

»Zeichen! Zeichen und Wunder.«

»Wenn du meinst. Ich kenne mich mit diesem Zitatkram nicht so aus. Du hattest doch Interesse an dem Rechner von diesem Schönling.«

»Thorsten Schöning.«

»Oder so. Der Rechner ging online. Offensichtlich war da jemand sehr neugierig und hat meine E-Mail geöffnet.« Leon lachte. »Sprich: Mein kleines Programm konnte endlich starten.«

»Was heißt das?«, fragte Lena verblüfft.

»Ich habe einen relevanten Teil der Platte kopieren können. Nicht alles, da die Festplatte nach und nach gelöscht wurde.«

»Also ist jemand mit dem Laptop über WLAN ins Netz gegangen?«

»Nein, natürlich nicht. Der Rechner hat eine eigene Netzkarte. Der wählt sich quasi automatisch ein, wie ein Handy. Wusstet ihr das etwa nicht?«

Lena stöhnte leise. »Nein, verdammt. Wann genau war das?«

»Schicke ich dir sofort. Der Link für die Daten ist auch gleich fertig. Zwei Stunden hast du Zeit, es herunterzuladen.«

»Kannst du herausbekommen, wo der Laptop steht?«

»Das wird verdammt teuer. Und wenn ich mich richtig entsinne, bin ich in den letzten zwei Jahren nicht ein einziges Mal bezahlt worden. Ich habe da einen Kumpel, der hat Probleme mit den Bu… mit euch.«

»Schick mir seine Daten und was passiert ist. Ich tue, was ich kann.«

»Klingt gut«, hörte Lena Leon sagen, bevor er auflegte.

Lena, die am Fenster von Ole Kottens Büro gestanden hatte, wandte sich um. »Leon war in Schönings Rechner.« Sie erklärte, was sie erfahren hatte.

Ole sprang auf. »Wir brauchen sofort einen Beschluss, um die Daten zu bekommen. Hast du die Nummer der Karte?«

»Leon schickt gerade alles.«

Lena eilte zu ihrem Schreibtisch und öffnete den Laptop. Wie angekündigt war die Mail in ihrem Account. Sie ging die Daten durch. »Der Rechner ist vor einer halben Stunde vom Netz gegangen. Er war fast eineinhalb Stunden online.« Sie schrieb die Daten der Netzkarte auf und reichte sie Ole. »Selbst wenn Leon uns die Daten schnell beschafft, wir brauchen sie auch offiziell.«

Ole Kotten nickte und griff nach dem Telefon.

Die Fotos von Lawan Yao Yun und dem jeweiligen Begleiter waren gestochen scharf. Insgesamt befanden sich vier Ordner mit unterschiedlichen Initialen in Leons komprimierten Daten. Der mit R. N. enthielt zehn Fotos von Rasmussen und Yao Yung, die genau das zeigten, was Knut Rasmussen zu Protokoll gegeben hatte. Die Fotos der anderen Ordner waren ähnlich, lediglich Lawans Begleiter und die Örtlichkeiten unterschieden sich.

»Drei weitere Verdächtige«, sagte Ole Kotten und sah zu Johann. »Karsten Ranhold ist wie erwartet nicht dabei.«

»Jetzt hab dich nicht so«, murmelte Johann und sagte lauter. »Oder gibt es unter Schwulen keine Kriminellen?«

Oles Augenlider zuckten, aber schließlich nickte er. »Doch. Auch wenn ich den Prozentsatz nicht so hoch wie bei Heteros ansetzen würde.«

»Jetzt hört auf mit dieser blöden Diskussion«, unterbrach Lena ihre Kollegen. »Wie gehen wir vor? Wie groß ist die Wahrscheinlichkeit, dass der momentane Besitzer des Laptops auch derjenige ist, der Schöning getötet hat?«

»Hoch, sehr hoch«, meinte Ole. »Wenn auf dem Ding so brenzlige Daten abgespeichert sind, hat Schöning das Teil wahrscheinlich immer mit sich herumgetragen. Also auch an seinem Todestag.«

»Bekommt der Staatsanwalt heute noch den Beschluss?«

»Er ist auf dem Weg zum Richter. Dann müssen wir mindestens noch vierundzwanzig Stunden auf die Auskunft des Providers warten. Verdammt, warum haben wir das nicht gleich gecheckt? Gerrit Schäfer sprach doch davon, dass Schöning einen besonderen Laptop bekommen hatte.«

»Ich weiß«, sagte Lena. »Ich habe mich auch schon schwarzgeärgert, aber das bringt uns nichts. Offensichtlich waren wir beide nicht voll bei der Sache. Dafür müssen wir jetzt richtig reagieren.«

»Stimmt!«, sagte Johann. »Was haben wir? Drei neue Verdächtige, deren Namen wir nicht kennen. Wir sollten aus dem Material das jeweils beste Foto auswählen und dann eine Rundmail an alle Polizeistationen im Umkreis von fünfzig Kilometern schicken.«

»Gute Idee!«, stimmte ihm Lena zu. »Kannst du das übernehmen?«

Johann stand auf. »Schick mir die Daten auf meinen Account. Ich gehe gleich an die Arbeit.« Er verabschiedete sich mit einem Nicken und verließ das Büro.

»Ich gehe die restlichen Daten von Leon durch«, sagte Lena. »Kümmerst du dich gleich um die Weiterleitung des Beschlusses und setzt Druck dahinter?«

»Mache ich.«

Lena verglich die Initialen der Dateien mit den Objekten, an denen Thorsten Schöning interessiert gewesen war und zu denen er etwas schriftlich hinterlegt hatte, ohne zu einer Übereinstimmung zu kommen. Rasmussens Datei war allerdings auch nicht korrekt bezeichnet gewesen. Auf den Anfangsbuchstaben des Nachnamens war der zweite Buchstabe des Vornamens gefolgt. Aber auch mit dieser Systematik konnte Lena keine Verbindung zwischen Fotos und Objekten herstellen.

Lena ging die weiteren Daten durch, die Leon ihr geschickt hatte, fand aber keine weiteren nützlichen Informationen. Entweder hatten sich keine auf der Festplatte befunden – oder Leon war nicht schnell genug gewesen.

Kurz vor achtzehn Uhr rief sie Erck an und kündigte ihm einen langen Abend an. Er versprach ihr, das Essen kalt zu stellen und auf sie zu warten.

Als Leon ihr schrieb, dass er erfolgreich gewesen sei und die Koordinaten per Mail geschickt habe, öffnete Lena mit angehaltenem Atem den Account. Die Mail enthielt eine Karte, auf der ein Gebiet durch einen Kreis gekennzeichnet war. *Haus Nr. 43 – oder 42 bzw. 44* hatte Leon als Begleittext hinzugefügt. Lena druckte die Karte dreimal aus und rief Ole und Johann zu sich ins Büro.

»Wo ist das denn?«, fragte Johann mit Blick auf die Karte.

»Sankt Peter-Ording«, erklärte Ole. Das ist eine Neubausiedlung, überwiegend Ferienhäuser.

»Fahren wir hin?«, fragte Lena, die sich nicht vorstellen konnte, noch einen oder zwei Tage geduldig auf die offiziellen Daten zu warten.

»Auf geht's!«, stimmte ihr Ole Kotten zu. »Ich fahre.«

Ole Kotten legte die zweiundvierzig Kilometer in gut einer halben Stunde zurück und fuhr direkt in das Ferienhausviertel. Den Häusern sah man an, dass sie inklusive Grundstücken alle weit über eine Million Euro wert waren. Ole fuhr langsam an den drei Häusern vorbei und hielt in der Parallelstraße.

»Wie gehen wir vor?«

Johann hatte sich auf der Fahrt in die Polizeidatenbank eingeloggt und die Namen der Hauseigentümer recherchiert. In Haus Nr. 43 war Daniel Stohmüller mit seinem Zweitwohnsitz angemeldet, Nr. 44 bewohnte ein älteres Ehepaar dauerhaft, während Nr. 42 ein reines Ferienhaus zu sein schien, da hier niemand seinen Wohnsitz angemeldet hatte.

»Eine offizielle Untersuchung können wir gar nicht einleiten«, sagte Johann. »Wie wollen wir das begründen? Das könnte dem Staatsanwalt bei einem möglichen Prozess auf die Füße fallen.«

Ole nickte. »Johann hat recht.«

»Schon klar«, stimmte Lena ein. »Wir müssen verdammt vorsichtig vorgehen. Nur einer von uns geht zu dem Ehepaar, das Auto stand ja eben vor der Tür. Vermutlich sind sie zu Hause. Derjenige darf dann bei der offiziellen Befragung morgen oder übermorgen, je nachdem wann wir an die Daten kommen, nicht in Erscheinung treten.«

Johann hob seine Hand. »Sollte ich das nicht machen? Ich bin erst kurz im Fall und noch keinem der potenziellen Verdächtigen aufgefallen.«

»Wie willst du vorgehen?«, fragte Ole.

»Ich komme aus Hamburg, arbeite bei der Bank als Investmentberater und suche für mich und meine Frau ein Ferienhaus. Dann versuche ich, das Ehepaar in ein Gespräch zu verwickeln.«

»Einen Versuch ist es wert«, sagte Lena.

Johann öffnete die Wagentür. »Wünscht mir Glück. Wenn es wider Erwarten länger dauern sollte, schicke ich euch eine Nachricht.« Er stieg aus und ging mit schnellen Schritten die Straße entlang.

»Schafft er das?«, fragte Ole, als Johann nicht mehr zu sehen war.

»Er ist der Schwiegersohn-Typ und wickelt die älteren Herrschaften um den Finger. Außerdem ist er ein guter Schauspieler.«

»Na dann.« Ole grinste.

Sie schwiegen eine Weile, bevor Lena sich vorsichtig nach Tobias erkundigte.

»Er hat sich noch nicht gemeldet«, murmelte Ole.

»Hast du es versucht?«

Ole richtete sich im Sitz auf. »Lena, jetzt sag mal ehrlich. Wenn Erck das mit dir machen würde, würdest du ihm dann auch noch hinterhertelefonieren?«

»Ole, Erck und ich haben eine andere Vereinbarung als du und Tobias. Wenn ich dich richtig verstanden habe, hattest du auch hin und wieder einen anderen.«

»Das ist lange her«, murmelte Ole. »Und allenfalls für eine Nacht. Weder habe ich Tobias damit belästigt noch es an die große Glocke gehängt.«

Lena wiegte den Kopf hin und her. »Und was wäre passiert, wenn du dich in einen dieser Männer verliebt hättest?«

»Ich hätte mich nicht verliebt. So einfach ist das.«

Lena schwieg.

Ole schlug mit der flachen Hand auf das Lenkrad. »Verflucht, was soll ich denn machen? Tobias rauswerfen? Ich wollte ja abwarten, bis sich die Sache erledigt hat, aber ich weiß inzwischen nicht mehr, ob ich das aushalte. Du siehst doch selbst, dass ich nur noch ein Schatten meiner selbst bin.«

»Du übertreibst maßlos.«

»Sehe ich anders. Wir laufen hier seit fast zwei Wochen wie wilde Hühner herum und nehmen einen nach dem anderen fest, um ihn dann wieder freizulassen. Hätte nur noch Rasmussen gefehlt.«

Lena warf ihm einen genervten Blick zu. »Dieses Selbstmitleid steht dir gar nicht. Hör auf damit! Und wegen Tobias? Vielleicht zeigst du ihm einfach mal die kalte Schulter. Fahr eine Woche weg, wenn der Fall abgeschlossen ist. Alleine. Du kannst ja einen diskreten Hinweis hinterlassen, wo du dich aufhältst. Und bitte nicht an einem Ort, wo ihr einmal zusammen glücklich wart. Dann sieht es wieder wie Trauer aus. Fahr irgendwohin, wo er dich nicht vermuten würde. Barcelona. Wie wäre es damit? Hast du mir nicht einmal erzählt, dass du dort einen Freund hast, den du lange nicht mehr besucht hast?«

»Und das soll funktionieren?«

»Weiß ich nicht. Aber ein wenig Abstand zu Tobias und Husum wird dir guttun. Und vielleicht kommt Tobias dann einmal dazu, darüber nachzudenken, was er eigentlich will. So blöd ist er doch nun wirklich nicht. Er kann nicht glauben, dass das so weitergeht. Mal Husum, dann Berlin und wieder Husum. Gerade wie er lustig ist.«

Lena hatte sich regelrecht in Rage geredet. Ihr tat es weh, Ole leiden zu sehen. Eigentlich hatte sie sich mit Ratschlägen zurückhalten wollten, aber inzwischen war sie sich nicht mehr sicher, ob das der richtige Weg war.

»Vielleicht hast du recht«, sagte Ole. »Über kurz oder lang würde ich Tobias, so wie er mich im Moment behandelt, nicht mehr ertragen. Dann bleibt nichts mehr von dem, was unsere Beziehung ausmacht.«

Sie saßen eine Weile schweigend im Auto, bis Johann zurückkam und triumphierend den Daumen hochhielt. »Silberner SUV, kommt regelmäßig zu Besuch und war auch heute da. Allerdings alleine, ohne den Hausherrn. Offensichtlich hat er einen Schlüssel.«

»Wie hast du das alles so schnell herausbekommen?«, fragte Lena erstaunt.

»Mehr noch. Das Kennzeichen endet mit den Ziffern 123. Und was noch besser ist, Herr Lammers, der gerade mein Gastgeber gewesen ist, war früher Autoverkäufer und kennt sich mit Automarken aus. Mercedes GLS. In der kleinsten Ausstattungsvariante achtzigtausend Euro. Den Halter kann ich schnell ermitteln.« Er griff nach seinem Laptop und tippte eine Weile darauf herum, bis er einen Pfiff ausstieß. »Der Kandidat hat hundert Punkte.«

»Wer ist es?«, riefen Lena und Ole fast gleichzeitig.

»Herr.« Johann machte eine Kunstpause. »Karsten …«

»Ranhold!«, ergänzte Lena.

»So ist es. Und jetzt dürft ihr mich loben. Wer fängt an?«

Lena und Ole sahen sich an. »Was macht der mit dem Laptop von Schöning?«, fragte Lena schließlich.

»Er hat das richtige Auto, war zur richtigen Zeit auf der B201 unterwegs, hat einen Bezug zu Nordstrand«, zählte Johann auf. »Haben Tierärzte nicht auch Elektroschocker bei sich? Um sich gegen durchgedrehte Tiere zur Wehr zu setzen?«

»Und jetzt?«, fragte Ole Kotten.

»Im Moment können wir nichts machen. Morgen sind hoffentlich die Daten vom Provider da. Dann muss einer von uns beiden hier noch einmal recherchieren. Vielleicht reicht es auch, wenn wir den Eigentümer befragen, wer sich heute in seinem Haus aufgehalten hat. Und dann holen wir Ranhold.«

»Okay«, sagte Ole. »Wir sollten bis dahin so viele Daten wie möglich sammeln. Und wir müssen die Frage klären, womit Schöning Ranhold unter Druck gesetzt hat. Und was dieser mit Lawan Yao Yun zu tun hat.«

»Das wird eine lange Nacht«, sagte Lena, bevor sie sich zu Johann umdrehte. »Es ist immer hart, wenn der Lehrling den Meister übertrumpft. Aber du hattest recht mit deinem Riecher. Gratulation, Johann!«

Dreiunddreissig

»Lässt dich der Fall nicht los?«, fragte Erck und strich Lena zärtlich über die Haare. »Du hast gar nichts gegessen.«

»Entschuldige, aber die Jungs haben sich auf der Rückfahrt von Sankt Peter-Ording eine Pizza geholt. Da habe ich ein paar Stücke geschnorrt.«

»Seid ihr denn weitergekommen?«

»Ja, aber wir müssen jetzt sehr vorsichtig vorgehen, damit der Staatsanwalt später vor Gericht keine schlechten Karten hat.«

Erck hob die Augenbrauen. »Leon?«

»Ja. Wir haben aber einen Plan. Morgen wollen wir zuschlagen. Sozusagen.«

Erck richtete sich im Bett auf. »Du klingst aber noch nicht so überzeugt.«

Lena lächelte. »Hört man das? Bin ich auch nicht. Ich finde einfach kein Motiv. Die anderen Männer sind alle auf einen Lockvogel hereingefallen. Ein paar Fotos in verfänglicher Situation haben ausgereicht, um ihnen Angst zu machen.«

»Aber euer Verdächtiger nicht?«

»Nein, er ist schwul. Und Fotos haben wir auch nicht gefunden. *Stockschwul* hat Ole sogar gemeint. Er kennt ihn aus der Szene.«

»Dann hat der Erpresser ihn bei einer anderen illegalen Sache erwischt. Was ist er von Beruf? Darfst du mir das sagen?«

Lena schmunzelte. »Wenn du mich nicht verrätst? Er ist Tierarzt.«

»Arzt, Drogen, Medikamente. Kann es nicht so etwas sein?«

»Daran habe ich auch schon gedacht, aber der Erpresser ist Immobilienmakler. Wie soll er an die Informationen herangekommen sein? Die stehen nicht im Internet oder sonst wo frei verfügbar.«

»Hm. Aber der Erpresser muss ja Informationen gehabt haben, die für den Tierarzt gefährlich waren, oder nicht?«

Gefährlich – bedrohlich, schoss es Lena durch den Kopf. Womit konnte Schöning Ranhold erpresst haben? Was konnte für diesen so gefährlich werden, dass er deshalb tötete? Das musste schon existenzbedrohend sein.

»Vielleicht ist er gar kein richtiger …«, murmelte Lena.

»Was meinst du?«

»Vielleicht hat er gar keine Approbation als Tierarzt«, sagte Lena laut. »Er hat das Staatsexamen nicht bestanden.«

Lena sprang aus dem Bett und holte ihren Laptop aus der Tasche, die sie an der Garderobe abgestellt hatte. Zurück im Bett klappte sie den Rechner auf und ging auf die Homepage der Praxis. Nach dem Abitur hatte Karsten Ranhold eine Ausbildung zum Tierarzthelfer gemacht und war anschließend nach München zum Studium gegangen. Wenn sie den Text richtig interpretierte, war er in die gleiche Praxis zurückgekehrt, in der er die Ausbildung gemacht hatte, hatte hier zunächst als angestellter Tierarzt gearbeitet und sie später übernommen.

Lena sah auf und bemerkte erst jetzt, dass Erck eingeschlafen war. Sie strich ihm liebevoll über die Schulter, legte den Laptop zur Seite und löschte das Licht.

Am nächsten Morgen trafen sich die drei Ermittler um Punkt sieben Uhr. Ole Kotten hatte eine Kanne Kaffee besorgt und belegte Brötchen vom Bäcker mitgebracht.

»Um elf kann ich den Staatsanwalt erreichen. Ich habe gestern noch mit seiner Sekretärin telefoniert und mich angekündigt. Wir sollten die Zeit nutzen.«

Lena berichtete von ihrem Einfall, dass die Erpressung etwas mit Ranholds Approbation zu tun haben könnte. Sie schlug vor, sich an der Tierärztlichen Fakultät der Ludwig-Maximilians-Universität München zu erkundigen. Johann berichtete, dass er auf der Suche nach einem BMW Touring sei, den er mit Ranhold in Verbindung hatte bringen können. Er war fest davon überzeugt, dass der Tierarzt auch etwas mit dem Tod von Lawan Yao Yun zu tun hatte. Außerdem würde er sich um Ranholds Alibi an Schönings Todestag kümmern. Angeblich war Ranhold auf dem Weg nach Schleswig gewesen, um dort einen Freund zu besuchen. Ole würde den Daten der Netzabfrage hinterhertelefonieren und, sobald er sie in den Händen hatte, den Hauseigentümer kontaktieren. Zusätzlich erklärte sich Ole bereit, Gerrit Schäfer zu verhören, dessen Termin um neun Uhr angesetzt war.

Nachdem Lena in München dreimal weiterverbunden worden war, hatte sie eine Sachbearbeiterin am Telefon, die ihrer Stimme nach kurz vor der Pensionierung stehen musste. Zuvor hatte sie sich eine Strategie zurechtgelegt. Wenn sie preisgeben würde, dass Ranhold unter Verdacht stand, würde sie vermutlich die geforderten Daten erst mit einem richterlichen Beschluss bekommen.

»Hauptkommissarin Lorenzen, Landeskriminalamt Kiel«, stellte sich Lena ein weiteres Mal vor.

»Was kann ich für Sie tun, Frau Lorenzen?«

»Wir haben es hier mit einem komplizierten Fall zu tun. Es geht um Tierquälerei im großen Stil. Ich kann Ihnen leider nicht allzu viel verraten, aber ich würde Ihre Mithilfe benötigen.«

»Ich hasse Menschen, die so mit Tieren umgehen. Es ist eine Schande, was heutzutage alles erlaubt ist und wie wenig Rechte unsere Mitgeschöpfe haben.«

»Ja, Frau Schneider, ich bin der gleichen Meinung. Ich habe hier einen Verdächtigen, der von seiner Schuld ablenken will und einen unbescholtenen und verdienten Tierarzt beschuldigt, keine Approbation zu haben. Mein Problem ist, dass der so beschuldigte Tierarzt für mehrere Wochen in Urlaub und momentan nicht erreichbar ist. Und soweit ich das einschätze, will dieser verdächtige Tierquäler sich mit der Beschuldigung lediglich aus der Verantwortung stehlen.«

»Es gibt fürchterliche Menschen. Ich beneide Sie nicht um Ihre Arbeit, Frau Lorenzen. Nein, ganz und gar nicht.«

»Wenn ich das richtig recherchiert habe, wie gesagt, unter Vorbehalt, hat Herr Karsten Ranhold vor ungefähr vierundzwanzig Jahren bei Ihnen an der Fakultät angefangen zu studieren. Sie wissen sicher besser, wann er dann das Staatsexamen gemacht und die Approbation bekommen hat.«

»Eigentlich … es handelt sich hier um vertrauliche Daten. Sie wissen sicher, was heutzutage für ein Wirbel um den Datenschutz gemacht wird. Bald müssen wir noch die Namen der Studenten verschlüsseln oder anderweitig unkenntlich machen.«

»Ich weiß, Frau Schneider. Vielleicht können Sie eine kleine Ausnahme machen. Ich versichere Ihnen, dass Sie spätestens am Montag den richterlichen Beschluss vorliegen haben. Aber das sind noch fast drei Tage und bis dahin könnte der Ruf des Arztes schon ruiniert sein.«

Lena hörte Frau Schneider leise seufzen. »Warten Sie. Karsten Ranhold? Ja, hier habe ich ihn.« Sie schwieg eine Weile.

»Kann es sein, dass Herr Ranhold sein Staatsexamen an einer anderen Universität wiederholt hat?«

»Er hat also bei Ihnen studiert und das Staatsexamen nicht bestanden?«

»So entnehme ich es der Datenbank. Sie müssen wissen, dass erst vor zwei Jahren alle alten Daten neu erfasst wurden und wir jetzt ohne umständliche Suche darauf zurückgreifen können.«

»Wann waren die Prüfungen?«

»Im August 1999. Hilft Ihnen das weiter?«

»Sehr, Frau Schneider. Ich bemühe mich, noch heute einen Beschluss zu bekommen. Darf ich mich dann wieder an Sie wenden?«

Frau Schneider bestätigte ihr, dass sie noch bis achtzehn Uhr an ihrem Arbeitsplatz zu erreichen sei, und nannte ihr eine E-Mail-Adresse und die Durchwahlnummer.

»Das ist der Durchbruch«, sagte Ole, als er von Lenas München-Recherche hörte.

»Wegen einer Sache bekommen wir ihn also auf jeden Fall dran. Meinst du das?«, fragte Johann und warf ihm einen provozierenden Blick zu.

»Eins nach dem anderen, junger Mann«, entgegnete Ole leicht gereizt. »Irgendwo müssen wir ja ansetzen.«

»Leute!«, fuhr Lena dazwischen. »Streiten bringt uns jetzt gar nichts. Ruhe ist angesagt. Was hast du, Johann?«

Er grinste. »Nichts weniger als den Durchbruch. Vermute ich zumindest.«

Ole Kotten rollte mit den Augen.

»Auf Ranholds Vater, wohnhaft in Flensburg, war ein BMW Touring angemeldet. Ich habe mich erkundigt, was an der angegebenen Adresse für ein Haus steht, und bin auf ein Altenpflegeheim gestoßen. Dort habe ich mich als früherer

Bekannter von Herrn Ranhold senior ausgegeben und darum gebeten, mit ihm verbunden zu werden. Man sagte mir dann, dass der alte Herr dement sei und nicht in der Lage zu telefonieren. Ich solle mich an seinen Sohn wenden.«

»Und wo ist der BMW?«, fragte Lena.

»Genau das entzieht sich leider meiner Kenntnis. Aber ich bin dran. Trotzdem: Ganz offensichtlich hatte Ranhold im März ein Fahrzeug zur Verfügung, nach dessen Typ wir gesucht haben. Da es weiter auf den Namen des Vaters lief und in Flensburg angemeldet war, konnten es die Kollegen natürlich nicht finden.«

»Aber das Fahrzeug ist nicht mehr in Ranholds Besitz?«, fragte Ole.

»Nein, es wurde Ende März abgemeldet. Wie gesagt, ich bin auf der Suche.«

»Okay! Und bei dir, Ole?«

»Nur kurz zu dem Verhör von Gerrit Schäfer. Er hat sofort zugegeben, dass er sich mit Frau Dirksen im fraglichen Bereich des Funknetzes getroffen hat. Die beiden haben eine Affäre. Frau Dirksen ist gleich mitgekommen und hat das bestätigt. Sie hatte ihr Handy zu Hause vergessen, deshalb taucht sie in der Liste nicht auf. Ein Kollege hat dann das Protokoll aufgenommen und sie nach Hause geschickt. Wichtiger ist: Die Daten sind da und ich habe mit dem Hauseigentümer telefoniert. Um Ranhold nicht zu warnen, habe ich es vage gehalten und bin nicht ganz bei der Wahrheit geblieben. Ich habe gesagt, dass wir die ganze Straße abtelefonieren, weil im Viertel eine Bande von Einbrechern gesehen wurde. Er hat mir dann verraten, dass er noch am Donnerstag im Haus war und ein Freund bei ihm war. Wer der Freund ist, hat er mir auch verraten.«

»Bingo!«, sagte Johann. »Die Schlinge zieht sich allmählich zu. Bin gespannt, wie er sich da rauswinden will.«

»Was ist mit seinem Alibi für Freitag in Schleswig?«, fragte Lena.

»Ich habe noch einmal mit dem Freund telefoniert«, sagte Johann. »Er hatte mir ja schon bestätigt, dass sie verabredet waren und in Schleswig etwas trinken gegangen sind.«

»Aber?«, fragte Lena, die keine Lust auf die üblichen Verzögerungsspielchen hatte.

»Nachdem ich ihm jetzt bei der zweiten Telefonbefragung die Konsequenzen einer Falschaussage dargelegt habe, hat er nach und nach seine Aussage korrigiert. Letztendlich hat Ranhold ihn am Freitagabend gegen einundzwanzig Uhr angerufen und das Treffen vorgeschlagen, da er ohnehin in Schleswig sei. Getroffen haben Sie sich aber erst gegen zehn Uhr in einer Kneipe.«

»Passt also zu unseren Vermutungen«, sagte Lena. »Dann hatte er noch Zeit genug, um mit Schönings Schlüssel in der Wohnung nach Material zu suchen, das ihn belastet.«

»Dann muss ihm allerdings klar gewesen sein, dass Schöning tot ist und ihn nicht stören konnte«, sagte Ole.

»Als Arzt wird er wohl wissen, was passieren kann, wenn jemand mit einem Elektroschocker in Berührung kommt. Ich denke, es ist Zeit, uns den Herrn hier vorzunehmen. Wenn du jetzt gleich den Staatsanwalt anrufst, besorge mir bitte einen Beschluss für München. Alles andere hat Zeit.«

Ole nickte und griff nach dem Telefon, während Johann bereits auf dem Weg in sein provisorisches Büro war.

Staatsanwalt Zubrücken trat in Ole Kottens Büro, ohne anzuklopfen. Zur Begrüßung nickte er den beiden Ermittlern zu. Den Beschluss für die Daten der Tierärztlichen Fakultät hatte er mitgebracht und bat um eine Zusammenfassung der aktuellen Ermittlungen.

»Sie verstehen sicher, dass ich bei dem inzwischen vierten Anlauf ausgesprochen skeptisch bin«, erklärte er nach Ole Kottens Bericht. »Es mag sein, dass Herr Ranhold sein Staatsexamen und die Approbation gefälscht hat, das macht ihn aber noch lange nicht zu einem Mörder. Sie hatten bisher bei jedem der mutmaßlichen Täter gute Argumente und sogar stichhaltige Indizien. Der Generalstaatsanwalt hat mich heute angerufen und Sie können sich vorstellen, dass er von dem Hin und Her genauso wenig begeistert war wie ich.«

»Dass der Laptop in dem Haus, in dem sich nachweislich Herr Ranhold aufgehalten hat, online gegangen ist, ist zumindest für das Tötungsdelikt Schöning ein sehr tragfähiges Indiz«, sagte Ole und bemühte sich, einen neutralen Ton anzustimmen. »Zusammen mit den weiteren Daten, die Herrn Ranhold an dem Freitagabend auf Höhe des Tatorts lokalisiert haben, wird daraus ein kaum zu widerlegendes Indiz.«

Zubrücken winkte ab. »Herr Hauptkommissar Kotten. Sie wissen so gut wie ich, dass ein guter Verteidiger immer einen Weg findet, um seinen Mandanten ins rechte Licht zu rücken.«

Lena räusperte sich. »Wir machen Ihnen einen Vorschlag, Herr Staatsanwalt. Wir werden Karsten Ranhold zu uns holen und ihn verhören. Wenn er keine schlüssigen Erklärungen für die bisherigen Ermittlungsergebnisse liefern kann, werden wir ihn vorläufig festnehmen. Wir brauchen dann Ihre Unterstützung für einen Durchsuchungsbeschluss für das Wohnhaus und die Praxis. Zusätzlich sind wir auf der Suche nach einem Fahrzeug, das dem Vater des Verdächtigen gehörte und bis Ende März von Karsten Ranhold genutzt wurde. Dieses Fahrzeug passt in unser Suchmuster.«

Zubrücken horchte auf. »Interessant. Wo ist dieses Fahrzeug?«

»Es wurde kurz nach Frau Yao Yuns Verschwinden ab- und bisher nicht wieder angemeldet.«

»Klingt nicht nach einem Zufall«, sagte der Staatsanwalt und schien Blut geleckt zu haben. »Und Sie sind der Ansicht, dass wir mit Ranhold den Täter in beiden Fällen haben?«

»Entweder das oder Thorsten Schöning ist für die erste Tat verantwortlich. Beides halten wir im Moment für möglich.«

An der Mimik des Staatsanwalts war abzulesen, wie wenig ihm diese Antwort gefiel. »Das wäre dann Nummer fünf. Dazu noch ein verstorbener Täter. Ein Fressen für die Verteidiger.«

Lena bemerkte aus dem Augenwinkel, dass Ole Kotten kurz davor war zu explodieren. Auch sie hatte fast all ihren Charme verbraucht, um den Staatsanwalt dazu zu bringen, sich mit der bestehenden Beweislage zufriedenzugeben. Sie machte einen letzten Anlauf. »Sie können sich auf uns verlassen. Dieses Mal haben wir nicht nur den richtigen Täter, sondern wir werden es ihm auch lückenlos nachweisen.«

»Frau Hauptkommissarin, ich nehme Sie beim Wort. Im Übrigen können Sie mich bis zum späten Nachmittag hier im Gebäude erreichen, anschließend über Handy.« Er nickte den beiden Ermittlern zu und verließ das Büro.

Lena setzte sich umgehend daran, den Beschluss nach München zu mailen, und sprach anschließend mit Frau Schneider, die ihr zusagte, ein Schreiben aufzusetzen und die dafür notwendigen Unterschriften zu besorgen.

Vierunddreissig

Karsten Ranhold saß ruhig und gefasst im Verhörraum vor Lena und Ole. Johann hatte darauf bestanden, ihn persönlich mit zwei Uniformierten direkt nach der Sprechstunde, die um fünfzehn Uhr endete, abzuholen.

»Es wäre mir lieb, wenn wir dieses unnötige Gespräch beginnen könnten«, sagte Karsten Ranhold. »Ich habe noch einige Termine, die ich nicht verschieben kann.«

Ole startete die Aufnahme und sprach die Formalitäten ins Mikrofon. Schließlich übergab er an Lena, die Ranhold das Fax zeigte, das wenige Minuten zuvor aus München eingetroffen war.

»Haben Sie dafür eine Erklärung?«

Karsten Ranhold warf einen Blick auf das vor ihm liegende Blatt. Sein Atem stockte, seine Gesichtsfarbe wurde um einige Nuancen blasser, als er das Dokument zu sich herzog.

»Da kann es sich nur um eine Verwechslung handeln. Ich weiß nicht, wie Sie zu diesem Wisch gekommen sind, aber er ist eindeutig gefälscht. Ich bin ein angesehener Tierarzt.«

»Herr Ranhold, um das gleich klarzustellen«, unterbrach ihn Ole Kotten barsch und eine Spur lauter als zu Beginn. »Ihre Urkundenfälschung und der Betrug an vermutlich Hunderten

Ihrer Kunden sind Peanuts im Verhältnis zu den weiteren Taten, die wir Ihnen vorwerfen.«

»Weder habe ich Urkunden gefälscht noch mir irgendetwas anderes zuschulden kommen lassen!«

»Ihr Freund Rüdiger Lose aus Schleswig hat Ihre Aussage nicht bestätigen können, dass Sie am Freitag zwischen acht und neun verabredet waren. Im Gegenteil, er hat definitiv nicht von einem geplanten Treffen gesprochen, sondern von einem Anruf kurz nach neun Uhr am Freitagabend, in dem Sie sich quasi eingeladen haben. Im Übrigen haben Sie sich erst um zehn Uhr mit ihm getroffen. Das stimmt leider nicht mit Ihrer ersten Aussage überein.«

Karsten Ranhold hatte sich inzwischen gefangen. »Unsinn! Das haben Sie ihm eingeredet oder wer weiß mit welchen Drohungen erreicht.«

»Warum haben Sie sich mit Thorsten Schöning an der B201 getroffen?«, fragte Lena.

»Es kann keinen Grund geben für etwas, das nie geschehen ist.«

»Sie sind doch ein intelligenter Mann und haben sogar Tiermedizin studiert. Glauben Sie wirklich, dass es möglich ist, neben jemandem im Auto zu sitzen, ohne eine einzige Spur zu hinterlassen? Sobald wir Ihre DNA und Fingerabdrücke genommen haben, werden wir Ihnen zweifelsfrei nachweisen, dass Sie dort im Auto waren.«

Karsten Ranhold schien unbeeindruckt. »Mag sein, dass ich das schon mal war. Ich kenne so viele Menschen und verkehre mit ihnen.«

Er stand auf. »Ich denke, wir beenden hier das nette Gespräch. Soweit meine juristischen Kenntnisse reichen, bin ich nicht einmal gezwungen, mit Ihnen zu reden, geschweige denn, hier zu sitzen.«

»Karsten Ranhold«, sagte Ole. »Sie sind hiermit vorläufig festgenommen und werden innerhalb der nächsten vierundzwanzig Stunden dem Haftrichter vorgeführt.« Ole stand auf. »Bitte setzen Sie sich wieder. Selbstverständlich haben Sie das Recht zu schweigen und auf Wunsch benachrichtigen wir gerne einen Anwalt Ihrer Wahl.«

Langsam sank Karsten Ranhold wieder auf seinen Stuhl. Zum ersten Mal, seit er den Verhörraum betreten hatte, schien er keine Antwort parat zu haben. Er wirkte wie vor den Kopf gestoßen.

Lena stand auf, ein uniformierter Kollege kam auf Oles Klopfen an der Tür herein, während die beiden Ermittler den Raum verließen.

»Johann, wo bist du?«, fragte Lena, als er ihren Anruf entgegennahm.

»In Flensburg.«

»Ohne uns etwas zu sagen?«

»Ich hatte Sehnsucht nach der Stadt.« Johann lachte. »Nein, im Ernst, ich verfolge eine Spur. Ich hielt es für besser, wenn ich das vor Ort recherchiere.«

»Worum geht's?«

»Um den BMW, was sonst. Ich muss jetzt unterbrechen, weil ich gleich vor Ort bin. Da vorne ist schon Ben.«

»Er unterstützt dich?«

»Ja, bis später, Lena. Ich melde mich sofort, wenn ich was habe.«

Ole, der vor ihr stand, sah sie fragend an.

»Johann ist in Flensburg und sucht nach dem BMW.«

»Der ist doch längst in Polen oder Russland. Dafür hat Ranhold schon gesorgt. Wenn wir gleich wieder reingehen, wird er zugeben, dass er das mit Schöning war. Notwehr oder was weiß ich. Anschließend Panik. Großer Fehler. Es tut ihm schrecklich leid. Oder er schweigt einfach. Das scheint ja ohnehin die angesagteste Methode zu sein, um sich aus der Affäre zu ziehen.«

»Würdest du doch auch tun, oder?«, sagte Lena, der Oles Jammerei auf die Nerven ging. »Gehen wir noch einmal alles durch.«

Eine Stunde diskutierten sie jeden einzelnen der Punkte, die Karsten Ranhold belasteten, fanden aber keinen Hebel, an dem sie ansetzen konnten, um Ranhold ausreichend zu verunsichern.

Zurück im Verhörraum fanden sie einen leicht schwitzenden Ranhold vor, dessen Blick nicht mehr ganz so selbstsicher schien wie zu Beginn des Verhörs. War ihm in der Zwischenzeit klar geworden, dass seine Tierarztkarriere beendet war?

Der Staatsanwalt hatte inzwischen einen Beschluss erwirkt, der Ranhold zu einem DNA-Abgleich zwang. Lena legte ihm das Dokument vor. »Freiwillig, oder sollen wir den Arzt rufen und zwangsweise eine Blutprobe abnehmen lassen?«

Ranhold griff nach dem Plastikröhrchen. »Das wird nicht nötig sein.« Er fuhr sich mit dem Wattestäbchen durch die Mundhöhle, schob es zurück in die Hülle und reichte es Lena.

»Sie haben recht. Ich war am Freitagabend mit Schöning verabredet. Im Laufe des Gesprächs hat er mich mit einem Elektroschocker angegriffen. Ich habe mich gewehrt und dabei ist das Ding irgendwann bei ihm am Hals gelandet.« Er raufte sich übertrieben die Haare. »Ja, ich weiß, ich hätte die Polizei rufen sollen. Aber Sie wissen ja, weshalb ich das nicht getan habe.« Er sah Lena direkt in die Augen. »Glauben Sie mir, ich bin ein guter Tierarzt. Mein Professor in München hat damals alles darangesetzt, dass ich nicht bestehe. Das war ein Komplott erster Güte. Ich bin voll ausgebildet und habe viele Jahre Erfahrung. Fragen Sie meine Kunden. Sie werden Ihnen das bestätigen.«

Lena lächelte. »Sie wissen doch, was ein Zufallsfund in der Medizin ist. Ähnlich ist es uns mit Ihrer Approbation ergangen. Um die Angelegenheit werden sich später andere Kollegen kümmern. Unsere Aufgabe ist eine andere.«

Lenas Handy vibrierte. Eine Nachricht von Johann. »Verhöre einen Schrotthändler. Alfons Wascha. Vermute, dass er den BMW abgenommen hat. Melde mich.«

Sie legte das Handy wieder auf den Tisch. »Okay. Gehen wir einmal davon aus, dass Schöning Sie angegriffen hat. Warum hat er das getan?«

Ranhold hob beide Arme hoch, als wolle er sagen, dass ihm das ein Rätsel sei. »Menschen! Wer weiß schon, weshalb jemand durchdreht. In diesem Fall war es aber so.«

Ole Kotten beugte sich vor. »Jetzt bleiben Sie aber weit hinter Ihren Möglichkeiten. Vor Gericht sind Märchenstunden nicht so beliebt. Weshalb soll Schöning Sie angegriffen haben?«

Ranhold zögerte. Lena vermutete, dass er möglichst nah an der Wahrheit bleiben wollte, um sich später nicht zu widersprechen. »Ich habe ihn ausgelacht. Dieser Spinner und mich erpressen? Er wollte doch tatsächlich zweihunderttausend Euro von mir. Er hat was gefaselt von Sicherheit und dass er eventuell eine Weile untertauchen müsse. Zweihunderttausend. Okay, ich habe etwas gedreht mit meinem Staatsexamen, aber eine wirklich große Sache ist das doch nicht. Das wissen Sie auch. Aber Schöning hat mich erpresst. Ich habe ihn gefragt, ob er gerne ein paar Jährchen ins Gefängnis wandern möchte. Ich weiß von mindestens einer weiteren Erpressung. Knut Rasmussen. Sie wissen ja Bescheid.«

Clever, dachte Lena. Der Mann hat sich seine Verteidigungsstrategie sicher nicht erst in den letzten Sekunden zurechtgelegt, sondern bereits lange darüber nachgedacht und sämtliche Optionen durchgespielt. Der verschwundene BMW passte in dieses Muster. Kein Risiko eingehen und immer mehrere Optionen zur Hand haben, dabei nah an der Wahrheit bleiben.

Lena beugte sich langsam vor. »Sie sind clever. Das muss man Ihnen lassen.« Sie wechselte abrupt zu einem anderen Thema: »Wieso hatten Sie eine Spitzhacke dabei?«

»Spitzhacke? Wie kommen Sie jetzt darauf?«

»Beantworten Sie doch einfach meine Frage«, forderte Lena ihn ruhig auf.

Kurz zuckte eines seiner Augenlider, dann lächelte er. »Ich habe keine Spitzhacke dabei. Allenfalls einen Spaten. Hin und wieder sitze ich mit dem Auto auf dem Feld fest. Ich bin Tierarzt. Haben Sie das schon vergessen?«

»Sind Sie nicht. Sie sind ein Hochstapler und Betrüger. Und wenn Sie meinen, dass das ein Kavaliersdelikt ist, sind Sie auf dem Holzweg.«

Er zuckte mit den Schultern und schwieg.

»Warum dort in diesem Wäldchen auf Nordstrand? Es hätte doch viel bessere Orte gegeben. Hatten Sie Angst, mit einer Leiche durch die Gegend zu fahren? Haben Sie sich auf Nordstrand mit Lawan Yao Yun getroffen? Oder wollten Sie den Verdacht, falls die Frau gefunden wird, auf jemand anderen lenken?«

»Auf diesen Blödsinn erwarten Sie jetzt nicht im Ernst eine Antwort, oder?«

»Wir haben Zeugen, die das Fahrzeug Ihres Vaters gesehen haben. Wir werden weitere finden, die Sie identifizieren. Was haben Sie am 21. März gemacht?«

Karsten Ranhold lachte. »Das ist über drei Monate her. Wissen Sie, was Sie an dem Tag gemacht haben? Ich auf jeden Fall nicht. Wenn ich meinen Kalender hier hätte, könnte ich Ihnen zumindest meine Termine sagen. Aber Sie mussten mich ja aus der Praxis abführen lassen wie einen Schwerverbrecher.«

»Wie alt sind Sie?«, fragte Ole Kotten und ließ es klingen wie eine Frage nach der Uhrzeit.

»Ich werde einundfünfzig, warum?«

»Mord, Totschlag, Urkundenfälschung, Betrug. Ich schätze, Sie kommen nicht vor Mitte siebzig aus dem Knast. Okay, bei guter Führung vielleicht doch eher. Aber wissen Sie, was das Problem ist für Leute wie Sie? Ganz einfach: Sie halten nicht durch. Entweder drehen Sie durch oder die Mitgefangenen machen sich einen Spaß daraus, Herrn Doktor so richtig in die Mangel zu nehmen.«

Ranhold schreckte gespielt erschrocken zurück. »Ups, jetzt bekomme ich aber Angst.«

»Woher kennen Sie Alfons Wascha?«, fragte Lena wie beiläufig.

Der Treffer saß. Ranhold erstarrte, sein flacher Atem und die weit geöffneten Augen sprachen Bände.

Lena stand auf. »Ich an Ihrer Stelle hätte mir vertrauenswürdigere Komplizen ausgesucht. Wir machen hier eine kurze Pause.«

»Was war das gerade?«, fragte Ole, als sie in seinem Büro am Fenster standen. Lena berichtete von Johanns Nachricht und versuchte anschließend, diesen auf seinem Handy zu erreichen. Die Mailbox sprang an, Lena bat um Rückruf. Eine Minute später meldete sich Johann.

»Du bist mit Wascha auf dem richtigen Weg. Ranhold hat extrem auf den Namen reagiert. Kommst du weiter?«

»Harter Brocken, der gute Mann. Ben und ich sind im Verhör. Bisher bewegt er sich nicht. Da ist irgendetwas, was ihn zurückhält. Ich muss wieder rein. Melde mich!«

Fünfunddreissig

»Tut mir leid, Erck. Ich bin kurz vor Flensburg und weiß noch nicht, wann ich wieder in Husum sein kann.«

»Anstrengender Tag für dich«, sagte Erck, dem Lena die Enttäuschung anhören konnte. »Pass auf dich auf, versprochen?«

Als sie die Polizeidirektion in Flensburg betrat, kam ihr bereits Johann entgegen und informierte sie über den Stand der Befragung. Ben stand vor dem Verhörraum und begrüßte sie herzlich. »Schön, dich zu sehen. Wir kommen im Moment nicht weiter bei dem Typen. Vielleicht hast du ja Glück.«

Lena nickte. »Johann hat mich bereits auf den Stand gebracht. Macht es dir was aus, wenn Johann und ich hineingehen?«

»Nicht das Geringste. Viel Glück!«

Alfons Wascha war das Klischeebild eines Schrotthändlers. Groß, kräftig, mit einem beachtlichen Bauch, der über den Hosenbund hing. Lena stellte sich vor. »Ich will nicht lange herumreden. Wir brauchen Ihre Hilfe, Herr Wascha.«

Der korpulente Mann grinste breit. »Das ist mir ja noch nicht untergekommen. Die Polizei bittet mich um Hilfe.«

»Wir gehen davon aus, dass Sie Ende März einen BMW Touring aus Husum abgeholt haben.« Der Schrotthändler wollte etwas erwidern, aber Lena hielt ihn davon ab. »Wir werden dieses Auto finden, egal wie lange es dauert. Sie können hier und jetzt entscheiden, ob Sie zum Komplizen in einem Mordfall werden wollen, mit allen rechtlichen Konsequenzen, die das für Sie haben wird, oder ob Sie hier als freier, unbescholtener Mann wieder rausgehen. Haben Sie mich verstanden?«

»Die Polizei redet immer viel, wenn der Tag lang ist.« Er tippte mit dem Finger auf seine Armbanduhr. »Und der Tag ist schon reichlich lang.«

»Sie wollen Garantien?«

»Können Sie mir welche geben?«

»Können Sie mir den BMW geben?«

Er hob die Arme. »Wer weiß.«

»Sie haben das Auto nicht verschrottet oder in den Osten abgeschoben. Habe ich recht?«

»Wer weiß.«

»Beihilfe zum Mord und Totschlag. Wissen Sie, was das bedeutet?«

»Garantien?«

»BMW?«

»Das ließe sich unter Umständen machen.«

Lena stand auf, Johann beendete das Verhör.

Auf dem Flur rief sie Zubrücken an und erklärte ihm die Situation. Ausnahmsweise reagierte er professionell und nahm sofort Rücksprache mit dem Generalstaatsanwalt auf und setzte sich anschließend in seinen Dienstwagen und fuhr nach Flensburg. Eine Stunde später saß er mit Lena zusammen vor Alfons Wascha und fragte nach dessen Forderungen.

»Straffreiheit«, sagte Wascha. »Ich habe mit der ganzen Sache nichts zu tun. Es könnte sein, dass der BMW unter neuer Flagge noch auf deutschen Straßen fährt. Sie verstehen, was ich meine.«

Zubrücken nickte, stand auf und verließ den Raum. Eine Viertelstunde später reichte er Wascha das Dokument, das ihm

Straffreiheit im Zusammenhang mit dem gesuchten BMW zusagte, sollte das Fahrzeug sichergestellt werden. Wascha nannte ihnen einen Namen und eine Adresse in der Nähe von Flensburg, wo sie den BMW finden würden.

Zwei Stunden später stand das gesuchte Fahrzeug in der Halle der Kriminaltechnik und wurde von drei Beamten systematisch untersucht. Eine weitere Stunde später erhielt Lena die Nachricht, dass nicht nur Blut im Kofferraum gefunden worden war, sondern die Proben auch für einen Abgleich reichen würden. Das Labor würde frühmorgens die Arbeit aufnehmen und man rechnete am Vormittag mit dem Ergebnis.

Weit nach Mitternacht ließ sich Lena in ihr Hotelbett fallen und schlief ein, nachdem sie jeden Gedanken an den Fall verbannt hatte.

»Guten Morgen, Herr Ranhold«, grüßte Lena den Mann, der soeben aus seiner Zelle in den Verhörraum überstellt worden war. Wenige Minuten vorher hatte Lena das Analyse-Ergebnis aus Flensburg übermittelt bekommen.

Lena legte ihm den Ausdruck eines Handyfotos vor, auf dem der BMW Touring zu sehen war. »Herr Wascha hat sich nicht einmal die Mühe gemacht, den Wagen umzuspritzen.«

Entsetzt starrte Ranhold auf das Foto, schließlich schüttelte er sich. »Guter Versuch«, sagte er mit einem gepressten Lächeln. »Ich möchte meinen Anwalt sprechen.«

Lena schob ihm den Notizblock und einen Kugelschreiber über den Tisch. »Bitte! Er wird sofort informiert. Hoffentlich haben Sie seine Handynummer. Es ist Samstagvormittag. Ich fürchte, das Büro wird geschlossen sein.«

Ranhold schrieb einen Namen und eine Handynummer auf. Ole Kotten riss den Zettel vom Block und verließ den Raum. Lena beendete offiziell das Verhör, stand ebenfalls auf, drehte sich dann aber zu Ranhold um. »Ich wollte Ihnen nur sagen: Die Kriminaltechnik hat die ganze Nacht gearbeitet, das Labor hat den Rest gemacht. Wir haben Blut aus dem Wagen Ihres Vaters eindeutig Frau Yao Yun zuordnen können.«

Karsten Ranhold verlor auf der Stelle sämtliche Farbe im Gesicht. Er sah aus, als würde er sich jeden Moment übergeben.

Lena schaltete das Aufnahmegerät aus und sah Karsten Ranhold kopfschüttelnd an. Sie hatte Mühe, ihre Wut auf den Mann zu bändigen. »Frau Yao Yun hätte Sie niemals angezeigt. Sie war verzweifelt und hat dringend Geld für ihren Sohn in Thailand gebraucht. Warum haben Sie die zwanzigtausend Euro nicht einfach gezahlt? Sie hätten nie wieder von ihr gehört. Sie haben unzählige Menschenleben zerstört. Nicht nur das dieser Frau. Und das nur, um Ihren jämmerlichen Betrug aufrechtzuhalten. Ich hoffe, das Gericht wird Ihnen viel Zeit geben, darüber nachzudenken.«

Sechsunddreissig

Der Haftrichter verfügte am gleichen Tag die Untersuchungshaft für Karsten Ranhold. Die drei Ermittler beschlossen, den Sonntag zum Arbeitstag zu erklären, und legten den Grundstein für die folgenden Tage, an denen weitere Zeugen befragt wurden, Gegenüberstellungen stattfanden und in mühsamer Kleinarbeit der Fall dokumentiert und bis zum Letzten für den Staatsanwalt aufgearbeitet wurde.

Am Mittwoch unterbrach Lena ihre Arbeit und fuhr zusammen mit Erck nach Amrum. Bekes ärztliche Untersuchung dauerte zwei Stunden, das anschließende Gespräch, bei dem Lena anwesend war, eine weitere Stunde. Den Rest des Tages verbrachte Lena mit Beke und überzeugte sie in einem langen Gespräch davon, den Ratschlägen des Arztes zu folgen. In den nächsten Wochen würden sie zu Spezialisten fahren, um eine zweite und dritte Meinung einzuholen und anschließend über die vermutlich notwendige große Operation zu entscheiden. An dem Nachmittag bei Beke flossen viele Tränen, Beke hielt Lena zum Abschied lange fest in ihren Armen und strich ihr immer wieder zärtlich über die Wange, bevor Lena zu Erck ins Auto steigen konnte.

Lena stand neben Erck an der Reling, er hatte den Arm um ihre Schulter gelegt. »Wie lange werdet ihr noch an dem Fall arbeiten müssen?«

»Zwei Tage, den Rest wird Ole alleine machen.«

»Dann haben wir das kommende Wochenende ganz für uns?«

»Ja, das verspreche ich dir.«

»Ich habe ein Haus gemietet. An der Ostsee, ganz einsam, direkter Strandzugang. Ab Freitagnachmittag ist es frei. Wir könnten auch bis einschließlich Dienstag bleiben. Vier Tage, wenn es bei dir geht.«

Lena schmiegte sich an Erck. »Fantastische Idee. Ich habe unendlich viele Überstunden. Wenn du dir freinehmen kannst.«

»Alles organisiert.«

Die Fähre hatte vor fünf Minuten abgelegt, inzwischen konnten sie einen Großteil der Ostküste von Amrum sehen. »Unser Amrum«, murmelte Lena. »Ich begreife immer noch nicht, dass du mit mir auf dem Festland lebst und trotzdem glücklich bist.« Sie löste sich leicht von ihm, um sein Gesicht sehen zu können. »Bist du doch, oder?«

»Verdammt unglaublich glücklich.« Er lächelte. »Wer weiß, vielleicht kehren wir irgendwann zurück in unsere Heimat. Natürlich zusammen.«

»Ja, vielleicht.« In Gedanken fügte sie hinzu, dass dieses *vielleicht* viel schneller kommen könnte, als Erck ahnte. Warnke hatte sie informiert, dass er in sechs Wochen nach Münster wechseln würde und Groll auf der Liste der Bewerber für seinen Posten stand.

»Was ist?«, fragte Erck, der bemerkt zu haben schien, dass sich Lenas Gedanken verdunkelt hatten.

»Alles gut«, sagte sie und küsste ihn zärtlich.

Auch beim zweiten Haftprüfungstermin scheiterte Ranholds Anwalt mit dem Antrag auf Freilassung. Zubrücken bereitete die Anklage in beiden Tötungsdelikten vor und plante, beim Fall Lawan Yao Yun auf Mord zu plädieren und beim Tod von Thorsten Schöning auf Totschlag. Die Betrugssache wurde abgekoppelt und von einem anderen Staatsanwalt bearbeitet.

Wenige Wochen vor Prozessbeginn entschloss sich Karsten Ranhold zu einem umfassenden Geständnis. Thorsten Schöning hatte seine Informationen über die fehlende Approbation zurückgehalten und wollte offensichtlich warten, bis der Onkel von Ranhold gestorben war und Karsten Ranhold sein Anwesen erben würde. Vermutlich hatte Lawan Yao Yun von ihm erfahren, womit er Ranhold unter Druck setzen würde, und war dann, als sie von Rasmussen abgewiesen worden war, auf die Idee gekommen, Karsten Ranhold um die zwanzigtausend zu erpressen. Sie rief Ranhold an ihrem Todestag an und zwang ihn, sich mit ihr auf dem Theisen-Hof zu treffen. Dort kam es zu einer heftigen Auseinandersetzung, die mit Lawans Tod endete. Karsten Ranhold behauptete, dass es sich um einen Unfall gehandelt habe, was die Staatsanwaltschaft aber aufgrund der Ergebnisse der gerichtsmedizinischen Untersuchungen anzweifelte. Auf die Frage, warum Ranhold mit dem BMW gefahren sei, antwortete er, dass sein anderer Wagen auf Nordstrand bekannt gewesen sei. Das Wäldchen, in dem er Lawan Yao Yun in der Nacht vergraben hatte, kannte er von seinen Einsätzen auf der Halbinsel. Er stritt allerdings ab, dass er für den Fall, dass die Leiche gefunden werden würde, mit dem Standort des Grabes den Verdacht auf Knut Rasmussen lenken wollte. Die Staatsanwaltschaft schenkte ihm keinen Glauben, da er im Verhör bereits zugegeben hatte, davon gewusst zu haben, dass Rasmussen von Schöning erpresst wurde und dass ein Teil des Wäldchens in seinem Besitz war. Im Haus von Thorsten Schöning waren DNA-Spuren sichergestellt worden, die nun

Karsten Ranhold zugeordnet werden konnten und nahelegten, dass Ranhold nach Schönings Tod dort gewesen war und nach Unterlagen gesucht hatte, mit denen Schöning ihn hatte belasten wollen. Schönings Laptop wurde bei der Durchsuchung der Praxis und des Privathauses nicht gefunden, woraufhin die Staatsanwaltschaft einen weiteren Durchsuchungsbeschluss für das Ferienhaus in Sankt Peter-Ording beantragte. Hier fand sich der Laptop gut versteckt im Gartenhaus. Ranholds Fingerabdrücke wurden sichergestellt und die Festplatte konnte wiederhergestellt werden.

Der Staatsanwalt plante daraufhin, Knut Rasmussen und die anderen Erpressungsopfer, die inzwischen ausfindig gemacht worden waren, als Zeugen im Prozess gegen Karsten Ranhold zu laden. Die Ermittlungen gegen Jorin Theisen im Zusammenhang mit der Vergewaltigung von Lawan Yao Yun wurden eingestellt, da der Staatsanwalt die Chancen als gering einstufte, Theisen die Tat nachzuweisen. Lena fragte sich, ob Theisen bewusst war, dass er mit seiner Tat am Anfang von einer Reihe von Ereignissen stand, an deren Ende Lawan sterben musste.

Sein Bruder Elbo Theisen ging nach der Entlassung zurück auf seinen Hof, wo Lena ihn eine Woche nach der Festnahme von Karsten Ranhold besuchte. Er lud Lena zu einer Tasse Tee im Garten ein und ließ sich die Umstände vom Tod seiner Frau erklären.

»Warum hat Lawan mich nur nicht nach dem Geld gefragt? Warum hat sie mir nicht von den Schwierigkeiten mit Niran erzählt?«, fragte Elbo Theisen.

»Wie hätten Sie damals reagiert?«, entgegnete Lena.

Elbo Theisen überlegte lange, bevor er antwortete. »Ich fürchte, ich hätte abgelehnt oder Ausflüchte gefunden.« Er wandte sich zu Lena. »Sie meinen, genau in diese Situation wollte mich Lawan nicht bringen? Trotzdem hätte sie mir die

Chance geben müssen, ihr zu helfen. Ich konnte nicht ahnen, was in Thailand los ist.«

»Hat sie nie versucht, Ihnen von den großen Problemen dort zu erzählen?«

Theisen schloss die Augen. »Ich kann es nicht ausschließen. Ich war so beschäftigt damit, die Krise unseres Hofes zu meistern. Unsere ganze Existenz stand auf Messers Schneide.« Er senkte den Kopf und sagte leise: »Ich weiß es wirklich nicht mehr.«

»Haben Sie mit Ihrem Bruder gesprochen?«

Theisen schüttelte den Kopf. »Nein, und das habe ich auch nicht vor.«

»Und Ihre Schwester?«

»Sie war bei mir, als ich Lawan beerdigt habe. Viele waren da. Freunde, Bekannte, Menschen, die ich nur entfernt kenne.«

»Was sagt Ihre Schwester zu Jorin?«

»Sie ist wütend und traurig, aber sie will, dass wir uns versöhnen.«

»Warten Sie nicht zu lange.« Lena musste unwillkürlich an ihren Vater denken, an die lange Zeit, die sie ihm schon aus dem Weg ging. Würde sie es schaffen, noch einmal einen Schritt auf ihn zuzugehen? Wollte sie wieder Kontakt zu ihm haben?

»Mein eigener Bruder vergewaltigt meine Frau. Das kann und will ich ihm nicht verzeihen.«

Lena schwieg einen Moment, dann sagte sie leise: »Mein Vater und ich haben seit fast zwei Jahrzehnten nicht mehr miteinander gesprochen. Meine Mutter ist damals bei einem Unfall ums Leben gekommen und ich habe ihm die Schuld dafür gegeben.« Lena wunderte sich, dass sie vor einem Fremden so offen über ihre Familiengeschichte sprach.

»Und das bereuen Sie heute?«, fragte Theisen.

»Manchmal habe ich das Gefühl, es zu bereuen, aber jedes Mal, wenn wir aufeinandertreffen, zufällig auf der Fähre nach und von Amrum, laufe ich davon oder weise ihn ab. Ich kann einfach nicht anders.«

»Sie haben zu lange gewartet, meinen Sie das?«

»Ich glaube schon. Ja, ich bin auch ein Teil des Problems. Aber wer will das schon gerne hören.«

»Niemand.« Er sah sie direkt an und lächelte. »Danke für Ihre offenen Worte. Und danke, dass Sie weiter ermittelt und immer an meine Unschuld geglaubt haben. Ich weiß Ihre Hartnäckigkeit sehr zu schätzen.«

»Es war für Ihre verstorbene Frau. Sie hatte es verdient.«

Lena bemerkte, dass ihm Tränen über die Wangen liefen. Er schaute über sein Land und nickte. »Ja, das hatte sie.«

Lena zog einen Briefumschlag aus ihrer Tasche. »Ich habe hier den Entwurf eines Briefes, den Ihre Frau an Sie geschrieben hat. Sie hat anscheinend noch daran gefeilt.«

»Woher haben Sie den?«, fragte Elbo Theisen erstaunt.

»Die thailändische Freundin Ihrer Frau, Frau Ramkamhaeng, hat uns darauf aufmerksam gemacht, dass Lawan in einer Flensburger Bank ein Schließfach hatte. Sie kennen sie wahrscheinlich als Frau Grote, die beiden wollten zusammen nach Thailand fliegen.«

»Ich kenne die Frau«, sagte Elbo Theisen, der weiter auf den Umschlag in Lenas Hand starrte. »Sie hat bei meinem Sprachlehrer in Flensburg gearbeitet.«

»Das stimmt. Wir haben das Schließfach öffnen lassen und darin das Geld gefunden, das Ihre Frau von Ihrem Bruder bekommen hatte – und ein Notizbuch, in dem der Entwurf eines Briefes an Sie steckte. Wir müssen die Dokumente leider übersetzen lassen, da sie für uns wichtige Informationen enthalten können. Das Notizbuch kann ich Ihnen deshalb noch nicht aushändigen – aber eine Kopie des Briefes habe ich Ihnen mitgebracht.«

Lena legte den Umschlag in seine Hände. »Ich hoffe, dass Sie darin etwas Trost finden, Herr Theisen.«

Zurück an ihrem provisorischen Schreibtisch in Ole Kottens Büro zögerte Lena kurz, rief dann aber das Dokument auf ihrem Laptop auf und las die Übersetzung des Briefes ein weiteres Mal:

> Mein lieber Mann,
> wenn du diesen Brief liest, bin ich bereits auf dem Weg in meine alte Heimat. Ich hoffe, dass die Post nicht zu lange gebraucht hat und du dir nicht zu viele Sorgen um mich machen musstest.
>
> Du fragst dich jetzt sicher, warum ich nicht vorher mit dir gesprochen habe. Auch ich habe mich gefragt, was der richtige Weg ist und warum ich solche Angst habe, mit dir zu reden. Denke jetzt nicht, dass du mir Angst machst. Nein, das ist es nicht. Ich habe Angst vor mir selbst. Angst, dass ich bei dir geblieben wäre und meine Entscheidung zurückgenommen hätte.
>
> Ich dachte, ich könnte Niran damit helfen, dass ich so viel Geld wie möglich für ihn sammele, damit er es leichter hat. Aber das ist nur die eine Seite, das Geld. Ich habe jetzt, nach den vielen Monaten, verstanden, dass Niran mich braucht, seine Mutter. Ich habe verstanden, weshalb das passiert ist, was passiert ist. Ich trage Schuld, eine unendliche Schuld mit mir herum. Ich hätte Niran niemals alleine lassen dürfen. Niemals! Dein Land, das auch zu meinem geworden ist, ist zu weit entfernt von meiner alten Heimat. Ich war zu weit entfernt von meinem Sohn. Er

musste ohne mich aufwachsen. Als ich noch in Bangkok war, konnte ich in wenigen Stunden bei ihm sein. Du weißt, dass ich so oft, wie es möglich war, zu ihm gefahren bin. Auch wenn es nie genug war, wir waren zusammen, mein Sohn und ich. Für einen Tag oder zwei.

Was du noch nicht weißt: Niran ist im Gefängnis. Er hat etwas getan, was er niemals hätte tun dürfen. Etwas Schreckliches. Ein Mensch ist zu Schaden gekommen, er liegt im Koma und wird vielleicht bald sterben. Niran war bei dem Überfall nicht alleine, aber er hat mitgemacht.

Ich konnte es dir nicht sagen. Ich habe mich so geschämt für meinen kleinen Sohn. Wie sollte ich dir sagen, was er getan hat?

Aber ich selbst habe auch Schuld auf mich geladen und ich möchte dir erzählen, was passiert ist. Es fing so leicht an. Ich habe deinem Schulfreund Thorsten nur erzählt, wer neu im Altersheim war. Er hat mir Geld dafür gegeben, dass ich ihm von den Bewohnern erzählte. Nicht viel Geld, aber ich habe es gesammelt und zu meiner Familie geschickt. Dann kam Niran ins Gefängnis und ich musste einen Anwalt bezahlen. Und da habe ich es gemacht. Es war ganz einfach. Ich bin mit den Männern in ein Restaurant gegangen und danach in ein Hotel. Nein, es ist nicht das, was du jetzt denkst. Ich würde nie mit einem anderen Mann so zusammen sein, wie ich mit dir zusammen bin. Thorsten brauchte nur Fotos. Wir sind ins Hotel gegangen und in das Zimmer. Dann habe ich es schnell wieder verlassen. Glaube mir bitte, es ist nichts passiert.

Du wirst jetzt fragen, warum diese Fotos so wichtig waren. Thorsten hat die Männer gezwungen, ihm ihre Häuser billig zu verkaufen. Und ich habe von Thorsten dafür viel Geld bekommen. Ich habe Schuld auf mich geladen. Wie sollte ich dir das sagen? Ich konnte es nicht. Es tut mir so leid, dass ich dich so enttäuscht habe. Aber ich will mich nicht herausreden. Es war falsch, auch wenn es für Niran war.

Jetzt bin ich bei ihm, bei meinem Sohn. Ich weiß nicht, ob ich jemals zu dir zurückkehren darf. Ob du mir jemals verzeihen kannst. Wenn nicht, würde ich das verstehen und akzeptieren.

Elbo, ich habe dich immer geliebt und geehrt. Du bist mein Mann und du wirst es für immer bleiben.

Ich liebe dich.
Lawan

Siebenunddreissig

Johann räusperte sich leise. Lena hatte noch einmal im Detail von der versuchten Vergewaltigung erzählt. »Starker Tobak! Sehr starker Tobak! Und dieser Mensch soll jetzt ernsthaft unser Chef werden?«

»Laut Warnke hat er sich beworben und offensichtlich auch gute Chancen«, sagte Lena mit gedämpfter Stimme.

»Und jetzt? Willst du das einfach so hinnehmen?«, fragte Johann.

»Natürlich nicht!«, rief Ole.

»Nein«, sagte Lena. »Aber einfach wird es nicht. Und alleine werde ich es nicht schaffen.«

Johann und Ole nickten.

»Man kann es zwar kaum glauben, aber Warnke hat mir schon vor ein paar Tagen tatsächlich seine Unterstützung angeboten. Dir hatte ich davon ja schon erzählt, Ole.«

»Wow!«, entfuhr es Johann.

»Heute habe ich wieder mit ihm gesprochen. Und er hat mir zwei Namen und die dazugehörigen Adressen gegeben. Zwei ehemalige Kolleginnen von Groll, wie ich schnell herausgefunden habe.«

»Sie haben das Gleiche wie du erlebt?«, fragte Ole.

»Das vermute ich. Die eine ist vor vier Jahren aus dem Dienst ausgeschieden, die andere vor fünf. Warnke hat mir die Namen natürlich unter dem Siegel der Verschwiegenheit mitgeteilt. Ihr kennt ihn ja. Er wird sich nie weit aus dem Fenster lehnen. Die Drecksarbeit müssen schon andere machen. Aber er hat mir zugesichert, im Hintergrund seine Kontakte spielen zu lassen.«

»Das wird alles nicht einfach, oder?«, fragte Johann.

»Sicher nicht!«

»Okay«, sagte Ole. »Dann müssen wird zusammenhalten. Wir schmieden gemeinsam einen Plan. Bist du dabei, Johann?«

»Mehr als dabei, Ole.«

Lena spürte eine Träne über ihre Wange laufen. Sie kümmerte sich nicht darum und atmete erleichtert auf. »Danke, ihr beiden. Danke!«